主　编：陈　恒

光启文库

光启随笔

光启文库

光启随笔　　光启讲坛
光启学术　　光启读本
光启通识　　光启译丛
光启口述　　光启青年

主　编：陈　恒

学术支持：上海师范大学光启国际学者中心

策划统筹：鲍静静
责任编辑：卢明静
藏书票：《小雅·鹿鸣》，顾其星2014年创作

摸索仁道

张祥龙 著

商务印书馆
The Commercial Press

图书在版编目（CIP）数据

摸索仁道 / 张祥龙著. — 北京：商务印书馆，2023
（光启文库）
ISBN 978－7－100－23028－5

Ⅰ.①摸…　Ⅱ.①张…　Ⅲ.①随笔—作品集—中国—当代　Ⅳ.①I267.1

中国国家版本馆 CIP 数据核字（2023）第177921号

权利保留，侵权必究。

摸 索 仁 道

张祥龙　著

商　务　印　书　馆　出　版
（北京王府井大街36号　邮政编码 100710）
商　务　印　书　馆　发　行
北京艺辉伊航图文有限公司印刷
ISBN　978－7－100－23028－5

2023年12月第1版	开本880×1230　1/32
2023年12月北京第1次印刷	印张13¼

定价：98.00元

出版前言

梁启超在《清代学术概论》中认为,"自明徐光启、李之藻等广译算学、天文、水利诸书,为欧籍入中国之始,前清学术,颇蒙其影响"。梁任公把以徐光启(1562—1633)为代表追求"西学"的学术思潮,看作中国近代思想的开端。自徐光启以降数代学人,立足中华文化,承续学术传统,致力中西交流,展开文明互鉴,在江南地区开创出海纳百川的新局面,也遥遥开启了上海作为近现代东西交流、学术出版的中心地位。有鉴于此,我们秉承徐光启的精神遗产,发扬其经世致用、开放交流的学术理念,创设"光启文库"。

文库分光启随笔、光启学术、光启通识、光启讲坛、光启读本、光启译丛、光启口述、光启青年等系列。文库致力于构筑优秀学术人才集聚的高地、思想自由交流碰撞的平台,展示当代学术研究的成果,大力引介国外学术精品。如此,我们既可在自身文化中汲取养分,又能以高水准的海外成果丰富中华文化的内涵。

文库推重"经世致用",即注重文化的学术性和实用性,既促进学术价值的彰显,又推动现实关怀的呈现。文库以学术为第一要义,所选著作务求思想深刻、视角新颖、学养深厚;同时也注重实用,收录学术性与普及性皆佳、研究性与教学性兼顾、传承性与创新性俱备的优秀著作。以此,关注并回应重要时代议题与思想命题,推动中华文化的创造性转化与创新性发展,在与国外学术的交流对话中,努力打造和呈现具有中国特色的价值观念、思想文化及话语体系，为夯实文化软实力的根基贡献绵薄之力。

文库推动"东西交流"，即注重文化的引入与输出，促进双向的碰撞与沟通，既借鉴西方文化，也传播中国声音，并希冀在交流中催生更绚烂的精神成果。文库着力收录西方古今智慧经典和学术前沿成果，推动其在国内的译介与出版；同时也致力收录汉语世界优秀专著，促进其影响力的提升，发挥更大的文化效用；此外，还将整理汇编海内外学者具有学术性、思想性的随笔、讲演、访谈等，建构思想操练和精神对话的空间。

我们深知，无论是推动文化的经世致用，还是促进思想的东西交流，本文库所能贡献的仅为涓埃之力。但若能成为一脉细流，汇入中华文化发展与复兴的时代潮流，便正是秉承光启精神，不负历史使命之职。

文库创建伊始，事务千头万绪，未来也任重道远。本文库涵盖文学、历史、哲学、艺术、宗教、民俗等诸多人文学科，需要不同学科背景的学者通力合作。本文库综合著、译、编于一体，也需要多方助力协调。总之，文库的顺利推进绝非仅靠一己之力所能达成，实需相关机构、学者的鼎力襄助。谨此就教于大方之家，并致诚挚谢意。

清代学者阮元曾高度评价徐光启的贡献，"自利玛窦东来，得其天文数学之传者，光启为最深。……近今言甄明西学者，必称光启"。追慕先贤，知往鉴今，希望通过"光启文库"的工作，搭建东西文化会通的坚实平台，矗起当代中国学术高原的瞩目高峰，以学术的方式阐释中国、理解世界，让阅读与思索弥漫于我们的精神家园。

上海师范大学光启国际学者中心

2020年3月

序　言

此随笔集取名"摸索仁道",自有其含义。所谓"摸索",对我而言意蕴繁多。首先,我倾向于非实体化的、源头发生型的和广义现象学化(从原发现象直接体验到真实)的哲理,所以思想永远带有摸索感。"摸索"既意味着还没有达到完全的确定,特别是那种自锁式的绝对确定(如A∨¬A;今天下雨或者不下雨),又暗含着某种希望和潜在的运行。其次,这个集子中有些文字反映了我近半个世纪以来的某些生活经历,特别是精神和思想上的追求历程,而它们往往是不成熟的,但毕竟曾是充满了真挚憧憬的,并且还在继续寻找着的。再次,对我们这辈人有所了解(最好是同情的了解)者会看到,我个人的经历与这块土地上人们的命运,是有某种关联的,尽管由于我既非政治家,也非科学家、实业家和文学家,这种关联多半是依稀模糊的,但总可能被有心人感受到。而这一代人生的一大特点,就是变化既多且深,因而免不了摸着石头过河。又再次,此集子里文章或笔录大多与他人有关,或恩师、或朋友、或诤友、或学生,是他们与我一同在这沧海桑田般起伏的大时代中,经受颠簸,并将这些颠簸造成的边缘感受转化为思考和言论。我们一起在摸索。

  说到"仁道",那是我初步摸索到的东西,在我看来即是人生的真理。回想我们小时、少时所学所思,青年时所呼所求,离此儒家仁道何其遥远。而什么样的命运,居然将我带回到这样一个已然陌生的古老家园！遥望未来半个世纪,在这全球生态下滑、世情险恶、人工也要智能、家庭却在衰落之际,这仁道还会再兴吗？前途似乎一片渺茫,就像五十年前的个人命运那样。但我毕竟摸索了,好像还摸索到了少许仁道的真谛,那么谁又知道未来悠悠岁月中的阴阳不测,不会像海潮一样将我们推上一块精神的新大陆呢？我们必须继续摸索。

己亥（2019年）初秋

目录

序　言　　3

第一部分　期待儒家再临

1　孔子为什么作《春秋》、当新王？　　3
2　关于儒家现代命运的争议　　23
3　我为什么倡议建立儒家文化特区？　　34
4　家，儒之本也　　53
5　政治儒学是普遍主义的吗？　　69
6　回应蒋庆先生的评论　　96

第二部分　贺麟恩师思想阐发及受教追记

7　在中西之间点燃思想火焰的哲人　　103
8　我与贺麟先生的师生缘　　113
9　贺麟先生与清华国学院导师　　120
10　"虚心涵泳"的境域含义与前提　　131

11　理想主义信念中的儒家复兴和抗战建国　　140
12　逻辑之心和直觉方法　　152

第三部分　品味人与思

13　贫乏时代的至情诗歌　　175
14　王凤仪学说的儒家性　　182
15　"象思维"为什么是"原创"的？　　206
16　在书道和文本际会中达到哲学的纯粹　　213
17　与杨国荣先生的通信　　223
18　吴国盛教授《什么是科学》读后感　　230
19　点评宝树《读科幻是一件危险的事》　　235
20　从辩证法到生存解释学　　238
21　相逢于风雨如晦处　　245
22　唯识宗的记忆观与时间观　　251

第四部分　中华之大美

23　朝向生存之美的中华　　273
24　人间终极处　　280
25　美与技艺　　286
26　美在边缘自游　　301
27　感受燕园　　311

第五部分 中西比较视域中的哲学与儒家

28	"中国哲学"的利弊	321
29	孔子仁说为何"缺少普遍性诉求"?	325
30	二十一世纪的儒学	332
31	儒家通三统的新形式和 北美阿米什人的社团生活	345
32	极光如何闪现?	364
33	有无之辩和对老子道的偏斜	374
34	《哲学论稿(从本有而来)》中的两译名	395

第一部分
期待儒家再临

1 孔子为什么作《春秋》、当新王?[1]

《春秋》在儒家文献中甚至在世界文明史的文献中都是相当奇特的,今天我就试图一层层揭示之,并品尝它们的哲理意味,由此帮助我们来理解儒家的历史命运,甚至感受它的未来。

一、《春秋》的奇处何在?

第一个问题就是《春秋》有哪些奇特之处?我准备讲七点:

第一,《春秋》好像有一个"述"和"作"的矛盾。我们知道,孔子说过"吾从周",表明他认同的是周文化,而且他还讲"述而不作""信而好古"。"述"就是说他在传承历史的文献、文化、道统,但他自己不"作",自己不写东西,不自己杜撰学说。

---

[1] 这是著者于2008年12月为北大儒行社做的讲座记录稿,由儒行社同学整理,经本人修订。它源自著者开设的一门关于儒家哲学的课程,但略去了其中的文献考订。

但是我们又知道,《春秋》是孔门六艺之中惟一由孔子自己独自"作"的著作,也有不少文献支持这个事实。比如《孟子·滕文公下》《史记·孔子世家》《儒林列传》等等,都讲孔子"因史记作春秋",讲孔子根据鲁国历史的记载来作《春秋》。孔子晚年回到鲁国编撰"六艺",《诗》《书》《易》《礼》《乐》《春秋》,其他的五艺都是编辑、整理,至多加一些说明,但只有《春秋》是自作的,所以我们常常说孔子晚年"删诗书""订礼乐""赞周易""作春秋"。孔子为什么要打破以往声称的"述而不作"的思想风格呢?要知道,从《论语》中我们也的确能够看到,他多次和多角度地表现出了这种风格。

第二,"作"的方式也很奇特,即这"作"又是"述",而且是"极简之述"。像《史记·太史公自序》中提到:"子曰:我欲载之空言,不如见之于行事之真切著明也。"孔子在《春秋》中记载了鲁国二百四十二年的历史。一些学者包括杨伯峻先生等都认为,这是一部大事记甚至就是一本历史教科书,"述"就是记述历史。但是,这记述的方式又很奇怪,即它是极其简约的,因此一再被后人称为"隐""微""约"。如果以不同情的眼光去读它,比如像王安石那样,就会认其为"断烂朝报",不过是对朝廷中一些事情的报道,还因为系连简牍的绳线断烂了,所以显得不连续,里面有许多缺简、乱简。基本说来,直接读《春秋》是读不懂的,或者说是不会很明白的,所以称之为"断烂朝报"也有一定的道理,但是我不同意其中贬抑性的含义。因此,后人就要解释、补充《春秋》,以使之可读。汉代《春秋》有五传,先秦可能更多,到现在还有三个传:《公羊传》《谷梁传》和《左传》。

第三,《春秋》在孔子的"六艺"中最晚出,而且最残缺,但却最被孔子本人看重。《史记·孔子世家》讲:"孔子在位听讼,文辞有可与人共者,弗独有也。至于为《春秋》,笔则笔,削则削,子夏之徒不能赞一辞。"孔子写春秋的时候,他最聪明的学生子夏等人连一句话也插不上。此时孔老夫子确实有些着急了,或者说发作起来了,写完后就下传给子夏。《孔子世家》接着讲:"弟子受《春秋》,孔子曰:'后世知丘者以《春秋》,而罪丘者亦以《春秋》。'"后世的人了解我是因为《春秋》,认为我有罪过也是因为《春秋》。他自己预期,《春秋》传到后世一定会引起万丈波澜,而他自己应当承担,此话是说到绝顶之处了。可见如公羊家讲的,《春秋》中确实有某种"微言大义"。

第四,如此隐微、断烂、诡异的一本"史书",但却在儒家文明史和中华政治史上发挥了某种关键性的作用。除了子夏对《春秋》的传承,还有孟子的继承和发挥,并且以某种方式直接体现在了《孟子》之中。更重要的是,儒家在很大程度上是凭借《春秋》的现象学-解释学传统,通过汉儒像董仲舒(及刘向、班固等),说服了当时的当权者如汉武帝(及汉宣帝和汉章帝),然后被独尊,登上了历史的最高点。从此以后到清朝末年,儒家是中国两千年里的正宗,深刻影响了中华文明的走向。我们去读《汉书·董仲舒传》中他与汉武帝的问答,就可以看出《春秋》是如何关键。可以说,没有《春秋》的儒家就是画龙没有点睛。

第五，《春秋》总是在儒家面临变动或者时代大变革的时候，起到很大的作用；一旦儒家被确立，成为正宗，它反而消隐。所以汉代以后一直到清朝中后期，《春秋》学非常寂寞。但是在先秦、汉代、清末甚至在今天，它却活灵活现，要呼风唤雨。

第六，《春秋》的微言大义表面是"寓褒贬""别善恶"，好像《春秋》用了那么隐微的笔法就是为了蕴含这些褒贬，由此来实现历史的公正。这并没有什么错，但是还未穷尽其中最深的意思。我们去读《春秋》经文，读《公羊传》，再去读《春秋繁露》，会感到其中有许多天人合一、元气蓬勃的东西，还有一些所谓"非常异议可怪之论"（何休语），即一些让当时人和后人初读之下目瞪口呆的地方，比如"孔子当新王"说、还有"报父仇"说、"天子一爵"说等等。这样的思路好像完全突破了传统的孔子形象，即一个唯唯诺诺、维护严格等级制度的守旧者，给了我们一个新的形象，一种惊天动地、要开辟新天地的形象，如康有为所说，甚至是具有革命思想的形象。我和康有为对《春秋》的评价表面上看有一定相似之处，但是内里处非常不同，不过我们今天不讨论康有为的观点。所以，《春秋》似乎极旧、极古，但又极新、极变，一点也不保守。

第七，《春秋》的传承方式也很奇特，分为经文和口说，我称之为"经文和口说的两向性"。也就是说，《春秋经》就直接写在简帛上，但是除了经文之外，在汉代前还有口传、秘传的部分。这种两向结构是如何出现的，我们接下来讨论。看起来是自造艰难的结构带来了独特的效果，而"隐微"在历史中被放大，最后使儒家在合适的时刻成了大气候。我认为这种传承方式是很前现代的,又是很后现代的,通过后现代的一些哲理可以更好地理解其奇特之处。

二、孔子为何要作《春秋》?

第二个问题,我们来看孔子为什么要作《春秋》呢?当时,孔子站在一个悲哀失望的过去和一个迷蒙难测但又是隐含着希望的未来的交接之处,处于极度焦灼的思考中。这时孔子处于晚年,离去世已时日无多。他青年和壮年时有极高的政治抱负,"如有用我者,吾其为东周乎?"[1]对此话的一种解释是:如果有人用我,我将在东方使其成为周国;另一种解释则要在句末加上问号,即我将要开辟一个新的时代,岂止在东方再现周朝?"吾岂匏瓜也哉?焉能系而不食?"[2]可见他急切用世,绝不甘于授徒立说而已。"天生德于予!"[3]我就是要干一番大事业,如周公那样的事业,甚至更高。但是他的一生屡试屡挫,不仅在鲁国失意,就是十四年的周游,几经起伏,几经磨难,终未能遇到明君圣主。晚年在弟子冉求的帮助下回到了鲁国,这时他明白了,在现实中他已不可能有什么大作为,"吾道穷矣"。《孔子世家》中载孔子说:"河不出图,洛不出书,吾已矣夫!"他的抱负实在很大,河图、

---

1 《论语·阳货》。

2 同上。

3 《论语·述而》。

洛书只为开创一个新时代乃至新文明的人而出现,孔子说"河不出图",说明他原本就有那种期待,只是眼看要落空了。我们看到《论语》中有多少话是他用来宽慰自己的:"不患人之不己知,患不知人也"[1];"不怨天,不尤人,下学而上达。知我者其天乎"[2],等等。可见,此时的孔子处在一个失望、绝望之中,但又不甘心,所以要奋起行动。我们刚才提到,他的行动就包括"删诗书""订礼乐""赞周易"等等。可是他在现实中再次受到打击,鲁哀公十二年,他惟一的儿子孔鲤先他而死;十三年,他的希望之所在,最喜欢的弟子颜渊去世,孔子悲痛到无以复加。《论语》对此有明确记载,这也成为儒家最为悲痛的时刻之一。"颜渊死。子曰:'噫!天丧予!天丧予!'"[3]"颜渊死,子哭之恸。从者曰:'子恸矣。'曰:'有恸乎?非夫人之为恸而谁为?'"[4]他意中的传人应该就是颜渊,死时才四十一岁,孔子大他三十年,是七十一岁。颜渊死,他的眼前一片漆黑。第二年,弟子子路又惨死于卫,在政变中被剁成肉酱。

孔子一再面临悲苦之事,又知道自己来日无多,由此我们可以想象,他心中生出巨大的焦虑甚至恐惧。《孔子世家》记载:"子曰:'弗乎弗乎,君子病没世而名不称焉。吾道不行矣,吾何以自见于后世哉?'"孔子在为自己的学说、儒家的命运乃至华

---

1 《论语·学而》。
2 《论语·宪问》。
3 《论语·先进》。
4 同上。

夏文明的命运担忧,而这种担忧也确有道理。当时儒家既没有自己的组织,又没有真正的自家经典,只是一种师生关系,而不像后来的墨家,有严格的组织,领导人称为"巨子"。孔子可能也没有想过要建立这种传承的体制,但是他肯定会意识到其中的问题。他教徒的五艺多属历史文献,虽然极其重要,但不足以让儒家开出一派并且传承久远。尤其是,没有哪一部经典可以使儒家直接地久远地影响华夏的政治,而孔子是一位非常有历史深远意识的圣者,这时候他心中的焦虑就会升华为某种透彻的思考。基于一生丰富卓绝的思想文化经验和从政经历,当他真正朝向自己死亡的时候,如海德格尔所说,处于"朝死的存在"之中时,会形成一种"先行的决断",打开一种未来的全新可能。于是作了《春秋》,另外就是传孝道或《孝经》于曾子。

在他去世的前两年即哀公十四年,他还受到了一个刺激,就是鲁国大臣的车夫(或按另一说是一个打柴人)打死了一头怪兽,却不知道它是什么。孔子博学,这些人就来请教。夫子看到以后非常悲痛,因他看出这是麒麟,于是直呼:你来干什么?!——"孰为来哉?!"实际上,孔子这是自比于麟了,他本身就想去做人间的麒麟。要知道,麒麟乃仁兽,本应是盛世出现的吉祥之兆,但是在孔子看来,当时正是乱世,所以这只麒麟来得不是时候,也就不被人识,不被人看重,反而被打死了。按照一种说法,孔子由此发愤写作《春秋》;按另外一种说法,孔子在之前几年就开始写《春秋》了,但绝笔于或停止于获麟,所以《春秋》也被称为《麟经》。

麒麟之死唤醒了孔子，使他写作《春秋》：它既是死亡的符号，同时也是一个生命的符号、新生的符号。此书的写作中寄托了孔子最深切的临终关怀，在"吾道穷矣"的绝望死地，还是要放手一搏，写出最能传达他生命意义的思想著作，也由此做出传承的安排。《春秋》中一定隐含着非常关键的"孔夫子密码"，破解它，领会它，才能真正理解儒家历史生命之所在。前人讲《春秋》的意义在于拨乱反正，但是我认为，这只是历史的后果，之所以有这种后果完全靠《春秋》经传本身的思想品质和写作方式。总之，《春秋》是孔子要使自身、使王道和天道传承于世之举，是他在"恐惧与战栗"中找到的生命线。《恐惧与战栗》是克尔凯郭尔的书名，揭示了基督徒在面对上帝时，会产生完全不能理解上帝的恐惧与战栗，比如亚伯拉罕受到上帝的考验，被命令用自己的独生子为上帝献祭。亚伯拉罕被认为是犹太-基督教历史上信仰的典范，但克尔凯郭尔却感到这次献祭中有难于理解之处。这样的考验，人是无法承担的，但是又必须去承担。孔子也是如此，他在晚年作出的"非常异议可怪之论"，也是他在穿越了恐惧与战栗的情境之后找到的一条生命线。

三、孔子如何作《春秋》？

我们知道人类历史上出现过很多伟大的经典，或者出自创始者本人之手，或者出于弟子们的记述。就儒家而言，前者是《春秋》，后者是《论语》。但是我们看其他宗教或哲学流派的创始者的作品，如《奥义书》《古兰经》《老子》等等，都是创始人阐发自己的思想，或声言是神灵、天道在通过自己来阐发思想。孔子却不直接陈述自己的主张，更不声称是在宣述神、道的主张，而是要记述春秋二百四十二年的历史。表面上是纯记述的，毫无个人的主张，但在记述中隐含褒贬。可见，就在孔子"从心所欲，不逾矩"[1]地表达思想的时候，还是像《论语》中反复记载的那种风格。子贡曰："夫子之文章，可得而闻也；夫子之言性与天道，不可得而闻也。"[2]这就是他的特性，一生中不直接讲理论的话，比如关于"仁""义"，他觉得直接讲述或下定义难以表达真意。孔子不能不是孟子讲的"圣之时者也"[3]，他表达自己的主张，一定是以时机化的方式，进入原发性的历史情境。在这个意义上，他只能通过**时化**而将他的意思真切著明地说出来，让他的学生和后人理解。对于孔子来讲，"述"即"作"，"作"即"述"。"述"又不是完全对象化意义上的"描述"，因为这《春秋》经特别地隐微诡异，如司马迁所讲"辞微旨博"。它似乎是一本被故意削减后的残本，好像是人工雕琢成的太湖石一样，留下了不少空缺。比如隐公元年，"郑伯克段于鄢"一共六个字，如果脱离了特定的背景则无法理解其要旨。《左传》用了530多个字来解释这句话，也才只让我们明白了其中的事实，至于它含有什么微言大义，可能还要再阐述。一些证据表明，原本的历史记载——比如

---

[1] 《论语·为政》。

[2] 《论语·公冶长》。

[3] 《孟子·万章下》。

孔子所依据的鲁国史书——比孔子的记载要多。应该说，孔子当时就知道，这么简约的表达必须要通过解释才能读懂。但是这个残本并非如《红楼梦》那样，后四十回完全缺失，而是让你感觉到，某些信息还被隐藏着，要求你去寻找和解释，由此引发你去填补空白，以当场找到某种答案。孔子相信，正是在这种要找到谜底的努力之中获得的东西才是自己的原意，才是你在生命情境中对《春秋》的真领会，而《春秋》的文字部分似乎总是在邀请有心人去找出合乎时机的谜底。

这是一种充满了期待和希望的残缺，也是孔子擅长的教学法在他最后作品中的集中体现。若真正了解他的教学方法，这也就不足为怪了。比如《论语·述而》记道："子曰：'不愤不启，不悱不发。举一隅不以三隅反，则不复也。'"他的教学法就是时机化的填空法，其中又隐含着对话和潜在引导，引发学生的内在领悟并使其实现出来。它在孔子临终的天鹅之歌中，又用文本表达出来。其实，这种猜谜式、"密码"式的文本现象，在宗教和哲学传统中都有表现。影响巨大的源头性文本，不管是宗教的还是哲学的，往往具有这种含糊的或不能使人完全知晓之处，也就是含有解释的空间和意义的空白。孔子是一位极其敏锐的老师和善于掂量文本分量的大师，他明白在什么情况下一个文本会产生怎样的效应。《春秋》的经文在孔子时就写了出来，形成了《春秋》的传世之本，相当于猜谜中的谜面；而《春秋公羊传》则是孔子口传给弟子的（如子夏），用来引导解谜。孔子一定当时就做了传,传给他的弟子。[1] 而且应该存在春秋的《原传》,在传承中经过种种演变,才出现了后来的《公羊传》《谷梁传》等传本。

孔子为什么不将经文和传释一并写出,放在一起呢?他深知,如果这样就缺少引发性,必须将其分开,一阴一阳,才能使其生龙活虎,阐发出孔子心中活生生的天道思想。这种思想既不等同于历史事实,也不等同于用以褒贬的历史原则。他并不想说任何一种"什么",他深知那些对象化的"什么"都会僵化,也都会被历史的潮流涤荡,他只想找出一种能够与时偕行的天道仁政的结构,或者是一种能够驾乘时间之潮的结构,作为一阳一阴的中道被人活生生地理解。因此,《春秋》从一开始就有经传的二相性,或文口(文本与口传)对生的传承结构。就像释迦牟尼生前反对弟子们将方言口说翻译成梵文,孔子可能也出于类似的考虑,反对子夏等人将他的原传、口传内容变成文字。我们以下还会说到,口传才有激活力,使经文在口耳相传的传解之中获得血脉生机。

前人对这个现象是怎么理解的呢?东汉的何休认为孔子这样做是"畏时远害",也就是如果他说得太清楚,会招来当下的迫害。另外的说法则是:孔子预测到未来秦始皇会烧书,因此用口传躲避过去。我认为这些都还不足以解释文口二相性,而基本同意蒋庆先生对何休的反驳。蒋认为,当时的春秋格局,知识分子

---

[1] 参见蒋庆《公羊学引论——儒家的政治智慧与历史信仰》,辽宁教育出版社1995年版,第2章第1节第2部分"公羊传是孔子自传"。

所享有的思想自由比秦汉高很多，《论语》记载的孔子对当权者的批评有时更激烈，因而"畏时远害"不足以说明孔子的做法。至于孔子能否预见秦火，也要看怎么说。孔子可能预计到，天下形势如果按当时的格局继续发展下去，会有一个有力者来强行统一，而这种人会害怕儒家的思想生命而迫害之。这种推测未可完全否认，但如果说它会造就《春秋》的传播特点，则不具有很强的说服力。我倒是觉得以下几个原因，更有可能促成了孔子作《春秋》的独特方式。

首先，书写下来的经文保证了《春秋》的客观性和传播的有效性，但是如果经传都被书面化，则多半会固化为某种没有时机灵魂的东西，这和孔子的思想性格相冲突，比如《论语》中讲他"毋意，毋必，毋固，毋我"[1]，所以他会对完全固定下来的文本，不能充分信赖。第二，他如要用口说的传解（即所谓《原传》）来激活经文，就必须使经文残略，然后用口传补充。第三，即便口传的补充也不是补足，而只是在一种替补的努力中，试图引出最合乎当时情境的理解和有时机性的大义，这就不同于《左传》的详细铺叙。蒋庆先生总结董仲舒的说法："《春秋》无达例，书事诡其实。"[2]《春秋》的叙述中隐含着"义"，即价值评价，比如称一个人的字是褒，称名是贬，但并没有一个"义例"——解释义的体例——的有效性能够贯穿整本书，没有这样的普遍化原则

---

1 《论语·子罕》。
2 蒋庆：《公羊学引论》，第65页。

或"达例",比如偶尔称字又不是褒。它的叙事由于"有所刺讥褒讳"[1],就比较委曲,比如"天王狩于河阳"[2]"无骇帅师入极"[3]之类,不完全是硬梆梆的事实,此所谓"诡其实"。这些都使经文包含有一种"原残",根本的残,通过它和替补的努力共同构成了理解《春秋》的时机。在孔子设定的这种传承《春秋》的格局中,补充、重复和再现永远是必要的,都是在出新,"苟日新,日日新,又日新"(《大学》所引汤之《盘铭》),这也是孔子追求的一个文本的最高历史价值和思想效果。

第四,口传的方式具有隐秘性。当时师徒口传的地点也应当是隐秘僻静的,弟子们当场被那些突破俗见的思想激发出神圣感,通过口传的契机与老师成为一体,血脉相连,于是皈依于历史情境向其显示的真理。这样,孔子就使自己的学说和学派获得了超个人的身体感,来弥补儒家缺乏严密组织的弱点。第五,这种传承的效应能够激发不离中道的时机创造性。口说是有家法的,以便保证流传过程中不出错、不遗失。但是因为是口传甚至是单传,在某些历史情境中会生出新的理解。口传者用全部生命相信他的理解是符合夫子原意的,符合天道人道的,在这个时刻会有一些改变,可又不是随意改变。《公羊传》《谷梁传》有些不同,可见这其中是有改变的,但是决不是随意的改变,而是适应历史情境脉络的。这样的思想在孔子看来就是最有中庸至味的,

---

1 《史记·十二诸侯年表第二》。

2 《春秋·僖公二十八年》。

3 《春秋·隐公二年》。

最能进入天人相参的历时境界。我认为孔子当年就设想到了,只有通过这样的传承方式,儒家才能永远在其内部产生新鲜的意境而不干枯,才能因此而攀上历史的高点,使那时的统治者直接感受到仁义礼智信的活力。这些特点在子思、孟子、董仲舒等人那里都有所体现,也就是孙子讲的:"以正合,以奇胜。"[1]他们所讲的是儒家很正的道理,诚、仁、义等,同时要以奇胜,而这样一股《春秋》公羊的奇怪旋风的风源就是经文口说的互补对生。通过它,儒家的全部学说摆脱了呆板,赢得了历史的血脉生机,具有了能够翕然兴发、与时偕行的生成结构。

四、孔子为什么要当"新王"?

《春秋》中众多异议可怪之论中,最可怪的之一就是新王说,尤其是孔子当新王说,这样看来,它也只能口传。按照公羊家的解释,《春秋》确实是以隐微的方式宣告了一个新王乃至一个新王时代的诞生。比如宣公十六年,它记载了一座位于成周城中周宣王的庙失了火,但是《春秋》一般不记鲁国之外的失火,为什么有这次例外呢?《公羊传》的解释是"新周",周已经成为一个新的前朝了,于是按公羊家何休的解释:"孔子以《春秋》当新王,上黜杞,下新周而故宋。"[2]这里还有通三统的意思,但主要

---

[1] 《孙子兵法·兵势篇》。

[2] 《春秋公羊解诂》。

是讲孔子通过《春秋》宣布了新王的出现。中国古代政治有一个很好的传统，新王朝将旧王朝推翻后，要善待前两个王朝，将其后代封到某个公侯国，如周封夏的后代于杞，殷的后代于宋，以使它们保持自己的"（传）统"，并与新朝一起形成三统，是为"通三统"。在孔子时代，原来是夏、商、周三统，但是因为新朝出现了，夏（杞）就要退出三统范围了（黜杞），周也变成了一个新的前朝（新周），而商（宋）就成为了前前朝或老前朝（故宋）。于是，一个全新的王和时代诞生了。

对于这个"新王说"。《孟子》和司马迁的记述都提供了更多的佐证，甚至在《论语》中也有一定的暗示，比如"吾其为东周乎？"句尾用问号，我根本不会在东方复兴周朝了，因为新的时代已经出现了。"文王即没，文不在兹乎？"[1] 中国的文明命脉在我身上。"河不出图"，等等。这和汉以后及我们今天习惯的孔子形象大相径庭。一般印象中的孔子应该是"从周"（认同周朝及其文化）、克己复礼，讲正名，"不在其位，不谋其政""有道则见，无道则隐"[2] 的人，怎么会这样？这岂不是篡逆么？更奇怪的是，一个民间思想者，在落魄之际怎么能幻想凭一部书就能够宣布一个新王朝？还有一个问题，孔子之前的思想和这样的想法之间有重大反差，他的思想方式怎么会如此戏剧性地改变？有人用孔子思想的发展阶段来解释，如蒋庆将孔子的思想分为三十岁以前、

---

1 《论语·子罕》。

2 《论语·泰伯》。

五十岁以前和七十岁三个阶段，我觉得有一定道理。如我们刚才所说，孔子在晚年是有一些精神升华和变化的，但是我认为还可以有别的解释。当然，有的人在这种现象面前干脆退却了，比如朱熹，如此博学，但终生不敢治《春秋》，认为此书才说出，便有忌讳。但是我们还可以换个角度来看，比如从孔子一生抱负何以自现于后世的角度，以及他的"圣之时者"的角度，这个"新王说"好像从大道理上看，也不是不能设想的。如果不是当年孔子自己如此讲的，有哪个弟子敢把这样的学说加到老师头上？那才是真正的大逆不道了。要知道，在那个时代，东西方的伟大人物往往都跟为王有关，像释迦牟尼一出生就被预言为王，耶稣被有些人看作是犹太人的王，柏拉图《国家篇》中的哲学王，等等。无论如何，《春秋》没有了"新王说"的话，就像基督教学说中没有了基督的死而复生。

《春秋》公羊学所讲新王的确切含义到底是什么？我感到，其一，是新的王道。《春秋》通过它的微言表述、历史和口传，共同表现出一种王道，通过它实现尧舜时代的天下大治和和谐盛世，具有某种永恒的提示力。用其所包含的文化的、语言的、艺术的、哲理的生动结构，指向了中华民族乃至人类生存的理想状态。但是这样的解释还有些抽象，所以，第二，这个"王"不只是王道原则，而就是指孔子本人。所以存在本身要变成存在者，不能总高高在上。但这里却面临着悖论。"王"就要有王位，但孔子似乎无位；如果认孔子占有理想中的王位，则似乎不符合他的基本素质。"吾谁欺？欺天乎？"[1]这些都让我们感到某种绝望，某种恐惧。后来有些说法要摆脱困境，比如主张孔子讲的"新王"是指"素王"，即有德无位之王，也就是有当王的德行，但是没有实际的位置，所以叫素王。我感到这么解释还不够。如果没有位，怎么能称为王呢？王就必有其位，关键在于如何理解"位"。

我们要从"王"的意思说起。"王"三横一竖，按董仲舒的解释是能够打通天地人的领导者。所以王绝不止于人间的统治者，比如秦始皇，根本不是王，真王必能够与天地精神相往来，要有天人感应。按现在的话来说，就是有原生态伦理和原生态政治的沟通能力，当然也必具有原本的公正和仁爱。要达到此种境界，靠当时的霸道，如春秋五霸用力量去干好事，也还是不够的。而光靠恢复周礼，也不行。孔子在作《春秋》时应该已经意识到，外在地恢复周礼，就只是在收拾残枝败叶，不过是一些现成化了的等级制和一套规矩礼仪，而是必须回溯到历史的源头处，摆脱掉、还原掉一切现成的预设，从"新"开始，也就是说从"元"开始。"新"和"元"很有关系，"元"可以理解为原本、本原。《春秋》中有十二公，每个公即位时都会出现"元年春王正月"这样的话，极被《春秋》学家重视。表面上是说，新的王即位了，他的元年从春天开始，而这元年的正月来自周王

---

1 《论语·子罕》。

颁布的历法或"正朔"[1],但其中大有深意。孔子感到,要从新开始,才能有天地人的贯通,所以只有回到元点,天地与人还没有被分离之时之境,正像"关关雎鸠,在河之洲"还没有和"窈窕淑女,君子好逑"割离,或者说,"元年春"还没有和"王正月"割离,这时的礼乐政治才是通天彻地、感人至深的圣王圣道境界。

王和新是内在相关的,"王"必"新",真能"新"的必然作"王",而"能新"在《春秋》中的表现就是"元"。董仲舒在《春秋繁露》中讲《春秋》"变一谓之元,元犹原也,其义以随天地终始也"[2],不能将"元"当作一个最高的原则去固守,而一定要从变化中涌出"元",所以这元首先就是元时,即存在和意义的发端,比"天"还要原发。"故《春秋》之道,以元之深正天之端,以天之端正王之政,以王之政正诸侯之即位,以诸侯之即位正竟[境]内之治。"[3]一切都要从元开始,向下贯通,整个世界才能重新更新,获得生命的元气,整个人间才会再次美好,王朝或政权也才能长久。所以《春秋》中每一个王即位都以"元年春王正月"发端,就像是《春秋》这首宏大乐曲的主旋律一样,十二次重复,而且除了头一次,都以前一公的死亡为前提,每次都

---

[1] 至于此"正朔"与通三统的内在关联,请参考敝作《拒秦兴汉和应对佛教的儒家哲学——从董仲舒到陆象山》(广西师大出版社2012年版)第四讲第一节。[《拒秦兴汉和应对佛教的儒家哲学——从董仲舒到陆象山》,现收入《张祥龙文集》第9卷。——编者]
[2] 《春秋繁露·玉英》。
[3] 同上。

有新的可能被激发出来。他们不只是在报道一个事件，即一个新的公国君主的即位，而是在以悲喜交集、兴发翕然的方式感受着它，同时参与着构成新王出现这一重大事件。

设想历史上的公羊老师向弟子口传此义的时候，那是何等神圣震撼的时刻！每次都会当场实现出新王的原本含义，并且一次又一次被深化。《春秋》如果没有新王，只是按某些原则的褒贬，就没有王者的境界，就没有资格参与现实历史的活生生构成。"政"或"正"的源头不只是在现成的礼制，甚至局限于此的礼义，而在于"元"，谁能够生发出使天地人打通的新的东西，谁就是正统，谁就有统治的合法性，这对后来中国政治影响非常大。因此"孔子素王"说，我的领会是此王一定有位，但是是有位而无形，没有可以对象化的位。我将这个位理解为一种"势"，一种蕴含可能性的生成势态。可看作是源时势，或构造具体时势的位相结构，即随时都可能构成某种对象的那种引而待发状态。按《易传》讲，"阴阳不测之为神"。在这个意义上，新王是神圣的、不测的、随时可能来临的。基督徒盼望基督再临，但再临的时刻一定是他们没有做好对象化准备之时。这样的新王以出其不意的新鲜和奇特来成就，就像古希腊哲学家赫拉克利特提出的"时间是一个儿童，儿童掌握着王权"。我是这样理解素王的，另外我还将"素"理解为"绘事后素"的素，这里就不讨论了。[1]

最后做简短总结。今天我们又站在一个急切要思索过去和眺

---

1 参见《拒秦兴汉和应对佛教的儒家哲学》，第121—122页。

望未来的节点上,我们的传统文化、中华民族和人类共同体在未来的命运和生命的传承,好像又成为问题了。在这样的时刻,我们阅读《春秋》,是不是会感受到孔夫子从两千五百多年前投向我们的目光,他当时思考的未来是否对我们还有启发,甚至可能是,夫子当年的眼光穿透了历史的风云再次投向我们的未来呢?也未可知。相比于现在流行的各种未来学,《春秋》对我们的启发更重要,我们也特别需要自己的新起点,自己的"元年春王正月"。

2 关于儒家现代命运的争议
——新浪网站访谈录[1]

新浪历史：您一直呼吁和论证要成立"儒家文化保护区"或"儒家特区"，也就是您所谓的重建儒教的"中行路线"，引发了很大关注和争议。有人认为很荒唐，如果儒家文化像印第安文化一样只能在"保护地"苟延残喘，对儒者来说首先意味着的是羞辱，因为儒家文化不是一个死去的传统，它跟我们的生命同一，"不主流，毋宁死"。您如何回应这个批评？

张祥龙：这是不明儒家历史和特点的误解。孔子说："周文武起丰、镐而王。"[2] 意思是：周文王和周武王都是在丰和镐这样的小地方——相当于当时的儒家特区——开始他们的事业，最后就靠在那里行德政感召人心，成就了王天下的大业。而孔子一生最大的

---

[1] 此访谈发生在2014年。
[2] 《史记·孔子世家》。

抱负恰恰就是要在东方做这种事情——"吾其为东周乎！"[1] 也就是先将一个小地方依时机化的儒家思路治理好，让广大百姓可以亲眼看到、亲身体会到儒家思想进入现实的魅力，发自内心地认同之，则复兴指日可待。儒家要首先以这种活的德行而不是暴力、计谋来实现理想、改造世界，何"羞辱"之有？儒家的优势就在对人伦亲情的原初理解和深化，"亲亲而仁民"，通过"修身齐家"等方式创构出能够"上下与天地同流"的美好社团、国家及其和谐生活形态，而不在于以普遍主义化的原则或武力来传教或争权。舍其长而用其短是为不智。"主流"是争不来的，只有靠复活可亲可爱的真实生活形态和解决人类最关心、最感绝望的问题来得人心、求生存、图发展。

新浪历史： 有学者认为，"五四"新文化运动去儒家化，打开了去中国化的序幕，习近平对儒学的重视，意味着持续近百年的"去中国化运动"的终结。但有学者反驳道："把百年救国运动说成百年去中国化运动，不仅是浅薄的，而且是狭隘的，是滑稽的。不明'新中国'的含义，所谓儒家便是无根之木。这也是不明儒家真义的行为。"您对此争议如何评论？

张祥龙： 新文化运动至"文革"结束是一个急剧去儒家化的历史过程，恐怕没有严肃的思想者可以否认。这在世界文明史上是一个罕见的文化自戕奇观。"中国"在今天有多义性，比如传统文化意义上的中国，作为一个政治实体的中国，中西文化交织的现

---

[1]《论语·阳货》。

实中国,等等。所以,您提及的争论似乎与这些意义的混淆有关。无论如何,二十世纪是儒家在自己的祖国被摧残和"打倒"的世纪。儒家的根子在孝悌,在仁德仁政,不在任何去儒化的政治意识形态和现实形态中。儒家有自己的思想和生存血脉,不是任人打扮的模特。领导层发出同情儒家的声音,当然是好事,但由于现今主导意识形态与儒家的区别,相互不能替代,所以也要力求保持和加强民间儒家的独立和真实,做出只有儒家才能做出的事情,不然那些同情的声音也落不到实处,终止去中国化的努力也就会沦为空谈。

新浪历史: 最近一期的《财经》杂志以"新儒学何往"为专题,发表了林毓生、袁伟时、高全喜三位先生的文章,林毓生先生认为,儒家的理想是用一个道德圣人做政治领袖,而非如何用制度防范权力腐化,这是儒家的一个缺陷,所以,他认为中国传统的儒家思想必须经过"创造性转化",才可以发展成为自由民主的思想基础。您对他的观点怎么看?[1]

张祥龙: 对于林先生的批评,只能说,历史上的儒家没有用西方意义上的制度来防范权力腐化,但她有自己防范方式,不然就无法设想一个总在腐败的权力可以让华夏文明生存得这么久,超出了世界上的任何一种文明。现今和未来的儒家应该从西方的自由民主和生态社会主义吸收些有益的东西,也需要切合时机的创造性转化,但不会以西方那些或右或左的主义为模板来强迫自己就

---

[1] 林毓生:《新儒家何往——新政治秩序与新文化秩序》,《财经》杂志2014年第30期。

范，因为儒家有自己深厚的治国平天下的资源。不要忘了，尧舜时代的政治、三代以德治国的政治（见《尚书》），有各种源自"齐家"经验的行之有效的防范权力腐败的办法。比如，在一个文化和政治中心的领导下的分封制或分权制，对所有掌权者的礼乐教化，谏议制，科举制等。夏、商、周各存在了数百年，最长的有八百年之久，创造了灿烂的文化和值得我们尊重的生活形态。无视这些伟大文明成就，用西方传来的社会进步论来切割贬损之，相当粗疏，不足为训。

新浪历史：袁伟时先生指出，时至今天仍有自封或互相吹捧的儒家"大师"，信誓旦旦断言儒学可以医治中国乃至世界的痼疾，他们故意回避17世纪至19世纪中国向现代社会转型失败的主要障碍就是儒学，并认为儒学的危机来自自身的缺陷，一是儒学从诞生之日起就以灌输信条为特征，对异端缺乏宽容大度；二是儒学自我定位主要是教化子民的工具，匡扶圣主的拐杖；三是与西方文化不同，中国传统文化自古以来把数学、逻辑、法律等学科排斥在教育体系之外，熟读儒家经典成为主要上升渠道，导致知识阶层视野狭窄，创新能力严重不足。对袁先生的这个论断，您如何回应？[1]

张祥龙：这种先设立西方的一些标准来指责的方式，它的有效性、真实性从根本处就可疑。对儒家这样丰富深远的文化和思

---

[1] 袁伟时：《中国传统文化——辉煌·历史危机·现实危险》，《财经》杂志2014年第30期。

想，用一些历史偶然事件来断言其性质，相当草率。而且，"现代社会"体现的"现代性"代表了真理吗？反思现代性给人类带来的深重问题，不正是当今思想者该做的事情吗？儒家自西汉成为中国主导思想后，其他宗教或学说不都可以正常地甚至是兴旺地存在吗？相比西方在漫长中世纪中完全排斥教外和教内异端的绝对式"灌输"，儒家实在是极其宽容的。其他的那些指责，恕我不再回答了，它们还停留在当年《新青年》的反儒水平上。我已经在《深层思想自由的消失——新文化运动后果反思》[1]一文中有回应了。由此可见，儒家当今还在面对两次新文化运动（1915,1966）的挑战，"去儒家化"还远没有终结。

新浪历史：高全喜先生认为，"总体而言，古代中国政治的制度架构仍然是外儒内法、儒法合流下的皇权专制主义，'儒家宪政'从未担当过主体性的角色。古今之变以来，面对现代政治，儒家如不能在规范意义上结合自由主义核心义理和宪制经验，则可能重新堕入新的'儒法合流'式权力专制主义之窠臼。"[2]

张祥龙：尧舜与三代政治谈不上皇权专制主义。以西方化的"宪政"来框定儒家，实在是圆凿方枘的别扭之举。就是西汉及以后的中国政治，也不能以"儒法合流"来刻画，因为两千多年以儒

---

[1] 张祥龙：《深层思想自由的消失——新文化运动后果反思》，《科学文化评论》第6卷第2期，2009年4月，第26—41页。转载于《复见天地心——儒家再临的蕴意与道路》第五章，张祥龙著，东方出版社2014年版。[《复见天地心——儒家再临的蕴意与道路》，现收入《张祥龙文集》第12卷。——编者]

[2] 高全喜：《儒家思想面临新挑战》，《财经》杂志2014年第30期。

家为主的治国术，基本上是以家为本或以孝为本的，以道德化的文章来取士做官，皇帝自小也受儒家教育，在他本人的家庭中行儒家之礼，知识分子享受相当大的思想自由，主要以儒礼而非严刑苛法来治理社会，这些都是反法家的。任何现实权力运作都要有维持权力不堕的方法，不能一提权术就一定是法家的。何况，正是儒家治家的有效使得尊儒的朝代能够较好地解决皇权传承的问题，避免了奉行法家的秦王朝二世而亡的悲剧。总之，儒家政治从来就不必是权力专制主义式的。

新浪历史：刘泽华先生认为，在政治上儒家的主流是维护君主专制体制的，但儒家政治思维有一个根本特点，即它具有一种"阴阳组合结构"的性质，譬如，君本-民本的组合关系，君本以民本为基础，民本以君本为归宿，两者互相依存，胶结在一起，形成一种组合关系，但是，君本的主体位置是不能变动的。儒家政治思想的主旨是王权主义，与近代以来旨在限制君主权力的宪政主义毫不相干，让孔子直通古今是不现实的，那种意图在当下全面"复兴儒学"的观点和主张不仅不可能，而且是有害而无益的。您对此如何评论？[1]

张祥龙：儒家政治思想的主旨是家庭主义，不是王权主义。君本与民本的根本都在亲子关系和家庭伦理，以孝悌为根，以仁政为体。《郭店楚简·六德》讲："为父绝君，不为君绝父。"虽不能

---

[1] 刘泽华等：《让孔子直通古今是不现实的——从中国政治思想史视野看"儒家宪政"论思潮》，《中国社会科学报》2014年第662期。

说此家先君后的原则充分体现于后世,但在"以孝治天下"的氛围里,它们一直在起作用,制衡君权。通过西方的二元化思想方式——不是君,就是民;不是国家,就是个体;不是专制主义,就是个体自由主义;等等——来打量儒家和中国历史,总是外在的。中国古代的"民",首先是家庭化的"百姓"。"克明俊德,以亲九族。九族既睦,平章百姓,百姓昭明,协和万邦。"[1]

新浪历史:基督教在中国的发展迅猛,有人担忧"多一个基督徒就少一个中国人",但有人却认为,即使全部中国人信了基督教,改变的不是中国人,而是基督教。对此,您怎么看?或者,在今天,儒家还能不能像历史上"以儒化佛"一样"以儒化耶"?

张祥龙:历史上儒家比较成功地接纳和应对了佛家,丰富了自己,也留下了让对方自由发展的生存空间。中华文化与印度文化的遭遇是一个让双方得益的文明传奇和交流典范。相比印度来的佛家,基督教有多得多的硬性教条和独霸性,尽管也不是铁板一块,也有非教条的向度,比如其神秘主义的一面,以人的生动宗教体验而非教会化的教条为根本,就可能向其他文化的经验开放。西方当代一些受现象学、生存主义影响的神学家和哲学家,就阐发了一些可以与儒家对话的思想。如果以儒家为主体的中华传统文化毕竟能够存在下去,那么一个基督教化的中国就不会出现。在这种形势下,同时做一个中国人和基督徒就完全可能。但是,如果继续新文化运动的各种颜色的全盘西化道路,还以陈独

---

1 《尚书·尧典》。

秀、胡适、吴虞、鲁迅、傅斯年、钱玄同等人的眼光来评价、打压中华传统和儒家，那么一个基督教化的中国或许就会出现，因为在方兴未艾的西方式全球化的历史潮流中，这个宗教有最强的国际背景，有极严格的组织、财力，以及教育、文艺、媒体、经济、科技的动员力，足以填补传统消失后的真空。在韩国基督教已经是第一大宗教，而中国的基督教化假如出现的话，也似乎不会是基督教的全面中国化。但基督教是禁不住的，只有靠改善自家文化和宗教的生态环境，培育有生活活力的原生族群信仰和思想形态，才可能构造出一个健全的多元文化和信仰共存的中华精神世界。

新浪历史： 以牟宗三先生为代表的"港台新儒家"多采用哲学话语形式对儒家经典加以阐释梳理，而包括您在内的当代"大陆新儒家"主要选择了宗教的学科框架，大多倡导儒教，儒学的发展为何会有此转向？您对儒教国教说、儒教公民宗教说和"一个文教、多种宗教"说，各有何看法？

张祥龙： 尽管我十分尊重港台新儒家的贡献，但还是认为，大陆新儒家比他们要更全面地坚守儒家的生机命脉，不愿轻易就将知识、政治和信仰拱手让给西方。恢复儒教是大陆新儒家的主流共识，因为在今天的情势下，没有团体存在，儒家就是无身体的游魂，无法找到深入现实生活的支点。在经济、文化的全球化趋势里，家庭在萎缩，原生农业和农村在被边缘化，高科技在愈来愈深地挟持人类生活，人的生存越来越碎片化，因此，这时应该首先关注如何建立让儒家能成活的生存基地，而不是争主流中的名分。康有为搞的孔教当年差一点成了国教，但因为缺少真实的、有活力的生存基础，顷刻间就被扫荡，而且让儒家蒙上不应属于她的恶名。此教训不可谓不沉痛。依我的拙见，儒家在相当一段时间中，不能也不宜去全力争取政治和宗教上的高位，无论哪种，而是应该主要在民间做培元气、复生机的工作，并同时寻找那种能够感发人心和活体生存的复兴之路。儒家真正的大复兴在未来，也就是在找到应对人类困局的长远之策和实行之法。以她在全球各种宗教和文化中的独特素质，如果能够扬长避短、与时偕行的话，那么就有可能做到。

新浪历史： 随着传统文化在各个领域的复兴，在民间也出现了一批"书院"等国学教育培训机构，但良莠不齐，有的大搞商业运作，有的甚至宣扬传统中的"厚黑权谋"传播怪力乱神，您如何评价这一现象？民间读经的未来方向是什么？

张祥龙： 这些年的国学热、书院热等现象，是对二十世纪摧残民族传统文化、特别是儒家文化的反弹，或可称为文化思乡现象。新文化运动太不合理，太病态，所以中国人一旦解决温饱，能够正常一点地感受生存的全局，感受民族间、国家间的文化现状时，就有了要寻根的冲动。这是好事情，说明中国人正从文化自虐的梦游中醒来。在当下这种功利主义盛行的环境中，良莠不齐是正常的，不良者自会消亡。民间读经是非常宝贵的现象，尤其是以家庭亲子关系为依托的读经，是中国百姓自发的去"去儒化"行为。困难总是有的，民间读经在制度上的自身改进和现实可行性的摸索，也势在必行，但"人之初，性本善"和"学而时习之,不亦说乎"的诵读声,也总会有的。西方的儿童教育理论,不能顶替华夏千年的教育经验。

新浪历史:政府目前高度重视儒学,既对儒家独立性带来了巨大挑战,也对当前中国社会思潮,尤其是儒家和社会主义、自由主义的既有关系构成了冲击,如何厘定儒家在当下中国思潮的定位和发展方向?当下儒家内部主张各不相同,在这种分歧的背后,儒家各派的共识是什么?

张祥龙:对于目前政府有条件地重视儒学,我的反应是"一则以喜,一则以惧"。不再污名化儒家、摧毁儒家,而是看到儒家在历史和现实中的合理性,相比二十世纪的文化氛围,当然是个重要进步。但是,这种重视有明显的和隐含的限制边界,这几乎不用我来提醒您和读者。所以的确有一个如何维护儒家的思想独立性的问题。无论我们如何欢迎林林总总的宽松现象乃至亢奋现象,但保持一个纯粹的、真实的儒家声音,甚至是儒家团体,是必要的。中国政府承认五大宗教,其中多是外来宗教,它们都有合法的团体身份,但这开始被"重视"的儒家或儒教却没有这种身份。如果政府真的重视儒家,那么这就是一块试金石:请允许中华民族两千年中的主流学说和宗教作为一个活的民间团体存在吧!让她为中华民族的伟大复兴做实质性贡献吧!我想这应该是中国儒家群体的一个共识。此外,承认儒家的不二根本是家庭,是孝悌,是亲亲而仁,一切政治设计和文化策略应该以家为基,应该是另一个共识吧。要不然,还谈什么儒家呢?"自由主义化的儒家"或"社会主义化的儒家"是矛盾语,因为活的儒家不是无限可塑的。这也就是儒家与左右两派的不同处,他们或以个人自由或以社会国家为基本。承认相互的不同和各自的特性,是相互真实交流的前提。但儒家与他们及中国持其他信仰的人们也有交点,如果他/她们认为自己首先是中华民族的子孙并以其家庭为人生之本的话。

3 我为什么倡议建立儒家文化特区？
——与《南方周末》戴先生的对谈

2001年7月，北大外国哲学研究所的张祥龙教授发表《给中国古代濒危文化一个避难所：成立儒家文化保护区的建议》。文章建议，借鉴"一国两制"的先例和"特区"的举措，划出一块地方，方圆百里或百公里的保护区，尽可能地采纳儒家的经国治世之策，培育愿意终生乃至世代传承儒家道统和生活方式的儒者，以及维持这样一个生活方式的三教九流，最后达到任其自行而无碍，与世无争而潜润世间的境地。

建议发表后，且不说中国的"自由主义者"们认为其不可行，儒家的同情者甚至儒者，也有不少人认为这是一个乌托邦式的构想。作者对中国传统文化有强烈的爱护之心，对现代化可能出现的问题有深刻洞察，但开出的药方，极难实施。

十二年过去了。现代化依然是有待完成的任务，我们是否可能走出一条更好的现代化道路？至少，是否可以在主流的现代化方案之外，提供一种新的试验——它保留传统那些美好的生存结构与生存感受，又能自然吸收现代文明的优点？

本期大参考，我们请张祥龙教授分享他这十二年来对"儒家文化保护区"的新运思。道理何在，可行性有多大，有赖读者诸君自行体会。

"现代性"也有可怕之处

戴志勇：十多年前，您提出建立儒家文化保护区或特区。了解您的人觉得您是对传统文明尤其是儒家文明爱之太深，不了解的人觉得这简直是"逆潮流而动"。现在您的想法有什么变化？

张祥龙：总的思想方向没有根本变化，但我对如何实行有了新的思考。

这不是为了提出一个乌托邦，也主要不是对现代性反感而逃避。它涉及我对儒家、中国文化甚至人类未来的思考。目前人类主流的生存状态很有问题：高科技对人类存在已产生重大威胁，把人类各民族的命运几乎都绑架了。这种科技虽带来空前便利，但导致一些根本性美好的缺失。这就是我提出设立儒家文化特区的两个原因，即应对不测和守住美好。

人类精神的贫乏化是灾难性的。儒家文化特区会给我们带来不同的生存启发，为人类提供一种思想和生存方式的避难所，为未来提供一种选择可能。

戴志勇：人们一般都将现代化理解为理性的运用，人权的保护，自由的增加，生活的便利，对世界与人生的祛魅等。当然也有另一面，高科技的危险、过度商业化，如马尔库塞在《单面人》里所批评的现代人的生活状态。这种物化趋势，根源是什么？

张祥龙：你说的恰是一枚硬币的两面。观念化理性——根儿上是算计化、功利化和追求力量最大化——的至高无上，个体主义的自由追求，生命原初感受如艺术与宗教感受的消退，这是现代性金币的正面。其反面或必然导致的是高科技崇拜，因高科技是那种理性的楷模；也必导致"单面人"的生活状态，因科技主宰和世界祛魅使人生的维度减少，只能在物质和精神商品中找一时满足。

说到它的思想根源，主要是对象化的思维方式，认为可及的对象——不管是物质对象还是观念对象——才是真实的。智慧者却看出这不可能是终极的真实者。老子说："道可道，非常道。……玄之又玄，众妙之门。"《周易》讲："一阴一阳谓之道，……阴阳不测之谓神。"世界的动态发生本性，生命的内在丰富和奇妙，不是任何对象可以穷尽的。这种另类的思维方式就不会那么崇拜力量、高科技和人格神。

戴志勇：现代化是否也有一种机制，对物化倾向有一种抵抗与平衡？

张祥龙：一些有见地的思想史家认为，基督教特别是新教参与了现代性的构成。我在美国留学时，参加过一些教会的活动，看到一些年轻人热情参与，至少受到熏陶。他们对现代化的物质主义或功利个体主义，所具有的抵御力或消化能力，就比没信仰的年轻人要强。虽然他们对社会风气也有一定的改造作用，但在美国，人数不是很多。而且这种信仰对现代性带来的根本性问题，反思批判的力度比较小，达不到儒家的深度，比如对家庭的问题的看法。

现代性破坏的首先是家庭，从长远看，这是最深刻的一种破坏。至于关注生态保护、抵制全球变暖等人为灾难，正在成为一个全球思潮，但它基本上属于后现代的形态了，与中国前现代的道家倒很有些呼应之处。

戴志勇：为什么现代性对家庭造成根本破坏？

张祥龙：以前的生活生产方式，都是家庭的。即便考科举进城为官，也是源自家庭，回馈家庭。有功名或辞官后回归故里，成为德高望重的乡绅或讲学者。而现代性的经济、法律、教育形态，都在鼓励一种极端的个体主义。发达的高科技和理性算计的经济效益追求，导致全球化的工作模式，人员流动特别大，拉散了原生社团。在这种模式里，家庭越来越小，连核心家庭都越来越不稳定。美国的离婚率已经超过一半。这跟人类的生存结构有关。如无补救之道，这种个人式的生存方式会更加普遍，将来也可能出现一种集权主义的反扑。

杜威的社群 VS 儒家的家族

戴志勇：在西方文明里，社群主义的价值绵延不绝，用共同体的价值来平衡原子式的个人主义。这是否也是西方文明一种内生的

"补救"？传统中国以家庭家族为本位，是否可能比社群主义做得更成功？

张祥龙：我到美国上的第一门课，就是杜威的《公众及其问题》。美国的小社群，如五月花号为起头的那种，首先是宗教的，大家的关系非常内在。美国从早期建国时就存在的阿米什人（Amish people）社区，他们本是基督教内的异端，坚持不用现代技术，还在用马车，不用电，车祸了也从不输血；务农，自己办教育……持续了两三百年，非常独特有趣。他们是靠宗教在维系。现代国家不能容忍国教，政教必须分离。美国后来社会结构越来越大，原来的社群关系开始单薄，杜威理想中的大社群（great community）也并未建立起来。

我在美国住过六年，觉得他们大一点的城市就是个体主义生活方式，没有形成真正的社区。因为社群被拉散，使得老百姓对候选人的了解多从媒体得来。所以候选人必须有经济实力，至少是募捐的能力，以便能利用媒体。这样，美国选举选出的往往并不是最合适的人，不像他们早期选举自己的小社团领导人，往往是准确的或"时中"的。

民主不仅是一种分配权力的政治制度，也应该是一种构造人性化人生的生存结构。这也就意味着，从社群的互助共荣关系中赢得的民主才是真正的民主，意味着在真民主中，人和人是相互内在联系、尊重、关爱着的，由此而影响到人与人的感受方式、行为方式乃至整个生存质量。所以，民主是有道德含义或道德前提的。这也是杜威讲的精彩之处。

戴志勇：我理解，社群主义认同共同体的善在权利之先，不同的社群的正义观会有所不同。家庭家族这种原发社群里，慈、孝是最原本的善？儒家特区是要恢复这种原本的善？

张祥龙：是的。儒家坚信自己建构的社群——如族群、乡里、地方、小国、大国——是亲亲之仁、贤贤之义的体现。而这种家庭的亲爱关系，社群的正义关系，都是原本的，先于国家体制和个体自主的。现在是个体主义和国家主义的时代，传统意义上的家庭越来越衰落，可社群主义也提不出非常有效的对治之道来。

西方历史上有过不少理想主义者们的社群实践，几乎全部失败，以色列也搞过一些社区实验，后来也衰落了。如果完全靠理性或宗教来维系，不像儒家，没有家庭源头，很难维持下去，成为乌托邦。

重新理解"孝"的根源地位

戴志勇：家庭当然是传统中国人的意义之源。但是否也有压抑人的一面呢？父慈子孝，但父亲若是过于强势，孩子是否也可能受伤害？男尊女卑一定程度上也是历史的现实。

张祥龙：很多是要调整的。其实，儒家对女性没有根本歧视，讲男女有别也只是内外有别、分工不同，就如同长幼只是年龄之别。但毕竟从现代人的观点看，女子没受教育，吃亏了。经济权不够，不在外面工作等。

这种调适并不是家庭里不分长幼的"人人平等"，家庭里一定是男女有别，但不是高低之分，只是角色不同。而这种角色或分工的不同正是人类与其它灵长类的区别。要将儒家的价值以现代术语、现代思路重新发掘，以此来促生和充实未来的儒家社团，才会更合乎人类本性。

儒家特别强调"孝"。我以为"孝"跟人性实有相关。西方也并没有完全忽视孝。但随着国家出现，更大的社群出现，家庭的地位就开始下降。古希腊、罗马城邦高于家庭，但对家庭还有尊重；到近现代，用个体主义消解家庭的契约论的说法才出来，认为家庭只是个体之间达成的某种契约，合适就一块儿过，不合适就散伙儿。但当代的经济和文化结构都不利于家庭的"一块儿过"，所以散伙者多，而它对子女的伤害更深更普遍。

所以，我提出建立儒家文化特区，不是简单对儒家传统的照搬，而是要对儒家理解得更深入和进行必要的时代转化。通过特区的思想和实践，发掘和发扬儒家对人类生活的根本合理性之处，扬长避短，将其合情合理处调准、放大到"当代波段"上来，重建此种文明的生活和社群。

戴志勇：孝不光是"养"。曾子说"孝有三：大孝尊亲，其次不辱，其下能养。"

张祥龙：是的。子女去报答父母，是子女成为完整的人的内在方式与要求。为什么人跟黑猩猩不一样？黑猩猩就没那个意识。由于人类有这种意识结构，会觉得不敬养家中老人心就不安。所以，孝恰恰是人类的本性、意识结构引发出的，而且绝不止于对象性的养亲，而更有人格层次上的尊亲和不辱没父母。

戴志勇: 除了意识结构,在具体内容上究竟怎么理解孝呢?

张祥龙: 孝义极其丰富,需要孝子在生活情境里"发而皆中节"[1]地实现出来。比如"事父母几谏"[2],这个"几"是多么微妙!父母有过错,你不可以去指责、去抗辩,那样会搞坏亲子关系,但又不能不管,那样是听任父母处于危险境地,也没有尊重父母的人格。所以孔子主张要看准时机、依从情境来劝谏,甚至反复劝谏,使父母感不到冒犯地知错改错。曾子让父亲用大杖打昏了也不躲避,孔子痛斥之,因为这种愚从绝非真孝,正足以让父亲犯下杀子大过,孔门孝悌之义也就被扭曲成了可怕、可笑的东西了。新文化运动攻击儒家孝道,皆以这类被扭曲者为靶子。

戴志勇: 有人认为金融市场发达,由社会来管养老,可以让"孝"回归单纯的亲情。在现代社会,"孝"的内容是否有变化?

张祥龙: 变化自然会有,但首先得先保证家庭的生命形态。去掉家庭养老,会大大削弱亲子之间的相互依存关系。

用金融支配的社会服务替代子女养老,就不是完整的家庭关系了。人类的意识本性就是要养父母的,这就是最单纯的亲情。

戴志勇: 在一些西方国家,父母跟子女之间相对比较独立。小孩18岁就得出去,找父母要钱得还。但中国可能不是这样,祖与父帮孩子垫首付房款,虽然孩子也回报,但不是契约关系。

张祥龙: 美国父母把孩子养成,义务就尽到了。孩子再用父母的

---

1 《中庸》。

2 《论语·里仁》。

东西，原则上要归还。子女要帮忙养老很好，但不是道德义务。我观察到的美国社会，子女直接养父母，住在一个屋檐下侍候的，很罕见。老人或进养老院，或自己照顾自己，或互助，社会给很多方便。他们还在研究能护理老年人的机器人，技术发展跟他们的社会形态是相配的，未来这方面会有长足进展。这跟儒家原来的看法很不一样，当然儒家也需要根据实际情境调整。适当地使用高科技为孝亲服务，在主流社会中似难于避免。

选贤举能：儒家特区的运作规则

戴志勇：儒家文化特区是否有另一种延续性的风险，比如您希望小孩在身边，但他未必选择在特区里。怎么解决？

张祥龙：重建礼乐教化，并使区内生活既和谐，又有新鲜的追求。头一两代肯定有这个问题，但代代相传，是有延续性的。在儒家文化特区里，家庭、家族的价值最高，经济结构、社会结构、风俗习惯和最适科技，都会鼓励这种更新后的传统社会形态出现。新文化运动说儒家是压制人性，以礼或以理杀人，全弄反了。

戴志勇："孝"的内容中是否也要预防"郭巨埋儿"这种极端情形？戴震说"酷吏以法杀人，后儒以理杀人"，他批判的"理"是什么样的理？如何调整理跟情、理跟欲之间的关系？

张祥龙：他攻击的不是儒家，是宋明理学中一些偏激的想法和说法，戴震自己也是儒家。他讲的很有道理，宋儒讲理跟情，有时确有分离，造成了恶果。以理杀人，在某些情况下确有发生。但鼓励寡妇殉夫，或从原则上主张灭人欲，根本不是儒家的主张，这会破坏阴阳之和,早在周朝就改掉了人殉。儒家也不反对寡妇再嫁,从先秦以来就是如此。

总之,宋明理学的确存在一些不可忽视的问题,但它没有放弃对于基于家族的人——仁——性化的追求,应对佛教和道家,虽不很得力,但毕竟维持了儒家道统于不坠。清代儒家对它的批判,正表现出儒家本身的反省和纠偏能力。

戴志勇: 儒家在不同的权力形态下有不同的调整。董仲舒有复古更化,以天限君权;二程朱熹可能都有士与君主"共治天下"的政治理想;黄宗羲在《明夷待访录》中有对私天下的批评和部分分权的设想;谭嗣同的《仁学》批判二千年皆秦政、皆大盗;康有为也有君主立宪的想法……您觉得站在政治儒学的角度,在现阶段儒家应该有什么样的调适?

张祥龙: 从周到秦到汉,国家政治结构变了。儒家也必须要调整。汉代也想分封,尽管取得了重要成效,如吕后侵凌汉室,如无分封,汉文帝如何能上台?但从主流上讲失败了。我对董仲舒原来的评价不高,现在随着思想的成熟,认为汉儒有一些很值得挖掘的东西。到宋明理学后,又有调整。儒家本来就主张公天下,但是切须注意,是以家为本、亲亲仁人为本的公天下,所以《礼运篇》一定要读得仔细,才不会乱解"大同"。孔子认同周文化,当然是主张分权(分封)和通三统的。像这样的抑制专权、和而不同的措施,当代的儒家调适都应该汲取,当然西方的可用经验,如那些平衡权力的办法,也要结合国情地采纳。

康有为(更不要说谭嗣同)根本就不是儒家,貌孔心夷。看完康氏的《大同书》，居然还有人把康有为当儒家，简直是笑话了。他的大弟子梁启超将此书要旨概括为"毁灭家族"，很有道理。他太激进了，人也不真诚，又无办实事的能力，尽管有时显得很儒家，甚至很儒教，但儒家的事业和一部分名声，就坏在他手上。如果当年变法以张之洞而不是康、梁来主导，那么很可能就成功了，后边的历史也就另当别论了。

戴志勇：孟子认为，同姓之卿可以换天子，异姓之卿可以走掉。儒家遇到尧舜是特别幸运，遇到桀纣怎么办，对权力的制约有没有好的办法？

张祥龙：首先要保证不出现秦始皇，有办法罢免坏统治者，等待好的出现，中常之君也就可以维持大局。

儒家特区在体制上一定要有儒家特点，又要有反馈机制。领导人有问题，有办法把他换下来。一是任期制，一是多元制，执政者和立法者相互牵制。

作为文化特区的治理者怎么产生？立法和监督的代表又如何产生？

假如选举，要以家为优先。家庭是此社群的基本存在单位，所以计票要向家庭倾斜。个人投一票算一票。三个人的家庭，假如都有投票权，共同投一票（这意味着他们达成了一致）就不止于三票，要加权。几个同族家庭合在一起投票，还可以再加权；但又要避免大家族的垄断，家族大到一定程度就必须分开。这就既保证了个人的一定权利，又能体现家优先，因为家庭和家族生活造就的家意识，能为子孙后代考虑，又为祖先、家庭的名誉和连续性着想,所以具有更长远的时间意识、道德自律和筹划能力。现代中国的一些媒体,污名化家族,好像家族众人合到一起就会干贩毒之类的事,可实际上绝大多数家族都要为其自身长远利益着想,绝不会干这类断子绝孙的勾当。仅靠个人投票选出的民院,跟文院或儒院就是冲突的,会导致社群的分裂。而老百姓的利益,最根本的体现是家庭、家族和家族联合体的声音,只有它们能够有效抗衡专制,包括现代科技和资本化媒体的专制。所以一个百姓院("百姓"有家族意味),一个贤人院(以儒者为主体,兼顾其他)就足矣,不必三院。它们之间有交接和互补,不全是或主要不是冲突对抗的关系。

区长由百姓院提名,贤人院批准。区长有任期限制,比如两届,一届五年。如果领导者要在文化特区里搞专制,或很没能力,或犯了很糟糕的错误,顶多容忍五年,还可以设制弹劾法条应对极端情况。

体制上防止恶是第一步。还要有办法引发出真正优秀的领导者,即现代的尧舜、文武、周公,造就出好的区民,使整个社区生存变得极其美好,这才是最终目的。

戴志勇: 在文化杂多的时代,有很多文化和生活方式可供选择,这意味着,儒家必须要提供能吸引人的生活形态。

张祥龙: 人性是一种潜能,本身不是完全现成的,对它的实现离不开深远的时间视野。只有在不脱开传统的文化生活中,才能充分展示或调适现代人的人性理解。儒家特区的当代调适,不是站在儒家之外来判断应该怎么做。作为现代人,进到儒家活生生的学说和实践里,自然就会有调整、反思、批判、继承。

儒家文化特区是儒家复活乃至复兴的基地。历史上,儒家有所谓上行路线,也有做社区和文教建设的下行路线,我主张的儒家文化特区,是中行路线,也就是在边缘的小地方,建立自己的社团和社区。儒家历史上就有通三统,"兴灭国,继绝世,举逸民。"[1]要保持政治与文化生态的多样性,为儒家的自身更新和生命复现准备条件。孔子最想干的就是利用这种多样性,从一个小地方干起,像周文王、周武王起于丰、镐那样的"特区",别的诸侯一看,太好了,敬老爱幼、路不拾遗、公正谦让、民得其生、物尽其性,社会和谐之氛围,如春风化雨。在这种社会里,才真活出人的感觉来了。于是天下三分之二的诸侯国都被吸引,被美好的生存形态吸引,不仅仅是道德的吸引。与纣王的军队决战前,周族已经得了天下。而且,儒家特区要应对如此多的当代和未来的挑战,需要创立和发展如此多的思想和绿色科技事业,因此那里的健全生活应该是特别有探索精神和多样尝试的,所以其中的人们——从年轻人到中老年人——都不会无聊,当然也不会异化式的忙碌。

主流社会应宽容各种文化特区

戴志勇: 儒家已很边缘化,要参与进去,该如何与"主流"生存

---

[1] 《论语·尧曰》。

形态相处？

张祥龙：儒家还是个游魂，没有真实的生存空间。现在主流社会对儒家、儒教太不宽容。讲软实力时，也讲点传统，讲点儒家，海外学院也叫孔子学院，可是没有真东西啊，叶公好龙。

不要忘了，儒教历史上就有宽容的悠久传统。所以儒家自己对内对外都要有体制上的多元见地。这个时代对儒家特别不利，有的人讲儒家宪政，蒋庆讲儒家三院制。这种全国一体化的政策，曾让儒家很吃亏。儒家特别不适应西方模式造就的现代化或现代性，在这方面跟佛教、道教都没法比。

一百年前，1905年废科举，1911年改制，可不可以像邓小平讲的那样一国两制，甚至多制？废科举，不全部废，重要的省份办新式学校，在愿意保守的省份或地区，让知识分子和百姓来选择，同意的话就保留科举制，或部分保留。新学校出来的也可以做官。这样一国两制，慢慢自然演化，完全可以啊。

在我所言的文化特区里，要按儒家的理想搞建设，虽然也有调整，适应现代人的心理，但毕竟是儒家主导的。比如，也可以允许其它宗教包括基督教存在，但有一套区法，使儒家的家族价值观有保证。它非常健全，合乎人性，就不怕别的东西来。

戴志勇：怎么把这些不同的区域拢起来？各自的权利和边界是什么？

张祥龙：中国已经做了很有意义的探索，我们有特区基本法。国防、军事、外交，肯定都是中央政府管。儒家现在也不愿意自己管。军事压力是中华传统衰败的重要原因，中央去承担这种竞争性的职能,儒家一定非常高兴,以便在和平的环境下,建设自己喜欢的生活。

此外,文化、经济、科技、生存形态上,文化特区都有自主决定的权利。刑事案件,得有自己的终审法。体制上一定要有独立性,但是又要与主流社会和谐相处。

戴志勇:文化特区跟香港这样的行政特区区别何在?它应该跟邦联制或联邦制不同吧?

张祥龙:邦联制实际还是一个体制。美国每个州都有自己的特点和宪法,但各州根本差别不大,受联邦权力的制约相当大。不像欧洲,欧盟这种形态比美国更有多样性,更像一国多制。

我设想的儒家特区,是一个文化特区。香港是一个行政特区。文化特区的含义很丰富。甚至可以设想,未来有道家文化特区,至于基督教文化特区,他们太强,基本不需要。儒家文化太弱,需要扶持,作为珍稀的文化物种保护,但本身又是一种新生活方式和躲避未来可能的生态灾难的探索。这是从国家的角度考虑。在美国,只有阿米什人的社区,是另外一个文化世界啊。

我以前的学生在美国访问,我让他们去看看阿米什人的社区。他们回来告诉我,说他们的小学是自己办(中学上完初中就结束)。这不得了,当年争论了很久,看来他们跟国家争到了教育权。得有个法律保证自己的独立性,否则冲突就不断。

未来要建立这种文化特区,国家一定要立法,规定清楚权利和义务。领导层要认识到,这是跟中国文化、中华民族未来有关的好东西。也许有深邃历史眼光的领导者可以具备这种远见。

我不认为专制是儒家的不二特征。尧舜怎么是专制的？当然跟西方的民主制不同，是家族式的、家庭式的民主，也绝不歧视妇女，崇信一阴一阳为道的思想怎么会歧视妇女？当然要有当代和未来的各种调适，"与时偕行"。[1] 这个特区，虽然也经过调整，如果还是一个活的儒家社会，就会有很多传统的内容，是嫁接在传统之上的社会。

戴志勇： 怎么看待台湾地区的经验？

张祥龙： 台湾地区已经非常西方化、全球化了，佛教非常发达。其中国文化以前还保留得比较好，但个体主义也很强大。

家、国、天下

戴志勇： 儒家特区最核心的特点，就是家庭的价值。但这个家庭，不仅通往国家，也是通往天下的。今天的儒家应该有一种什么样的天下观？

张祥龙： 对，在这方面，我要更突出家庭的原则，"国家"虽然是日本人先用的，但这个词暗示了国之本在家，符合儒家的观点，修身齐家治国平天下，有哲学上讲的本体论发生的含义。

为什么还有一个**天下的境界**？国家的根在百姓。百姓是家族化的人民。"百姓"和"黎民"或"民"不一样。越早的文献，分得越清楚。先秦的时候已经开始混用了。民，按董仲舒的

---

1 《周易·乾·文言》。

讲法，其义为"瞑"，浑浑噩噩的，需要教化。但百姓就已经含教化之根本了。如果国之本在家，它就有家的原发性、合作性和内外有别基础上的开放性，"修身齐家治国"也就必导致"平天下"，也就是人类各民族和国家间的和平相处，就如同健全家族之间的共处一样。但是，如果国之本在某种宗教、党派或个人，则国与国之间就只有利害关系，而这种关系的最常见形态就是被零和博弈逻辑所主导的。

未来的社会，如果真能有儒家特区，就能保证既不是民粹主义的，也绝对不是专制主义的。选举出来的领导人，一定是大家熟悉、认可的。而被选举、推举出的家族领导人，一般都是办事公道，大家服气的。这完全不是乌托邦。只要未来出现机遇，就可以实践。犹太人等了两三千年，等来一个以色列，我们也可以等啊。但首先得有思想，让人觉得是可能的，能说服人，才会有人愿意把性命都投进去做这个事情。

戴志勇：孔子说过"吾从周"，公羊家又说他最后有公天下的理想。怎么理解儒家的"公天下"的政治理想？

张祥龙：如果不带现代人的过重的偏见，《礼运·大同篇》里讲"不独亲其亲，不独子其子"，还是以家庭为根的。主张不仅要亲爱自己的亲人，对社会上别的人也要亲，恰是说要以亲亲为根本，推及别人。

儒家讲得更好的是"孝悌也者，其为仁之本欤"。一个人知孝，就不会犯上作乱。家庭不是一个封闭的团体。党派和小团体，是人们出于理念和利益结合而成的，公司专注于利益考虑，都比较封闭。家的视野则比较长远，确有超出短期利害的意识维度。只要家庭的孝德有了，时间意识和筹划意识就会被大大拉长，关爱就不会限于自己的一家和一族。

利益团体的共在是内部的，与真正的他者是绝缘的，而家不是。为什么不是？跟孝有关系。这个地方以现代人能理解和接受的方式讲清楚了，起码对我自己就能交代了。

按目前这种全球化和高科技之路走下去，儒家需要一个避难所。我大学毕业后也搞过一段自然保护，生态思想对我很有影响。天道在自然中体现为生态顶级群落，而我觉得生态思想在儒家里更重要——当然是以家为根的广义生态思想。

戴志勇： 哈佛大学的社群主义者桑德尔教授最近有本新书《反对完美》，反对用基因技术改造甚至克隆出"完美的人"，很巧，这个思路与您相通。但是，自然形成的人类及其生存结构，能否抵挡住这种科技发展带来的巨大挑战呢？

张祥龙： 社会生物学创始人威尔逊说我们这种人的本性是在石器时代形成的，在许多方面已经过时了。现在不少人也认为，我们依恋的那种家庭关系，已经适应不了现代社会了，婚姻家庭必走向衰落，甚至消亡。我们这种人应该升级了。怎么升级？从基因上改造，人机联体，成为后人类，那家庭肯定就没有了。

而我认为后人类根本不可能出现，它对人类就是一个灾难。有种"地球生态圈"的盖亚假说，讲地球的生命圈是一个整全活体，叫盖亚（古希腊的大地女神名），弄死了就完了，虽然她有很大的恢复能力。地球的蓝色子宫中孕育出了人类的家庭，但不幸，我们咬破了这个茧，正在进入个体化、全球市场化和资本信息化的逐利形态，完全罔顾生命之家的生命需要，这样，地球这个大家庭就会受到严重伤害。人类家庭是地球生态孕育出的最有持续能力的生命结构形态，个体主义的生存策略在其他哺乳类那里早就流行了。

海德格尔看到了技术对地球之家的损害，但没看到人类家庭与这个大家庭之间的根本联系，因为他的只知朝向将来的时间观鼓励了精致个体主义——这是我对海德格尔最主要的批评。所以，儒家和中国的学者恰恰可以对世界做出一些实质性贡献。这是我们的资源，是我们文化的良知，但这个良知在很大程度上被中国人自己丢弃了，对于这种现实，我非常绝望。

4 家，儒之本也
——《山东大学学报》就《家与孝》一书的采访[1]

2017年1月，张祥龙先生的新著《家与孝》出版。该书一经问世即引发众多讨论。本报就个人家庭经历及《家与孝》相关内容对张先生进行专访。张先生将于今年夏秋之交离任山东大学，在文末，他讲述了在山大的种种经历与离任之际对山大的一些建议。

张祥龙教授于1949年出生于香港九龙，新中国成立后随父母回到内地，幼年时曾在湖北居住，四岁迁居北京，十七岁不到遭遇"文化大革命"，1977年考入北京大学哲学系。张先生的人生经历可谓曲折而丰富。采访伊始，他向记者谈起了自己的家。

---

[1] 此访谈录由学生记者王冰雅、孔维鑫整理，张祥龙校订。此稿在《山东大学学报》发表时有一些删节，这里是完整稿。

我家是一个知识分子家庭。父亲当年是北洋大学建筑系土木工程专业毕业的。北洋大学当时的地位很高,入学很难,毕业更难,但毕业后马上有几份工作由你挑。他进了铁路系统,却赶上抗战全面爆发,每天要冒着飞机轰炸抢修陇海铁路。后来他还与几个同学合办过建筑公司。母亲考上过北大,因为抗战来临,就到了四川,后来毕业于四川大学。她是学数学的,毕业论文还得到过名师指点,并获得了教育部颁发的奖金。二老当年都是尖子,现在说来就是学霸。据我母亲讲,她是从小学开始,一路到大学都是第一,永远第一。有一次考试,她患感冒发烧,只胡乱画画就提前交卷出来,最后是考了个第二还是仍然第一啊。所以我们家特别重视学习,孩子只要学习,一切为他或她开道。

后来出了问题。"文革"前,我们填家庭出身都填"职员",也就相当于高级知识分子。我父亲那时候已经调到中国纺织工业部工作,是高级工程师。"文革"中,有军队的军管,重新审查,因为我父亲曾持有他们所办建筑公司的股份,就把他的成分改成资本家。所以,我从小感觉我们这个家庭非常好,但是由于政治氛围,受到了各方面的歧视。比如我少年时曾申请入团,人家不让,团课都不让上,所以我自那之后,未参加过任何政治组织。

初一还好,我没有特别感到阶级斗争的气息,还做过中队长。回想起来,我们所受教育的最大的缺憾就是,整个学习期间都没有在道德上、礼节上教你怎么做人,而只是一些革命教育。那种教育强调理想,也有规矩、纪律什么的,但是那些东西遇到人生的起伏就守不住了。不过在家里头,父母亲都是非常善良、克己的人，他们本身对我就有教育，尤其是他们的身教，比如母亲的尽孝，这个待会儿再讲。

到我初中后期，"文革"前夕，阶级斗争理论开始盛行。我父亲所在单位的处长，一个当年上海地下党的纺纱女工，就开始鼓动我们这些子女要跟家庭划清界限。我说我父亲不就是一个知识分子吗？她说不止！他是boss！当时我们都不懂什么是boss。她说是"老开！老开！"（是上海对"老闆"或"老板"的特殊发音？）。还好，我们家的孩子没有去给父母贴大字报，但很多家庭都发生了这种或那种的"斗争"情况。

"文革"中，父亲被发配到湖北干校去烧锅炉。当时别人烧这锅炉，大家用热水就受限制，比如很难用上热水洗脚；可只要是我父亲烧，开水总是24小时随便用。后来又让他去种树，他为此到处取经，将那地方绿化得多种多样。有一个朋友回北京的时候告我，说有一次到他屋子里去，看到床上床下都堆满了种树的书，叹道："真是服了！"我父亲就是这样，干什么事都一定要把它弄透做好，所以他建的房子一定会保证质量。多少年后，纺织部的人们还不愿搬离他设计和监造的楼房，都说："只要是老张盖的房子，我们就住着放心。"

那时候我们并不懂那个氛围的性质，也不知道父母的难处。真正懂事的契机主要是这样两次：一次是"文革"中我自己几次挨整，后来那次还大病一场，回家以后得到父母亲的悉心关照，感受到人间的原发真情。原来的同学，或跟你一块干的人，转回头揭发你，甚至诬陷你，这种事情太多了。那时由我主持办了一份报纸，被批成反动报纸，《文汇报》也发表了批判文章，因此我被关押过两次，经过的事情与《牛棚杂记》所写属于同类。于是那时候开始懂事，父母家里才是真正可靠和可亲的，而且认识到阶级斗争理论的虚假性。第二次是后来自己养孩子时，体会到父母当年对我也是这样的，从那以后，我再没有顶撞过父母，能够为父母做的尽量去做，虽然我也知道做得肯定太不够了。

后来，父母亲晚年时，看到了我们考上大学、建立家庭、出国。我母亲活了96岁，最后无疾而终，甚至看到她的孙子结婚。这些想必都让他们很欣慰。所以，我父母这一代的结果还算好，虽然中间很多年，他们倍受煎熬。

值得一提的是我外祖父是清末的秀才，之后科举就被废除了。辛亥革命以后，他得到民国当局任命，被派遣到汉口做一个维护公共秩序的官员。后来又考取"一等知事"，被派到山东，做过四个县的县长。五十年代初进行土改，他又是地主又是官僚，就从汉口被揪回到老家关押，在关押期间去世了，这样我的外祖母就处在很不利的氛围之中。

我很小的时候，我们家从香港回到内地，先到广州，后到武汉。到武汉后，我母亲就到乡下把外祖母接来。因为我外祖母为人特别善良，从来都是周济贫苦，所以当地政府也没有反对，后来她还一直有选举权。我记得非常清楚，在我小时候，外祖母（我们称"姥妈"）拿着她那张选举证说："他们是到沔阳（她的家乡）查过的啊！[因此才给了我选举权]"现在我回想起那个场景，还会很心酸。可以想见当时那种社会压力，但我母亲根本就不考虑这些，到了武汉就把外祖母接来。那个情境我依稀还有印象。姥妈第一次来，我在她膝间来回钻呀玩呀，她就特别喜欢我，从此就是她带着我睡，带着我长，所以外祖母的深厚恩情是我无法报答的！

"文革"前，她老人家辞世。1965年我离开家去外边一个学校上学，过了一个多月她就去世了，没有任何痛苦，早上正在擦桌子，然后一头栽在地上就走了，享年86岁。姥妈是老一辈人，希望入土为安，不愿意火化，母亲就遵循她的遗志，买棺土葬。我后来每年都去祭拜，到现在半个世纪了。

为什么说外祖母"文革"前去世是幸运？我们那个大院里，本来孩子们都在一起玩儿。"文革"开始后，那些干部的孩子们马上穿起了黄色军衣，拎着条大皮带，到处抄家。我亲眼见过一个老妇人，跳楼后死在那里没人收尸。被遣送回乡的也有一些。所以外祖母先走了，我们事后都感到很幸运。要是信老话，那就是她老人家积了德才会这样，不然的话，悲剧是不可免的。

大致的家庭情况是这样。现在我也经常以各种方式，向自己的孩子传达这些家族的信息，希望这种家风能够继承下去。

父系家庭是全世界最流行的家庭模式。一位法国人类学家称，父系家庭是"拆散两个家庭来组成一个新家庭"。中国式家庭是父系家庭，就现实生活而言，这种家庭内部也存在各种矛盾和问题。对此，张教授分析了中国式家庭的今昔——

说到中国的家庭，中国对于家庭的体会、看重和教化，在全世界可能是最出色的。在世界范围内，对于"拆散两个家庭组成一个新家"这个问题，也许中国古人是应对得最好的，这使得我们中华文明四五千年来一直延续，国破家不亡，文就不亡，然后重建自己的国。这在世界文明史上是很罕见的。像西方的古巴比伦、古希腊、古罗马等等，遭到异族的侵略、摧残，在烧杀抢掠中，最后就消亡了，文明再也缓不过来了。中国历史上，有几次北方被占领，像南北朝、五代十国，还有两次全境被异族统治，但最后文明没有亡，也没有被异文化同化，而是儒家文化继续延续。我看史书，尤其是钱穆先生的《国史大纲》，北方就是依靠这些大家大姓，自己组成大院或堡垒，有自己的护院武装，最后坚持下来，保存了儒家文明，甚至吸引异族改姓。清朝统治者也在大部分境域内采用儒家治国，自身被儒家为主的华夏文化所转化，而这种文化的根基就在其家庭关系中。所以中国式的家庭有其内在的合理性。

如果说像新文化运动所说，中国式家庭里面有严重的问题，那么为什么在面对其他的机会时，历史上的中国人仍然选择了她呢？康有为在《大同书》里对中国家庭乃至人类家庭有很长篇幅的批判，可说是怨气冲天了。我深不以为然。中国家庭在衰败的时候，会暴露出各种问题，其实家庭内部的相互关爱还在，但是人们就觉得难以容忍，因为本来家庭是个安乐窝，一旦出现问题就特别扎眼。就像王凤仪先生，你读他的传记就会了解这种情况。他是清朝末期东北地区朝阳县的一个贫苦农民，在社会底层。当时的东北农村，家庭已经开始衰败，孝道也随之衰落，而王凤仪先生对于孝道的体会和实践都很深入。他立志要重立人根、重整家庭，让中国走向大同社会。他办几百所女学，因为他觉得女人在家里最重要，只要把媳妇教化好，一个贤惠的女子就能支撑起一个健全的家，而健全的家庭导致健全的社会。他也讲男女平等，但那是以家庭为根的。总之，家庭不是"上帝之城"，总可能出问题，但解决这些问题的源头也还是在家里，在亲亲而仁、修身齐家里。

家庭关系对人的影响很大，关键在于家庭结构是健全的。所谓健全的家庭是指伦理关系是充满爱意的和有礼有节的，也就是深度合情合理的，再加上儒家教化，所以可以生生不息。你看历史上那些人物传记、亲情诗歌，看《儿女英雄传》《三言二拍》，无论是精英阶层还是平民阶层，中国传统家庭总的来说是美好的。不能只根据个案做判断，比如《孔雀东南飞》，婆婆虐待儿媳，问题是还有无数个家庭不虐待儿媳啊。而且从时间角度来看，这其中有内在的公正性，今天的媳妇将来也熬成婆啊，刚开始你作为子女被父母关爱，将来你长大了去关爱父母，同时关爱子女，而你的子女将来还会关爱你啊。中国人特别强调这种内在的公正和美好，这使得我们的家庭非常有韧性。而且许多人都这样认为：如果我能够光宗耀祖，能够荫庇后代，那么我人生的终极目标就达到了。而什么能够让你光前庇后，那就一定会涉入人格、道德和种种超越性的维度了。这也是我在《家与孝》里一开始就谈到的，西方依靠宗教或其替代品才能解决的人生意义的问题，中国人通过家庭就能够自然、健全、无流弊地解决，当然这其中有时间上的回旋和意义构造。你看，西方通过超越性宗教、唯一神来解决问题，最后产生多少流弊！宗教战争一旦触发，十字军东征、三十年战争等等，打得死去活来。中国历史上就没有啊，佛教东来没有死去活来啊，而是最后产生美好，为什么呢？如果中国当时是西方基督教那样的社会，佛教能进来吗？进来以后和本土宗教是什么关系呢？这太不一样了。所以中国传统家庭培育的道德、思想和信仰，能够保持文明的生机和宽容，加之儒家教化，就更有德性、精神性和终极性。为什么儒家教化容易推行？因为它是顺着人的自然性情来讲来做的。哪个父母不爱自己的子女呢？哪个子女小时候不爱父母呢？子女长大以后懂事，也会尽孝，至少知道孝是对的。这样，社会得到教化，舒展的是人类天性，天下就可大治，所以孔子从来都是有信心。为什么有信心啊？给我一个小国我三年就能治理好。他觉得他抓到了这个纲领，纲举目张，所以修身齐家治国平天下。

新文化运动给我们戴了很多扭曲事实的眼镜。中国的家庭矛盾，在历史上并不是很严重，婆媳关系是问题，但总是能够解决或缓和。而儒家文化就是建立在家庭内在的合理性之上的。现代社会家庭出现种种问题，就是因为违背人性的文化入侵，崇拜力量，比如高科技的力量、意识形态如阶级斗争学说的力量、金钱的力量等等，贬低家庭、损害家庭。中国的家庭经过了多少轮的摧残！以生态系统打比方，已经从森林变成半荒漠了！

中国传统家庭正在解体，但是还有希望，因为家庭还是我们的根、人类的根。只要还没有用高科技改造人类，拔除掉人类亲身生育子女这个根本，碰到合适的机会，儒家的家文化说不定还能繁荣起来。

现实社会存在阶层差异。精英家庭会给子女提供更加优越的发展条件、更加便捷的上升通道，但是平民家庭则不然。这一切似乎表明，家庭是造成后代发展差异的根源之一。张教授认为这是一个世界性问题。

文明嘛，拉开了贫富差距，出现了精英和非精英。问题是，如果没有家庭，比如实现柏拉图的理想国，那就平等了吗？即便在现实中实现其"理想"，还是会产生阶层分化。如果只在阶层中搞绝对平等，整个社会还是会分化。马克思曾设想过，共产党夺权后，无产阶级专政，仍然面临不平等，因此还要通过财产和权力的再分配，消除这些制造不平等的差别，即所谓三大差别——脑力劳动和体力劳动的差别、城乡差别和工农差别，把权力和财产还给全体民众。巴黎公社就是这样，连常备军都没有，因为军队本身就是特权。西方社会也以平等来标榜，但在美国就看不到真正的平等，北欧的福利国家似乎有相当的平等，但那种模式能维持长久吗？所以到目前为止，解决平等问题最可持续或最好的方式还是通过家庭。

如果说家庭、家族这种团粒结构比较健全，那么所谓的贫民就会被家庭和家族往上举。家族的功能之一就是要照顾鳏寡孤独。钱穆在《八十忆双亲》里回忆到他父亲去世后，他们孤儿寡母怎样受到家族的照顾，而他父亲在生前还曾与家族中的长老发生过冲突，后来闹到县官那里，由县官调停，可是家族一样照顾他们。最后钱穆有这样大的成就，如果没有家族的支持，仅靠他们孤儿寡母，可能吗？

这种问题的解决不是靠一刀切。社会要尽量给每个孩子以上升的机会，只要他努力，但家庭影响也没办法啊，就像体育世家，从小看爸爸妈妈打篮球，他长大就打得好。搞木雕的，从小看爸爸妈妈搞木雕，长大就容易干这一行，这算不平等吗？一个社会要多元、有机、出路多，尤其是家族和地方社团托底，让最穷困的孩子也有最基本的保障和支持，这个社会的上升通道才能够开放。

还有，儒家历史上的科举考试，应该以现代形式来复活。现在的公务员考试和科举根本没法比。公务员考上算什么呢？只能算作低级职员。当时一中进士，最低也是县官，或者是翰林院的翰林，就是一个举人也能够参与政治。所以中国的国家和社会管理，应该对社会完全开放，通过当代化的科举让每个年轻人都有机会。当然现在也不是每个年轻人都愿意从政嘛，比如成为民间艺人也是一个很好的出路啊。将一种技艺在家族里传承，将它磨练到精益求精的化境，像有的日本手艺人，做一种木工活，做得极好，别人干不了，他能干，世代家传，那也是一绝啊。所以这个问题的解决，要通过以家庭为根的整个社会的多元化、有机化来解决。不要在一股道儿上跑，那样永远不平等，总要排出三六九等。家庭影响是没法避免的。当然国家应该在宏观政策上调控，抑制豪强，减少贫富差距，扶持各个家庭和家族的生存能力,这不同于严格计划经济的一刀切。

自20世纪70年代起,受当代自由主义的影响,西方对于同性恋者的压制态度发生转变。同性恋者或者公开同性恋者呈增加趋势。2015年6月26日,美国最高法院裁决同性婚姻为合法。张教授从儒家立场对同性婚姻合法化论题进行了思索。

这个问题有两个方面。一是同性婚姻是否像不少西方人所论证的那样,只涉及当事人,不关乎别人。如果不妨碍别人的话,按照自由主义原则,同性恋者的婚姻是应该被允许的。但我的文章论证了,它是会妨碍别人的,比如同性恋者的许多父母、祖父母——期待有自己血缘后代的人——的希望会落空。我曾经无意中看到中国有一个网站,用不少事例说明同性恋大多数不是天生的,是被人带出来的。这个网站是同性恋者的父母们组织起来的,他们感到非常痛心、痛苦,希望子女能够幡然悔悟,回到正常生活中。就此而言,儒家至少应该发声,告诉这些鼓吹同性恋的人,你们不是没有妨碍到任何人,你们会妨碍你们和他人的最亲爱的人。社会上应该有这种声音,但是不必大张旗鼓,以适合于它规模的方式在社会上做一定的讨论就可以了。有的人天生就是同性恋,如果是生理上的、没法改变的,那就不能压制、迫害人家,还要在可能的范围内尽量行方便。同性恋是人类历史上一直有的,其边缘化的存在是正常的。甚至按照某些人类学家的说法,他们在某些情况下对族群的延续还做出了一些贡献。

另一方面,同性婚姻合法化是一个指标。不是说它本身有多大威胁，而是说这个指标反映了现代人的个体主义对于儒家、对于家庭的威胁。同性婚姻毕竟永远是少数，尤其是天生同性恋者。而对于非天生同性恋者，要认清其性取向的后天可塑性，一定的外在影响可以使得他们改变性取向。对于同性恋者，应该给予他们以公正的待遇，让他们的生活更有尊严，能够追求幸福。整体来说，只要是教化得当、家庭健全，这就不是大问题。我们现在需要警惕的是它背后反映出的自由主义的汹涌浪潮，这是大问题。

张教授对于人类家庭的未来表现出深沉的担忧，他认为现代性对家庭造成了根本破坏。面对严峻的考验，儒家应该提高警惕，提出应对的创见。

现在全球化、高科技化、个体主义化的趋势，对于家庭来讲是不利的。高科技和个体主义，到目前为止是相互配合的，比如网络、手机，鼓励的是个人生存能力的扩大和延长。当然了，通过手机建立微信群，这又形成了一种新的联系方式，但是总体来讲，它使人逐渐减弱了甚至丧失了要面对面交流的强烈愿望和生活形态，所以我觉得它们对于传统而言，从总体上看是不利的，但是在现在的格局中也有一些局部的好处。

高科技，尤其是它鼓励的个体主义意识，对家庭特别不利，所以儒家未来应该坚持自己的原则，适应现在的局面。首先，坚持人类自己生育子女，我觉得这已经是底线了。现在，试管婴儿还是由父母来生养，这就还可以，但是如果这个生养变成了像

《黑客帝国》中那样的集约化和操控化的方式，儒家就要坚决反对。儒家要对高科技有警惕、批判和遏制的意识，底线一定要守住，反对高科技版的伏地魔。伏地魔就是痛恨自己的血缘家庭，他通过他的高科技发明比如魂器追求不朽，成立自己所谓新家庭的黑帮团体，以伪家代替真家。再比如基督教，它认为人世的家庭只是进入神的家庭中的一个过渡、踏板，真正的灵魂应该完全献给神，跟自己的父母没有什么关系，父母子女在神面前完全平等。所以，未来就要警惕各种各样的"伪家"出现。

家庭是人类的本性。即便人们去宣传、造势的时候，也往往要依据家庭。像好莱坞大片，这些年来也常常鼓吹家庭，演的是"真家"，亲亲关系符合人的本性，但是它没有孝道，顶多就是夫妻道和亲子道，所以他们的家庭是残缺的，只是一半，没有回头这一半。

未来形势严峻。儒家要看到这一点才知道根本不能够盲目乐观，所以儒家的体制设计和心性修养要对准未来的挑战，然后做出自己的应对。真正的大圣大德，在这方面要有创见，能够应对中国人和全人类面临的种种问题，而不是说光埋头设计一些东西就够了。

2012年，张祥龙教授受聘于山东大学，成为哲学与社会发展学院人文社科一级教授。如今五年时间倏忽而过，张教授也将离开山大。离别之际，他回忆了在山大的工作经历并留下了对山大未来发展的宝贵建议。

这几年在山大工作，山大哲社学院给我自由度比较大。我一年就教一门课，其他时间自己支配。我教了四届同学的"哲学导论"，和学生也有一些实质性的交流，不少学生反映他们是学到真东西的。我这门课是原著导读，而且涉及中西印三方，通过交叉视野、比较视野，使他们在多元文化、全球化局面下，能够达到深层的哲理，有一种思想上的准备，对他们未来的哲学学习可能有一些好处。科研上，这些年我也发表了很多文章，此外有两本书和一本译作。建立了现象学与中国文化中心，举办了相关的全国性会议。所以，我觉得还是给山大做了一些事情吧。

对山大的印象总体来说是不错的。山东有尊师重教的传统，社会上都叫"老师"，学校里，学生对老师是蛮尊敬的。院里一直支持我的工作，我也很感激。虽然五年期满，我要离开这里，但毕竟五年不算太短，我对山大也会留有终身的情感上的联系。

我从小时候就领略了山东各方面的好。那时候济南多可爱！父亲在这边工作过几年，我小学暑假的时候过来，看到老城区家家泉水、户户垂杨，大明湖很有野意，不像今天这样各种现代建筑林立，没味道了。但是山东人的淳朴没有改变，比如兴隆山校区的维修师傅们，我每次遇到问题请他们来，都是马上就到，而且尽力帮你解决问题，甚至有时候奋不顾身。有一次为了开锁，那位师傅从一个很小的窗户爬进去，弄得满身都是灰，也不求回报。所以山大要把这种良好的民风民俗保留发扬。孔子故里应该有这种气象。

至于改进的意见，我以为山大应该是追求卓越。什么环境能产生卓越的成果呢？那就是给知识分子以自由发展的机会，当然也要有道德上的教化。传统中国社会给儒家知识分子多大的自由！山大一定要像一个近一亿的人口大省办的顶尖大学的样子，要有这种气魄！一亿人，相当于一个欧洲大国了！维特根斯坦生前就发表那么几篇文章，一本小书，对吧？北大毕业的一个数学家，张益唐，在国外当了很多年编外助教，最后解决了一个世界性问题。人家的大学体制，养你，让你教课，保证你生活得还算体面，能够二三十年在校园里潜心研究，最后一鸣惊人。山大可以吗？你看中了这个学者有潜力，好，他十年不发表一篇文章，你容不容他啊？你得容他啊，"养士"嘛。如果最后他到去世也没发表什么，也就算了。这个自由度就要做好出"废料"的准备，那中间如果真出来几个张益唐，那就真是原创。大学和专科不一样就在这儿。

另外，我听说山大可能要到章丘建新校园。如果是真的，我也有自己的一点浅见，供执行者参考。山大校园在整体设计上要注意深度和多样性，不要一目了然。我刚到山大的时候，为教代会写过一个提案，主要是为如何增加兴隆山校区的多样性而建言。比如沿着马路多栽高大植物，让学校和外面有一个质的隔离，因为学府应该有自己独立的一方天地。在校园内部，通过林带、土丘、建筑来构造多样化。这方面北大、清华就比较好，当然这和历史有关，但是山大完全可以去学啊。清华、北大里面就不是一目了然，北大的未名湖、教学区、宿舍区各有天地。现在山大如果要有自己的新校园，它的设计完全可以体现出这种空间的异质层次来，比如挖湖造山，形成起伏；建筑设计上，则有构造曲折空间的作用，等等。不要从行政管理方便的角度来搞横平竖直，切几个豆腐块，要有韵味，要体现历史的传承、哲理思想（比如《易》）和中国园林传统。这些方面还得靠真正有品位的建筑师、艺术家和教育家来共同斟酌，参考中国古代书院、太学、园林，还有西方最古老著名大学的建筑式样和办学风格，来设计和实施。青岛新校区虽然大致可以，但还是嫌单质了些，不精彩。

我希望无论是校园建设还是治校的精神，都应该追求这种丰富性、多样性、宽和性，让这学校蕴含着特别美好和动人的景色和精神境界。未来山大要有新起点、新气象。这是我临走前对山大的希望，一孔之见，但是就我的眼界而言，追求多元化、内在的丰富化，才是办学的正道。山大以后要吸收像北大清华等院校好的地方，当然还要努力做到他们做不到的，比如对自己的文化根基的开放、对自己的民族灵魂的开放等等。

5 政治儒学是普遍主义的吗?
——试析蒋庆先生学说的哲理倾向

当今是普遍主义(universalism)盛行的时代。"普遍主义"是指这样一种思想方式和行为方式,它主张最有价值——不管是认知的、伦理的、宗教的、经济的,还是其他的价值——的东西**总可以**、并且**总应该**被普遍地推广,或者叫做被普遍化(universalization),形成一种让所有有关现象来**无差别地**模仿的"标准"。(所谓"无差别",主要指不实质性地考虑时空条件造成的差异。)这种最有价值者或者被称为"真理"[1],或者称为"一""至善""独一之神"。在这样一种普遍主义的视野中,形式化的、有唯一解的数学命题是最真的,因为它们——比如7+5=12、三角形内角和为二直角——总可以也总应该被普遍化,而且

---
[1] 真理与"可能""一些""变异"无关,而只与"必然""所有"和"不变"相关。这个意思,古希腊人已经想到了,比如毕达哥拉斯和柏拉图都认为,真理与至善只是"一"(唯一不二,贯通一切),而绝不是"二"(可能这样,也可能那样)。

是无差别地被普遍化（完全不考虑"7"和"5"的特殊性），其反面则根本不可能被普遍化。自然科学命题，越是确定性的，如不少理论物理学的命题，就越可以被普遍化，其表现就是可以被明确地数学化，因而也就越被认为是真实的。如果必须考虑到"概率"或特殊的差异，这普遍化就被打了折扣。所以生物学的普遍化程度就不如物理学，心理学、社会学就更少一些。技术也是一样，越是有效的技术就越可以也越应该被普遍化。互联网被人视为有价值的新技术，因为它比以往的技术更可普遍化，也带来更多的普遍化效应。伦理学命题，政治学、法律学命题，尽管不容易找到那总可以并总应该被普遍化者，但努力的方向也还是它。所谓"全球伦理"，就是这种思路的一种当代表现。

可是，稍加思索，普遍主义原则本身的真理性并不自明，因为"有价值"更近乎"有正面意义"，而不同于"可被普遍化"和"可被标准化"。我们完全可以想象被普遍化的东西，比如制造能够杀死全人类的病毒的科学技术，没有意义或有负面的意义；或者某种本身并不普遍的爱，比如我对自己父母、子女或恋人的爱，具有终极价值。所以，黑格尔之后的西方哲学中也曾出现反对明显的普遍主义的潮流，比如克尔凯郭尔开创的存在主义，以及生命哲学（如尼采）、狄尔泰的解释学等。但是，以"个体""历史"为价值载体，并在它们之上建立真理观与价值论，虽然很有思想的提示力，但并不能真正克服普遍主义。毕达哥拉斯和柏拉图坚持的"一"似乎既可以是"一切"之"一"，又可以是"唯一"之"一"、"个体"之"一"。相对主义、特殊主义（particularism）似乎只是普遍主义的陪衬。

历史上的儒家，或起码孔子的思想与实践不是普遍主义（这一点下面会讨论），而当今蒋庆先生提出的政治儒学，是不是普遍主义呢？就蒋先生对于港台新儒家的批判而言，政治儒学肯定不是普遍主义；但就他本人提出的主张看来，又似乎有普遍主义之嫌。本章就将集中辨析蒋庆先生的政治儒学是否是，乃至是否应该是普遍主义学说的问题。笔者相信，这既是一个理论上的重大问题，表明一个学说的基本哲理素质，也同样是一个重大的实践问题，会深刻影响一个学说在当今与未来起作用的方式；因为，当对立的普遍主义遭遇时，会有所谓"文明的冲突"，而当持相同观点的普遍主义碰到一起时，会有同质化的现象（有人称之为"历史的终结"）；而当普遍主义与非普遍主义，或非普遍主义与非普遍主义相遇时，就既不会有因为思想方式所导致的致命冲突，也不会有同质化现象的盛行。

一、蒋庆对于牟宗三的普遍主义的批判

牟宗三（1909—1985）是中国大陆之外迄今最有影响的新儒家代表。其基本观点受到康德与黑格尔的普遍主义的强烈影响。对于他来说，儒家由两个部分组成：内圣与外王。内圣指儒家的道德境界与精神智慧，外王则指儒家在社会政治方面的成就或目标。后者是前者在现实世界中的实现。

牟宗三相信内圣是绝对需要的，是他要坚持的儒家道统，所

以他认为儒家的道德是"常道",而此"常"就意味着:(1)"恒常不变。"[1](2)普遍有效,也就是可以普遍于全人类的[2]。承担这种常道的就是人类的"道德主体",或"道德理性或良知"。然而,牟也承认,当这普遍常在之道要在具体的历史情境中实现时,就会带有特殊性并因而失去其常性。比如,它在中国历史上实现为帝王与儒士为主导的古代社会形态,这种形态就不具有常性,其具体原则也不是常道。

面对西方文化的挑战,按照牟宗三的看法,中国文化必须做出激进的改变,因为它缺少两个关键因素:科学与民主,即真实的或能开出事功的知识和政治[3]。借用黑格尔的辩证发展观,牟认为儒家的道德传统或所谓自足的内圣性在今天必须间接地("曲达"地)发展出一个"新外王"[4]。这就是指,儒家的道德理性良知必须做一个"自我坎陷"或"自我限制",以便让"知性"(Verstand)出现[5]。以这种方式,那个无执的、直觉的道德主体就被转变为有执的和知性的主体,或"一个逻辑的我,形式的我,架构的我,即有'我相'的我"[6],而这就是一个与对象相"对偶"

---

[1] 牟宗三:《道德理想主义的重建——牟宗三新儒学论著辑要》,郑家栋编,中国广播电视出版社1992年版,第1页。
[2] 同上书,第13页。
[3] 牟宗三:《道德理想主义的重建》,第13—14页。
[4] 同上书,第14页。
[5] 同上书,第503页。
[6] 同上书,第504页。

的我[1]。这样一来,中国传统的"综合的尽理之精神"就辩证地转变为分析的尽理之精神,也就是牟心目中的西方文化的哲理特点之所在。他还相信,这种辩证发展不仅建立起适合于科学的知性基础,而且会养育出民主政治所须要的个体意识[2]。这就是"现代化"的含义。为什么一定要将中国文化如此地现代化呢?牟的回答是:因为这种现代化是普遍有效的。他写道:

> 现代化虽然发自西方,但是只要它一旦出现,它就没有地方性,只要它是个真理,它就有普遍性,只要有普遍性,任何一个民族都当承认它。中国的老名词是王道、藏天下于天下,新名词则是开放的社会、民主政治,所以,这是个共同的理想。故而民主政治虽发自西方,但我们也应该根据我们生命的要求,把它实现出来,这就是新外王的中心工作。[3]

从这些讲法中,不论它们涉及的是内圣还是外王,我们都可以识别出一种强烈的普遍主义。一方面,儒家的道德本性是普遍的,超越了一切历史的局限(不过他也承认基督教的上帝"是普世"的)[4];另一方面,科学理性和民主政治也是普遍有效的、不可避免的。而这内圣与外王的联系是辩证的,要求民族精神自我否定式

---

1 牟宗三:《道德理想主义的重建》,第506页。
2 同上书,第13—15、19—27、131页。
3 同上书,第20页。
4 同上书,第30页。

的发展。

蒋庆（1953—）不同意牟宗三的自我坎陷式的内圣外王说。他认为儒家在内圣外王的两方面都没有过时，都可以提供指导性的原则，因此而提出"政治儒学"，有意识地与港台的新儒家形态相区别。他观察到历史上的儒学有"心性儒学"与"政治儒学"之分，并指出港台新儒家只依傍心性传统，完全抛弃了政治儒学传统。[1]造成这种偏颇的原因可以追溯到辛亥革命和新文化运动，前者推翻了具有衰败的儒家政治礼制结构的最后王朝，后者则要通过完全切断与过去的联系来创立一个新的中国文化，而且这"过去"首先就是指儒家的社会、政治和礼制传统（被称为"封建主义"）。为了显示他们的"政治清白"，从熊十力和梁漱溟开始的新儒家们完全忽视、甚至否定社会与政治意义上的儒家。在这方面，如上所述，牟宗三以他的"自我坎陷儒家的道德良知，以便开出新外王"的说法著名。蒋庆将这种良知坎陷说判为完全"西化"的一种形式[2]，因为它无条件地将"科学与民主"当作的"人类'共法'"[3]。对于蒋庆：

> 民主不是天下之公器，亦不是世间共法，……民主作为一种政治制度，是西方历史文化的产物。……［这］并不意味着完全否定民主的价值，而是意味着把民主放在具体的历

---

[1] 蒋庆：《政治儒学——当代儒学的转向、特质与发展》，三联书店2003年版，第27页。
[2] 蒋庆：《政治儒学》，第90页。
[3] 同上书，第89页。

史文化传统中来做全面的、正确的理解。[1]

他承认"民主在理念的层面同儒学的理想有很多相近之处[如孟子的'民为贵,君为轻'之说],可以被中国人接受",但是,"在制度的层面则没有这种普世性,与中国的历史文化传统有许多矛盾与差异。这种历史文化传统之间的差异是一种文化所以区别于另一种文化的规定性。"[2]

从哲学的角度,蒋指出牟的外王西化方案是被普遍主义方法论深深影响着的:

> 牟先生是将人类特定的历史文化内容掏空而从抽象的哲学理念上去看科学和民主,故只看到科学民主的普遍性而忽略了其特殊具体的历史文化形式。……从而要求其他民族的学术与历史朝此普遍文化形式发展,这也许正是牟先生的"良知坎陷说"在解决"外王"问题上的最大误区。[3]

蒋庆分析道,牟一方面将科学民主当作改造儒家的唯一标准,中国现代化的唯一方向,另一方面又发现中国传统文化中这两者皆无,于是就认为中国只有"道统",而没有"学统"和"政统"。而且,由于它们都是当今中国之所需,所以就必须按西方的标准

---

1 蒋庆:《政治儒学》,第46—47页。
2 同上书,第55页。
3 同上书,第90页。

来"'开出'学统、政统"[1]。蒋完全不同意这种自我否定的看法,主张"儒学传统中有自己的学统——六艺之学,中国的一切学问都源于此;儒家文化中有自己的政统——大一统的政治礼法制度,此制度维系中国两千多年,创造了人类政治史上的奇迹。"[2]

在蒋庆看来,所谓外王的、或知识-政治的方面与内圣的一面内在相联,如王阳明的"致良知"所清楚表明的。良知根本无法像牟宗三建议的那样被"坎陷",否则它就不再成其为良知了[3]。牟看不到这内与外、良知与科学及政治体制的根本联系,说明他对儒家的内在一面也缺少真实的理解。所以蒋庆"判牟先生的良知学说为'王学之歧出'",并进一步对于港台新儒家的道路做出了这样的判断:"说到儒学的现代发展,并非如新儒家言是'内圣强而外王弱',而是'内圣无而外王更无'。"[4]

二、蒋庆对政治儒学的核心表述
——政权的三重合法性

蒋庆思想的一个重要源头是《春秋》公羊学,包含其"微言大义"的解释学传统。从这个源头出发,他富于创造性地思考如何应对儒家的现代困境,乃至如何解决广义的政治体制合法性问

1　蒋庆:《政治儒学》,第93页。

2　同上。

3　同上书,第77、83页。

4　同上书,第94—95页。

题，由此而发展出了一种当代形态的政治儒学。这个学说有较丰富的内容，以下所阐述的只限于与本章问题有关的方面，即他关于政治秩序合法性的观点。

在蒋庆看来，一个政权或政治系统的合法性存在于"王道"，而王道有三个维度：**民意**的、**超越**的和**文化**的，并由此而有三重合法性的基础。第一个维度是"为民而王"，即为民众的利益而平治天下；但它不同于"由民作主"[1]。它的实际形态就是孟子讲的"仁政"，其核心是"'以道得民''以德服人''民贵君轻''保民而王'"[2]。

王道政治的第二个维度是"法天而王"，并由此而"天人合一"。它为一个政治秩序提供了超越的合法性基础，并制衡民意原则。蒋庆写道："民意的合法性只是一种**世俗的合法性**，不足以充分证成政治权力合法性存在的基础，故需以**神圣的合法性**证成之，而超越的正是神圣的合法性。"[3]这个基础具有生态的和准宗教的含义，因为这天既是自然之天，又是义理之天和主宰之天。

第三个维度是"大一统的尊王思想"，并因此而为政权的合法性提供文化基础。"大一统"的学说出自公羊家对于《春秋》的解释，曾对中国的政治思想与实践产生重大影响。蒋庆的解释颇得其真义。他认为大一统**不**意味着"自上而下地以一个最高权

---

1 蒋庆：《政治儒学》，第203页。
2 同上书，第204页。
3 同上书，第204—205页。

力为中心来进行政治范围的集权统治"[1]，而是指**文化意义上**的"尊王"，即尊孔子为王。

> 大一统思想尊孔子为王实是尊中国文化为王，即确立中国文化在政治统治中的主位性、权威性和不可取代性，从而奠定中国政治秩序合法性的历史文化基础。[2]
>
> 这种"依历史文化确立政治秩序合法性"的思想确实是儒教在解决政治秩序合法性问题上的一大特色，具有非常重要的价值，为儒家文化所独有，其它文化所无。[3]

很明显，将传承自己的历史文化当作决定一个政权的合法性的依据之一，这种思路不是普遍主义的。尽管这个原则被以普遍的方式陈述出来，但它的涵义不可能是普遍化的，因为"历史文化"总是具体的和时空化了的。此外，蒋庆还主张"王道政治不仅要为政治权力提供'三重合法性'，还要使'三重合法性'在'政道'上相互制衡。……'三重合法性'中任何一重合法性独大都会出现问题，都会带来政治的偏颇与弊端。"[4]他认为这种不同原则相互制衡的思路"根源于中国人思维方式"，比如《易传》讲的"各正性命、保合太和"的精神，而与西方人"非此即彼的

---

1 蒋庆：《政治儒学》，第328页。
2 同上书，第208页。
3 同上书，第210页。
4 蒋庆：《生命信仰与王道政治——儒家文化的现代价值》，养正堂文化事业股份有限公司2004年版，第295页。

直线理性思维方式"很不同,因此也就没有西方"民主政治'民意合法性一重独大'的弊端"[1]。因此我们可以说,蒋庆的政治儒学从方法论上就不同于牟宗三的新儒学,后者的基本方法论,如上节所示,可以说是强普遍主义的和直线理性式的,尽管这"直线"有时表现为"坎陷"式的硬折。

三、蒋庆政治儒学中有普遍主义吗?

从以上两节可以看出,蒋庆清楚地意识到普遍主义的思想方法带来的危险,即抹杀文化区别的本体论含义,导致全面的西方化、片面极端化和政治合法性的虚无化。但是,当他表达自己观点时,有时又似乎表现出了某种普遍主义倾向。以下试做一阐析。

蒋庆认为"政治秩序合法化的基础必须放在超越的神圣本源上则永远不会变!这就是天不变道亦不变之'道',也是人类政治的终极关怀与最后希望"[2]。从哲理上讲,讲"不变"可以有两种含义:(1)超出所有经验变易,达到像逻辑真理一样的无时空可言的"不可能错";(2)超出"时空变易/永恒不变"的对立,达到"不变亦不常"的中道。第一种不变观设定了某个不变的、可用观念化方式达到的实体世界,它可以是纯理念的,也可以是纯

---

[1] 蒋庆:《生命信仰与王道政治——儒家文化的现代价值》,第296、306页。
[2] 同上书,第340页。

物质的；第二种不变观不设定、反而有意识地要化除那个实体世界，认为不变就为可变所孕育、生成和维持。第一种看法是一种普遍主义，因为这种超出了时空限制的、又可被观念把握的实体性存在，被认为是价值的承载者与标准设立者。蒋庆讲的不变是哪个意义上的呢？似乎很难以"一言以蔽之"的方式回答，但蒋书中的某些段落让人可以往第一种解释上联想。比如，当对比孟子和墨子来谈超越的合法性时，他写道："孟子倡心性本善，但公羊家认为心性乃经验的产物，无超越可言，故不能作为政治秩序合法性的基础。……由于公羊家主张变周之文从殷之质，在一定程度上接受了墨子有意志的天，而不像孟子的天是纯义理的天。……只有以这种充满仁义而又超越的义理意志之天来作为政治秩序的基础，政治秩序才具有一个超越而神圣的形上本源，……。"[1]这种认"经验的产物"就无超越的可能，并以墨子的毫无时机化含义的意志之天来补充或部分顶替义理之天的看法，就让人怀疑其中有普遍主义视角。这样的"不变之'道'"与牟宗三讲的"常道"有什么哲理上的差别呢？

在一篇题为《儒家文化是先进文化》的谈话整理稿中，蒋庆从多个角度论证了中国的圣人文化优于西方的功利主义文化。其中多有启发人的观点，但具体的论证似乎带有普遍主义特征。比如，为了论证哪个文化更优越，他提出了衡量标准：

---

[1] 蒋庆：《政治儒学》，第330页。

> 一个文明好与不好的标准，首先应当是看这个文明怎样去处理人与自然、人与人、以及国与国之间的关系，这是最基本的标准。[1]

进一步说，就是看一个文明处理这些关系时依据的"**规则**"能不**能被普遍化**：

> 按内容标准，看一个规则是建立在仁义道德基础上，还是建立在功利强力基础上，由此来判断其优劣；按形式标准，看一个规则建立起来后，是否能够普遍化。什么是普遍化呢？就是说，看这个规则能否被更多的人接受，看这个规则被更多的人接受后，能否给所有的群体带来最多的福利。如果全人类都能接受，能给全人类带来普遍的福利，那么，就是一个能普遍化的规则，因而就是一个好的规则。[2]

蒋先生虽然在这里先提到了"内容标准"，但为了"以理服人"，不让别人以"民族感情[的偏好]"来反驳，主要还是诉诸"形式标准"，即看一个规则的运用能不能被普遍化的标准来进行论证。

按照这个标准，以美国为代表的西方文化是相当不先进的，因为它依据的规则不允许更多的国家与民族来实行，因而不能

---

1 蒋庆：《生命信仰与王道政治》，第84页。
2 同上书，第87页。

普遍化。在涉及资源消耗、高新武器（比如核武器）、生态可持续等问题上，西方的规则都排斥他人来做它已经和正在做的事情，因为那样一来，或者它会感到受到了威胁，或者人类无法生存下去。所以西方"不得不搞双重标准，因为他们的这套规则有问题，只是功利地为他们的利益服务的，他们又要虚伪地掩饰这一点，把他们的规则说成是全人类的、普世化的"[1]。相反，儒家的仁、义、礼、智、信的规则就没有这个问题，因为"对这套规则接受得越多，人类的福利就越往上递增"[2]，这就意味着，这套规则是能够普遍化的，因此儒家文化是先进文化。

这种按照某个标准来衡量出先进文化的方法中是否含有普遍主义呢？看来是有这个危险的，因为这个标准的形式表述就是要看一个文化是否可以被普遍化，以此来确定它的先进与否。如果情况就是这样，那么对于政治儒学就是个不小的问题，因为，如上所述，这种儒学与当代心性儒学的一个重大差异就对于普遍主义的态度。政治儒学的一些核心看法，比如它对于牟宗三的普遍主义批判、三重合法性学说等，都有明确地反对普遍主义的特性，如果自己的方法论中也有强烈的普遍主义倾向的话，那就须要做进一步的反省了。其次，这种"看谁更可普遍化"——而非"看谁更可长久生存"——的标准本身也很成问题。比如它本身就隐含了蒋庆先生所批评的功利主义原则。设想我们有一个更大

---

[1] 蒋庆:《生命信仰与王道政治》, 第91页。
[2] 同上。

得多的地球，或者可以不断地发现能让人类居住的一个又一个新的地球，或者发明了解决目前的生态危机的新科技，那么西方文化凭借它的高效和强力岂不就成了先进的了？说到底，普遍主义标准的现实运用最终会经常诉诸功利计算，遵循力量原则。

再者，儒家文化的特点或规则就可以被现成地普遍化吗？其他文化中的人会无异议地同意这个看法吗？如果只讲仁义礼智信，似乎问题不大，但基督教文化的拥护者也会讲他们的原则是"普遍的人类之爱"，同样可以、甚至更可以普遍化，于是有了（蒋先生很有道理地不赞同的）"全球伦理"的主张，认为人类所有文化可以在某种"相互尊重，普遍之爱"的原则上统合起来，找到大家都必须遵守的伦理底线。但这样一来，儒家以亲子之爱为源头、以家庭关系为中枢的伦理就被淹没了。另外，"外人"或"他者"们在儒家文化那里看到的不会只是仁义礼智信，就如同蒋庆在西方文化那里看到的不只是他们标榜的普遍之爱，而是会挑出当年新文化运动干将们挑出那些"中国文化的痼疾"来。撇开"专制""汉字""裹小脚""夷九族"之类的诅咒不谈，就是"儒家文化刺激人口增长，导致生态问题"之类的，也不是可以简单忽视的。如果我们讲，我们可以通过政策调整来解决这些问题，那么西方文化拥护者也可以讲同样的话，认为他们已经并将会采取种种手段来调整西方文化，扬长避短。毕竟，那边的主导人物并不都是小布什。如果两方面达不成一致看法，而两方面都持强烈的普遍主义，当它们遭遇时，就会出现文明的冲突，像历史上和现在在中东地区出现的。

总之，按照某种普遍化的标准来衡量先进与否，是儒家的特点吗？儒家主张的仁政、天道、良知，能用这种标准来衡量吗？儒家文化曾经导致了与西方的普遍主义文化极其不同的历史后果，在普遍主义还没有成为全球化的现实时，具有极强的"可持续性"，那说明它是一种更高级的文化了吗？在十九世纪以来的全球化浪潮中，儒家文化又变得十分脆弱，满足不了普遍化格局的要求，这又说明它低级了吗？我与蒋庆先生一样，完全理性地相信儒家文化的优越性，相信它更适合未来人类的生存，当然也乐于看到这种优越被越来越多的民族分享，但这不意味着我相信这种优越性是可以普遍化的，是可以按照某个形式化标准来衡量出的，是应该作为"全球化政治"（global politics）的模本被推广到全世界的。从哲学上讲，这就意味着，我不相信"理性"和"价值"等同于"可按某个标准普遍化"，也不相信儒家符合了某个更高的普遍化标准，而是认为它体现了**另一种**伦理与标准。

四、儒学的非普遍主义本性

为了理清以上的问题，我们应该首先回到儒家的源头，看看孔子开创的这个学说与文化到底是不是普遍主义的，然后再检讨政治儒学的真实哲理倾向。首先来看，在儒家最重要的文本之一《论语》中，有普遍主义吗？毫无疑问，孔子讲了很多似乎可普遍化的话，比如："性相近也，习相远也。"[1] "君子忧道不忧

---

1 《论语·阳货》。

贫。"[1] "[仁者] 爱人。"[2] "夫仁者，己欲立而立人，己欲达而达人。"[3] 这些句子都不含专名和时空限制词，所以似乎是普遍有效的。这样理解的话，孔子就是在主张：所有人的本性都是"相近"的，所有的君子都会"忧道"，所有的仁人都"爱人"并遵行"道德金律"。但是，完整地阅读《论语》会让我们发现，这些话都不能做普遍主义的解释，都不符合本章一开头所说明的"普遍主义"的含义，[4]也不同于康德式的伦理普遍主义表述。[5]

孔子说"性相近"，但没有将这个"近"落实为观念化的对象，不管是后来孟子讲的"性善"，荀子讲的"性恶"，还是西方人讲的"理性""主体性"等。这个"近"倒是与维特根斯坦讲的"家族相似"（Familienähnlichkeiten, family resemblances）相近，表明一种超出普遍与特殊、是与非二元区别的倾向。君子"忧道"也不可普遍化，因为孔子也讲"君子不忧不惧"[6]。这种

---

1 《论语·卫灵公》。
2 《论语·颜渊》。
3 《论语·雍也》。
4 那里这样说明"普遍主义"：它"是指这样一种思想方式和行为方式，它主张最有价值——不管是认知的、伦理的、宗教的、经济的，还是其他的价值——的东西**总可以**、并且**总应该**被普遍地推广，或者叫做被普遍化（universalization），形成一种让所有有关现象**无差别地**来模仿的'标准'。（所谓"无差别"，主要指不实质性地考虑时空条件造成的差异。）"
5 康德在《道德形而上学的基础》中讲，一切有道德含义的行为都是这样的行为，它"使得我能够立定意志，要求我的行为的格准（Maxim）成为一个普遍规律"。（译文取自北京大学哲学系外国哲学史教研室编译的《十八世纪末-十九世纪初德国哲学》，下卷，商务印书馆1982年版，第309页。文字上稍有调整。）
6 《论语·颜渊》。

针对具体场合和具体时间来说话的例子在《论语》中俯拾皆是，甚至就在一章中针对两弟子问"闻斯行诸？"[1]，给出表面上对立的回答。

儒家讲仁者"爱人"，但要求首先爱自己的亲人，"立爱自亲始。"[2]而这个"亲亲"[3]原则也可以说成是普遍主义的吗？从表面上看，它也是普遍化的，要求所有的人都去爱其亲人，但它却从思考方式上就不同于"无差别地爱一切人"或"爱神"（"神"是无限的），因为它的要求某些涉及时空差别所造成的差异，即"亲"中总有的差异，因而不满足普遍主义对"爱人"的要求。也就是说，就"爱"的内容而言，未满足普遍主义的这样一个要求，即普遍化价值会导致"形成一种让所有有关现象**无差别地**来模仿的'标准'。（所谓'无差别'，主要指不实质性地考虑时空条件造成的差异。）"按照这个要求，主张"文化是多元的"，尽管其表述方式与"文化是一元的"（意即有一个标准来衡量谁是"最先进的文化"）相似，却不是一个普遍主义的主张。

西方传统哲学史上，唯理主义反驳怀疑论的一个贯用策略就是：你说"没有确定无疑的真理"，那么你这个说法本身是不是确定无疑的呢？如果说是，你就反驳了自己；如果说不是，按照二值逻辑，你还是反驳了自己。假设这种逻辑总有效的话，普遍主义也就是不可反驳的了，因为说"没有普遍主义主张的真理"，

---

[1] 《论语·先进》。
[2] 《礼记·祭义》。
[3] 《中庸》："仁者，人也，亲亲为大。"

也还是一种普遍化的真理断定了；于是，文明冲突也就是不可避免的了，除非只剩下一个文明。但是，"怀疑论"不过是要说：对于任何一个被给出的全称真理表述，都可以或可能找到反例。它诉求的是具体的差异，不是一个普遍化的肯定，所以将二值逻辑用到它身上不合适。

这样看来，"己欲立而立人，己欲达而达人"也不是一个普遍主义主张，因为儒家认为只有先通过"亲亲"和学艺，能够将亲子之爱以时机化的或"实质性地考虑到时空造成的差异"的方式推及世人，才能知道什么是合适的、真实的"立"和"达"，不然就会有硬性运用金律和银律标准造成的荒谬：我欲抽烟也鼓励我儿子抽烟，我不要吃蒜也禁止他人吃蒜。

正是由于有意识地要躲开普遍主义陷阱，《论语》中的孔子对于任何普遍化思想与言论表现出了异乎寻常的警戒，形成了一个"孔子不言"的特别现象，被弟子们一再记录下来。"夫子之言性与天道，不可得而闻也。"[1][看来说"性相近也，习相远也"[2]不算这种以普遍化方式去"言性"。]"子曰：'予欲无言。……天何言哉？四时行焉，百物生焉，天何言哉？'"[3]"子罕言利与命与仁。"[4]等。所以，本节一开始举的那些例子，或似乎是普遍表述的话，在孔子那里都不能当作普遍主义命题或康德意义上的行为准则来

---

[1]《论语·公冶长》。
[2]《论语·阳货》。
[3] 同上。
[4]《论语·子罕》。

看。它们是孔子真诚相信的主张,当然希望看到它们更多的实现,但孔子同时意识到不能将它们当作普遍主义的标准来规范人生,而只能将它们当作"音乐主题"[1]来看待,总需要活生生的和有现实差异的人生经验来实现之、维持之。所以表面上的不同表述,甚至是相反的表述,总是可能的。从思想方式上讲,孔子的学说超出了普遍与特殊的二元分裂(the dualistic dichotomy between the universal and the particular)中,一与多在"从心所欲不逾矩"的"艺境"中互融,在不厌不倦的"好学"中被千姿百态地实现出来。"子绝四:毋意,毋必,毋固,毋我。"[2] 这是孔子思想的独特性和深刻性的天才显示,不被一切普遍主义思想者所理解,不同于西方传统哲学与宗教的基本路数。这里既没有文化与思想的相对主义、特殊主义,也没有普遍主义与绝对主义,而是既艺术化又仁道化、既性情化又天理化、既政治历史化又终极化了的**天道时义**,或**时机化的天道主义**。无怪乎孟子称孔子为"圣之时者也"[3]。

孔子之后,这个微妙的"时义"被后人、包括大多数儒者逐

---

[1] 维特根斯坦《哲学研究》中讲:"理解语言中的一句话,要比人们的能相信地更贴近理解音乐中的一个主题。"(527节)"我们所说的'理解一句话'往往是在这样一个意义上讲的,即它能够被另一个表达相同内容的句子所置换;但是我们也在这样一个意义上来理解一个句子,即它不能被任何其它句子所置换。(就像一个音乐主题不能被另一个音乐主题所置换一样。)/在前一个情况中,这个句子表达的思想被不同的句子所分享;在后一个情况中,则只有凭借这些语词在这个情势下所表达的东西。(理解一首诗。)"(531节)

[2] 《论语·子罕》。

[3] 《孟子·万章下》。

渐淡忘或淡化。比如从孟子、荀子起，就开始脱离孔子的艺术化的天道时义，辩论人性之善恶；汉儒编织"三纲五常"的框架；宋儒则标榜脱开"人欲"的"天理"；等等。但由于孔夫子作为开创者的崇高地位和《论语》的圣言效应，儒家的思想倾向与历史效应作为一个整体，还是非普遍主义的。孟子还在主张"执中"也必须有"权"[1]，董仲舒力倡"通三统""天人感应"，宋明儒讲的"理"究其极也应该是一多互融、阴阳互生的"太极"，而不是干巴巴的道德律令，所以后来有阳明心学、泰州学派特别是罗近溪的接续。因此，儒家文化或中国传统的主流文化一直是天道主义，没有普遍主义宗教文化中的那种种曾广泛存在的不宽容和扩张主义，比如长时间、大规模地排斥异端，进行宗教战争、帝国侵略，搞屠灭其他文化的信仰征服和领土攫夺，等等。甚至到中国传教的利玛窦（Mathew Ricci, 1552—1610）也注意到这种巨大的文化差异，在其《利玛窦中国札记》第一卷第6章中加以讨论。他写道：

> 他们［中国人］与欧洲人不同……［并且］非常值得注意的是，在这样一个几乎具有无数人口和无限幅员的国家，而各种物产又极为丰富，虽然他们有装备精良的陆军与海军，很容易征服邻近的国家，但他们的皇上和人民却从未想过要发动侵略战争。他们很满足于自己已有的东西，没有征

---

1 《孟子·尽心上》。

服的野心。在这方面,他们和欧洲人很不相同,欧洲人常常不满意自己的政府,并贪求别人所享有的东西。西方国家似乎被最高统治权的念头消耗得筋疲力尽,但他们连老祖宗传给他们的东西都保持不住,而中国人却已经保持了达数千年之久。[1]

这一段四百年前由一位耶稣会士写下的话,今天读来,其卓越见地让人拜服。它是在两个还各自完整的异质文化和信仰的交接处、争执处,在最切身的文化对比体验中直接感受到的和反复核对过的见解,其真实性要比后来的许多戴上西方中心论的有色眼镜之后的研究要强得多。而且,它的真实性还表现在了后来的历史进程中,还多半要表现在未来。西方文化追求"最高统治权"的不懈努力,其动力就应该是其普遍主义,因为按照这种主义,或它的号称有普遍效力的标准,只能有一个最高者或胜利者,其他都是被征服者和失败者。而以儒家为主体的中国传统文化,之

---

[1] 利玛窦、金尼阁:《利玛窦中国札记》,何高济、王遵仲、李申译,何兆武校,中华书局1983年版,第58—59页。他紧接着还写道:"这一论断似乎与我们的一些作者就这个帝国的最初创立所作的论断有某些关系,他们断言中国人不仅征服了邻国,而且把势力扩张到印度。我仔细研究了中国长达四千多年的历史,我不得不承认我从未见到有这类征服的记载,也没有听说过他们扩张国界。……标志着与西方一大差别而值得注意的另一重大事实是,他们全国都是由知识阶层,即一般叫做哲学家〔儒士〕的人来治理的。……因此,结果是凡希望成为有教养的人都不赞成战争,他们宁愿做最低等的哲学家,也不愿做最高的武官。……更加令外国人惊异的是,在事关对皇上和国家忠诚时,这些哲学家一听到召唤,其品格崇高与不顾危险和视死如归,甚至要超过那些负有保卫祖国专职的人。"(第59—60页)

所以"没有征服的野心",尊重其他文化的自主性,没有"传教"传统,但又富于"崇高品格"和"视死如归"的守道精神(见下面注释所引译文),其思想根源就在于孔子所继承、深化和发展了的那个艺术化和时机化了的天道主义。这样的天道文化不可能是普遍主义的。它不被普遍主义所理解,而被普遍主义所摧残,几乎是命定了的。如果连这样从根本上尊重文化差异性的伟大思想传统都可以叫做普遍主义的话,那么天下就没有不是普遍主义的重要文化了,那样的话,我们的全部讨论与争论也就无意义可言了。

五、政治儒学的非普遍主义

蒋庆在《政治儒学》中明白声言:"政治儒学是孔子创立的儒学传统。……源自孔子所作之元经《春秋》,以及重新解释之儒家经典《诗》《书》《礼》《乐》《易》诸经。"[1] 如果这话确有学理上的,尤其是思想方法上的根据,就说明政治儒学是非普遍主义的,与宋明理学和当代心性儒学都不同。经过反复阅读和对比,我现在认为,尽管蒋先生的表述中或有一些很近乎普遍主义的东西,但那主要是在这个普遍主义盛行的时代中,非普遍主义学说为了争得自身的存在权而做抗争之举的后果,其学说的基本素质确实不是普遍主义的,或起码不应该是普遍主义的。

---

1 蒋庆:《政治儒学》,第97页。

蒋庆政治儒学源自公羊学，按他的《公羊学引论》，公羊学反对将儒家封闭在有普遍化之嫌的生命心性儒学和个体存在的领域，反对形而上超越原则的禁锢，所以它是在黑暗时代为人们提供切实希望的实践儒学[1]。此学派源自孔子"口说"的"微言大义"，其具体主张中，也颇有些非普遍主义倾向的学说，比如孔子改制说、天人感应说、夷夏之辩说、经权说、大一统说、通三统说、大复仇说等。以上介绍蒋庆政治儒学表述时，已经有所涉及。另外，蒋庆在《政治儒学》中还特别批判了"全球伦理"，认为当今不可能形成这种伦理，因为"所谓'伦理'，都是同特定历史文化相联系的伦理"[2]，"当今人类的道德灾难不是因为没有人类共通的伦理原则所致，而是因为各大文化传统中的'本土伦理'式微衰落。"[3]所以他判《全球伦理普世宣言》是西方中心论，并通过审视它对于权利、人的本质、平等（比如男女平等）、统一文化等问题的看法来揭示之[4]。可见这些关乎政治儒学中心思想的阐述都是明确地反对普遍主义的。再加他对于牟宗三的普遍主义的批判，以及政权三重合法性的主张，使人无法相信这样的学说会从基本的哲学方法上是普遍主义的。

那么，是什么原因导致了蒋庆言论中的普遍主义印迹呢？除了上面提及的"以普遍主义的形式来抗争普遍主义的压迫，以求

1　蒋庆：《公羊学引论》，辽宁教育出版社1995年版，第38—58页。
2　蒋庆：《政治儒学》，第343页。
3　同上书，第347页。
4　同上书，第348—358页。

生存"的现实原因之外,还有一个方法上的原因,那就是他对于"科学"的文化本性的理解上的摇摆不定。最能体现西方普遍主义特点的知识是广义的西方科学,即西方的演绎科学(数学)与近代以来的自然科学,而造成现代西方普遍主义得手的最大因素就是西方科学与技术的联手。可是,这种科学在现代的极大成功,使人很容易将它看作是普遍有效的,超越文化属性的,所以与利玛窦时代的中国知识分子们不同,当代即便很有文化意识的知识分子,比如心性儒学家们,也往往在这里丧失其文化敏感性。在《政治儒学》中,可以看到两种相当不同的对于科学的文化属性的看法。前面已经提及,当蒋庆批判牟宗三的普遍主义时,他主张科学也不是无文化属性的"共法"。比如:"在牟先生看来,科学与民主是人类'共法','是每一个民族文化生命在发展中所共有',……[这]是受黑格尔历史哲学的影响,……实际上,科学民主并非人类'共法',而是西方历史文化长期发展的产物,深深打上西方文化的烙印,体现了西方文化的独特精神。"[1]但是,在书中其他几个地方[2],蒋庆持几乎相反的观点,将科学与民主区分,认为民主不是共法,而科学是人类共法。比如:"我们知道科学和民主有很大的不同,科学可以说是天下公器,世间共法,没有历史文化的形式,亦没有中西人我的区别,……。"[3]

培根讲:"知识就是力量。"它的最有力的辩护就是近现代的

---

1 蒋庆:《政治儒学》,第89—90页。

2 同上书,第46、126、284页。

3 同上书,第46页。

科学技术的成功,所以中国现在有高科技崇拜,相信"科学技术是第一生产力"。这都说明西方科学知识的"力量"的本性,完全使用和依赖这种科技必然会带来"社会达尔文主义"那种对于实用力量的崇拜。一旦丧失了对于这种科技力量的文化批判力,就会不自觉地被带到普遍主义的轨道上,背离儒家的天道时义,三个合法性中的"[天人合一式的]超越"与"文化"的合法性也就失去了思想灵魂。何况,许多事实和二十世纪哲学尤其是科学哲学的发展,都令人信服地反驳了科学的超越文化论。中国杰出的数学家和数学史家如吴文俊和李继闵,都颇有根据地主张中国古代有一个与古希腊或西方数学不同的数学传统,而中医与西医的巨大差异与不同效果也人所共知。这些都说明西方的科学并非人类共法。此外,蒋庆先生自己就曾提出,核武器的出现直接影响到"能否普遍化"问题的现实解答[1],因而应该是有文化效应的。我想,如果这个问题得到了思想方法上的真切澄清,蒋庆先生的政治儒学就会脱尽那些残留的普遍主义的外装,而更充分地展示从"孔子创立的儒学传统"那里得来的天道气韵。政治儒学不会导致与西方文化和其他文化的全面的和普遍化的对抗,能够给惶恐困惑中的人类带来希望,不是因为它更可普遍化,或有更高级的普遍主义素质,而是因为它根本就不属于那样一个由"普遍与特殊"的二元对立造成的(自许的)普遍与普遍冲突的战场。对于西方的普遍主义文化来说,政治儒学及其可能的现实存

---

[1] 蒋庆:《生命信仰与王道政治》,第90—91页。

在既不是"崛起"着、威胁增长着的普遍者,也不是自限于一方、可以被忽视的特殊者,而是个真正的**他者**或**异类**。

丁亥季春草于燕园

6 回应蒋庆先生的评论

蒋庆先生对弊文《政治儒学是普遍主义的吗?》(以下缩写为"《政》")做了细致的和实质性的评论,读之受益良多,很想回应一下,以期再次就教于蒋先生,并加深在此问题上的相互了解。

1.如何理解"普遍主义"?

我与蒋先生都同意,儒家既非普遍主义,亦非特殊主义。但蒋先生认为有"优质的普遍主义",儒家即是;我则认为如果按《政》一开头明示的"普遍主义"的含义,则普遍主义无"优质"可言。所以这里方法论的焦点是如何理解普遍主义,以免争论打滑,变为各说各的普遍主义了。如果我们都承认,普遍主义在推广其价值原则时,不从根本上考虑时空条件的差异,那么"孝"就不是普遍主义能接受的终极价值,它注定了卷入时空差异,因"子女"与"父母"在实际生活中永是各家不同的,而"上帝"

"一切人"则没有这种不同。因此，虽然儒家主张"孝为普遍之爱"，但它不是普遍主义的，因为"人人都应爱自己的父母"中的"人人"与"父母"的哲理特征，不同于"人人都应爱上帝""人人都应无差别地爱一切人"中的"人人""上帝"和"一切人"。本章提出的"普遍主义"概念就是为了区分这两种哲理上不同的爱，并辨识由这个起点造成的宗教与文化之间的重大区别，以便更切当地理解儒家的特质及它在现在和未来的命运。历史上的儒耶之争，比如明末清初的基督教传教与中华儒家传统的"礼仪之争"，就明显地反映出这个关键的不同。自十九世纪中叶到今天的西方与中华文化之争，也是一样。所以，我们不能将普遍主义与非普遍主义在哲理和文明特性的原则区别含糊掉，让儒家变为普遍主义之争里的一方，尽管是优质的一方。

2.非普遍主义会导致价值虚无主义吗？人生道德与生命境界可分吗？

蒋先生忧虑道德行为由境遇时机决定会滑向价值虚无主义（见先生"总评"），并批评《政》将人生道德与生命境界混同，主张"人生行为准则，在具体境遇中虽可时中达权，但此行为准则作为最基本的道德规范，其普遍规定性恒常不变，即此道德行为准则必须有所'执'。"我恐怕这是分歧的源头之一。愚见儒家之道德首先不是"准则"与"规范"，而是人生境域本身的时机关系所构成。首先就是代际（活的时间）之间的亲子关系，由它天然发动，构成了慈爱与孝爱，此为儒家珍视的所有道德之源。

"君子笃于亲,则民兴于仁。"[1]"亲亲而仁民,仁民而爱物。"[2]礼的**源头**就在此良能良知,而不在道德规范之中,这是儒家道德礼义与西方柏拉图及康德等道德学说的根本不同。至于此礼后来可以习俗化、学说化为准则规范,那就是另一个层次,或可说成是须要"执"的层次了。但夫子还是"从先进"[3]的。

这样理解生命境遇与道德的关系,则知非普遍主义绝不会导致价值虚无主义,因为非普遍主义(也就是"既非普遍主义亦非特殊主义")就是指"亲亲而仁民"。

西方的普遍主义,无论是科技的、道德的还是政治的,也会或可能"在具体境遇中时中达权",以便最终实现其原则纲领。但这与儒家的深入骨髓的时中达权就很不同,因为前者是"为自然[或生活]立法"(康德语),原则本身是硬性的、无时境生命的,时中达权只是手段,而儒家的原则本身就富含人生的血肉生命而"与时偕行"的,因为这"时"本身,或人生本身,如果是原本的、率性的,就定是孝悌仁义的。"天命之为性,率性之为道。"[4]此为孔、曾、思、孟、周敦颐、王阳明、罗近溪等圣贤一贯之道。如果谈"优质",这才是真优质,因为这样的学说既维护活的真的道德,又不会造成你死我活的文明冲突和生态灾难。

顺便说一句,《政》中讲的文明冲突都是这个"你死我活"

---

1 《论语·泰伯》。
2 《孟子·尽心上》。
3 《论语·先进》。
4 《中庸》第一章。

6 回应蒋庆先生的评论

意义上的,所以非普遍主义为了抵抗普遍主义的致命压迫,可以有剧烈的抗争和这个意义上的文明冲突,但它不是你死我活的,因为儒家不会认为只有将基督教灭了自己才能活,而普遍主义视野中的文明冲突则从本质上讲都是你死我活的。

3.如果双方都称自己是"优质的普遍主义",如何判定谁是优质?

《政》中已提及此问题。如果按某个更高的标准或准则来衡量——而不是通过生活本身来显示——谁是优质、谁是先进文化,那么这种争论永无宁日,因为不但标准可能不同,就是对同一个标准,比如"谁更可普遍化",也可以有不同解释。基督教、民主政治、高科技都会找出许多理由来证明自己是更可普遍化的。如果儒家**只能**在这个层次上与对方争执,那么其优质就是可疑的,最后就只能看哪边的实力强,压过或吃掉对方。这样一来,西方人讲的那种你死我活的文明冲突就不可避免,儒家本来具有的能够吸引人类良知的特性反倒被遮蔽了。

以上择要回应蒋先生的评论,不当之处,还望先生斥正。

丁亥季夏祥龙草于畅春园望山斋

第二部分
贺麟恩师思想阐发及受教追记

7　在中西之间点燃思想火焰的哲人
——纪念贺麟先师诞辰一百一十周年

贺麟先生，字自昭，是中国二十世纪最重要的哲学思想家和翻译家之一。1902年9月20日出生于四川省金堂县，1992年9月23日于北京逝世。今年（2012）秋月正是他老人家110周年诞辰和20周年祭。不才弟子祥龙稽首遥拜先师在天之灵，谨撰此文，简述吾师于当代中华哲理的开创之功，抒发我辈后学追念恩师雨露恩泽的拳拳之情。

贺先生的思想生命，在中西文化冲撞、民族危亡深重、西化之风盛行之时，搏风激浪，跌宕宛转，终成大观。它既不失自家文化、特别是儒家文脉的源头，又能深入西方哲学的根本，从方法上沟通两者，开出了一番究天人之际，通古今之变，而成一家之言的哲理天地，为中国人的当代哲学探索指示了一条极有活力的道路。

一

贺麟自小就学私塾，后入新式的小学和中学，是全校能把古文写通的两人之一。之后考入清华，由中等科读到高等科，历时7年，深受梁启超、梁漱溟、吴宓等名师影响，结交张荫麟、陈铨等好友，立下为灾深患重的中华民族寻求哲理出路的宏大志向。1926年夏，他登船赴美国留学，在码头与张荫麟告别时，张告诫之："没有学问的人到处都要受人歧视。"贺麟动容，答道："对！一个没有真学问的民族也要被他族所轻。"

他在美国和德国度过了新鲜、紧张而富于思想成果的五年，在奥柏林学院、芝加哥大学、哈佛大学和柏林大学求学，学到西方丰厚的人文学术、社会科学和哲学思想，尤其对于斯宾诺莎和德国古典哲学，乃至整个唯理主义传统，深有所得。1931年回国后在北京大学任教，并在清华大学兼课，逐步形成自己的思想特征和学术方向。

"九一八"事变爆发，国难当头，贺先生在《大公报》上连载发表《德国三大哲人处国难时之态度》，表现出愿与自己民族和文化共存亡，但又不失哲学家高深视野的"精神"（Geist）气象。接着写出《新道德的动向》《抗战建国与学术建国》《法制的类型》等文章，提出振奋民族精神、弘扬学术文化、实行政治革新的主张，一时朝野为之动。贺先生在西南联大时，当时的抗战最高领导人曾数次邀他谈话，冀望他阐发的费希特和黑格尔哲学能为抗战建国出力。他也由此开始组织翻译西洋哲学名著。

贺先生于1942年出版《近代唯心论简释》，1947年出版《文化与人生》，1945年（也有说是1947年）出版《当代中国哲学》。前两书是他30年代中期到抗战结束时写成的论文集，集中表达了他打通中西而又富于创造性的精神哲学和新儒家的思想。可以说，此三书确立了他在当代中国哲学和新儒家学术潮流中的重要地位（其深意下文会略加展示）。1950年，他翻译的黑格尔《小逻辑》出版，以后多次印刷和再版，影响巨大，成了几代人了解黑格尔乃至马克思主义哲学来源的最重要译本。到"文革"前，他的一些译作已陆续出版，比如斯宾诺莎的《伦理学》《知性改进论》、黑格尔《精神现象学》（上卷，与他人合译）、黑格尔《哲学史讲演录》（前三卷，与他人合译）。贺先生的译文以深识原著本意，学问功力深厚，表达如从己出，行文自然典雅为特点，得到学术界一致赞许。而且，由于他那要向中国原原本本地引入西方大经大法的志向，所以无论是在选题择人、版本考究，还是实际翻译上，都下了一番严肃认真的工夫，还往往要对照其他语言中的相关译本，来校正自己的译文。只要情况允许，他会在译著前面加上有分量的导言，或在论文、著作中加以阐释，以便于中国读者理解。

1955年，他从北京大学调入中国科学院哲学研究所，任外国哲学研究室主任，一级研究员。在1957年的"反右"运动中受到触及，"文革"中被严重迫害。"文革"后出版和出齐了多种重要著作——比如《黑格尔哲学讲演集》和《现代西方哲学讲演集》——和译著，担任中华全国哲学史学会名誉会长。1992年9月逝世于北京，享年90岁。

二

自鸦片战争以来,中华民族遭遇"三千年未有"的文化危难,西方强权的蛮横之力威胁着这个古老文明的生存。经过长期的曲折摸索,中国人发现,只靠学习西方的枪炮科技乃至政法制度,不足以充分了解西方强盛的秘密,也不能得到最有效地应对西方挑战的诀窍,于是开始从哲理上探索西方精神的核心。所以,中国现代哲学面临的最大任务,就是将潮涌而来的西方哲学——西方的思想强权——与中国自家的古代哲理相沟通,让浸透儒释道传统的中国头脑能够真切地理解西方文明的思想神髓。

贺先生因而指出:"中国近百年来的危机,根本上是一个文化的危机。"[1]他的学术理想就是让国人"能够真正彻底、原原本本地了解并把握西洋文化。因为认识就是超越,理解就是征服。真正认识了西洋文化便能超越西洋文化。……以形成……新的民族文化。"[2]这既是主张要卧薪尝胆、舍己从人,又意味着相信中华民族是自由自主、理性深厚、精神卓越的民族,能够继承先人遗产,以死求生,在应付文化和哲理的危机中重生和复兴。"如果中华民族不能以儒家思想或民族精神为主体去儒化或华化西洋文化,则中国将失掉文化上的自主权,而陷于文化上的殖民地。"[3]这与当时流行的各种牌号、各种颜色的全盘西化主张,有根本的不同。

---

[1] 贺麟:《文化与人生》,商务印书馆2015年版,第5页。
[2] 同上书,第7页。
[3] 同上。

在哲学的根基处，并没有完全超民族性和文化传统的真理。

贺先生主张，要真正打通中西哲理，必须从"大经大法"处入手，也就是首先要领会西方哲学的正宗大统，这在他看来就是自柏拉图、亚里士多德到康德、黑格尔的西方唯理论，乃至胡塞尔开创的现象学，让它与中华的正宗，也就是儒家哲理传统相遇，在对比互激中达到相知，由此才会产生跨文化的深远哲学效应。这实际上也是在纠正当时中国的哲学界里边的一些取巧的做法，即只抓住西方某个依傍自然科学的强势而一时流行的支流、末流，比如新实在论、实证主义（以及实证主义化的实用主义）、逻辑经验主义，大做文章，让国人误以为这就是西方哲学的正宗显学。

贺先生经过长期的求索，发现西方唯理论的根基是"逻辑"之"心"，而这颗"心"既是直觉的，又是辩证发展的。[1] 所谓"逻辑"，意味着达到思想的根基处，所以它首先不是指形式逻辑，也不限于辩证逻辑；这也就是说，它并不首先是概念化和形式推导化的系统，而是"精神生活的命脉，同时也是物质文明的本源"[2]。它的具体意思是：要依据你所思考的东西的本性来思想，也就是通过"真观念"来思想。[3] 而"真观念"，与抓住事物共同点的"普遍概念"乃至"正确观念"都不同；它不只是与其对象相符合，并在这个意义上正确；而是**总能**正确，而且**总能自知**其为正

---

[1] 参见贺麟《近代唯心论简释》，商务印书馆2011年版。
[2] 同上书，第107页。
[3] 同上。

确，比如斯宾诺莎书中讲的"实体"或"神"，即"在自身内并通过自身而被认识的东西"[1]，就是一个真观念。而要获得真观念，不能靠归纳法、抽象法、辩证法等，只能靠直观法或直觉法。

什么是直观法或直觉法？简单说来，它是直接看出真理之所在及其理由的方法。斯宾诺莎给过一个说明它的例子：有三个数，1、2、3。现在要找第四个数，它与第三个数（3）之比，等于第二个数（2）与第一个数（1）之比。面对这个问题，可以有不同的解决方法。例如可以按照你从老师或教科书上学到的数学公式——将第二、三数相乘，乘积再被第一个数来除——来求结果，这里是6。它是正确的，但用的不是直观法，也没有得到相关的真观念。如果用直观法，那么当事人面对此问题，就不诉求于任何现成的计算方法，而是凭直观直接看出第四个数。这也就是说，此人直接看出了这问题的真理之所在，以及所在于斯的理由，于是在得到真理的同时，完全自知自觉它的真理性。这"自知自觉"极其重要，因为我们在寻找最根本的哲学真理时，经常不是达不到真理，而是达到了而不真知它就是那个答案，因而做不到知行合一。儒家的《礼记·大学》开篇讲的也是这个道理。它主张，求至道的要害在于能"止于至善"，而不仅在于能得到至善，因为"知止而后有定，……能虑，虑而后能得。"所以，此方法既应叫做"直观法"，还应称作"直觉法"，取其观中有觉、觉中有观之义。贺先生因此将两者通用。他相信，直观法得

---

[1] 斯宾诺莎：《伦理学》第一部分·界说，商务印书馆1983年版，第1页。

到的真理才是智慧的火焰，能放射出那照亮黑暗、点燃人生的灿烂光明，由此而升华一个民族的历史生存境界，因为这真理正是人生、世界和民族的活的本性之所在。

从以上那个例子还可以看到，西方唯理主义的方法论起源与数学很相关。推导定理时更多依靠概念的定义和形式上的推理，但在得到最初的公理和创造性的发现时，直观法更重要。贺麟赞同斯宾诺莎，认为这种直观法可以从数学转移到哲学中来，由此而赋予逻辑以原本的意识自觉之心。贺先生还赞同费希特，尤其是黑格尔的主张，认为这逻辑之心要在对立统一的辩证发展中赢得自身中潜藏的全部实在和真理。而在他解释宋儒的直观法时，又通过分析朱熹的"虚心涵泳，切己体察"的读书法，影射出有一个先于显意识的意义发生境域，它让直观法可以"深沉潜思"和"优游玩索"于其中，使得"以物观物""豁然贯通"和"心与理[合]一"的认识和生存境界可能。

三

由于发现了这个逻辑之心的直观法，贺先生得以站立于古今中西的交接点上，起到其他现代中国哲学家们起不到的作用。西方传统的唯理论，虽然看到这种直观在数学和哲学中的"起头"地位，但由于它的概念化和体系化的倾向，除了斯宾诺莎，基本上没有自觉到它是一个关键的方法，所以也就没有去深究它的运作方式和预设前提。只有到了黑格尔之后的当代西方哲学，才开始对它有了集中的关注,从不同的角度来探讨它、开发它。比如克尔凯郭尔、叔本华、尼采、柏格森、詹姆士等,都以自己的方式来运用它,甚至反省它。但只是到了开创现象学的胡塞尔,这直观法才被最清楚地自觉为一个核心方法,在"还原""现象学的看""观念直观""内时间意识"等名目下得到层层深入的研究。从此,现象学运动在"朝向事情本身"的直观法的致思方向上精彩叠出,主导了二十世纪的欧洲大陆哲学。贺先生不仅从属于传统唯理论的斯宾诺莎那里,还从当代西方哲学家,比如克尔凯郭尔、狄尔泰、柏格森,特别是新黑格尔主义和胡塞尔的现象学那里,看到了直观法的原本和妙用(他在《近代唯心论简释》中数次说到胡塞尔和海德格尔),就此而言他站在了西方哲学的古今交点上。

不少现代中国哲学家——比如冯友兰先生、金岳霖先生——否认或没有意识到直觉可能是一种思想方法,因此他们讲的"理"或"道",是无心的、特别是无直觉之心的"硬道理"。贺先生之所以能发现这种逻辑之心的直觉法,与他自小浸润于中华传统有关,特别是与他清华求学时在名师指导下,对于孟子、王阳明、戴震和焦循的研读有关。正因为有了这种"尽心而知性"的"致良知"的背景,他在西方求学时才会一遇斯宾诺莎就爱之终生,发现其中有逻辑之心的直觉法。更重要的是,他由此发现了中华哲理、特别是宋明道学中的直觉法,在《宋儒的思想方法》这篇重要论文中做出了开创性的精深研究,既揭示陆象山、王阳明的"不读书""回复本心""致良知"的内省直觉法,又揭示了朱熹的涵泳体察的物观直觉法，并通过区分前理智的直觉、理智的分析和后理智的直觉这样三种方法和意识阶段，指出宋儒的直觉法不是理智的、科学的方法，而是一种后理智的理性方法。由此，贺先生站到了中西之间的方法论地带，以特别富于启发性的方式沟通了两者，同时也展示了直观或直觉法在双方和每一方中的丰富表现。后来牟宗三先生延续此道路，通过解释和超越康德而提出"智的直觉"，涉及了海德格尔的《康德书》，是颇有思想意趣的探索。但他将此直觉法局限于道德领域，又过于坚守主体形而上学的超越原则，所以他对此直觉法本身的理解远不如贺先生的阐发那么原本、活泼和具体。

通过此逻辑之心本身的直观法，我们才能更深入和个性化地领会贺先生讲的"唯心论"和"辩证法"的含义。此"心"既不是经验主义论证的感知之心——"存在就是被感知"（贝克莱），也不是主体形而上学讲的逻辑之心——"我思故我在"（笛卡尔），而是在经验和超越分裂之前，运作于直觉之中的"心即理"（原话来自宋儒陆象山，贺先生引用）之心。[1] 所以，逻辑或天理是有主体的直觉心肝的，有时机可言的，与艺术也并非无缘。而这"心与理为一"的状态就是精神，也就是生存主体化了、情境化的逻辑与道。"若离开文化的创造、精神的生活而单讲唯心，则唯心论无生命。故唯心论者注重神游冥想乎价值的宝藏和文化的大流中，以撷英咀华、取精用宏而求精神的高洁与生活之切实受

---

[1] 参见贺麟《近代唯心论简释》第一章。

用,至于系统之完成、理论之发抒、社会政治教育之应用,其余事也。"[1] 也正是由于这个原因,辩证法与直觉法的关系可以看作是:无直觉法造就的辩证**观**的引导,辩证法无灵感、无明目可言;而无反复折叠的辩证历史开展,直觉法也不能尽性立命。两者的互补才能使思想达到"极高明而道中庸"的境界。

这么看来,当贺先生讲"注重心与理一,心负荷真理,真理[直]觉于心"[2]时,其中就充满了宋明道学与西方哲学主流见地的相互感应和振荡。看不到直觉在这里边的作用,就会将这话或当作宋明儒之常谈,或当作唯心论之旧见,而失其沟通中西、连结古典与当代的要害和新意。贺先生一生致思风格,全系于此。

壬辰桂秋撰于畅春园望山斋

---

[1] 贺麟:《近代唯心论简释》,第3页。
[2] 同上书,第2页。

8 我与贺麟先生的师生缘

初次见贺先生,是在他那刚刚打开不久的书房,时值七十年代中期,"文革"还未过去,但对老先生的歧视已有所缓和。人已不必再到干校喂猪烧水,挨批斗的事也似乎很遥远了,有些房间依然被人占着,但被抄家之事好像不会再发生了,最让他高兴的是,被封多年的书房终于打开,他又可以沉浸其中而自得其乐了。我那时在一家工厂做最脏累的铸造清砂工,"文革"中背上的"政治错误"包袱随着政治运动的风云而时重时轻。在乡下租了一间农舍耳房,工余便在鸡鸣狗吠声衬托着的宁静里读书。前途迷茫,上下求索而未得其道。

贺先生个子不高,在家里还常带着一顶软帽,帽檐下露出白发。人极温和可亲,说话之间不时露出真正快活的微笑。他的眼睛尤其清亮,在激动时会放出异彩。初见之下,我烦闷的心一下子清爽了不少。与他谈了些什么,已很模糊了,只记得最后由于我的请求，他让我在占满三面墙的书架中挑一本书去看。我找到一本书叫《伦理学》，"目录"页上印着："第一部分：论神；第二部分：论心灵的性质和起源；……第五部分：论理智的力量或人的自由。"于是就选了它，因为"神""心灵"和"人的自由"合在一起讲，对我来说又新鲜又有一种朦胧的吸引力。贺先生没有多说什么，我就告辞了。事隔很久，他对我讲："你一下子就选了这本书，我心里就动了一动，因为它正是我最喜欢的。"

从此，劳累过后，便在农舍小屋中读这本还夹着一些繁体字的书。实际上，它就是贺先生亲手翻译的。它一开篇便是"界说""公则"，然后是许多"命题"及其"证明"和"附释"，就像几何书一样。我那些年一直读中外文学、政治、历史和一点宗教方面的书，虽多有感受，但总觉得无法应对人生本身的问题。初读这本地道的西方哲学书，风格大异，令我举步为艰。但由于那些新鲜感受和"探险寻宝"的热情在鼓动，就一行行地读下去。几个月中，我数次携书去贺先生家请教。他每次见我，都显得很高兴；待我说完困惑之处，便为我讲解。有时是逐词逐条地讲，有时则是引开来讲，从斯氏的身世、信仰、人品，谈到他与其他人（比如莱布尼兹、笛卡尔）的关系，他对后人（比如莱辛、歌德、黑格尔）的影响，以及他本人学习斯宾诺莎的经历和体会。说到会心之处，那笑容就如孩子一般灿然纯真；讲到动情之际，那头上的软帽也要偏到一边。我有时真听到心中发热，脊背发冷，想不到人生里居然有这样一番天地。每次请教回来，再读此书，就觉得近了一层。这样反复揣摩，反复对比，终得渐渐入境，与贺先生的谈话也更加生动了。他每看到我的一点进步，都欢喜，但极少直接夸奖，而是以更投入的、更意趣横生的谈话表露出来。我们一老一少，不管外边"阶级斗争""批林批孔"的氛围，就在这书房里忘情地谈说着斯宾诺莎，由他领着畅游那个使神、自然、理性、情感贯通一气的世界，对我来讲实在是太珍贵、太美好了。我的心灵，从情感到思想和信念，得到极大的净化、提升、滋润，整个人生由此而得一新方向。贺师母开始时担心，怕他"又向青年人讲唯心论"；贺先生则抚慰之："斯宾诺莎不是唯心论呀。"其实，他与我的谈话中，几乎从不提这些那时颇有政治含义的大名词，只是讲思路、讲人格、讲精神境界。我真真切切地感到，他是在不顾其他一切地倾诉他最心爱的东西，滚滚滔滔，不可遏制。有好几次，他忘了别的事情。比如有一次他与师母约好在外边请人吃饭，结果完全忘掉。当我们谈意正浓时，师母懊恼而归，让我极感歉意。

多年之后，特别是"文革"以后，贺先生又忙碌起来，我也上了大学。再去拜访，他对我还是一样亲切，但我逐渐明白，那是一段永不会再有的时光了。那之前，贺先生一直处于"思想改造"的环境中，特别是"文革"以来，他身遭迫害，多年不能读其欲读之书，可能也找不到人来"不加批判地"讲斯宾诺莎。于是，当某些禁令初解，他有了书房，有了时间（他那时除了修订《精神现象学》下卷译稿之外，似乎别无写作可能），又不期然地有了一位极愿意倾听他的话语、咀嚼其含义的年青人，他那郁积已久的一个心灵维度就被陡然打开，一发而不可收。

对我而言，这本《伦理学》是我一生中读过的最重要的一本哲学书，它给我的陋室带来了一种奇异的氛围。文字上的困难、理智上的阶梯被攀登过去之后，就渐次进入了一个有回声呼应、有风云舒卷的高山深谷般的精神（神与自然交融的）世界之中。凭借超出感性与概念理性的直觉，我们能从神的永恒形式下来观认事物，获得斯宾诺莎所讲的"第三种知识"。"一个人获得这种知识愈多，便愈能知道自己，且愈能知道神。换言之，他将愈益完善，愈益幸福。"[1] 读这本书，让我从一个极宁静又极有潜在引发力的角度来反省我二十几年的生命，思索未来和一生。读得越多，想得越多，便越是有种种深沉而又美好的感受出现。我开始相信，人的思想意愿确可决定其人生，因为这是与神、自然和最曲折微妙的情感相通的直觉化思想。以前所读的书引发过大感动、大醒悟，却都不持久，但《伦理学》却给我劳苦孤寂的生活带来了几个月、乃至一两年的温煦"幸福"。之所以说"幸福"，而不只是"明白"，是因为其中除了思想，还有极美的深心体验和某种信念。压抑、彷徨感消散了，代之而起的是对这一生的信心和几乎是每日每时的"快乐"。在这种感受中，我写了这辈子第一篇哲学文章，谈我对《伦理学》这本书，尤其是其中的"神"的含义的理解。当然，我想让它得到贺先生的指教。文章送去时，他老人家不在，于是托师母转呈。下次再去，贺先生见我时非常兴奋，说我那篇东西写得很好，对他也有启发。这可真

---

[1] 斯宾诺莎：《伦理学》，贺麟译，商务印书馆1958年第一版，第七部分，命题31附释。

让我惊喜得说不出话来了。

从此,我就钟情于西方古典哲学,在贺先生的指导下又学了康德、费希特、谢林、黑格尔,并由此而走上"哲学"或"纯思想"的道路。过了许多年后我才省思到,像《伦理学》这样能给人带来如此深刻的精神(而不只是思想)变化的西方哲学书是不多见的,而能将《伦理学》读成那样充满个人体会的时刻也是少有的。所幸的是,我遇到了真正能开启我、理解我、欣赏我的一位老师,使"哲学"在我那时的心目中成了比艺术、宗教所能给予的还要更美、更纯和更真的一个人生世界!我并不认为贺先生只是善于引导学生,他对我的称赞也不只是一般鼓励;他那时根本就没有用什么"学术标准"来衡量我,我们的交谈(不管是口头的还是文字的)中确有真正的精神相投、快乐和缘分。他眼中没有我的幼稚、偏执和可笑,而只有那慢慢显露出来的精神生命。以后,他再也没有建议我把那些习作修改了去发表。这样的老师难道不是最地道的吗?

九二年七月,我留学六年后归来,贺先生已病体沉重。不久即过世。我殷殷思念先师恩情,不能自已,于十月写下一首诗:

> 我见过精神的极光,
> 在四处漆黑的夜半。
> 我抬头,见一片灿烂,
> 从此知道生命不会完。

我恩师的眼睛,
不只是清澈和慈善,
只要它们望着我,
我就相信:人生不只是苦难。

我到过一座雪山,
纯白晶莹,彻地通天。
我见过宁静的朝阳,
噙满高山之泪,撒向人间。

我恩师的头发,雪一样白;
我恩师的心,
能把彩霞铺向天边。

我走过大半个世界,
见不到更高洁的山川。
我进过无数讲堂,没有进他书房的灵感。

一个孤寂无望的青年,
遇一位劫后余生的老者;
翻一本年久发黄的旧书,
却是活火一团,取不尽的温暖。

恩师的书架中藏有无数法门，
进一门就是一重洞天。
农家小屋里，柴灶余火边，
苦思书中语，母鸡孵蛋般地痴念。

幸福，来得简单又悄然，
如沟边夜开的野花，井畔又绿的麦田。
有一位受苦之人名斯宾诺莎，
他书中有山河初春般的呼唤。

恩师，我想您想在自然里，
我念您念在活水源。
世态苍茫，人事变迁，
但那山高水长处，自是一片悠然。

9　贺麟先生与清华国学院导师

1919年，贺麟考入清华学校[1]中等科二年级，七年后，毕业于清华学校的高等科，并赴美国留学。这是一段关键经历，影响了他一生的学术方向和思想，而其中最重要、最令他感怀的就是广义的清华国学院导师们的影响。贺先生一生为人所知的两大贡献——为新儒家找到中西呼应的哲理方法之源和翻译阐发西方哲学（以黑格尔哲学和斯宾诺莎哲学为主）——都与此影响相关。此文就将介绍和简略讨论贺先生这段经历的事实和意义，由此个案而显示清华国学院的历史作用。

一、有关事实的来源

上个世纪的七十年代中期，我初次见到贺麟先生，并在他引

---

[1] 清华大学于1911年成立时名为"清华学堂"，第二年改名为"清华学校"，1928年更名为"国立清华大学"。

导下开始学习西方哲学。[1] 那时先生刚脱开"文革"中的迫害，书房上的封条被去掉，我则因"文革"中办了"反动"报纸多年受压，意有郁结，到先生这里来寻真言要道。老少二人，在外面还在"批林批孔"的声浪中，躲在东罗圈胡同11号的楼中，讲起斯宾诺莎、康德、费希特、谢林和黑格尔。我由此而品尝哲学之真味。与家兄言及这沸腾的思想体验，他提议应为贺先生写传，留其思想与人生于后世（当时不能确知还有"出头"之日）。

与贺先生一提，他老人家立即惠允，于是我们就每周一两次进入先生书房，记下他那些思远意深的话语。可惜的是，由于各种障碍，此计划中的传记未能以全貌问世，只有我写的《贺麟传略》发表于《晋阳学刊》（85年6期）。[2] 此《传略》后来又被转载，坊间一些研究贺麟的著述，涉及他早年经历的，几乎全出于此。

《贺麟传略》发表前，曾经过贺先生及家人审读和修改，所以其中的纯事实部分，应无问题。假如在细节上有什么可商榷的，那也只是出于年久记忆的差距而已。所以本文的事实来源，就是这个《传略》。其中提及的某些事实和贺先生年轻时的文章，可以征诸《平民周刊》《清华周刊》《东方杂志》等，有意考证者可以查验。

---

[1] 这是影响我终身的人生和思想的经历。每当念及，都心绪万端。到目前为止的正式出版物中，我只在《中国社会科学院学术大师治学录》（中国社会科学院科研局编，中国社会科学出版社1999年版）的"贺麟"一章中稍稍提及它（见该书768—771页）。
[2] 极可憾的是，此记录原稿，于我留学美国期间遗失，无可复得了。

二、梁启超的影响（一）：孟子与王阳明

贺麟字自昭，来自四川金堂县杨柳沟村一个乡绅家庭。他八岁入私塾，又进小学校，于1917年入省立石室中学，写一手好文章，受到国文教员激赏。[1] 入清华学校后的第二年，被校内服务性的《平民周刊》选作编辑，四年级时，当选为级长，到最高年级时，又当选为《清华周刊》的总编辑。

清华的国学研究院于1925年正式成立，由吴宓任主任，聘王国维、梁启超、赵元任和陈寅恪为导师。但是按贺先生回忆，早在1920年春，梁即应聘到清华讲"国学小史"课。从此以后，贺麟与梁有了师生之缘。一开始，慕名听梁启超课的有二百多人，最后却只剩下五名听众，贺麟即其一。这反映了国学在那个时代（乃至我们这个时代？）的尴尬境况。当时的（乃至现在的？）清华大都是些准备留洋的年轻人，很少有严肃看待乃至热爱国学的。贺麟却不同。他自小深受中文影响，对于古文和它承载的文化倾心相与。而且，他到清华后，听到梁启超在闻一多搞的文学会上关于中国文学的讲座，连续六七次，从屈原到李、杜、苏、黄，从诗词到文赋，边讲边背，琳琅挥洒，光彩照人，深受吸引和感动。"最后一次梁启超讲王阳明哲学，这是梁的哲学根底。"[2]

---

[1] 张祥龙:《贺麟传略》，转载于《会通集——贺麟生平与学术》，宋祖良、范进编，生活·读书·新知三联书店1993年版，第51页。以下涉及贺麟生平事时，如无特殊交待，全部出自此《传略》。不再加注。

[2] 同上书，第52页。

9 贺麟先生与清华国学院导师

我对于梁启超的思想没有研究,但看他的《饮冰室文集》,似乎没有表现出对王阳明的特殊关注。只是此集里《自由书》中有一篇《惟心》,讲"惟心所造之境为真实",又引《坛经》惠能语:"非风动,非幡动,仁者心动",深许之:"三界惟心之真理,此一语道破矣","苟知此义,则人人皆可为豪杰"。[1] 这说法有可与阳明学说相比拟之处,但佛家风格很浓。所以,贺先生这个回忆,说王阳明哲学是梁之根底,愚笨浅陋如我者还未参透其义。贺先生于四十年代写成的《五十年来的中国哲学》中给出了一些事实,比如康有为对于梁启超的影响——"仍'教以陆王心学'(见梁任公《三十自述》)"。[2] 又写道:"他[梁启超]在湖南时务学堂时,亦以讲陆、王修养论及公羊、孟子民权论为主。他曾选有节本《明儒学案》,其重心当然在揭示王学的精要。……他去世前三两年,我们尚曾读到他一篇斥朱子支离,发挥阳明良知之学的文章。"[3] 而且,贺先生曾当面聆听梁公讲座,所知更要超出一般的出版物的范围了。

无论如何,梁启超尊崇王阳明思想的重要来源孟子,却是资料多多。[4] 贺先生引述梁启超在《清代学术概论》中的话:"各派经师二千年内,壹皆盘旋荀学肘下,孟学绝而孔学亦衰,于是专

---

[1] 引自《饮冰室文集点校》,吴松、卢云昆等人点校,云南教育出版社2001年版,第四集,第2278—2279页。
[2] 贺麟:《五十年来的中国哲学》,辽宁教育出版社1989年版,第3页。
[3] 同上书,第4页。
[4] 如《饮冰室文集点校》中的《读孟子界说》。第一集,第13—15页。

以绌荀申孟为标帜。"贺先生又写道:"据作者[贺麟]印象,任公先生谈义理之学的文字,以'五四'运动前后,在《时事新报》发表的几篇谈孟子要旨的文章最为亲切感人。"[1] 而且,梁可能由此、并加上其他原因而生出对于戴震(1724—1777)和焦循(1763—1820)的推崇。

三、梁启超的影响(二):戴东原与焦理堂

"一天,贺拿着一张书单冒昧造访梁启超,请他指导。梁建议他读戴东原的书。后来,贺第一次发表的文章即《戴东原研究指南》。"[2] 梁认戴震为"前清学者第一人,其考证学集一代之大成,其哲学发二千年所未发",[3] 在《饮冰室文集》中一连五篇文章介绍和讨论戴东原。戴精于考证、测算、典章等等,梁赞他"和近世科学精神一致";[4] 但他又不同于乾嘉学派的故纸堆主义,而能提出很有新鲜意味的反程朱的哲学思想,所以梁又说他是"哲学界的革命建设家"。还有,戴批程朱,却认同孔孟,这也让梁启超欣赏。贺麟后来以类似的方式来看待他最心仪的西方哲学家斯宾诺莎。1943年,他翻译的斯氏《致知篇》在商务印书馆出版,他于导言中写道:"一面除研究科学之外,他[斯宾诺莎]又操磨擦

---

[1] 贺麟:《五十年来的中国哲学》,第4页。
[2] 张祥龙:《贺麟传略》,转载于《会通集——贺麟生平与学术》,第52页。
[3] 《饮冰室文集点校》,第五集,第3182页。
[4] 同上书,第3127页。

望远镜及显微镜的镜片的技术,以供给科学家的仪器,但……斯氏必得自己求得一种比科学的仪器还要更精密准确的新仪器、新方法,以建立他的新宇宙观、新人生观,使以求真为目的的科学的探讨与求安心立命的宗教的生活调和一致,使神秘主义的识度与自然主义的法则贯通为一,使科学所发见的物理提高为神圣的天理,使道德上宗教上所信仰的上帝或天理自然化作科学的物理。"[1]这就与梁启超赞许戴东原的去蔽求是的科学精神加上自成一家的哲学精神,十分接近了。但贺麟讨论斯宾诺莎时从未提到戴东原,后来的著述中也少涉及,其原因或许与贺麟亦看重被戴东原批评的宋明理学有关。

无论如何,梁启超通过戴东原,影响过贺麟的早期学术思想。贺麟在美国留学时写的论文,注重从神话、魔术、村社制度、结婚与离婚史、心理学等等来进入哲学,[2]就有戴东原的遗风。而且,梁启超欣赏戴东原的"情感哲学""情欲主义[*情欲为理之源*]",反对"以理杀人",[3]而贺麟后来治学,也极看重至情与至理的交融,他几次对我讲:真理必以理想感动人、升华人,为人生带来黑暗中的光明。一个人自由不自由,全在于你的理想。每言至此,两眼发放出光彩,神情激越,忘怀一切。所以他倾向于将西方从柏拉图到黑格尔的正宗"唯心主义"(Idealism)翻译为"理想主义",认为它殊不同于英国经验论的无理想、不动人

---

[1] 引自贺麟的《哲学与哲学史论文集》一书,商务印书馆1990年版,第248页。
[2] 引自贺麟的《哲学与哲学史论文集》,第一部分。
[3] 《饮冰室文集点校》,第五集,第3127、3146—3149页。

的唯心主义或观念论（idealism）。

"梁还借给他［贺麟］焦循字理堂的《雕菰楼文集》。焦理堂的思想接近王阳明，晚年带病写《孟子正义》，向孔子牌位祈告，只求完书，死而不憾，最后居然写成。贺欣赏这种至诚精神，读后写了《博大精深的焦理堂》一文，在《清华周刊》上发表。"[1] 焦理堂受过戴震影响，治学也有东原风格，于经、史、历、算、训诂、音韵之学，无所不究。其《易学三书》以中国数理解释《周易》，尤其是其《孟子正义》，"有清一代治《孟子》的无人能超过他"[2]。贺麟一生的立学根本，与孟子心说与理说有极大关系（《孟子·告子上》："心之所同然者何也？谓理也，义也。"《孟子·尽心上》："尽其心者知其性也，知其性则知天也。"），但又融入西方唯理论的理想主义心说，并在宋明理学中浸润，被一些评论家认为是建立了当代新儒家中的心学。看来这经梁启超传来的焦理堂，在贺麟思想的核心处起过引发作用。

贺麟一生最要紧的两篇文章，一是《近代唯心论简释》，一是《宋儒的思想方法》，都是三四十年代间写成。前者开篇就区别心理意义的心与逻辑意义的心，然后马上写道："逻辑的心即理，所谓'心即理也'。"[3] 贺麟理解的"逻辑"却首先不是形式逻

---

[1] 张祥龙：《贺麟传略》，第52页。此引文中的"《孟子正义》"原文为"《四书正义》"，现纠正。

[2] 《孟子正义》，焦循著，沈文倬点校，中华书局1987年版，第一页。此为"本书点校说明"中语。

[3] 引自贺麟的《哲学与哲学史论文集》，第131页。

辑意义上的，而是他心目里中西哲学的正宗正源之命脉。西方这边是柏拉图经斯宾诺莎、康德至黑格尔的心理不二之说，中国这边则是孟子至程朱、陆王的心即理之说。尽管这些哲学家的具体说法之间有不少差异，但这一根本却是至正至深而不可移。"自然与人生之可以理解，之所以有意义、条理与价值，皆出于此心即理也之心。故唯心论又尝称为精神哲学，所谓精神哲学，即注重心与理一，心负荷真理、理自觉于心的哲学。"[1]贺麟终生的思想重心就是从各个角度阐发这"心即理"及"理即心"的方式和表现，包括科学的、数学的、思辨的、直观的（精神现象学的），尤其是辩证法的和直觉法的方式，内容极其丰富深刻，远不能被"新心学"或"新黑格尔主义"等标牌概括尽。如果非要用一术语，则可以勉强称之为"中西对接的心/理互摄论"。

此文及以此文命名的论文集，曾引起当时哲学界相当多的关注。比如胡绳写文章批评它。毛泽东1957年接见学界知名人士时，曾对贺麟提及贺胡之争，讲"你可以与胡绳同志多打几个回合！"[2]此外，徐梵澄、谢幼伟、陈康都写了文章来评论此文及此书，[3]徐文指出："全书中很明显的倾向，是著者以治西洋哲学的方法治中国哲学，尤其是宋明理学。……其努力求融会贯通中西哲学，显而易见。立论没有偏颇的地方，却处处能见其大，得到平正通达

---

[1] 引自贺麟的《哲学与哲学史论文集》，第131页。
[2] 同上书，第6页。胡绳的一篇批判文章亦载于此书。
[3] 引自贺麟的《哲学与哲学史论文集》，第401—436页。

的理解。"[1] 谢幼伟认为"贺君是书已为今日中国哲学上不可多得之著作。"[2] 陈康之文章则论证柏拉图学说也是"心即理也",而不仅是客观唯理论。另外,抗战期间,蒋介石、陈布雷等也关注到贺麟的学说。蒋数次邀见贺麟,委托他牵头翻译介绍西方正宗学术,并请他到中央政大(南京大学前身)来代课。

除了推荐戴与焦的学说之外,梁启超还让贺麟不要读韩愈的东西,说韩"人品不高,学问也不好"。贺麟在清华毕业时,还请梁写一副对联送给父亲,及另一个横幅,引用孔子讲知仁勇的话,当作自己的座右铭。

四、吴宓及其他

1924年,《学衡》杂志主编吴宓到清华,开出讨论翻译的课,讲解翻译原理与技巧,并辅导翻译练习。选习此课的同学不多,有时课堂上只剩下贺麟和他的两位好友张荫麟、陈铨。于是同学们称他们为"吴宓门下三杰"。三位朋友课余之时也常去吴宓住处谈讲学问,后来吴宓也成为贺麟的朋友。贺麟清华毕业时,吴写了一首七言长诗赠他,里边有"学派渊源一统贯,真理剖析万事基"之句。

吴宓的翻译课及治学方式,也长久地影响了贺麟。他在1925

---

[1] 引自贺麟的《哲学与哲学史论文集》,403页。
[2] 同上书,416页。

年秋天完成了一篇学术论文《严复的翻译》,[1]从选择翻译对象、厘定翻译标准、产生翻译的副产品三方面讨论了严复的贡献和可借鉴之处。此文是严复1921年去世后,关于他的翻译事业的第一篇系统的研究,也在很大程度上体现了贺的学术理想,预示了他今后也像吴宓介绍西方古典文学那样,走介绍西方古典哲学的道路。

张荫麟和陈铨也都喜爱文科,陈后来搞文学,张搞历史。这三位朋友无话不谈,辩论起来各抒己见,甚至激烈争吵。三人曾共办《清华周刊》,想方设法向梁启超、王国维等人索稿,把周刊办得活泼丰富。

在这期间,贺麟还数次探访了借住清华、并在清华演讲过的梁漱溟先生。此先生喜欢吃素、静坐、讲学,把心学与佛学、玄学以及柏格森的直觉主义相结合,独树一帜。他不像梁启超那样给青年开列长长的书单,而是说:"只有王阳明的《传习录》与王心斋的书可读,别的都可不念。"这些言论,贺麟直到晚年还记忆犹新,可见产生过影响。

"1936年夏,贺毕业于清华学校高等科。平均成绩只有中等,身体虚弱多病,三次住校医院。但他的课外学习大大超过课内学习,与良师益友促膝讨论的收获大于课堂上的所得。"[2]很明显,在这些将塑造他终生事业的"课外学习""促膝讨论"中,清华国

---

[1] 此文发表于1925年《东方杂志》第22卷第21号(1925年11月),后又转载于《论严复与严译名著》(商务印书馆1982年版)。
[2] 《会通集——贺麟生平与学术》,第54页。

学院的导师们扮演了最重要的角色。以这种方式,国学院影响了中国的学术未来。

己丑秋写于畅春园望山斋

10 "虚心涵泳"的境域含义与前提
——再思贺麟先生所阐发的朱子直觉方法

《宋儒的思想方法》(约写于三十年代)在贺麟先生的著作中占有一个特殊地位,因为它阐发的直觉方法与贺先生一生用力最多的辩证法很不一样,但其中包含的睿见实乃贺先生对现代中国哲学,尤其是新儒家的一个独特贡献。关于它,我十年前曾在一文中提及,[1] 于今再读贺先生的这篇文章,又有新获,择其大端草录于下。

不少现代中国哲学家比如冯友兰先生,否认或完全没有意识到直觉可能是一种思想方法。与之相左,贺先生在此文中明确标出直觉乃一重要的思想方法和哲学方法。所言及者主要是陆象山的反省式的回复本心的直觉法和朱熹的格物穷理的直觉法。讲到后者,贺先生认为:"他的直觉法可以'虚心涵泳,切己体察'八

---

[1] 张祥龙:《贺麟的治学之道》,《哲学研究》1992年11期,第50—53页。

字括之。"[1] 这八个字，原是朱熹教人的读书方法："学者读书要敛身正坐，缓视微吟，虚心涵泳，切己体察。"[2] 贺先生用它来表达朱子的直觉法，可谓独具慧眼，颇有现象学运动中发展出的解释学（Hermeneutik）的见地。

由胡塞尔开创的当代现象学极其看重"直观"（Anschauung）在认识论上的原本地位，不过它在胡塞尔本人那里主要指感知直观，至多加上奠基于感知之上的想象和范畴直观。后来海德格尔和伽达默尔则不认为这种对象化的感知直观是最原本的，因为它们总已经暗中受到了边缘视域（Horizont）的引导。其实胡塞尔在受到詹姆士的"意识流"的影响之后已提出了边缘域的思想，但在他那里，边缘域还受制于意向对象和先验的主体性这样两个收敛极。海德格尔则将这边缘域深化为在一切对象化之前的领会境域，或者是作为人的生存境域、时间视域而呈现，或者（在他的后期思想中）被看成是语言的境域，也就是深刻意义上的"语境"（context）。所以，对于海德格尔，语言或语境一方面具有直观的原本发生性和自明性，因为语境意味着主客还未分离的构造状态；而另一方面，语境不像一般直观那样还受限于直觉的对象，被固着于关注焦点和对象周围。它反倒要走在"关注"之前。

贺先生用朱子的读书方法来解释他的直觉法，就意味着这种

---

[1] 贺麟：《哲学与哲学史论文集》，商务印书馆1990年版，第196页。
[2] 朱熹：《朱子性理语类》，上海古籍出版社1992年版，卷十一"读书法"下；《哲学与哲学史论文集》，第199页。

直觉法与语言文字息息相关，而从这"八字"本身的含义中，又可体会出其中的"语境"蕴意。我们来看贺先生如何理解这"虚心涵泳，切己体察"：

> 虚心则客观而无成见，切己则设身处地，视物如己，以己体物。体察则用理智的同情以理会省察。涵泳有不急迫、不躁率、优游从容、玩味观赏之意。[1]

这里讲的"视物如己，以己体物"却不是指"神秘的与物相接"[2]因为这"物"（所读之书）是有"文"有"理"的。另一方面，这文与理却不可只视为现成对象，或者决定着我对它的知觉，或者为我的先见或先天原则所决定；它们应被理解为那正在生成着意义的文理之境，或由书与读书人共同融成的语境，所以才必须"不急迫，不躁率，优游从容"地去加以"玩味观赏"。在沉潜冥会的"涵泳"之中"体察"出事前无法尽知的东西来。此为发生式的直觉，与陆象山那种"以回复本心为最先初步的工夫"的"剖剥磨切"[3]式的直觉法很不一样。后者会面临这样一个困难：你怎么知道剖剥出来的一定是天理而不是其他的什么东西？也就是说，如果"回复本心"的过程本身不是发生性的话，那么它就会面临这样一个两难局面：或者是完全被事先就有的"天理观"指

---

1 贺麟：《哲学与哲学史论文集》，第196页。
2 同上。
3 同上书，第195、188页。

导着,或者完全没有指导而放任自流。这两种情况都会使这种直观法丧失原意。

朱子似乎意识到这种简易工夫中的某种危险,所以讲:"万事皆在穷理后,经不正,理不明,看他如何地持守,也只是空。"[1]对于他,这"穷理正经"的前提是"格物",而且他将"格物"之"格"解释为"至"——"到物之中去!"所以朱子讲:"大凡看文字,少看熟读,一也;不要钻研立说,但要反复体验,二也;埋头理会,不要求效,三也。""只认下着头去做,莫要思前算后,自有至处。"[2]贺先生则引朱子的话:

> 朱子《大学章句注》采程子之说,训"格"为"至",释"格物"为"穷至事物之理,欲其极处无不到也",其意亦是用"虚心涵泳,切己体察"的工夫,以穷究事物之理,而至乎其根本极则,贯通而无蔽碍,以达到"用力之久,而豁然贯通焉,则众物之表里精粗无不到,而吾心之全体大用无不明"的最后直觉境界。[3]

可见"涵泳"的要义在于感受到事物——这里主要指文字与语境——本身所开显出的东西,即那在"极处"出现的甚或是生成的"[文]理"。如贺先生所引朱子语所讲:"读书如吃果子,须

---

[1] 贺麟:《哲学与哲学史论文集》,第195、188页。
[2] 朱熹:《朱子性理语类》,卷十"读书法上"。
[3] 贺麟:《哲学与哲学史论文集》,第196页。

细嚼教烂，则**滋味自出**。读书又如园夫灌园，须株株而灌，使泥水相合，而物得其润，**自然生长**。"[1] 这也就是说，当读书的"细嚼教烂"达到了使读书人"烂熟"而忘己于语境之中时，滋味就会"自出"，领会就会"自然生长"，**所以**，**才可能有**那个"豁然贯通"的"最后的直觉境界"。反过来讲，如果这个语境没有原本生成、勾通有无、联系彼此的道性，那么尽管你"今日穷一理""明日穷一理"，最终也还是不可能有那"无不到，无不明"的高明境界。

现在的问题就是：为什么"书"或"经"的语境——如果人们真正读进去了、"涵泳"（"烂"）进去了的话——有如此大能大德，以致我们可以将直觉法托付其中？说得更广一些就是：语言文字有何德能，可作为人们追求道德乃至真理的先导与泉源？当代西方的不少学派都关注这个问题，但我们想知道，贺先生与朱子对这个问题是如何看的？

他们两人似乎都未正面讲到这样的问题，但一些说法可以引领我们再向前走几步。贺先生引述了一段曾国藩对朱子"涵泳"的解说："善读书者，须视书如水，而视此心如花，如稻，如鱼，如灌。"[2] 书如水，而心如鱼，鱼只有入真正的水之中方能自得，这令人马上想到《庄子》中几处"鱼水"之喻，比如："鱼相忘乎江湖，人相忘乎道术。"[3] 这里讲的"江湖"或"水"是"道"的

---

[1] 贺麟：《哲学与哲学史论文集》，第198页。文字加粗乃引者所为。
[2] 贺麟：《哲学与哲学史论文集》，第196页。
[3] 《庄子·大宗师》。

譬喻，与"气""风"有类似的地位。"风之积也不厚，则其负大舟也无力。故九万里，则风斯在下矣"；"列子御风而行，泠然善也，……犹有所待也。若夫乘天地之正，而御六气之辩，以游无穷者，彼且恶乎待哉！"[1] 顺这个思路，则可知书之语境绝非等闲之物，"惚兮恍兮，其中有象；……窈兮冥兮，其中有精。其精甚真，其中有信。"[2] 如能涵泳于其间，加上切己体察，就确有"豁然贯通"之可能了。"方今之时，臣以神遇而不以目视，官知止而神欲行。"[3]

朱子如何看待由读书而致知的可能性呢？这恐怕与他对于"理"的看法，尤其是"太极"和"理一分殊"的看法有关。贺先生在《朱熹与黑格尔太极说之比较观》（写于1930年）一文中曾阐述过朱子的太极观，与这里讲的问题很有一些联系。他认为朱子的太极有两义：一是"总天地万物之理"。[4] 作为"道理之极至"，这太极是一，但又通过阴阳、五行、四象八卦而舒展于万事万物之中。"所以朱子有'一物一太极'之说，几似莱布尼兹之单元的个体主义。"[5] 有人说这种有机的理一分殊说与中国佛教华严宗讲的"理事无碍""一即一切，一切即一"的"因陀罗网［互映互透的］境界"[6] 大有关联，很有道理。朱熹年轻时沉浸佛教，

---

1 《庄子·逍遥游》。

2 《老子》第二十一章。

3 《庄子·养生主》。

4 贺麟：《黑格尔哲学讲演集》，上海人民出版社1986年版，第630页。

5 同上书，第638页。

6 方立天："华严金狮子章详述"，《华严金狮子章校释》，法藏著，方立天校释，中华书局1983年版，第33、64页。

以至进京赴考时所携的唯一一本书乃禅师语录。依他的聪慧、好奇与勤奋，不会不关注华严、天台这样的精妙学说。当然朱熹太极说最直接的来源是周敦颐的《太极图说》，由此而与《周易》的象数、《易传》及"太极图"息息相通。显然，朱子这种颇有"全息化"特征的太极观为他的格物致知说及"涵泳"直觉法准备了理学的或"客观"的条件。理既然从来就不是孤立的，而是物物皆有太极或全部的理的话，那么"耽溺文字"也就不一定是"支离"障道之举，而说"万物静观皆自得"[1]也就顺理而成章了。

但是，"涵泳"之说毕竟出自"读书法"，所以还须从"主观"上讲清这太极的含义方为透彻。这就涉及贺先生讲的朱子太极的第二义，即"朱子的太极又是'涵养须用敬'所得来的一种内心境界"[2]。朱子这一见地与他力图解决的"如何打通心与理"的难题的努力直接相关。按贺先生的叙述，朱子经过多年的反复体验，终于感到"认玄学上的性或理为太极，于修养无从着力，乃恍然悟得'此理须以心为主'，便纯采横渠'心统性情'之说了"[3]。由此而醒悟到其先师李延平（李侗）的"观喜怒哀乐未发气象"之说的重要，于是结合程颐的"主敬"法，提出"主敬以涵养未发之心"，并于1167年秋与张敬夫——张栻字敬夫，号南轩，

---

[1] 贺先生所引程颢诗。原诗题为"《偶得》"，其曰："闲来无事不从容，睡觉东窗日已红。万物静观皆自得，四时佳兴与人同。道通天地有形外，思入风云变态中。富贵不淫贫贱乐，男儿到此是豪雄。"

[2] 贺麟：《黑格尔哲学讲演集》，第632页。

[3] 同上书，第633页。

湖湘学派代表——在湖南共同切磋体验之,以此而"求达到深潜纯一之味与雍容深厚之风。这样一来,他真可谓握住太极毫不放松,无怪乎黄勉斋要说:'道之正统在是矣'了"。[1]

很明显,此"主敬以涵养未发之心",并不只是一般意义上的道德实践或"尊德性",也不限于回复本心的直觉法;对于朱熹而言,它肯定要与他最擅长的读书法相关。在这里,"敬"就是指敬重"书"带来的语境,"放宽心!……以书观书,以物观物,不可先立自见(语类卷十一)"[2]。而所谓"虚心涵泳"就是那"涵养未发之心"的"经典解释学"版。莫让此心只发为一己之心、一己之情(喜怒哀乐),从而以书为他物;而是要以敬为引导,沉潜优游于书境之中,以便"将自家身体入那道理中去,渐渐相亲,久之与己为一"[3],由此而接通物中之太极,获得那沉潜纯一之味与雍容深厚之风。由此而可见,这"虚心涵泳,切己体察"的直觉法绝不只是一般意义上的读书法,而应被视作读世界人生这本大书、穷理尽性、识仁义、会太极的修行法、求道法。

于是就有贺先生的这样一段话:

> 宋儒根本认为文以载道,内而能见道,则流露于外便是

---

[1] 贺麟:《黑格尔哲学讲演集》,第634页。黄勉斋名榦(1152—1221),字直卿,号勉斋,谥文肃,闽县人(今福州,原籍长乐青山),是朱熹学说的第一传人和女婿,有朱门"颜、曾"之誉。
[2] 贺麟:《哲学与哲学史论文集》,第198页。
[3] 同上。

文章礼乐。……试看宋儒之咏道体的诗及其洒脱自得的艺术化的生活，可见一般。……朱子的根本精华在此，朱学之所以引人入胜，在中国礼教方面与思想方面，维持六七百年以来的权威也在此。[1]

富哉其言！然此种种载道见道、洒脱自得，无不源自"涵泳体察"的直觉法。由此可见，贺先生的诊断，即直觉也是一种思想方法，不仅能够成立，而且意蕴深邃，勾连古今（如当今之现象学和解释学），其潜在意义还有待于我等后学徐徐涵泳而体察之、开显之。

壬午大雪草于北大畅春园

---

[1] 贺麟：《黑格尔哲学讲演集》，第635页。

11 理想主义信念中的儒家复兴和抗战建国
——贺麟先生的《文化与人生》简评[1]

著作的命运与它所维系的人群的命运内在相关。一部书，可能长久退出主流视野，但如果它毕竟有内在的生命，那么一旦历史的起伏循环再次带回了让人感受到这生命的处境，它就又会浮出水面，激扬起思想的浪花。贺麟先生的《文化与人生》就是这样一部与我们的命运息息相关、可应时而再现的生命之作。

一

《文化与人生》出版于1947年，是贺先生发表于抗战及稍后时期的文章结集。如果我们套用《庄子》的内外篇结构，那么可说《近代唯心论简释》（1942年）是贺先生作品的内篇，直接阐发作

---

[1] 此文是为商务印书馆重印《文化与人生》写的评论。

者的哲理中枢,即逻辑之心与本然性理在直觉法中动态合一的精神唯心论[1];而此《文化与人生》则是其外篇,承受中华民族卓绝奋起的抗战情境,创造性地发挥和再构造这种精神理想主义,使之表现出伟大历史时代的雄奇风骨,以生动活泼的语言透入文化与人生的搏动生机。

此书或它包含的文章曾经发挥重大的思想影响。比如当时的西南联大北大法学院院长、中央政校教务长周炳琳看到《抗战建国与学术建国》《法治的类型》等后来收入此书的文章后,深为所动,几次邀贺先生到中央政校教书。也是由于这些文章见地的流布传扬,1940年底,当时的抗战最高领导人拍电报约见贺麟。为了抗战,贺麟先生从昆明飞往重庆,在陈布雷陪同下与此领导人对谈良久,以思想的深度和忧国激情打动之。后来又有两次会谈。这些会面的一个具体成果,就是这位领导人委托贺先生创立并主持"外国哲学编译委员会",开后来商务印书馆"汉译世界学术名著丛书"之先河。

此书在学术界也引起长久反响,比如其中的《五伦观念的新检讨》一文,直到现在还常被海内外学人、特别是有伦理学和儒学关怀的思想者引用和讨论。台湾在七十年代出了此书的新版。那里的知名学者韦政通先生八十年代中期讨论了此文的观点,很是推崇。他认为贺文"对五伦内涵的分析,不但态度客观,且确

---

[1] 参考本书作者为贺麟先生《近代唯心论简释》(商务印书馆2011年版)所写的评论:《逻辑之心和直觉方法——〈近代唯心论简释〉打通中西哲理的连环套》,该书的第396—412页。

已把握到传统伦理的本质,尤其对等差之爱的补充,以及对三纲的精神,更是作了颇富创意的阐释",又写道:"文章写于抗战期间,距今大约已四十年左右,今天看起来,他[贺先生]所标示的主旨,无论是当作工作的目标,或是对方法的提示,仍然有新鲜之感,一点也不过时,现在我们仍在朝这个目标努力。"[1] 韦先生这段评议,对于《文化与人生》这整本书,也是适用的。读者认真读其中的几篇,就会有同感,仿佛它们就在阐发今天中国面临的问题。

二

此书1988年的大陆新版,序言之外,含有42篇文章。统而观之,可以大约分为这样几类。首先是由第一篇"儒家思想的新开展"引领的儒家文化自省图新和复原再兴类,可视为全书的主旨所在。它包括"五伦观念的新检讨""论假私济公""读书方法与思想方法""从看外国电影谈到文化异同""宋儒的新评价""陆象山与王安石""王船山的历史哲学""人心与风俗""王安石的哲学思想"等。

其次是由第二篇"抗战建国与学术建国"打头的抗战建国类,意在乘抗战风云之势而谋划建立一个不失自家传统的现代国家。属于这一类的有"经济与道德""物质建设与思想道德现代

---

[1] 引自贺麟《文化与人生》,商务印书馆1988年版,第2—3页。

化""法治的类型""论英雄崇拜""基督教和中国的民族主义运动""战争与道德""功利主义的新评价""宣传与教育""学术与政治""革命先烈纪念日感言"等。

再次是以"信仰与生活"为核心的精神理想类，辨识人类信仰及宗教维度，并于现代儒家和华夏精神生活里找到它、引发它。这一类文章还包括"理想与现实""乐观与悲观""基督教与政治""认识西洋文化的新努力"等。

最后就是文化评论类，评析历史上和当代的文化流派、现象，并发表对于教育的主张，比如"纳粹毁灭与德国文化""诸葛亮与道家""杨墨的新评价""漫谈教学生活""树木与树人""文化、武化与工商化""西洋近代人生哲学的趋势""反动之分析""向青年学习"等。

这四类也只是个大略的区别，它们之间有各种各样的交叉勾连。比如第二类中的"法治的类型"，谈法家申韩式的法治、儒家诸葛亮式的法治和近代民主式的法制的区别和关系，主张儒家有自己的法治思想，它在现代如能"自上而下、教导民德、启迪民智"，则必会发展到第三类也就是民主法治。可见此文与儒家的自省图新即第一类的要点也很有关系。又比如属第一类的"五伦观念的新检讨"，由五伦的相对关系讲到三纲的绝对关系，或由五伦的交互之爱、差等之爱超拔为三纲的绝对之爱、片面之爱，就与第三类关注的<u>超越性</u>信仰和精神追求有关了。第一类既是全书主旨所在，那它与其他三类当然有内在联系。而其他三类之间也有相互联系，比如"论英雄崇拜""基督教和中国的民族主义运动"与第三类就颇有相通处,属第四类的"树木与树人""文化、武化与工商化"与讲抗战建国的第二类亦有关,等等。

三

此书的主导思想,一言以蔽之,就是立足抗战的历史时势,充分汲取西方文化中健全的理想主义精神,激活乃至补足儒家的深层精神维度,达到建立文化上自觉自信的现代中国和复兴儒家主导的中华文化的目标。因此,"儒家思想的新开展"就很合理地处于全书首位。[1] 它一开头就标明"现代决不可与古代脱节","在儒家思想的新开展里,我们可以得到现代与古代的交融,最新与最旧的统一",显示出截然不同于新文化运动破旧立新的时间观和文化观,尽管作者从表面上似乎很认同新文化运动的辩证历史效果。于是,"中国近百年来的危机,根本上是一个文化的危机",因为现代与古代脱节了,而且这种脱节主要是由于"儒家思想的消沉、僵化、无生气,失掉孔孟的真精神和应付新文化需要的无能"。基于这个自身反省的看法,贺先生认为无论是反儒崇西的新文化运动,还是西洋文化学术的大规模输入,对于儒家和中国文化都不是坏事,因为它们扫除了儒家的僵化部分,给了儒家思想一个生死存亡的大考验,逼其通过把握、吸收、融

---

[1] 九十年代在大陆出版的"现代新儒学辑要丛书"中,贺麟这一集的书名(《儒家思想的新开展——贺麟新儒学论著辑要》,宋志明编,中国广播电视出版社1995年版)就采用此文的标题。

会、转化西洋文化,来充实自身,以求当代和未来的生存。如其不然,则会消亡、沉沦而永不能翻身。而要吸收和转化西洋文化,别无他途,只有"真正彻底、原原本本地了解并把握西洋文化",因为"认识就是超越,理解就是征服",中国人一旦原原本本而不是实用肤浅地认识了西洋文化,就必能吸收转化之,也就是"儒化或华化西洋文化",从而"收复文化上的失地"。

那么如何才能原本地认识和吸收西方文化呢?在贺先生看来,不可如新文化运动健将们的主张,让西方的科学来主宰、改造和顶替中国文化,也"不必采取时髦的办法去科学化儒家思想",而是要在保存儒家哲理(比如理学)、礼教和诗教三大特点的前提下,认识和汲取西方文化的内在精华,即西洋的正宗哲学、基督教的宗教精神和西洋的诗乐等艺术,使之与儒家交汇,由此而克服偏狭化、浅薄化、孤隘化儒家的弊病,让儒家原发的思想、情感、信念和艺术境界在现代生存方式中涌流出来。比如"仁"这个儒家思想的中心,在这种中西交融的视野里,就会从诗教的"思无邪"和男女纯真爱情中,再得其"天真纯朴之情,自然流露之情,一往情深、人我合一之情"。而从宗教的角度看,如果由基督教的"上帝即是爱"来理解,那么仁就不仅是待人接物的道德修养,还是"知天事天的宗教工夫",是"救世济物、民胞物与的宗教热诚"。而自中西比较的哲学角度来看,则仁为天地之心、万物之本,所以"仁为万物一体、生意一般的有机关系和神契境界",由此而与西方的正宗唯理论相对应。

贺先生还通过对"诚""儒者气象""政治问题""男女问

题"的对比式新解来展示"儒家思想的新开展"的要义,都能在不失儒家之本的情况下,发前人之未发,"此所谓'言孔孟所未言,而默契孔孟所欲言之意;行孔孟所未行,而吻合孔孟必为之事'(明吕新吾《呻吟语》)"。比如讲政治问题,除了将儒家的法治与申韩的法治区分开来之外,还与西方柏拉图、黑格尔和现代民主政治主张的法治做比较,通过"得到西洋正宗哲学家法治思想的真意,而发挥出儒家思想的法治"。讲到民主,贺先生发现"儒家式的民主政治"与西方消极的民主政治、尤其它的个人主义版本相距较远,而与"有积极性、建设性的民主"比较契合。主张这种民主的人物是理性的理想主义者,他们认国家为一有机体而非仅仅一契约,人民在此有机体中各有其特殊的位分与职责,共同实现人民的公意或道德意志。比如美国罗斯福总统就是有儒者气象的政治家,而孙中山则"无疑是有儒者气象而又具耶稣式品格的先行者。……建立了符合儒家精神,足以为开国建国大法的民权主义"。

这些思路,在后边的文章中得到更深入、更丰富的展开。比如"从看外国电影谈到文化异同"一文通过分析外国电影中男女恋情的三个精神来源,来表现值得儒家汲取的西方艺术的既浪漫率真(自然)又崇高纯洁(宗教)的特点。有关基督教的文章则进一步开显西方宗教的神圣超越性和理想人格性,作为儒家或儒教更新自身的借鉴。抗战与法治的一组文章则一方面批判日本人模仿西洋文明的流弊与不消化,所以只知崇尚武力,在占领区搞"诡辩无耻的冒牌的假德治",另一方面则阐发儒家的政治观、经济观、物质心灵观、法治德治观、伦理观、历史观,为一个儒家式的民主政治谋划内外兼顾的建国纲领。

由此可见,贺麟先生虽然认同辛亥革命和五四新文化运动,但他不仅以自己的儒家思想与全盘西化派、科学主义思潮大大不同,而且与一般意义上的新儒家也很不同,因为他绝不像牟宗三那样否认儒家有自己的"学统"和"政统",反倒是要在与西方的交汇中以新的方式激活它们,在现代格局中再次实现出它们。

四

此书的一大特点就是高扬人的精神生命,以理想化的仁心、诚性、神圣、宗教来提升儒家、中国政治和中国人的生存境界。在贺先生的著作中,如此突出信仰和宗教对于人的根本性,是不多见的,而在整个新儒家的潮流中,他在这方面也是个先行者。与他思想有某种契合的唐君毅先生[1],也要到移居香港后的五六十年代才重视宗教。[2] 而其他的新儒家思想者们有时从其儒学思想出发,旁及宗教问题的研究,这与贺先生的正面探讨宗教本性并联系到自己的思想核心,是不一样的。这个特点当然与贺先生表达于《近代唯心论简释》的精神唯心论有关。如果说心之明觉精察

---

[1] 贺先生在《唐君毅先生早期哲学思想》一文(载《哲学与哲学史论文集》,商务印书馆1990年版,第201—209页)中,述及他与唐先生的交往和思想关联。
[2] 参见《文化意识宇宙的探索——唐君毅新儒学论著辑要》,唐君毅著,张祥浩编,中国广播电视出版社1992年版,"编序"第18页。

处是知，真切笃实处是行，那么其直觉虔诚处就是信。另外，它与贺先生在美国留学时与基督教人士和文化的较密切接触也不无关系。他老人家曾向本文作者回忆过这方面的一些逸事，而本书中《基督教和中国的民族主义运动》一文就是他应一位基督教朋友之邀所作。此外，他早就观察到现代政治及民族国家的建立与宗教也很有关系，比如政党特别是革命党就如同新的政治环境中的教会，而其崇奉某种主义之热诚亦不亚于宗教徒。最后，他深受国人于抗战中表现出的崇高气节和为国献身精神的鼓舞，希望将这种超越现实考虑的笃信至诚导入现代国家的构建之中。

《信仰与生活》一文首先将信仰与迷信区别开来。能迷信已经是人的特点，"唯有人才有迷信"，但"唯有能思想有理智的人才有信仰"。所以他肯定"信仰是知识的一个形态"，只是它与由科学方法得来的知识，有所不同罢了。信仰之知识大都是无意间受熏陶感化或经验暗示而来，所以很早就植根于儿童心灵中，任何青年乃至任何人都必已有某种信仰而不自觉。可见完全的怀疑主义是不可能的，关键是使已有的潜伏信仰得到自觉，建立于精神理性之上，由此而形成明确、强大的信仰。信仰的另一个来源，也是比较高深的来源，就是"天才的直观和对于宇宙人生的识度"。大宗教家、大政治家，即所谓先知先觉者的信仰，大都以此为主要源头。它一方面建立在超卓的知识上，另一方面又如此直接明快，所以表现得异常具体、活泼，能极大极深地感动他人，影响时代和民族。此外，信仰中还必有想象力和理想，所以信仰的理想对象俨如即在目前，能够激动人的感情，引起人的牺牲精神。而我们现在知道，大科学家其实也有这些精神素质：富于直觉和想象，相信自己新发现的真理性而不屈不挠地坚持之。总之，真实的信仰与知识并不冲突，而是平行相依。"盲目的信仰依于愚昧的知识。……[反之，]知识系统，则信仰必集中；知识高尚，则信仰亦必随之高尚。"

信仰于人生和历史有极大功用。贺先生引一语："决定人生和历史的真正因子，就是信仰。"詹姆士《信仰的意志》主张："有许多真理之能否真，全靠你对它有无信仰；相信它则真，不相信它则不真。"所以像"抗战必胜，建国必成"这样的话，1941年时是否能预言成真，"其关键全在我们有无坚定的信仰去造成之，去证实之。"而"中国自新文化运动以来，……注重理智的怀疑，反对任何信仰，……结果适所以摇动个人和民族的根本信仰"，为褊狭迷信留下空间。

基于这些考虑，贺先生区分信仰为三类，即宗教的或道德的信仰、传统的信仰和实用的信仰，各有其精神之根和实事之验，相互在大事上扶持。他举大战中各国政治家"以顺从天意、保持传统信仰相号召"为例，还特别以"中国的抗战建国为例"，呈现出这三种信仰的种种表现。又论述政治信仰的三个方面，即对于政治主义的信仰，对于政府或政党的政纲政策的信仰，及对于政治领袖人格的信仰。一位公民如果有三者之一，就算是有政治信仰。假设亚里士多德所言人是政治的动物不错，那么每个正常的人都不知不觉中具有某种政治信仰，而大政治家则是能将那潜伏于民的政治信仰揭示和实行出来的人。在这种理想主义的视野中，道德为政治的本质，而政治为道德的实现。"凡贪官污吏大都是唯利是视，根本没有政治信仰的人"，而一个学者或青年学生，尽管可以有鲜明的政治信仰，但却可以不做官、不从政、不加入政党，而立于自己岗位，监督政府、表示民意，并以此种方式赞助政府。一个国家里这类人越多，则政治越可上轨道，民主政治越有保证。最后他还讨论个人的政治信仰与现政权相合或不相合的情况下，应该采取何种态度。

总之，信仰、包括广义的宗教信仰，乃人类不可避免的精神现象，又是人生和历史的最大动力之一。它基于人的精神理性、时间理性和实用理性，是原本之心的直接生命表达，于抗战建国、理想政治和文化复兴都有内在关联，所以是儒家能够获得新开展的要害之一。《五伦观念的新检讨》中的三纲新说，《论英雄崇拜》中的理想价值说，也要以它为思想支点。

五

《文化与人生》这本书充溢着阳刚乐观的思想风味，与气壮山河的抗战共命运，又对自己的民族文化特别是儒家文化满怀感情，爱之深，责之切，辩之明，"鸢飞戾天，鱼跃于渊"，上下求索，为这文化寻觅复元开新的道路。其理想主义超迈豪放，其格物穷理博大缜密，其经世致用则触类旁通。所以此书实可比于费希特《告德意志人民》的爱国讲演录，在强敌入侵的形势下，奋发蹈厉，呼吁道德改造，发掘文化特性，使本民族精神在困境里激发，于哲理中深化，得信仰以高翔，叩历史而回响。无怪乎贺先生曾有"中国的费希特"之称。

由于作者的哲理思想深远开阔，于中西两边的"心即理"说有独得之密意、直觉之会通，所以当他在爱国激情高涨的年代阐发这些文化与人生的问题时，一方面是气吐虹霓，力倡中国当前的时代，是一个民族复兴、儒家文化复兴的时代[1]，因为世界史昭示人们，对外抗战正是一个被压迫民族打倒异族侵凌而发皇复兴的契机[2]；另一方面，则是纯理性和心性的中肯分析，既不偏激，亦不琐碎，而是立足极点，批郤导窾，层层开显，回旋不绝。加上直觉法的敏锐到底，致使其阐释亲切自然，如与青年朋友们谈心论学[3]；其语言明晓易懂，如自道所思所感于家人。而且，中西哲理和文化总是或显或隐地对比沟通，被一个个时下问题牵引，绝无概念化对比的牵强，而得"因缘起""依他起"之对开效应。非有自家思想的"自证"能力和读书、学识、阅历的托持与浸灌，不可能达到这种随题应机而皆有泛音流韵的文章境界。

所以，此书除了有贺先生自述的"有我""有渊源"和"吸收西洋思想"[4]的特点外，还可称得上是"精"义入"时"，从"心"所欲而鞭辟入"理"。四十二篇漫流处，处处有泉源，有潜流的交叉会连。诸君细读之，自可品尝至味于其中。

---

[1] 参见《儒家思想的新开展》。
[2] 参见贺麟1938年5月发表于《云南日报》的文章《抗战建国与学术建国》。
[3] 参见贺麟《文化与人生》序言。
[4] 同上书，第2页。

12 逻辑之心和直觉方法
——《近代唯心论简释》打通中西哲理的连环套

《近代唯心论简释》是贺麟先生四十岁时出版的著作，收纳了他自回国后至抗战初期撰写的最富哲理性的论文。虽然是先生最早的一部文集，但由于它卓荦不群的思想开创性和钩深致远的哲理蕴涵力，可说它是贺先生一生著述中的最灿亮夺目者，也属于那个思潮激荡、民族危亡的时代所产生的最出色的哲学成果。正是因为如此，要原本地理解它却很难，比如书名中的"唯心论"，就容易让人去将此书简单地归类，从而体会不到这"唯心而起论"中的隐微曲折。

一、此书的哲理成就概述

此书最重要贡献，一言以蔽之，就是以简要方式成就了从哲理上沟通中西、牵连古今的时代任务，开启出当代中国人思索哲学问题的新可能。但对此话切不可泛解，以下说明之。

时常听到这样的议论，即中国古代哲学相比于西方哲学，缺少了一个重要的素质或阶段，不补上这一课或经历它，当代中国哲学就不能真实地进入以"后"来打头的新阶段。换言之，如果将这个缺环称之为"甲阶段"，那么中国古代哲学就属于"前甲阶段"；如果中国人要真正理解当代西方的"后甲阶段"的哲理乃至时代精神，就不能从前甲直接跳到后甲（尽管前甲与后甲之间有某种思想品质上的相似或相关），而必须先经历甲，不管叫它"逻辑""概念理性"，还是"科学思维"或"现代性"。我并不同意这种以西方哲学为模板的阶段论，或一个时候只能自缚于一个阶段的进步论，因为哲学问题是如此终极，哲理思想是如此自由和内在丰富，当从事于后甲时，如果它与甲的确有内在联系，则必同时涉及甲、消化甲，反之亦然。但是，我们可以承认此说所言"阶段"的区别，即中国古代哲学与西方古典哲学（从柏拉图到黑格尔的主流形态）——"甲"——是如此不同，在"比甲更原本"的意义上称其为"前甲"亦无不可；而它要真实理解西方的后甲，与之做出有启发力的交往，就像它曾经与古印度来的大乘佛教（印度哲理的后甲）的交往，则必须深入理解西方的甲形态，而不能限于只从西方的后甲中找寻与自己相似者。

贺先生所做的，首先是将西方哲学甲形态的思想灵魂引入到或呈现于中国哲理语境中，使得中国哲人从此可心领而神会之。其次，由于他深入地探究了此形态的方法根源，反倒打通了西方甲形态与后甲形态之间的一个方法论上的要点，即智性直观法或直觉法。再次,受此启发,他进而发现了中国古代哲理——特别是宋明道学——本自具有的直观方法,它与西方哲学中或隐或显的直观法有相似处,但亦有重要不同。由此也就掘开了中国古代哲理与西方哲学——既有甲,亦有后甲——内在沟通的隧道。尽管这种开通还是简要的,甚至在某些点上还有待厘清,但因为此隧道的出现,中国人的哲学追求就可以既有自家命脉传承,又与西方古典与当代哲学有绝不肤浅的某种联系。这就是上面所言"沟通中西、牵连古今"的大意。

二、此书的结构

首章为《近代唯心论简释》,书名即得之于它,可见是全书提纲挈领处,以往评家的兴趣也多集中于此,但惜乎未能看出它与后面诸章的内在联系。此章开篇处就标出:所谓"唯心"之"心",乃是"逻辑意义的心"。但应该如何理解这"逻辑"的含义呢?这是第一个要点,非彻底明了不足以读懂此书。尽管此章用"性""理""具体的共相"等等点出了这逻辑的属性和某种表现,但还是没有阐明它的真切结构,以及它如何与心关联。这要到第五章《怎样研究逻辑》、第七章《斯宾诺莎的生平及其学说大旨》、第八章《康德名词的解释和学说的大旨》中达到。在这个关键问题上,贺先生从斯宾诺莎和康德所得到的启发最大、最直接,远大于其他哲学家,比如他后来下了极大工夫的黑格尔。书名中的"近代[的]"(modern)两字,就首章中提及的哲学家来说，全无着落，那里出现的或是古代的柏拉图、朱熹，或是现代的（contemporary）胡塞尔、桑提耶那、鲍桑葵等，根本没有近代哲学家。但如果联系到后文，"近代"主要是指斯氏与康氏的影响，就可讲通了。

从这些篇章对于逻辑奥义的阐发中，可找到一条重要线索，由此才能充满领会力地达到此书的另一个关键点，即直觉（观）方法。没有这条线索的引导，那么读第四章《宋儒的思想方法》时，就会感到突然，好像这里提出的直觉方法是一个全新问题，与第一章讲的"唯心论"和"逻辑之心"没有什么联系，因为那一章中，完全没有涉及直觉法。可是看过第五、第七章的，就晓得逻辑之心为何必会诉诸直觉法。这样才能看出全书这两个关键点——逻辑之心与直觉方法——实际上是双环连套，相互需要、相互做成，不然不成"活眼"（围棋中单眼不能成活），也不能使全书获得内在的思想活力。

由于绝大多数评论者们只立足于第一章来把握全书，所以看不到直觉法对于理解唯心论的关键地位。只有一位对此书立论持激烈否定态度的评论者（胡绳），指出了"直觉论"（他根本不承认直觉是理性方法）是理解此书的要害，但由于他完全看不到此直觉与逻辑之心的内在关联，所以粗暴地将它归为"神秘主义的方法"，断言"这种方法不能引我们到真理，而只能引我们到混沌。"[1]

---

[1] 胡绳：《一个唯心论者的文化观——评贺麟先生著〈近代唯心论简释〉》，此文原载该作者《理性与自由——文化思想批评论文集》，华夏书店1946年版。此引言引自贺麟《近代唯心论简释》，上海人民出版社2009年版，第274页。

由此逻辑之心的直觉法引导，才能深入了解第六章《辩证法与辩证观》，乃至第三章《知行合一新论》和第二章《时空与超时空》。这样，第一章提到的"精神""唯性论""文化""性格""民族性""理想"等等，才有了思路上的着落；而此书的其余各章，也就大都可看出是此"心"和"法"的繁枝茂叶了。

三、"逻辑"的含义：数学与直观（觉）法

在贺先生看来，"逻辑即是精神生活的命脉，同时也是物质文明的本源。"[1]这与通常对于逻辑的看法——思想的或推理的纯形式及其规律——很不同，因为作为"生活""文明"的"命脉"和"本源"，它不可能仅限于纯形式的推演规则，像亚里士多德表述的三段论或当代符号化的逻辑那样。所以贺先生反对"离开实际生活——文化生活、社会生活、日常生活而谈逻辑，……去专心致志于名词之玩弄与符号之排列……徒卖弄少数人的智巧而忘记逻辑的真正使命"[2]。然而，他也不认为逻辑是可以经验对象化的，而是主张："要使哲学，要使科学成为严谨的科学，第一贵在能采取数学的方法，以数学方法为治理逻辑或哲学的模范。"[3]那么，难道数学的根基不是纯形式推演的吗？现代研究数学基础的学派中，希尔伯特的形式主义主张数学之根在纯形式推演，罗素的逻辑主

---

[1] 贺麟：《近代唯心论简释》，第95页。

[2] 同上。

[3] 同上书，第95—96页。

义主张数学可还原为逻辑。贺先生不仅不会同意前者，而且也要将后者的主张颠倒过来。而更关键的是，他主张数学的"根本精神"，"可以用斯宾诺莎所谓'据界说以思想'……，或康德所谓'依原则而认知'一语括之"。[1]

由于贺先生认为斯氏与康氏在此根本精神上"同条而共贯"，这里为简便起见，主要就前者来看。"斯宾诺莎所谓'据界说以思想'是什么意思呢？界说所以表示本性，据界说以思想就是根据对于一物的本性的知识以思想，……即是以真观念甚或依对于实体的观念以思想。"按照斯宾诺莎，"一物的本性的知识"就存在于对于此物的"真观念"中；而真观念与"共同概念"乃至"正确观念"（斯宾诺莎:《伦理学》第2部分命题40附释二）都不同，它不只是正确或与其对象符合，而更是**总能**正确，且**总能自知**其为正确（《伦理学》第2部分命题43），所以只有它堪当界说的基石或数学式推论的起点，让我们获得感性知识和知性知识之上的"第三种知识"。而要获得这真观念，不能靠归纳法、抽象法等等，只能靠直观法或直觉法。所以贺先生写道："而他［**斯宾诺莎**］自己所用的思想方法，可以称为典型的哲学方法的，就是可以求得他所谓最高级的——第三种的——知识的直观法。"[2]

什么是直观（觉）法？以上虽对它已有所涉及，但因此问题十分重要，这里还是依据斯氏文本再加阐述。简言之，直观法就

---

[1] 贺麟:《近代唯心论简释》，第100页。
[2] 同上书，第132—133页。

是直接看出真理之所在及其理由的方法。斯氏在《伦理学》第二部分命题四十的附释二中举了一个例子。有三个数，比如1，2，3，现在要找第四个数，要求是：这第四个数与第三个数之比，要等于第二个数与第一个数之比。面对这个问题，可以有不同的解决方法。一个商人会出于以往的经验，或出于以往从学校所学的公式，或者根据欧几里得《几何原本》第七章第十九命题的证明，将第二个数与第三个数相乘，其积再被第一个数来除，所得结果就是第四个数。他得到的结果和演算方式都是正确的，但他用的不是直观法，也没有得到相关的真观念。在这个问题上，直观法是：面对1，2，3和问题要求，当事人不用任何现成的计算方法，就直接地看出第四个数必是、也只能是6。"这比任何证明还更明白，因为单凭直观，我们便可看到由第一个数与第二个数的比例，就可以推出第四个数。"（《伦理学》第2部分命题40附释二）这里，当事人**直接看出了**此问题中的真理之所在（结果是6），以及所在于斯的理由，所以完全自知自觉此所在的真理性，无须再诉求于更高的或更基本的原则。可见此方法既应叫作"**直观法**"，还应称作"**直觉法**"，取其观中有觉、觉中有观之义。因此贺先生将两者通用。然而，那位商人的方法，却没有这种"自知其真"的明见性和自觉性，因为计算总可能出错，他就要反复核实。而且，此方法的要害不在于直观到正确的对象，或平常意义上的主体对客体的直观，而在于直观与被直观的相互缠绕（mutual entanglement），比如被直观之真观念反过来能直观自身为真，而直观者也要到被直观的真观念中得其自身本性。

斯宾诺莎和贺麟先生都相信，这种直观法可以从数学转移到志在解决更深层和根本的哲学问题或广义的逻辑问题的探求上来，因为它的真精神不在于形式演算，而在于不离问题和现象本身地看出其真值所在乃至何以所在，而不再诉诸于其他权威。所以贺麟先生赞斯氏道："辨析情意，如治点线。[*就在这辨析中*]精察性理，揭示本源。知人而悯人，知天而爱天。"(《斯宾诺莎像赞》) 于是，由此直观法构造出的逻辑，就不仅有自己的内容，而且有自己的内在动力和真理自省性。深感于这一要点，贺先生就常引用斯宾诺莎的一句名言："一如光明一方面表示光明之为光明，一方面又表示黑暗之为黑暗，所以真理一方面是真理自身的标准，一方面又是鉴定错误的标准。"[1] 可见这种逻辑的特点不在于真或正确，而在于总能真并总可能自知其真。所以它从头就具有内在的**自旋自构结构**，在自己的行动（"直接看"）中、就凭借这行动本身而获得其对象，同时一并获得对此"获得"的再获得可能。就此而言，逻辑首先不是干巴巴的推理形式，而是使真理可能的知（对于意义及其对象的构造）与自知（对此构造的原记忆保存，近乎胡塞尔讲的"自身意识"），因而一定是与人的意识或心智构造内在相关的。如此看来，逻辑是有直觉心肝的，有时机可言的，甚至与艺术也并非无缘。贺先生进而认为斯氏的直观法"使神秘主义的识度与自然主义的法则贯通为一，使科学所发现

---

1 贺麟：《近代唯心论简释》，第134页。原话出自斯宾诺莎《伦理学》第2部分命题43附释。

的物理提高为神圣的天理"[1]。

这种看法,虽然有时被斯氏与贺先生所持唯理论的"永恒"追求所掩蔽(但有时亦有其掩映之趣),正如康德哲学中的最活泼的东西被他的"普遍、必然"的先天形式所遮翳,但其内在的现象学冲动也是不可遏制的。所以三四十年代的贺麟先生在文章中数次流露出对于胡塞尔现象学的欣赏乃至向往。比如,在《怎样研究逻辑》的末尾,他写道:"现代德国现象学派胡塞尔所倡导的逻辑,保持先天方法,注重本性的观认[**本质直观**],似为现代最能承继并发挥康德、斯宾诺莎的逻辑思想者,可惜中国很少人涉猎到这方面。"[2]此外,在《近代唯心论简释》《知行合一新论》《时空与超时空》诸篇中,他或提及胡塞尔和现象学,或提及海德格尔的《康德书》,表现出超常的哲理敏感性。

四、心与理一

此书第一章《近代唯心论简释》的开端处,是这样一段最为读者们注意的话:"心有二义:(1)心理意义的心;(2)逻辑意义的心。逻辑的心即理,所谓'心即理也'。"(以下引用此章时不再提供出处)这两种心的差别,不在于一为经验的,一为超验的;而在于前者是可对象化的,后者则不可被对象化。心理之

---

1 贺麟:《近代唯心论简释》,第132页。
2 同上书,第103页。

心，比如经验主义者或心理学家视野中感觉、幻想、思虑、情感，"皆是可以用几何方法当作点线面积一样去研究的实物"。这样的心也就是一种可对象化之物。而平常被人认作是物的东西，比如桌子、工具、身体，其色相、意义、条理、价值，皆源自于"人同此心，心同此理"之心。"故唯心论一方面可以说是将一般人所谓物观念化，一方面也可以说是将一般人所谓观念实物化。"关键在于是否意识到这些"观念"的不可对象化之心源。此心源即"心即理"之心。"而心即理也的心，乃是'主乎身，一而不二，为主而不为客，命物而不命于物（朱熹语 [引自朱熹《观心说》一文]）'的主体。"这里讲的"主体"，其首要的含义在于"一而不二，为主而不为客"的不可对象化本性，以及"命物而不命于物"的原发构成力。

这里用了宋儒的表达"心即理也"。但切莫忘了：此"理"即上面讨论的"逻辑"，它不是无心-情的形式化或本质化的理或道，像当时的所谓"新理学"（冯友兰）和"道论"（金岳霖）所主张的；它必有自己原初地构成意义和真理的广义"数学"机制（中国的《易》象数亦属此广义数学），**以及**为此机制所要求的直观法乃至直觉之**心源**。所以，"逻辑的心即理。"当贺先生讲"注重心与理一，心负荷真理，真理[直]觉于心"时，其中就充满了宋明道学与近代西哲主流见地的相互感应和振荡。看不到这一点，就会或将它或当作宋明儒之常谈，或当作唯心论之旧见，而失其沟通中西、联结近代与当代的要害和新意。贺先生一生致思风格，全系于此，即便他对黑格尔的译介乃至四九年后对马克思哲学的理解，无不带有此打通心物、交缠主客（*知者与所知*）之直觉唯心论的"尾巴"。

贺先生认为，要避免唯心论被人误解，比如误解为师心自用、眼中无物，可称唯心论为"唯性论"。"性（essence）为物之精华。凡物有性则存，无性则亡。"但此"性"并非可抽象现成化的本质。贺先生认为理性是人的本性，但"理性是自研究整个人类文化活动中得来，故……本性是自整个的丰富的客观材料抽炼而出之共相或精蕴。……此种具体的共相即是'理'。"此"具体的共相"是黑格尔逻辑学的基本"概念"，相对于以往形而上学中的抽象共相而言，它要在精神现象辩证发展的具体脉络中实现自己。对于贺先生来说，它里边也有柏拉图、斯宾诺莎和康德诸学说的血脉，还有宋明儒的理学深意，与胡塞尔的现象学也不隔膜。"故唯心论即唯性论，而性即理，心学即理学，亦即性理之学。近来德国的胡塞尔（Husserl）有所谓'识性'（Wesensschau [*本质直观*]）之说，美国的桑提耶那（Santayana）有所谓'观认本性'（contemplation of essence）之说，其注重本性与唯心论或唯性论者同，若他们能更进一步不要离心而言性……则与唯心论者之说便如合符节了。"我们知道，胡塞尔当然是不离心或意向性意识而言性的，并认此心的源头就在内时间意识之中。

贺先生的这种唯心-性论，似乎只关注了中西方的"唯理"与"唯心"之学的共通处，而对于它们之间的几重区别没有深入辨析。但考虑到他当时的学术活动的主要意向在于打通中西的主要哲理特别是其方法，此疏忽是可以理解的，而且他在其他的地方对于这些区别也有讨论。[1]另一个理由恐怕是：他这一阶段特别关注的这些中西哲学家，都是相当丰富和复杂的思想者，都在追求永恒必然的真理（理）的同时，深深体会到活的人生和文化经验（心）的原本性，并试图打通两者。就是西方传统形而上学的主要建立者柏拉图，也有前期、中期和晚期学说（乃至"不成文学说"）之分，以及广为哲学界所知的理念论与不那么被此界重视的迷狂说之别。

因此，尽管贺先生的唯心-性论有某种唯理论式的表达，但由于他对于逻辑之心的直觉法理解，这心性表现出了某种非普遍主义的乃至民族文化独特论的自觉。比如他认为唯性论会主张"性格即是命运"和"性格即是人格"。性格是"人性中最原始的趋势［*即为理性所决定的自由意志*］与外界接触而愈益发展扩充，足以代表一人的人格的特点"者，所以是人的天然倾向与环境相互缠绕的产物。"故小说家或戏剧家最紧要的工作即在于描写剧中人的性格。而哲学家亦重在认识人的性格，以指出实现自性的途径。"性格是本性（具体共相之理）在人生存情境中的结构实现，而贺先生视之为"人之一生的命运的基本条件"，可说是颇有些现象学生存论的见地。

"而在政治方面，唯心论则注重民族性之研究、认识与发展。所谓民族性即是决定整个民族的命运的命脉与精神。……民族性

---

[1] 参见贺麟《现代西方哲学讲演集》（上海人民出版社1984年版）、《哲学与哲学史论文集》（商务印书馆1990年版）等。

是自研究整个民族的文化生活和历史得来。"这是非普遍主义的民族命运观,与黑格尔在其历史哲学、哲学史、精神哲学等书中表达出的世界精神(实为黑格尔化的西方精神)主宰民族精神、歧视非西方民族精神的观点大为不同。这一见地在《文化的体与用》(此书第十一章)中得到发挥。在他看来,要理解文化乃至文化间的关系,关键是从"精神"出发,而"精神就是心灵与真理的契合。换言之,精神就是指道或理之活动于内心而言。"[1]实际上,**心与理一的状态就是精神**,即生存主体化了、情境化了的逻辑与道。"道只是本体,而精神乃是主体。文化乃是精神的产物,精神才是文化真正的体。……一个民族的文化就是那个民族的民族精神的显现。"[2]

因此,民族文化的体与用不可割裂,讲全盘西化和中体西用都不成立;同理,民族文化之间的交往也不可能是体用分裂的。于是贺先生主张,在研究和采用西方文化时,"须得其体用之全,须见其集大成之处。"[3]但这并不是主张全盘西化,因为只有"得其整套",才能"不致被动地受西化影响","沦为异族文化的奴隶";反而能够"自觉地吸收、采用、融化、批评、创造",将被动的"西化",转换为主动的"化西"[4]。因此他主张,尽量取精用宏、含英咀华,既承受中国文化的遗产,又承受西方文化的遗

---

[1] 贺麟:《近代唯心论简释》,第195页。

[2] 同上书,第196页。

[3] 同上书,第198页。

[4] 同上书,第198—199页。

产，使之内在化，变成自己的活的精神。"这叫做以体充实体，以用补助用，使体用合一发展，使体用平行并进。"[1]这种文化间交往的体用平行并进论，驽钝狭隘如我者，还不能完全领会，担心如此开放会导致弱势文化的衰败；但是，如果同情地加以理解，则可说：它反映了贺先生所处的抗战时代高涨的民族意识和信心，不信东风唤不回，因而有此乘潮而上的宏大气势。再者，它还反映了他要同时解决现代性（以上讲的"甲阶段"）和后现代性（"后甲阶段"）问题的艰难和努力，包含着要让我民族精神尽快地卓然挺立于当代世界的良苦用心。最后，我们现在看到的中国传统文化的衰落，并不能归咎于此学说，因为中国后来的文化发展，并没有走这条中西体用平行并进的道路，而是在"破旧立新"和"文化革命"思想引导下的文化自戕之路。

五、宋儒的直觉方法和黑格尔的辩证观

主张宋儒的思想方法是直觉方法，或起码有直觉方法，并不能从斯宾诺莎那种源于西方数学的直观法直接转移过来，因为宋儒的思想背景中并无此类数学。但是，如果没有斯氏等西方思想的刺激，恐怕贺先生也不会排除多种挑战和艰难，花了四个多月，生出一场大病，最后写出"宋儒的思想方法"[2]。

---

[1] 贺麟：《近代唯心论简释》，第200页。
[2] 同上书，第四章。

当时，颇有些学者反对直觉方法这个说法本身。他们可以承认有直觉经验，但否认直觉可以是一种理性方法，认为那是自相矛盾，因为直觉一旦被理性化就不再是直觉（这也曾是胡塞尔现象学面临的挑战）；比如柏格森倡导直觉，但他写的书却按理智条理写成。贺先生经过举例和分析，指出这种看法忽视了**前**理智的与**后**理智的直觉方法的区别。前者是："先用直觉方法洞见其全，深入其微"；然后用理智分析此全体，阐明此隐微。而后者是："先从事于局部的研究、琐屑的剖析，积久而渐能凭直觉的助力，以窥其全体，洞见其内蕴的意义"。这时的直觉法是一种"方法或艺术"，"须积理多、学识富、涵养醇，方可逐渐使之完善"。所以直觉法与理智法"各有其用而不相背"[1]，直觉的思想力毕竟可以透过理智而呈现，并为理智所不逮。

更具体地，他认为直觉法、特别是宋儒的直觉法是"用理智的同情以体察事物，用理智的爱以玩味事物的方法"[2]。它是智与情的交缠，完全投入经验之中（"体察"），顺其势而偕其时（"玩味"），以便由微知著、无为而大为。后理智的直觉法也有多种，有的向外观认，有的向内省察；前者的宋儒代表是朱熹，后者是陆象山。陆象山的直觉法有正反两面，反面是"不读书"，为人心减担，此所谓"简易工夫"；正面是回复本心，因为"心即是理"。反者别开生面，正者出神入化。所以直觉法在陆象山、王

---

[1] 贺麟：《近代唯心论简释》，第74—75页。

[2] 同上书，第77页。

阳明这里是"教人反省本心的艺术，实甚高妙"，其把握时机、感动血脉、切中要情之处，往往令人汗下泪流、心澄而神悟。于是有"隐然而动，判然而明，决然而无疑者矣"[1]。

朱熹也要回复本心，有时也会生出"书册埋头何日了，不如抛却去寻春"的意向，但他平生最得力最精到的独特方法，却是偏重向外体认钻究的直觉法，"可以用'虚心涵泳，切己体察'八字括之"[2]。这既是他的读书法，又是他的思想方法和为人之道。"虚心"则无成见，开心宽心；"切己"则设身处地、视物如己；"体察"则情智交织地投入进去；"涵泳"则"深沉潜思""优游玩索""以物观物"。此法让人"用力之久，而豁然贯通"，达到心与理一（"理会"）的"后理智的理性的直觉境界"[3]。贺先生认为朱子这种"理会"法与柏格森的"理智同情"法最为接近。

他在此列举了三类西方哲学家的直觉法。对于丹麦的基尔哥德（即克尔凯郭尔，存在主义的当代创始人）和德国的狄尔泰（哲学解释学的先驱之一），"直觉既是一种欣赏文化价值的生活，亦是一种体认文化价值形成精神科学的方法"。柏格森的理智同情法是"时间的动的透视"，去把握变动活泼的生命节奏，所以是一种"破除死的范畴符号，不站在物外去用理智分析，而深入物之内的本性以把握其命脉其核心的真正的经验方法"。而斯宾诺莎的"从永恒范型下观认事物"的直觉法，"竭全力以认取当

---

[1] 贺麟：《近代唯心论简释》，第81页。
[2] 同上书，第89页。
[3] 同上书，第89—90页。

下，使整个意识为呈现在眼前的对象的静穆的凝想所占据，忘怀自身于当前的对象中，而静观其本质。"[1]

在理解黑格尔的辩证法时，这直觉法就表现为"辩证观"。在《辩证法与辩证观》（此书第六章）中，贺先生用辩证观来激活辩证法或辩证逻辑，使其摆脱机械的发展格式如"正反合"，而得到人生的直接体验之魂之源。他在开篇处就说出一句含义深刻的话："辩证法自身就是一个矛盾的统一。"因为它既是去把握实在的方法，但"又不是方法，而是一种直观"[2]。换言之，辩证法从根本处就需要这不可格式化、不可概念化的直观方法的引导。"此种辩证的直观，即是出于亲切的体验、慧眼的识察，每每异常活泼有力（绝不是机械呆板的口号或公式）。而哲学家的特点，就是不单是从精神生活或文化历史的体验中，达到了这种辩证的直观或识度，且能慎思明辨，用谨严的辩证方法，将此种辩证的直观，发挥成为贯通的系统。"[3]贺先生举了不少中西例子来说明这辩证观，比如歌德的"远者近，近者远"；席勒的"恩者仇，仇者恩"；老子的"无为而无不为"；孔子的"天何言哉，四时行焉，百物生焉"；司马光的"惟深万物表，不令四时行"[4]等。

他还从西方新黑格尔学派和德国的黑格尔复兴运动那里，得到辩证观本是辩证法灵魂的启发。如克洛齐讲："应该把黑格尔当

---

[1] 贺麟：《近代唯心论简释》，第90页。

[2] 同上书，第104页。

[3] 同上书，第105页。

[4] 同上书，第105—106页。

作诗人来读。"克洛齐认为:"黑格尔是理性的神秘主义者。"哈特曼写道:"[对]辩证法的定律是没有确定的认识的,但又是具有规律的,强迫的,不停息的,有必然性的,——一切皆如艺术家的创造。"鲁一士称辩证法为"感情的逻辑",鲍桑葵则说它是"爱情的逻辑"[1]。贺先生因此认为,有直观力的辩证法让人知道,"形而上学的理念,并非抽象缥缈的幻影,乃即是实际事物的核心、命脉和本性。因此愈能忠于经验,把握实际事物的命脉,便愈能把捉住形而上学的实理。"[2] 他从黑格尔《小逻辑》的第81—82节,接引出两种辩证观,即"物极必反观"和"相反相成观";还引用黑格尔的话:"思辨的真理在某意义下与宗教经验中的所谓神契主义,颇有些相似的地方。……因为[它们皆]非知性的分别作用的范畴所能把握。"[3] 因此,贺先生治黑格尔学,最看重黑格尔早期的《精神现象学》,并引释其言曰:"真理不是铸就的制钱,真理不是没有生命的公式,真理乃是依其内在性质而活动着的。"[4] 而这生命的内在活动,只能首先在辩证直观(觉)法的视野中呈现。

六、结语

贺麟先生很早就抱有引入西方的大经大法,并使其义理被中

---

1 贺麟:《近代唯心论简释》,第112—114页。
2 同上书,第114页。
3 同上书,第116页。
4 同上。

国人深入理解，从而吸收之、转化之、超越之的理想。此所谓变"西化"而为"化西"，或者叫"儒化或华化西洋文化"[1]。其中的关键，"在于中国人是否能够真正彻底、原原本本地了解并把握西洋文化。"[2] 他的《近代唯心论简释》，就是这种通过彻底理解而跨越藩篱、让中国自家哲理新生的卓越努力。

因此，此书哲理思想的要害就是在理解西方正宗唯理论（rationalism）或逻辑思维时，剖剥开它的形式化外衣，发现其中搏动着的真心所在，也就是其直觉（观）意识或直觉法呈现的原初经验活动。此意识或活动是如此整全地投入这经验过程，以至于它与这经验所产生的对象（物）从根本上被打通，也使得它能够在与对象完全贯通时还能对这贯通本身具有意识。这就是使人致真并知其为真的直觉知识。无此直觉知识或直觉法，逻辑之理就是盲目的、无灵魂动力的；反之，无逻辑的"据本性以思考"的终极追求，这直觉法也进不到"极高明而道中庸"的境地。由此，他帮助中国哲学界以充满领会的方式同时经历了西方哲学的逻辑化时代（所谓"甲阶段"）和后逻辑化时代（所谓"后甲阶段"）。他在中国传播斯宾诺莎、康德、黑格尔等近代大家的同时，也将学习西方哲学的目光引向了胡塞尔的现象学、柏格森的生命哲学、新黑格尔主义等注重直观法的新哲学。而这种充满活力的解释也启发他去发现宋儒的直觉方法，既有陆象山的向内回

---

[1] 贺麟：《文化与人生》，上海人民出版社2011年版。
[2] 同上书，第14页。

复本心的直觉法，也有朱熹的向外体认、涵泳体察的直觉法。当然也可以反过来看，即贺先生从少年时就开始积淀的中华古学、特别是宋明儒学的思想倾向，使得他能够在西方的逻辑中枢处看出直觉之心。

贺先生的这些深思新见，不但引起当时人的关注，引出或预示了后来的一些研究，比如牟宗三先生的"智的直觉"说和傅伟勋先生对中西学术交往的"互体互用"观点，而且更重要的是，这种能在根底处耦合中西思维方法的哲理，对于我们和未来人具有其他任何流行学说所缺乏的思想激发力。这部《近代唯心论简释》，其蕴含之丰富，追究之原本，表达之活泼流畅，无体系化而自有结构，足以促使读者去做原本的探索和开显，而不会阻碍他或她自己思想和人生独特性的发挥，因为在这里，心-情的逻辑要先于理智的逻辑。

第三部分
品味人与思

13 贫乏时代的至情诗歌
——《思复堂遗诗》读感

友人转来陈卓仙前辈的《思复堂遗诗》,实际上是经秦春燕博士笺注的新本子,奉读再三而深有感触。海德格尔引述荷尔德林《面包与酒》中的诗句,向我们这样发问:"在此贫乏的时代,诗人何为?"陈卓仙之为诗、为人、为家透露给我们,即便在现代性运动造就的这么一个极度贫乏的时代,诗人、这里特别指女诗人仍然可以有所作为,哪怕是以边缘的、居家的和悲怆的方式。

陈卓仙的作品是家化的诗词。虽然其中也颇不缺少唱颂自然和感受天道的佳句,但其诗思的蕴发结构是家庭化的。西方人往往视诗人为离弃家庭的孤独个体,歌唱爱情、自然和战争,而家庭则是爱情的坟墓、自然的消泯处和战争的逃避者,何诗意之有?中国古代诗歌没有《伊利亚特》《雅歌》《神曲》和《浮士德》,却有《离骚》《胡笳十八拍》《木兰辞》和《九月九日忆山东兄弟》。从《诗经》开始,中国人就发现亲情和家可以是诗意的。从《关雎》到《桃夭》,从《凯风》到《采薇》,都在颂家思家。而陈诗的大结构,如五卷的划分,按照其长子唐君毅先生的编排,全是依家庭和亲人的生命时间和内在关联而定。

这还只是形式,其内容和传神处皆来自诗人与丈夫唐迪风和子女及孙辈的亲情时化。第一卷想家,"年年愁作客,夜夜梦归家"[1];怀念殇折的女儿;乃至夫妻唱和,描述贫困中的和乐持家:"自磨麦面和麸食,清煮鲜蔬入碗香。儿女苦饥甘饮粥,舟航望断梦还乡。松扉静掩天寥廓,时有书声出院墙。"[2] 第二卷哀悼英年逝世的夫君,精诚戾天,诗情宛转,极为感人,"念君嗜苦笋,黾勉为君烹。清香忆食性,清苦想生平。君魂兮何所,其鉴余中诚。至诚兮格天,胡言之靡灵。""携稚来故乡,望门思凄洏。跼蹰不忍入,遥见容光辉。相趋迎以近,手抚摩娇儿。惊呼哭向父,如何久不归?骤忆往昔情,顿感中心悲。"[3] 以下诸卷的意境,是家国世界一体,天道人事感通;究其根底,却总是亲其亲而仁民而爱物,道其道即子孙即黎民。抒抗战精忠,"一腔热血浇云液,万里秋风正夕阳",却紧接以"稚子不知家国恨,东篱笑插满头黄"[4],实因这精忠里原就有"稚子"之"不知"。至于"一息

---

1 陈卓仙:《思复堂遗诗·九秋》,秦春燕笺注,上海古籍出版社2018年版。
2 《遗复堂遗诗·幽居》。
3 《遗复堂遗诗·五月十日周年致祭》。
4 《遗复堂遗诗·步心孚四兄秋江晚眺原韵》。

尚存通宇宙，百年有役警愚痴。闲谈亲戚之情话，稚子嗤婆不识时。"[1]亦是如此：老年阿婆（诗人）的思绪"通宇宙"，在孩子面前却是"不识时"的。幼子唐君实（慈幼）因"历史问题"被"劳动教养"，诗人母亲写下《示慈儿》："鱼跃渊中，鸢戾天空。泰山之石，南山之松。居则谨慎，行则从容。名汝慈幼，偃草德风。以此示汝，君实斯从。"因为有母爱，儒家义理就依然活在政治夹缝之中。诗人于1964年、几乎就是风暴前夕辞世，亲人们的悲痛发于至诚（见相关笺注），而有心人则必会称其远逝"得其时哉！"

作为诗人的陈卓仙，不是一个体化之人，而是女儿、妻子、学生、母亲、家妇、教师、祖母和道友，但她又绝不缺少独对存在的心灵感受："月明千里澹秋心，闲对阑干学苦吟。病到久时思药误，道临高处觉魔深。散材毕竟全天性，瓦缶由来混好音。一任浮云幻今古，太空群籁自沉沉。"[2]其中颇有庄子"齐物"之"游"意，还依稀可闻佛家禅韵之遗音。欧阳竟无说她"至性过人"，可理解为她的性情与家人的情性充分打通，延及乡人、国人，因而随机发动，真率无伪。她与唐迪风成婚，并非"自由恋爱"，而是由父母——世上最爱你知你之人——安排，但却是充溢着纯真爱情、亦师亦友、终生携手、感发子孙的美满结合，可

---

1 《遗复堂遗诗·卧病示诸儿》。
2 《遗复堂遗诗·述怀》。

见古式婚姻完全可能实现"先结婚,后恋爱"[1]。在陈卓仙这里,夫妇亲爱与亲子之爱交融,更是在构造一种长久的"诗意栖居"(荷尔德林语),不然何有如此之多、之美的家中亲爱诗句从诗人笔下流出?女诗人孝顺父姑,悌友姐妹,慈爱子孙,爱国悯民;为寻求至道,她徜徉于佛、道,但到底还是最为认同儒家。[2]在悼念夫君的苦痛之际,她想到的是孔子"泣麟悲凤",憧憬的是圣道重光之日,夫君英灵归来,"全家欢重聚,情钟良足恃"。[3]我读至此处,如阅《春秋公羊传》至"西狩获麟",亦悲亦乐,万感交集!诗集取名"思复堂",良有以也。"复,其见天地之心乎。"儒之根本就在复,子孙是父母祖先之复,致良知是本性之复,而民族复兴离了此天地心之复,又何复之有?一句话,复之时义、诗义大矣哉!

陈卓仙之诗,如《笺注》所及,有"陶之意境,杜之性情",而其要害,就在全无杜撰,只抒真情之显露几微,所以"如奇花初胎,如源泉活活"[4],带着原初现象的明见性,情境时机的露水风

---

[1] 古式婚姻在成婚时,当事人并非完全不知对方,而只是不以自身个体来知她/他。通过父母、媒人的眼和识,她/他们已经曲折地知晓了对方。大多数父母是为子女一生乃至家庭的未来筹划,与子女之间也有哪怕是轻微的互动,所以"父母之命,媒妁之言"中确有时间化之智构。现代婚姻模式中,双方直接认知和体察对方,各自选择,以现前的一时感受来决定终身大事,似合理而实草率。因此现代婚姻的失败率远高于传统婚姻,对老人和子女的伤害率也更高得多。"先结婚,后恋爱"之语,源自电影《李双双》。

[2] 参见《思复堂遗诗·忆亡姊》《思复堂遗诗·遣悲怀》《思复堂遗诗·杂感二首》。

[3] 《思复堂遗诗·遣悲怀》。

[4] 《思复堂遗诗·赠程行敬》。

光。如怀念夭折的女儿，写小姑娘生前之天真："哥姊住学堂，回家日甚少。每计星期日，独往门前眺。双双挟策归，远迎相亲笑。欣然奔告母，哥姊回来了。"她忽然患病，"末期汝姊回，儿病已颠倒。……儿见姊姊来，回头只微瞟"。[1] 如此可爱惹怜的孩子，骤然离去，让人感到的不止是美好生命的脆弱，还有至爱亲情的幻中逼真。又写四岁女儿季恂的活泼敏感："跳跃至窗前，欢言捉月亮。掬之不盈手，才知在天上。"[2] 可见母亲与孩子之间或广而言之亲子之间，原本的生命关联就是诗性的，只要如实写下，或让它缘笔自出，就是美丽的诗歌。"嬉游少侣伴，尝弄水为乐。泡皱指头皮，惊呼手在哭。"[3]

诗人自述日常生活："供奉才完儿睡稳，布衣浣濯灿明霞。闲来展读象山集，默默无言解得耶。"[4] 我初到美国留学时，曾由同学带入教堂，受赠一本小书，乃一虔诚农妇自写她在乡间的四季生活，宁静纯朴，却诗意和神意盎然，至今难忘。由此得知，没有机心和暴力的自然生活本身，就是美和真的。没有什么会比它更高级。作为家庭主妇化的诗人，她照顾关爱子女，洗衣做饭维持一家生活，本身就是宁静致远的、诗意的和哲理悠然的，所以她在家务之余，"默默无言"地展读心学大师陆象山的集子，"宇宙便是吾心，吾心即是宇宙，"一点也不突兀，就是她生命本身的

---

[1] 《思复堂遗诗·哭三女德儿》。
[2] 《思复堂遗诗·恂儿游戏纪实》。
[3] 同上。
[4] 《思复堂遗诗·卧病示诸儿》。

内在关联，一气呵成。

"小溪狂吼学新潮，雨助泉声暮复朝。为叹烟云太多事，天风吹日霁寒霄。"[1] 此诗中的"新潮"，是暗指新文化运动的新潮吗？有可能。但无论如何，诗人至二十年代初，已经自觉地认同儒家，是肯定的。有人可能会置疑：她认同儒家并非出于自己的独立选择，而只是受丈夫的影响，如何谈得上"自觉"呢？这话或许有一小部分是对的，即她是与丈夫一起，在举世非儒的新潮中，真诚无悔地选择了儒家。[2] 但另一部分是错的，因为诗人不只是被动地受丈夫影响，而是在与丈夫、婆婆和子女们虽然时时贫困但美好欢乐的共同家庭生活中，一致认同儒家"亲亲而仁而爱"的真理，共同抵制那诬陷中国家庭为"万恶之源"的新潮[3]。这种认同是如此地深透入髓，以至于诗人在政治上超出了左右。她保护受到左潮迫害的孩子，但却因认同故国文化而主动放弃在殖民地香港居住的机会（参《笺注》对诗人客居香港几首诗的注解），最终在大陆去世，无怨无悔。说到底，诗人确有她自己的家国天下的终极追求，走在时代之前。"夜静万缘空，如游缥缈中。飞鸿翔海外，留迹遍江东。七十心犹壮，孤行道未穷。旧年今夜尽，明日又春风。"[4]

至此，面对荷尔德林"……诗人何为？"的问题，我们就有

---

[1] 《思复堂遗诗·寄季弟綦江》。
[2] 见《遗诗·导读》中所引唐君毅的《〈孟子大义〉重刊记及先父行述》等材料。
[3] 傅斯年：《万恶之源》，载《新潮》第一期。
[4] 《思复堂遗诗·乙未除夕》。

了更深的感受。真正的诗人，相对于时代的贫乏，她是孤独的，但处于天地之间的家屋与家园里，她又是可为的。海德格尔认为"诗"与"思"是内在沟通的，而陈卓仙之诗，因为有人间家庭的血脉流淌其中，它们悲喜交集、或显或隐地构造着的思，是"道"，虽似"孤行"，却定将为世上的君子仁者所乐道。就是因为相信有这道，我们才会在《思复堂遗诗》的吟诵声中向天发问：何时二十世纪的旧年真的夜尽，而"仁者人也"的诗性春风真的要再度来临？

14　王凤仪学说的儒家性
——对其开悟体验的解析

王凤仪（1864—1937）是一位草根思想者，凭借在贫苦生活中悟出的真知医人救世，乃至要"翻转世界，重立人根"[1]。二十世纪上半叶，其学说和实践曾经影响过东三省及周边地区。但更值得注意的是，在中华古文明面临西洋东洋的侵蚀破坏、大厦将倾，而主流知识分子和政治家们渴望洋化的时代，他虽然也预感到巨大转变的来临，"大声疾呼：从此要变世界了！"[2]，但却是通过激活自家文化的人伦命脉来寻求他心目中即将开幕的大同世界，这与中国近现代史上另外四种——洪秀全的、康有为的、孙中山的、毛泽东的——大同追求皆不同，当然与自由主义的道路也不同。他要废除旧三从，力倡女子独立和受教育，创办数百所

---

[1] 引自《王凤仪年谱与语录》（简称为"《年谱》"），朱循天（名允恭）著，中国华侨出版社2010年版，"前言"第1页。
[2] 同上。

女子学校或讲学点；他又提出崇俭结婚和储金立业，似乎是在反对传统婚姻和私有财产；但在这一切主张之前，是明道见性，而这明见之源则是人伦道德的终极体验，乃中国人的立族之本。所以，虽然迄今王凤仪思想还未登"大雅之堂"，未引起学术界的关注，我却相信它是中国现代一份独特的珍贵思想遗产，值得用心考察。

以下将简单介绍王凤仪的人生和学说大旨，重心却在探究他的开悟体验的哲理和文化含义，论证这种体验的儒家本性。

一、王凤仪其人其说概述

王凤仪先生本名树桐，字凤仪。其祖先乃汉人，顺治年间徙居热河朝阳县（现属辽宁）王家营子，入蒙古籍，但世代务农，依然生活于东北地区的汉文化之中。他于同治三年十月初三（西历1864年11月1日）生于朝阳县树林子村，父名清和，母李氏。树桐自小助父母务农，笃行孝悌，十四岁起为他人放牛，十九岁到外村做长工，诚信无欺。无机会读书识字，却好思索人间苦痛现象的根源。二十三岁娶同邑二道沟村的白守坤为妻。同年母亲去世。二十五岁时不顾生计艰难和被人欺侮，毅然迎养祖父。是年十一月得子国华。前一年起开始患疮痨病，到二十九岁时濒危，被一喇嘛大夫救活，但一直迁延难愈。到三十五岁（光绪二十四年戊戌，西历1898年），因听人讲善书《宣讲拾遗》中的"三娘教子"，得大启迪，悟到"古代贤人争罪［**争着认错**］，今世愚人争理［总觉得自己有理］",于是跪在院中悔过自责,亦哭亦笑,次晨此十余年旧疾竟豁然痊愈。同年发心舍命救道友杨柏,夜行山岭时忽得开悟,预知此事未来。三十八岁父殁,于父坟边搭草棚,矢志守丧三年,百日后又得开悟。由此开始"讲病化人",也就是发现病人病根,而以语言开示,指导病人如何想、如何做,以此来治愈疑难诸症,感化众人向善[1]。

四十一岁（光绪三十年,西历1904年）庐墓期满,开始筹备办女学。第二年送妻子上义学,后白氏成为女子学校的资深教师,儿子在师范学校毕业,成为女子师范学校校长,于王凤仪事业颇有助益。四十三岁起正式兴办女学,为新家庭的出现建造女基,历无数艰辛诬谤而坚忍不辍,终得感动众人,造就同道群,成就一亘古难见之事业。又创立"家庭研究会"、东三省"道德会",兴办各种公益及教化事业,如性理疗病社、讲演社、安老所、怀少园、学田农场等。晚年设计由新家庭组成的新农村,在他去世后由学生朱允恭（字循天）等试行,至1948年才停办。

先生之学说,朱允恭所著《王凤仪年谱与语录》概括为三界、五行、四大界、性理疗病、伦理学说、社会学说等。前三项（三界、五行、四大界）是思想脉络较清晰的学说,后边诸说似乎只限于前者的运用,即将其运用于讲病、家庭关系、教育及婚姻等问题上的记载而已。但究其实,后边才是王凤仪思想的源头和要害之处。如"伦理学说"中讲的孝悌慈、妇女道、夫妇道,

---

1 朱循天:《王凤仪年谱与语录》,第50页。

正是他全部学说的根基,"性理疗病"是他实践自己思想的利器,而"社会学说"涉及的女子义学、崇俭结婚和下达农村等,是他事业的起点、制度化和理想追求。

关于王凤仪先生学说事业的文化和哲理性质,表面上看,好像只能说它属于中华文化传统,儒释道皆有。王凤仪自己讲:"我生来就没有师父,没有门徒。"[1] 又讲:"那年我到北京道德学社去访段正元的道,……听他讲三我,正是我讲的三界,和佛家的三皈、道家的三华、儒家的三纲,都是一个的。三界是什么呢?就是三魂,耶稣讲的灵魂,就是我所说的天性。"[2] 所以朱允恭写道:"先生从不认师傅,也不收门徒,更不排斥任何宗教。其讲道,往往因时、因地、因人而有所不同。"[3] 但细察其学说、人生之笃实处,则不然,其中透露出强烈和原发的儒家气质,尤其是其起源、得道和学说根基处,全是儒家最看重的人伦至性至情。下边就将通过审视他的开悟经验来论证这个判断。

二、王凤仪的开悟经验

按照现有的资料,如上节已提及的,王凤仪有过三次开悟经历,两次在三十五岁,一次在三十八岁。第一次由听善书而得启迪所致,第二次触发于他要救人的决断,第三次则出现于父丧守

---

[1] 朱循天:《王凤仪年谱与语录》,第131页。
[2] 同上书,第130页。
[3] 同上书,"前言"第2页。

墓期间。

王凤仪因愤世嫉俗而得了疮痨之症。他接祖父供养，为此受到一些亲戚的欺侮和盘剥；又看到众兄弟赌钱，少孝寡悌，自述那时"看世上没有一个好人了，所以把我气得得了疮痨。我祖父曾说过，你走出去两千里，也不准能有你对心的人。这可见当时愤世的心到了极点了"[1]。患病十二年[2]（从他二十四岁至三十五岁，涉及十二个年份，实际持续时间为十一年），中间病危几死，后六年丧失劳动能力。"我总好抱屈，抱屈就一劲哭。我嫂子笑着问我：好模样的哭啥？我说天也没有神佛，我就知道爱人，就知道做活，怎能叫我有病呢？"[3]光绪二十四年正月听杨柏宣讲"善书"（劝人为善去恶的书，往往由圣贤教导和为善故事等组成），听到《双受诰封》中三娘教子，母子（不是亲生儿子）间发生冲突，最后祖母、三娘和少子都"争着认罪"的情节，"只觉得'刷拉'一声明白了！"于是跪到院里，呼喝自己的名字自责。"数责数责，就大笑起来，笑的是我得着啦！有时哭，哭的是大家糊涂着呢！第二天早晨疮就完全好了。"[4]说它是悟，因为它有突发性、深透的被感动性和精神境界的质变提升。他愿听善书，说明他在寻求人生真理，要弄明白自己痛苦遭遇的原因，但并不确知它能治病。受到激发，顿悟己非，忽得明白，于是痛自悔过，

---

[1] 朱循天：《王凤仪年谱与语录》，第23页。
[2] 同上书，第34页。
[3] 同上。
[4] 同上。

心境大起大落，如雷雨暴风和艳阳霁月之错变，而十余年沉疴居然一夜消遁，由此"知道病根了：不怨人，伦常不受伤，绝没有病。"[1] 这是第一次开悟。

杨柏是当地的"善人"，也就是多行善事之人，如帮助困难中的乡邻、倡行公益、宣讲善书等。由于小人挑拨导致的冲突和误解，他得罪于当地的土匪，面临满门被杀的危殆局面。王凤仪觉得他必须前去救难，一来因为杨柏是当地行善事的领头人，二来杨柏于他有恩，五个月前他是听杨柏讲善书而治愈了多年的疮痨，不去救友良心不安。"我悟了三天，主意拿定。晚饭后，向父亲告辞说：'我走了。'父亲问我上哪里去，我说：'救杨柏去。'父亲说：'你能救得了吗？'我说：'我救不了，我还不好死了吗？'"[2] 他与表弟趁夜翻岭去杨柏所住的二道沟，一边走一边喊："杨柏死我也不活着，非学'羊角哀舍命全交'不可！"此时正值农历十月，走到岭上，他自述道：

> 黑洞洞的夜里，忽然就通亮了，这时我就不出声了。过了一顿饭的工夫又黑了，我"哼"了一声，表弟问我："哼什么？"我说："刚才通亮的了，怎么黑了呢？"他说："没有亮啊。"我说："好嘛，刚才通亮的了。"说到这里，"刷拉"一下子就明白啦！五脏六腑像用水洗过一般，立时就三界贯

1　朱循天:《王凤仪年谱与语录》，第34页。
2　同上书，第36页。

通。我乐了三天三宿没睡着觉，不但知道杨柏的事情六个月可以完结，因什么得的、将来怎样完结法也知道了，就连世界的将来，也都知道了。[1]

这次开悟是典型的神秘体验。[2]"一顿饭的工夫"（约半个小时）里，于黑夜中看到通亮光明的异象（vision）之外，还有至乐感，"乐了三天三宿没睡着觉"；身心连体的贯通感，"五脏六腑像用水洗过一般"；直面终极的至真感，"明白啦！"；以及穿过时空的领悟和信心，"不但知道……，就连世界的将来，也都知道了。"这是第二次开悟，也是王凤仪一生中感受力最丰沛的一次。

第三次异常体验发生在庐墓守丧百日时。王凤仪述道："我三十八岁那年十月初一（农历），我爹作古了。等到把我爹安葬好了以后，我就当众声明，要守三年坟。就在坟旁，修盖了个窝棚（简单的茅草房）。恰巧旁边有一块石板，我当时想利用这块现成的石板做炕，从下面烧点火还能热。想不到我把窝棚搭好了以后，用火点着些茅草，往石板下一送，就喷了出来，一连三次，茅柴都吹出很远。我觉着奇怪，伏下身往石板下一看，原来里面有条大长虫（蛇）盘着，我就不烧了。从此我住在石板上，它住在石板下，我们就成为邻居了。奇怪的是冬天不论外边怎样冷，

---

[1] 朱循天：《王凤仪年谱与语录》，第36—37页。
[2] 参见威廉·詹姆士《宗教经验之种种》（*The Varieties of Religious Experiences*）的第16、17讲。中文有唐钺和尚新建两个译本。

我的窝棚里面，总是暖暖的，一点也不冷。"[1]

这还只是奇怪现象，真正的开悟经验表现在：

> 我守墓时，在山的阴坡，冬天极冷，我在那里住着，人都替我愁，我却是坦然的。不过百天，我的小屋里，每到夜间光明得很，天上星斗历历可数，诸神诸佛都来相会，所以我知存养之力最大。[2]

> 晚间回来时，有个像月亮似的东西，在前面引着我走，到草庐时忽然不见了。我的族弟宝元怕我冷，去给我烧炕，因为没有火就没烧，他就在我的屋里睡去。我没回来时，他觉得冷，我回来他就觉得暖和了。他出去对旁人说，我二哥的小屋是神仙洞啊。第二天我的小屋里光明了一夜，诸神诸佛都来了。次日回家，我就大吵吵着说："姜太公的封神榜到我手里了！"人都说我疯了。[3]

关外隆冬阴坡的山夜，必寒冷异常。王凤仪居然不烧炕而于草棚中长住。不仅"窝棚里面，总是暖暖的"，而且"夜间光明得很"，这就非有异常经验而不能达至。再有，"小屋里光明了一夜，诸神诸佛都来了"更属出神态的神秘体验。

---

[1] 《王凤仪言行录》，王凤仪讲述，郑子东等编，中国华侨出版社2010年版，第55—56页。
[2] 朱循天：《王凤仪年谱与语录》，第48页。
[3] 同上书，第49页。

三、开悟经验的哲理分析

这三次开悟经验,是王凤仪一生思想和事业成就的关键奠基,也最能表明这思想和事业的哲理性质。从表面上看,他开悟时见到反常的光明,是我们这种人类所可能有的神秘体验常有的现象,不足以据之断定其特质。王凤仪有时还将他的经验往佛家上解释:"十月救杨柏时,我自己先觉了三天,等到黑夜见白天,得着天光,就见到佛国了。我知道人人都有佛性,可惜人不知觉。我凡事都有觉而后才行。"[1]这可能主要因为佛家讲开悟经验比儒家要多,王凤仪就随习而言了。至于见到"诸神诸佛",更是那时中国民间百姓对于"神灵临在"的常有称呼,亦难断言其属何方神圣。执掌封神榜的"姜太公",亦道亦儒,但有更多的道教和民间宗教色彩。因此,只从表面上观察,难于判断王凤仪开悟经验的性质,只有追究它们的前因后果,才会较清楚地看出其属性。

第一次经验表现为听善书有悟而疗病。他为什么会得此病?因他愤世嫉俗。一位乡野农夫,为何要愤世嫉俗?因他人生的基本态度与他所处世道有强烈反差。他人生的基本态度是什么?是孝悌忠信。《年谱》最清楚地陈述了这一事实。按本文作者的粗略统计,此《年谱》所记王凤仪三十八岁(第三次开悟,形成自己思想基础)之前(含三十八岁)的所有事迹中,表现王凤仪各

---

[1] 朱循天:《王凤仪年谱与语录》,第39页。

种德行的共有约85次。其中表现孝德的有31次,行夫妇道(教导、栽培妻子)的9次,对儿子慈爱的2次,兄弟友悌的3次;表现忠德的有10次,信义的有7次,爱他人的有8次,清廉4次;表现智德的8次,向学、爱物、勤俭的各一两次。其中表现人际关系德行的74次,占全部德行数的87%;而表现家庭德行的有45次,点全部德行数的53%;而其中尤以孝德为先,以31次远超其它德行。王凤仪之孝,发自天性至情,"我幼年时候,母亲给我们兄弟四人做了两个兜兜(一名要子),兄弟争起来,我当时看见母亲为难,不但在那个时候没争,反而更立志,一生也不带兜兜了。"[1] "我十四岁给人家放牛,有时回家,母亲给我饽饽,我不吃。母亲问我因甚不吃,我说,因我吃得太饱了。我的意思,我若吃了,我母亲必要疑惑:东家的饭食不好,我儿子必然不得饱饭吃。总要天天的惦念,所以我绝不吃。"[2]

正因为他天性善良而又笃行刚健、勤于思索,越来越认识到人间伦理的衰败和这个人世的痛苦无望,所以不平,"因气愤过甚,所以得疮痨,"[3] 甚至在病好后还于绝望中要绝食而亡。"我用那七条[**女子犯的七种大错**]考查,我们村中的妇女,没有一个不犯七出的。再仔细考查男子,都争贪下顾[**只顾自己妻儿**],抛弃父母,没有一个能尽孝悌的。我知道这个世界坏到极点了,什么时候是个头呢?我实在不愿意和他们在一起活下去,就立志

---

[1] 朱循天:《王凤仪年谱与语录》,第4页。
[2] 同上书,第5页。
[3] 同上书,第15页。

要死。"[1]饿到灵魂出体,几近弃世,最终还是念及老人的赡养和劝化世人的可能,才死而复苏,重入人间。"想到这里,知道世上还有两宗可做之事:一个是孝亲,一个是劝人。因此,就决意做这两宗事了。"[2]这是他三十五岁那年农历五月间的经历。由它和它之前的闻书悔过疗病事件的引导,至十月遇到杨柏之事,才有那种大决断和大开悟。可见他对人间苦难体察之真切,不亚于佛家、道家等宗教的见地,但他应对这深重无尽之苦痛的方式,却非佛非道,不是断去尘缘、出家修行,而是走儒家的路子,也就是全从人伦亲情义理入手,以孝为本,义赴友难,才豁然洞见性体,克服了愤世之气,而入天人交合之新境界。第三次开悟,更是基于孝情,兼听善书,要学杨一守坟的榜样,于是结庐守墓而入胜境。清代善书如王凤仪听到的《宣讲拾遗》等,皆是以孝为百善之先,其主体乃儒家无疑。

再从这三次经验的后果上来观察。第一次听善书而悔过疗病,使他对这些以儒为主的善书充满了信心和兴趣,"从此以后,天天骑个毛驴,到处听善书。"[3]"先生疮好之后,把善书看成是无上至宝,便日日讲求。"[4]第二次经验给了他化人救世的大信心、大智慧,也不顾某些文人的歧视,开始加入宣讲善书的行列。而第三次经验则使他的信心和智慧完聚。所以他讲:"救杨柏之后,就

---

1 朱循天:《王凤仪年谱与语录》,第35页。

2 同上。

3 同上书,第34页。

4 同上书,第35页。

知次年必会讲病。"[1] "我守墓时,五行就推转了。"[2] "我守到一百天,真的守灵了三界。不只明白了性理疗病,还得着了封神榜。"[3] "等我守灵了三界,给人讲病以后,天天有人来给我的老人上香磕头。这时,我可真乐了,越乐神越足,说话也就越灵。由这我才知道,乐是聚神的。"[4]

他为人讲病,也全从人伦上着眼,几乎没有什么"怪力乱神"的东西,只要是成人的病,就不涉前世因缘之类的东西。"我发明劝病的法,是本着人道去讲的。病是什么?就是过。把过道出来,病就好了。"[5]这"过"就是人伦关系上的过,主要是家庭关系上的过,比如子女和儿媳对父母、公婆不孝,媳妇受气(媳妇受婆婆、丈夫的气),对弱亲属无怜悯,贪财好名怕吃亏,等等。他教导妻子、儿媳是这样,为亲友乡人讲病也是如此。此法听上去普通,笼统用之也不会有效,但王凤仪或王善人(后来人称他为善人)因深有悟于此间机枢,故能直会其痛处,发言拿捏时机,往往能切中要害,祛病化人,如有神助。近的不说,就他给后来追随者赵品三讲病[6],及后来的得力助手张雅轩之友王恕忱讲病,就都是如此[7]。这些人,或亲身感受沉疴骤去,或亲见此

---

[1] 朱循天:《王凤仪年谱与语录》,第42页。

[2] 同上书,第51页。

[3] 《王凤仪言行录》,第57页。

[4] 同上书,第58页。

[5] 朱循天:《王凤仪年谱与语录》,第51页。

[6] 《王凤仪言行录》,第101—103页。

[7] 同上书,第112—114页;朱循天:《王凤仪年谱与语录》,第104页。

无法理解又无从怀疑之奇事，于是亦得大信心，愿追随王凤仪求人间真理。因此，虽然未闻儒家在历史上有此为人讲病传道的事迹，但王凤仪行此道却不是靠画符洒水，也非丸散膏丹，而就在人伦道德上追究剖剥，务求使人察过悔错而开显孝悌忠信仁义不可，所以非儒家不能解释此医病之义理。

"仁者人也，亲亲为大。……思修身，不可以不事亲。"[1] 仁并非超越人伦之"普遍化德行"，而只能于尽人道中得之，其中以亲亲或亲人的相亲爱为大。所以要"修身"，无论是从道德上修还是从身体上修，就都须"事亲"，尽孝尽悌，而人身上出现的问题或疾病，当然与事亲不当内在相关。悔过即让人自认不是而开发身心之诚意境界，也就是进入王凤仪"四大界"学说讲的"意界"和"志界"。所以《中庸》讲："诚者，天之道也；诚之者，人之道也。诚者不勉而中，不思而得。"[2] 王凤仪讲病之效验全在依凭人的天然人伦感受，通过揭示病人在人伦上的缺失，促其反省自身罪过，在亲人面前或祖先堂中真心悔过，现本心而达至诚，于是"不勉而中，不思而得"，病自然消泯。"至诚之道，可以前知。……故至诚如神。"[3] 王凤仪的三次开悟，其效验皆可于此语得知。

至于他创立女学，办东北的道德会，倡导崇俭结婚、储金立业、下达农村、胎教母教等等，也无不发自人伦、净化人伦和成

---

[1] 《中庸》第二十章。
[2] 同上。
[3] 《中庸》第二十四章。

就人伦。他所谓的大同世界,是一个父母慈、子女孝、兄弟亲、家庭和睦、社会公义、财产公有、女人托满家,男人行道德、家家相互扶持的原本家庭化的世界,绝非康有为《大同书》所期待的那种消灭家庭、以社会关系顶替家庭关系的世界。

四、王凤仪学说的生命身体性

读王凤仪的《年谱》,最大感受就是此公的思想根基处可谓"全无伎俩"(陆象山语),也就是他的思想几乎尽出自他那底层而又艰难的实际人生,除了听到善书之外,可以说是绝无栽培,全凭自己的一腔天良和一团志气,自贫苦、受屈、病痛、绝望和生死交接处挣扎喷涌出来,最终也还是回馈这个人间。就此而言,他的思想与儒家是一致的,即对人世生活的完全诚恳和开放,绝不想在根本处脱弃或超出这种生活,就像很多其他宗教所追求的。

王凤仪曾提及当时传播国学乃至儒学的两位著名人物:段正元[1]和江希张(字慕渠)[2],对于后者颇有赞誉之词。段正元十五岁时随一位师傅入峨眉山、青城山修道,走的是道家和佛家的修行路子,尽管他所修之道对外显示出的内容具有较强的儒家色彩。他于1916年在北京成立"道德学社",曾很有影响,连王凤仪的

---

1 朱循天:《王凤仪年谱与语录》,五十七岁四月,第130—131页。
2 同上书,六十七岁九月,第188—190页;《王凤仪言行录》,第十八节中的第一百五十二小节,第一百五十五—一百五十六小节。

道友杨柏也投入其门下,并试图说服王凤仪也拜段为师,但王不愿意。"杨柏劝我认段正元为师,我绝不认。因什么呢?道是一个,他讲三我,我讲三界,又何必认他为师呢?"[1]除了表面上讲的这个原因之外,恐怕两人得道方式不同造成的学说气质的不同,是一个更深层的原因,导致这位农民人伦求道者不完全认同当时声势极高的段师尊。

江希张是"民国第一神童"(康有为语),自小受儒士父亲和有文化母亲的栽培,天资极高,早早就出版注释四书的著作,受到舆论关注。1919年,他与其父在济南筹建"万国道德会",共同制定《万国道德会筹备处宣言并章程》。1921年此会建立,衍圣公孔德成任会长,康有为和李佳白为副会长,江希张之父江镇秀(字寿峰)任驻会监理,执行会务。王凤仪后被聘请为该会宣道主任,以长春为中心成立万国道德会的东北分会,所以与此神童有些接触,还为江讲过病。王凤仪数次谈及江希张,皆是肯定性的,但也只限于大主张——江希张修订的《万国道德会章程》主张"以改建社会,缔造大同,促世界进化,谋人群幸福,实行利民生、启民智、敦民德之计划为宗旨。"——上的一致。江的主张也可能对于王凤仪的某种词语表达如"大同"有过影响,但两人的求道经历和社会身份可谓两个极端:一个是极受呵护栽培、天才横溢和令人赞叹的神童,一个是受苦受屈、全无栽培而屡遭轻视的农民得道者。所以,两人共同主张背后的生命体验和潜力

---

[1] 朱循天:《王凤仪年谱与语录》,五十七岁四月,第130页。

也有重大区别。

王凤仪学说的根基处并非理论学说,而是生命机体本身的血脉思想,也就是贫苦农民的实际人生的脱苦呈现和活体升华,所以其开悟处与机体之"病痛"有不解之缘。这病首先是时代之病痛。西方和日本入侵中国,清廷衰微,地方变乱,土匪蜂起,人心不古,生活在最底层的农民、特别是做佣工的农人,感受最痛切。王凤仪为人做长工,一年只得七十吊钱,结婚时母亲只能给他做一套衣裤,无聘礼给女家,新娘要借别人的顺路车才得迎来。"我接我爷爷后,家里饥荒很多,旁人又屡次欺侮我、控告我,弄得很困难的。我每天常吃半饱,在地里做活,饿昏了总有几十次。我内人在田间拔草,从早到晚,不肯休息,她不吃晌饭,早晚只吃些野菜。我二人真是苦到极点了。"[1]。因匪患,他曾被官军误捉拷打,又遭土匪勒索。其次,这病是王凤仪身患十二年的疮痨病。二十九岁时危险已极,因贫穷而无钱买药,后因孝行感动大夫,留下少许药物,得以不死,但仍是病不离体,因为它而丧失生育力和劳动力。一介贫贱农夫,陷于如此困顿,真是入了绝境。

从哲理上讲,这病剥夺了一切现成性,让王凤仪生存于"朝向死亡存在"的困窘至态里,最后导致"先行的决断"。换言之,正是这些病痛造就的绝境,将他逼上、推上了感受天意和本性之路。"那时我的心里只存个'孝'字,存真了,天就助我。我一

---

[1] 朱循天:《王凤仪年谱与语录》,第27页。

生能够动天的事,总有十几次。当我把祖父请过来以后,一连歉收五年。头二年地里生虫子,但虫子不吃我的苗。……我从这些事上,深知天不负人。"[1] 无论是什么原因导致了"这些事",它们是他生活机体直接体验到的生命意义,既不须证实,也不被证伪,因为其中有"深知"。它们不可凭因果关系来解释,但也并不荒诞无稽,因这是他自己的苦难生活向他直接揭示的,并无虚构的奢侈空间,与听旁人讲说"二十四孝"故事也有发生方式的不同。如果"听说"是二维的,那么这"深知"就是三维或更多维的。由此,他开始感到人的生存方式与天地间有"精诚"致"动"的关系。

自身疾病虽让他丧失生理上的生育力和劳动力,却从病痛和解痛处直接产生出、生育出能够解痛和生育的思想。"修行人修道多年,还没能成,就因他里面的阴没有出尽。我因疮痨,内阴尽除,所以我成了,这不是天助吗?"[2] 有十二年的病痛身体(而非仅仅躯体,王病与常人病的区别就在是身病还是躯病)的生命认知摸索,才会在关键时忽然明白。"我听着[杨柏讲'三娘教子'],心里很奇怪,他们娘俩不是在吵嘴吗?怎么又各自认不是(认错)呢?想来想去想明白了,怪不得人家是贤人,贤人争'不是',愚人才争理呀!"[3] 这"想明白"的身体活性,要让"理"

---

1 朱循天:《王凤仪年谱与语录》,第27页。
2 同上书,第28页。
3 同上书,第42页。

死,而让"不是"活将起来。理是争不明白的,因那是脱离了身体病痛之理;认"不是"倒是让人明白的,因为这"不是"恰是病痛之身之大是。"第二天早晨,觉着肚皮痒,一看原来长了十二年的疮痨,一夜的工夫,竟结了疤,以后完全好了。"[1] 此开悟可称为"病痛解脱之悟"。而由此"病悟",导引致第二次的"救友光悟"和第三次的"守墓光悟"。所以王凤仪思想的根本处有生命本身带有的可理解性,其源在这生命活体所源出的家,也就是家庭伦理本身天然的或在天良中的可理解性,并不依靠杜撰出的神仙鬼怪。其后的"三界""五行"和"四大界"的学说,虽是某种建构,但也没有脱尽这种生命自带的身体思想性。

结　语

正是由于王凤仪思想的人伦身体发生性,所以从哲理上讲,他的经验及其学说与儒家的一样,都不是任何意义上的普遍主义,也就是认为自己的学说是可以超出人间机缘的普遍真理,就像数学和逻辑那样,可以且应当被普遍化地硬性推广。西方传统哲学和中国现代哲学界,有一种很流行的看法,认为哲理思想只能是事后反思化和抽象化的,而表达哲理的语言也只能是概念范畴化的,但我们在王凤仪的思想——它可以被看作是一种可以疗病的哲理——这里看到,他的哲理思想的要害处不是事后反思型

---

[1] 朱循天:《王凤仪年谱与语录》,第42页。

的,"我只觉'刷拉'一声明白了!"[1]其语言也不是概念化的,"把过道出来,病就好了。"[2]"我三十七岁讲善书,本来不会讲,不过我能把人情达透了。我那时是纯粹'用志',志在劝世化人,所以我好也讲,歹也讲,欢迎我也讲,烦恶我也讲,这正是用志。"[3]"这正是言要中节处。"[4]"达透人情"就是生命情境中的活哲理,有此达透,就必能"讲",不仅讲善书,更能直接讲病!也就是在生理与心理、生存方式和机体状态还未分离处讲出病源和病疗之道,讲病与疗病是一个整全的思想和话语过程,所以正是"中节处"之"讲"。它揭示那让人能活的道理,非概念化却又使人明白、促人康复,而他对此讲病机理或原理的表达,就建立在这原发的"道出来"之中。

因为其发乎实际人生经验、治疗实际人生经验的特点,我们在现存记载王凤仪的事迹和学说的文字中,特别是那些关于他前三十八年经历的文本中,感受到的是一种活泼的直接可理解性和可信性,没有或很少有民间宗教常带的"装神弄鬼"比如"扶乩降鸾"一类的东西。思想深入到如此切近于人生,就不需要对象化鬼神的帮忙了。这也是王凤仪思想近乎儒家的又一事实。"祭如在,祭神如神在";王凤仪的讲病就是他的"祭如在",它导致

---

[1] 朱循天:《王凤仪年谱与语录》,第34页。

[2] 同上书,第51页。

[3] 同上书,第43页。

[4] 同上书,第46页。

"如神在",但不导致"怪力乱神"。而这一切,都与他开悟体验的特点分不开。

癸巳谷雨草于山东大学兴隆山校区

修改于是年端午节前

附言：简析万国道德会在日占期间的问题

关于东北地区万国道德会在伪满时期出现的问题，就其事实方面，我无能力考察，但最近读到雷辉的硕士论文《万国道德会的历史考察》[1]，对此有了些概观式的了解。雷文观点大致是：以长春为总会会址的东北道德会在伪满时期虽然作为民间团体存在，王凤仪去逝前也希望此会避开政治，但事实上，此会与伪满政权有合作，比如参与伪政权的宣传活动，而伪政权也给予该会一定的优待，使其有较快发展。所以，雷文主张，此会当时可能是出于生存的考虑而与政权维持关系，但既然有双方的相互利用，那么该会就在事实上沦为为伪政权的"帮凶"，这是此会"历史上永远抹不去的污点"，尽管它曾在社会教育比如女子教育和慈善救济、移垦开边、性理疗病等方面做出有益贡献。

如果这个问题是存在的，那么王凤仪对此该负什么责任呢？万国道德会由江钟秀、江希张父子于1921年创立，主张维护传统文化，又同时主张世界宗教的相互宽容、融合，而以促进"道德"为尚。该会初创时的宗旨是："融会儒、释、道、耶、回五教精神，救正人心，以期人人守分敦伦，挽救劫运"；1926年江希张将其修改为："改建社会，缔造大同，促世界进化，谋人群幸福，实行利民生、启民智、敦民德之计划。"1928年，杜延年（绍彭）任该会理事长，强力推荐王凤仪任该会宣道主任，于是王凤仪从

---

[1] 雷辉：《万国道德会的历史考察》，山东师范大学2008年硕士学位论文。

精神上领导的东北义学团体就与该会合并，使得该会活力和实力大增。可见，在1931年东北沦陷之前，王凤仪的主体事业乃至与万国道德会的合并都已经完成。晚年时，他及该会当时的实际领导层为了该会在东北的生存，在形势逼迫下认可了该会于1936年改名为"满洲帝国道德会"，所以要对这一状况负一定责任。

《年谱》如此记载："［1936年］九月二十一日，伪政府迫令万国道德会改为'满洲国'道德会。这日因为大雨，在礼堂中行升旗式，改两半球会［旗］为白地上横书会名，竖写'道德'二字的会旗。行礼时［王凤仪］先生致词：'万国道德会不过是想要全球各国都实行道德，将来仍继续前进，达到万国而后止。所以不管他叫我们是什么名，让我们讲道德就行啊！我听说"政府"有意叫我会与协和会合作，我告诉你们，无论到什么地步，可千万不要忘了我会的本质，去和人家和而流啊！我会的本质是什么？就是治己而不治人，托底就下，而不假半毫的势力啊！'"[1]。讲完这番话，他于第二年十一月就去世了。此段话基本上能反映王凤仪晚年对于"如何与伪政权相处？"这个困难问题的态度。很明显，改名是被迫而非主动的，目的是为了维护这个"讲道德"团体的当下存在。而且他也是有底线的，以至于反对与"协和会"这样的组织合作，而坚持"我会的本质"和"不假半毫的势力"的特点。征诸其他有关王凤仪生平的记载，这一"致词"是符合他平生思想和行事原则的。所以，他晚年对于道德总会建

---

[1] 朱循天:《王凤仪年谱与语录》，第237—238页。

楼、热衷于"演讲办会,而不知悟道行道"[1]很不满意,敦促朱循天等忠实弟子们下达农村去组建新村,实现他的理想。但是,这个"名"的改动看来也不是完全中性的,尤其是对于道德会这么有影响的团体。伪政权的逼迫、拉拢看来导致了一些恶果。但也不要忘了,王凤仪当时并不担任道德会的具体领导,只是它的精神领袖,如此之大的组织中出现一些这位老人不赞成的事情,也是很有可能的。

北平的万国道德会在日占期间也出了问题。但以杜延年理事长为首的道德会成员们撤至陕西等地,在抗战期间为中国政府的抗战事业做出了贡献。与此事实有关,也应该与其它事实(包括东北道德会的整体表现)有关,在抗战胜利后,当时政府并未将道德会列为通敌团体,所以它继续存在,在台湾地区一直存在至今。

然而,万国道德会在日军占领期间,毕竟是有"污点"的。这与该会的宗旨有一定的关系。在一个民族国家主导世界政治现实的世界,过分强调超民族的"融会"和"大同",平时可能还可以作为某种理想来追求,但遇到民族间的冲突和侵略时,在激变中就可能因缺少民族意识而丧失或部分地丧失民族气节,并引用某些普世价值来遮掩。这是一个深刻的历史教训。第一次和第二次世界大战中,此类问题曾在某些国家或地区——比如俄国、法国——大量出现。看来"祖国"和"夷夏之辨"并不是空洞的

---

[1] 朱循天:《王凤仪年谱与语录》,第238页。

名词啊！

总之，就目前看到的材料而言，我不认为这个问题可以让我们忽视王凤仪思想的价值，就如同柏拉图政治上的某种问题和海德格尔与纳粹的关联问题不足以让我们丧失对于他们思想的兴趣一样。这个问题对于理解王凤仪思想来说不是根本性的，尽管也确有某种教训需要汲取。

15 "象思维"为什么是"原创"的?
——王树人先生的《回归原创之思》读感

王树人先生今年出版了《回归原创之思——'象思维'视野下的中国智慧》[1]。此书对于"象思维"做了进一步的研究,而这个论题正是他在上世纪八十年代提出,并曾在《传统智慧的再发现》[2]中加以阐述。不过,虽然《传统智慧再发现》已明确点出"'象'的转换与流动的思维运动,一直是中国传统思维方式的中流砥柱"[3],但那里的不少讨论,比如关于"势""意境"的,并没有直接通过"象"来进行。而《回归原创之思》则将对"原象"的理解直接贯通了全书——涉及《易》、老、庄、禅、诗、书画——的阐释。另外,关于象思维的本性与特点,此书通过与

---

1 王树人:《回归原创之思——'象思维'视野下的中国智慧》,江苏人民出版社2005年版。
2 王树人、喻柏林:《传统智慧再发现——常青的智慧与艺魄》,作家出版社1996年版。
3 同上书,第189页。

"概念思维"的区别和与当代西方哲学,尤其是海德格尔哲学的对话,做了理论上比较详细的刻画。

对于王先生讲的"象思维",我这么理解:受西方传统哲学影响的中国人搞的哲学研究中,认为人的认识能力有两种,即感性认识与理性认识,或感觉与思维,由它们产生出"感觉材料"与"概念、判断、推理"。当然,如果按德国古典哲学的讲法,"思维"还有"知性的(或关系的)"与"理性的(或总体化的、系统化的)"之分。总之,在这个传统框架中,几乎没有人想过在感觉与观念思维之间或之外,还有什么源头性的、不可被还原为这两者的认知能力。"想象力"与"形象思维"从来没有在正经的认识论和真理观中取得独立的地位(康德的《纯粹理性批判》第一版是个例外),而是一个没有自己生命的"两栖者""被拼凑者"。树人先生明确提出象思维是一种不同于概念思维或观念化的理性思维的另一种思维方式,而且认为它在某种意义上是更原本的,并探讨它的基本特点及在中国古代思想与艺术中的活现,确实是一种很有新意的研究,提出了一个牵一发而动全身的重大哲理问题。

当然,一些突破了传统西方哲学框架的前人,也有过对"[感性/理性二分之外的]第三条道路"的探索。康德在《纯粹理性批判》第一版的"演绎"部分已经提出"先验的想象力"和"时间纯象",后来受到胡塞尔和海德格尔的重视。但它们在康德那里未得到深究,也没成大气候。胡塞尔提出"本质直观"和"范畴直观",海德格尔提出前概念化的"领会",后期主张一种不同于以往一切哲学的"思想",柏格森的"直觉",詹姆士的"意识流",等等,都是在寻找感觉与概念化思想之外或之前的更本源的认知方式。然而,这些努力中,"象"(Bild, picture, image)的作用并不明显。

维特根斯坦在《逻辑哲学论》中讲的"象"(Bild)虽是逻辑之象,但如果贴切地领会,也有某种启发人的深义。只是它又可以被看作"事态的原本图象",致使它其中潜伏的"发生"之义难于显露。所以,他后期的"生活形式-语言游戏"说中就不再有"象"的重要地位了。

美国哲学家马克·约翰逊(Mark Johnson)认为"隐喻"与语言本性有关,他在其《心灵中的身体——意义、想象和理性的身体基础》[1]一书中,结合康德的"想象力"学说与格式塔心理学的"完形"理论,探讨了由身体的经验、特别是最初经验构成的非命题的"图型结构"(schematic structure)或"象图式"(image schemata)如何导致了意义和理解,并由此而有力地反驳了在分析传统中流行的"客观主义的意义理论"(objective theory of meaning)。[2]其中有不少鞭辟入里的论证和发人深省的例子,但似乎也有一些还未完全透彻之处,比如:身体的经验为什么会造成隐喻结构或"象图式"?如果只凭重复就可产生这种结构,那么为何这些重复不会在其他动物那里产生同类的结构?

---

[1] Mark Johnson: *The Body in the Mind: The Bodily Basis of Meaning, Imagination, and Reason*, Chicago and London: The University of Chicago Press, 1987.

[2] 同上书,"导论"第19页以下,第7章等。

在现代中国的前辈哲学家中，就我所知，有两位敏锐者也做出了一些开拓性的探讨。贺麟先生在《宋儒的思想方法》（写作时间不晚于四十年代）一文中，不同意冯友兰先生否认直觉是方法的看法，提出直觉既是一种经验，又是一种独特的方法："直觉为用理智的同情以体察事物，用理智的爱以玩味事物的方法"[1]，并分别探讨了陆王的和朱熹的不同风格的直觉法。但是，他讲的直觉法没有明确涉及"象"。牟宗三先生在《智的直觉与中国哲学》[2]中着眼于康德的"智的直觉"的说法："智的直觉自身就能把它的对象之存在给与我们，直觉活动自身就能实现存在。"[3]康德否认人能够真有这种智直觉，说它只能归于神，而人只能有感性直观。牟先生则认为中国古代哲学活动的洞察来源就是这种智的直觉。他同时批评海德格尔对康德的时间与心灵学说的解释，说他"丝毫不及现象与物自身的差别"。[4]实际上，由于他的主体超越形而上学的成见，牟宗三先生错过了一次极好的与康德、海德格尔共同对话的机会。不管怎样，牟沿着贺麟开出的思路，通过对康德的解释来探讨中国哲学中的智的直觉，是一个很有益的尝试。不过，他也同样未发现"象"在这种智直觉中的作用。

这些向第三条道路或第三种认识能力的探求之所以会一再忽视"象"，多半缘自对于"象"的浅解，即将象只理解为"形

---

[1] 贺麟：《哲学与哲学史论文集》，商务印书馆1990年版，第184页。
[2] 牟宗三：《智的直觉与中国哲学》，台湾商务印书馆1980年版。
[3] 牟宗三：《智的直觉与中国哲学》，第145页。
[4] 同上书，第141页。

象"或"心象",也就是对于某个原型、原本事态的再现表象。这些探索者都没有像康德曾经在一段时间内所认识到的,**想象力可以是"先验的"或引发出原本呈现的**,所以由它产生的象可以是"纯象"或"原象",比如那比直观的纯形式还深刻意义上的"时间"。这种时间无形而有象(可以直接被领会),并且是非主观和非心理的。王树人先生虽然没有直接讨论康德,但通过对于海德格尔的非实体化、动态的"存在"意义的挖掘,通过"象的流动与转化"——"'非对象性''非现成性'及其'原发创生性'诸品格"[1]——的深入分析,并将其与形象思维和概念思维明确区分开来,又同时梳理它们之间的"源"与"流"的关系,此书可算是接续了康德和海德格尔那里隐约的象思维的萌芽,而使其体现于对中国的"三玄"及禅、诗、书画之道的阐释之中。仔细的读者会感到,有了"原象"的提示,对于中国古代技艺化思想与思想化技艺的领会一下子就有了一个辐辏处和挂搭处,而它与西方传统哲学的区别也得到了一个整体性的突现。像书道的"风骨""写意"这些以前似乎只可意会之处,也出现了可供人的思维攀援的象结构。就此而言,此书对于中国古代智慧或中国古代哲学的研究,可以说是做出了实质性的贡献,而"无形大象""惚恍有象""原发创生"意义上的"象思维",将来也可以作为中国古代思想研究的一个方法论指示词来使用。为了将这种象思维与形象思维等鱼目混珠者区分开来,我建议王先生在某些

---

[1] 王树人:《回归原创之思》,第3页。

情况下可以将它表达为"原象思维"或"境象思维",以正视听。

当然,此书开启的研究还可以继续与深化,比如对原象的时间形态的研究,也是一个极为重要的方面。实际上,它是"象的流动与转化"的一个极为生动的表现,甚至就是其源头。《易传》中反复强调的"时义",孟子赞孔子的"圣之时者也",《庄子》讲的"与时俱化",及"诗""书"中的内在时间节奏与笔意,都是象之时性的传神之处,大有文章可作。

此外,"原象"与"结构"的关系恐怕也是一个有趣的话题。虽然对于"结构"(Struktur, structure)的解释是千差万别,但毕竟也有在"原发创生"的意义上来理解的。比如雅各布森的语音学的结构主义,在"区别性特征"的学说中隐含着结构发生的思路。[1] 另外,我去年在德国讲学时,得知维尔兹堡大学一位刚过世的学者叫海因希·罗姆巴赫(Reinrich Rombach),承接胡塞尔与海德格尔而更有创意,阐发出一种"结构现象学"(Strukturphaenomenologie),其中包含有"象哲学"(Bildphilosophie,又译作"境象哲学")。他讲:"民族与时代的基本哲学……的首要表述维度是境象世界(Bilderwelt)。为了领会一个时代和一种文化的基本哲学,人们必须首先与境象语言和'境象思维'打交道。……深层现象学根本上只有作为境象展示才有可能。"[2] 他又讲:"结构是我们时代的基本词,就如同道(Tao)

---

[1] 参见张祥龙《象、数与文字——〈周易·经〉、毕达哥拉斯学派及莱布尼兹对中西哲理思维方式的影响》,《哲学门》第三卷(2002)第一期,2003年2月,第7页。
[2] 罗姆巴赫:《自我描述的尝试》,第6节,王俊译,张祥龙校,《世界哲学》2006年第6期。

曾经是中国文化的基本词,逻各斯曾经是希腊和西方文化的基本词。"[1]他讲的"结构"乃是一种"结构生成"(Strukturgenesse):"这种新的观点在于,存在论的基本结构恰好不再被视为'状况'[Verfassung,《存在与时间》中文本译为'法相'],而被视为'生成'(Genese)。因此,一种'生成'的存在论……比'[海德格尔的]基础存在论'更为基本,并且带来了一种新的看的方式。"[2]

　　罗姆巴赫的研究从一个角度表示出,从意识现象学与存在论现象学(缘在的境域生成的现象学)再向深处走,就有可能遭遇纯发生的原象、境象与结构。而在这条道路上,王树人先生已经以他充满华夏特色的方式在独行着了。

乙酉初秋写于畅春园望山斋

---

[1] 罗姆巴赫:《结构存在论》引论,王俊译、张祥龙校,《世界哲学》2006年第2期。
[2] 罗姆巴赫:《自我描述的尝试》,第3节。

16 在书道和文本际会中达到哲学的纯粹
——追思叶秀山先生沟通中西哲理的学说[1]

得知叶先生骤然离世，不胜悲痛，过去二十几年中与他的交往在心中幕幕重演，先生惠赠的著作也再次唤起回忆，仿佛又在聆听他发表睿见，于是思感交集，写下此篇小文。

1992年留学归国后，在北京怀柔举办的贺麟先生思想研讨会上，我得以当面拜识叶先生。之后不久，我发表了一篇题为《海德格尔的〈康德书〉》的文章，遇到叶先生的时候，他当着好几位学界朋友，很真诚也很内行地夸奖了这篇东西，说它揭示了海德格尔解释康德的要害，就在康德《纯粹理性批判》的分析篇中找到了与现象学相通之处（先验想象力、图型论等），不失严格性地沟通了两者。此文源自我在美国做的英文博士论文中的一章，回国后重新改写、深化，美国那位对海德格尔深有研究的老

---

[1] 此文写于2016年。

师也未特别注意到这层关系,所以本以为在国内发表后不会有多少反响,但马上就得到这样的共鸣,惊讶之余,内心深处就引叶先生为知己。后来参加各种会议,阅读诸家书文,在我接触到的学界范围内,的确再无别人能够有这种眼力。那时研究现象学的人们,还很少能联系哲学史脉络来搞清楚现象学思想方式的来源和独特性。后来读叶先生的书,才知这种眼力有深邃的哲学功力的背景,对他那打通史论的敏锐和通透,十分钦佩,在《现象学思潮在中国》中还做过一点评议。再之后,通过程炼、吴国盛等叶门弟子的接引,我也曾数次登门拜访叶先生,倾听他纵论古今中外、哲学艺术、人文掌故,甚至是音乐发烧友的逸事,得到纯洁的精神享受。多年来,每次见到先生,感觉到的皆是温暖、愉悦和受教益。

一

在这里,就想从叶先生主张的哲学的"纯粹"性讲起,主要谈谈阅读他那些打通中西哲理之作的感想。叶先生的《思·史·诗》给我很多的学术启发,而让我对他的思想有更亲切了解的,则是他题赠给我的《中西智慧的贯通》[1]。此书是先生多年来关于中国哲学和艺术,以及中西哲理关系的文章汇集,俯拾皆是闪光的思想珠玑,但让我最受教益也最有共鸣的则是《"有

---

1 叶秀山:《中西智慧的贯通——叶秀山中国哲学文化论集》,江苏人民出版社2002年版。

人在思'——谈中国书法艺术的意义》这一篇,以及与之相关的《中国艺术之"形而上"意义》。

对于叶先生来说,书法或书道不仅是中国古代艺术中最"奇特"的[1],或在世界各民族艺术中最有自家特色的顶极艺术,更是具有现象学存在论深义的时机化纯思。"书法艺术的'内容'在'字里行间',不在那'所说'(所谓、指谓)的'事''理'之中。"[2]书法写字,但它写的字摆脱了、超越了平常人们认为话语及文字获得意义的方式,如表象、指称某物某观念,而是直接通过"字里行间"得其意。"于是这个'意义'就是'超越'了'文'的'故事'和'道理'的,是一种'超越'的'意义'。"[3]但这超越不是西方传统哲学那种通过分析、综合和概括所得到的抽象的、无时间可言的概念化超越,而是"侧重在对'时间性'的总体把握"[4]。对时间性的统握势必是直接的,但因其不只在时间之中,而更是体现时间本身的当场构成,就在字里行间的时机化书写中直接构意构时,所以这书法是"把'时间'凝固在'空间'中"[5],是"对'形而上'的直接把握"[6]。有人曾指责中国古代思想缺少形而上的维度,又有人则按西方概念化或主体化哲学的方式来找出中国这边的形而上学,但叶先生却是在与西方逻辑抽象不同

---

[1] 叶秀山:《中西智慧的贯通——叶秀山中国哲学文化论集》,第57页。
[2] 叶秀山:《中西智慧的贯通》,第59页。
[3] 同上。
[4] 同上书,第186页。
[5] 同上书,第188页。
[6] 同上书,第186页。

的思维结构中，找到了在书法的书写中被直接把握的形而上，有时间性可言的形而上，与胡塞尔的本质直观和海德格尔的形式显示思路相通。这种时化、直观化、发生化的形而上，才是叶先生所谓"纯粹哲学"的最恰当义，尽管他承认概念逻辑化也是一种进入形而上的方法。

因此，叶先生认为一切超越的东西并不脱时间和历史，而有形而上思意的书法"实际上原是一种远古意义的存留，只是我们历代祖先不但并未把这个历史的存留'遗忘'掉，而且还不断地维护、加工，使其成为多姿多彩的艺术品"[1]。这种远古意义来自前文字时代的刻画活动，现在还表现在幼儿们的涂鸦中，它产生的"道道"与自然事物包括其他高等动物留下的遗迹不同，表明"有'人'在这里'思想'"[2]过。这种原思首先不是思些"什么"或对象，而是最原发和基础性的思。所以，笛卡尔的"我思故我在"，要在"我写（刻、画）"和"我说"的意义上才有道理[3]。西方哲学在古典时期崇尚观念化或理念化形而上学，到现代开始破除之，到后现代则完全否定基础性的意义和存在本身；但中国哲人不一定要跟从这种或彼或此的路子，可以在脱开实体形而上学的同时仍然看出本源性的意义和存在。"中国的书法艺术为保存那基础性、本源性的'意义'提供了一种有价值的'储存方式'"，因为这艺术既超越，又原始，"保存了那个原始的、超

---

1 叶秀山：《中西智慧的贯通》，第59页。
2 同上书，第60页。
3 同上。

越的'是'和'在'的'意义'。"[1]而西方人对文字的书写就没有达到这种见地,他们的"书法"也就从来不是一种顶极艺术品[2]。这些是非常新颖和深刻的见地。我认为儒家是一种远古意义的存留,即对远古人类的家庭化文化和思想的自觉继承和艺道化、仁道化,所以殊不同于那些只阐扬文明出现后的见地的宗教和哲学。

这么看来,书法之所以是中国传统艺术形式中最"单纯"[3]者,不是因为它的形式最抽象、离经验最远,而是因为它最原本,离我们的直观经验最近。书写的道道既不是几何学的线,也不是代表他物的符号,而是"实实在在的'有'"[4],又正在以这在场之有显示或构造着我们可以感受和欣赏的超越美意,所以浸润于、明了于这种意义和存有的哲人,就深知"有-人-在-思",而且是在思一切对象、主体、规律之前的状态,思那道道之道,也就是最合乎人性和天地之性的原发尺度。

二

从这种原书写的原思、原在、原是、原意、原道里,曾经以西方古典哲学为专业的叶先生看出了中国这边"有西方人所未曾

---

[1] 叶秀山:《中西智慧的贯通》,第61页。
[2] 同上书,第57—58页。
[3] 同上书,第187页。
[4] 同上书,第60页。

见及的独到的、先进的视角",它表明"中华民族是最善于知根、知本的民族,是最善于从包括'文字'在内的一切'工具性'的'符号'中'看出''是'和'在'的民族"[1]。由此,叶先生对中国哲理及其关系的看法就绝不是以西方为中心的,而是来自不同范式之间的平等对话。

他对中西哲学关系的基本态度,也沉浸在他的书法现象学和书法存在论的见地里。比如,他主张在发表任何看法之前,要"让文本自己说话"[2],因为这些哲学大家们的书,"都不是说'死'了的",而是"开放的",也就是正在引动我们的、留有空档的文本。这样,如果我们老老实实地去读它们,就会进入其中,得其启发,还可能让这些文本没有说完的话就从其被阅读中自行说出。这就叫"让文本自己接着说"[3]。所以文本就与书法的道道有相似处,两方都不止于工具性的符号,而是在与人偕行中自发地构成意义。在这种"让文本自己接着说"打开的意义空间里,中西哲理是"通"的,"读着读着,我渐渐地觉得,'学'无论中西,都是'通'的。"[4]而这通是比较的根源。"'比较'要在'通'的过程中或基础上自己出来,而不是外在地做一些类比。"[5]这都是我完全赞同的,如果没有让中西文本自己接着说的功夫和引发过程,

---

1 叶秀山:《中西智慧的贯通》,第62页。
2 同上书,第4页。
3 同上书,第6页。
4 同上书,第2页。
5 同上书,第3页。

中西哲学的比较就会变得牵强和肤浅。而且，叶先生所谓的"文本"不是一个个孤立的文本，或按哲学家人头来分类的文本，而是贯通的、网状的和历史化的互涉文本。所以他读斯宾诺莎、康德、黑格尔等的文本，不离古希腊和中世纪的文本；读胡塞尔、海德格尔、列维纳斯、福柯、德里达的文本，也不离康德、黑格尔，等等，当然也包括他们相互的引动[1]；而读西方文本或中国文本，也是互涉互引的。比如此书中《我读〈老子〉的一些感想》一篇，就是《老子》这个文本与西方古今文本的交互引涉。而当叶先生听到德国教授说海德格尔思想对于德国人来说也很难懂时，回答说对中国人来讲，也许海德格尔的文本反倒更好懂一些[2]，这无疑也是与他通过中国文本如《老》《庄》等来阅读海氏文本有关。叶先生深夜去世时，还正在研读朱子文本。

因此，他对于流行的"研究中国的学术，大都重视以西方的学术为参考系；但研究西方学术的往往不很重视以中国学术作参考系"[3]的现状，多次表示不满意、不赞同，而主张这种研究和文本指涉应该是双向互补的。研究中国文本时指涉西方文本和思想自不必说，而自觉地"从中国的哲学视角来研究西方哲学"[4]也是必要的，不然就会"使我们自己的研究工作悬空起来，几乎成为

---

1 叶秀山：《中西智慧的贯通》，第205—209页等。
2 同上书，第21页。
3 同上书，第211页。
4 同上书，第1页。

一门'死学问',真的用以'谋生'而已"[1]。而他是相信哲学是一门"活学问"的,而要将这学问、包括研究西方哲学和各种学术做活,就必须首先"生活在中国这块土地上"[2]。从让文本自己说话的角度上讲,就是要不离开自己的母语[3],也就是将海德格尔"语言是存在的家"的见地体现在中西沟通上来。只是,有的人包括德国和中国一些搞海德格尔研究的,从这种说法就得出中西哲理文本或不同的语言之家之间无法相互沟通的肤浅结论,而叶先生则从他对书法和文本应机应时构意的见地出发,看出如果我们真正进入语言这个思想的家园,那么它们之间就会出现"揭蔽真理"之间那样的非概念化和范式间的原沟通,就如同中西大艺术家之间的关系。"梅兰芳的艺术中国人崇拜,外国人也崇拜,就像我们也崇拜贝多芬一样。"

海德格尔尽管痛切意识到不同的语言之家之间在观念范式和语词翻译层次上的不可通约性,但仍然写道:"此[老子之]道(Tao)能够是那为一切开出道路(alles be-weegende)之道路。从它那里,我们才第一次能够思索什么是理性、精神、意义、逻各斯这些词所真正切身地要说出的东西。很可能,在'道路'(Weg)即'道'(Tao)这个词中隐藏着思想着的说(Sagen)的全部秘密之所在。"[4]这就是在承认中国的"道"与西方的"逻各斯"

---

[1] 叶秀山:《中西智慧的贯通》,第1页。

[2] 同上。

[3] 同上书,220页。

[4] 海德格尔:《语言的本性》。引自《海德格尔思想与中国天道》,中国人民大学出版社2010年版,第341页。

相互不可翻译、无法概念对应的前提下，去努力揭示双方的范式间处的"道（路）"相通。叶先生"让文本自己说话"的主张，也是运作于这个超概念构架的和范式间的道说维度中的。只要我们的文本经验是"到家"的，那么就可能允诺我们超出家的现成界限而进入家际间不确定的、只能去意会摸索但又可能有意外收获的地带。

三

叶先生懂多种外语，但赋予母语以崇高的哲学地位。在写于1998年的《想起了"语言是存在的家"》这篇文章中，他主张："在哲学的层次上，仍然是母语起主导作用。"[1] 因为只有在母语及其构成的生存之家中，我们才能达到超概念的存在。"'哲学家'要使自己进入'Dasein'的层次，亦即使自己成为'Sein'的一个部分——Sein的现时状态（Da），才能真正'说'到那个'存在'。'哲学''哲学家'与'存在'同'在'。在这个意义上，'哲学'就真的不是一种'理论'的'工作'，而是一种'存在方式''生活方式'（维特根斯坦）。"[2] 从另一方面看，如果一位哲学家真的能够"'说'到那个'存在'"，也就不会画地为牢地死呆在自家门框里，尤其是在今天这种多语共存共现的时代，不仅因

---

[1] 叶秀山：《中西智慧的贯通》，第223页。
[2] 同上书，第221页。

为母语有不够用的时候,而且由于进入其他的语言之家,会带给我们另一个层次上的或家际间的新体会,构成只待在一种语言或一个家中所无法达到的丰富和拓展。

于是,叶先生以反常的方式来理解"上帝淆乱人类语言"的寓言[1],即不将它看作是对人类的削弱,而是视为对人类的成就。这么看来,哲学承认异己,又以非同化的方式化解异己,成为语言际的,就是反上帝之道而行之的一种"抗争"。但这种语言际追求不同于科学主义的人工语言、网络语言倾向,那是要摆脱一切母语或自然语言的普遍主义一体化,如果大行,则无真哲学可言了。所以叶先生认为:"我们抗争上帝的办法,就只能是坚守自己的母语,同时努力将不同语言的哲学思考成果,消化过来。"[2] 由此我想到,未来中国自己哲学的独立、拓展和兴盛,只能走这样一条以异质多元方式扩建母语的存在之屋的道路。没有"母语",我们就会被强势的西方同化;只待在母语中,则可能被习惯同化。而要挣脱这"同化",就要像当年宋儒出入于儒家经典和佛家经论之间那样,在两种或多种"语言"及其哲理的冲突张力里,经受"无公度性"状态的折磨,由此获得让思想震颤起来的边际效应。

---

[1] 《旧约·创世记》。
[2] 叶秀山:《中西智慧的贯通》,第225页。

17 与杨国荣先生的通信
——读《存在之维》一书有感

国荣兄：

最近利用假期阅读了兄所赠大作《存在之维——后形而上学时代的形上学》[1]，深为兄之好学深思的创作境界所折服。外人心目中，兄之"专业"是中国哲学史，却不知于哲学之核心问题，兄已有如此广博深入的思考。此书的副标题尤耐人寻味："后形而上学"意味着走出西方传统形而上学，但"形上学"却使之不致"后"到无着落、无本源，而是透露出与中国古哲的某种联系。所以书中涉及了相当多的当代西方哲学家，通过与他们对话撑开了传统抽象的形而上学的框框，而与人的存在境域联系起来，并由此而与中国古哲发生了较以往中哲史研究而言更深入的关系，

---

[1] 杨国荣：《存在之维——后形而上学时代的形上学》，人民出版社2005年版。

突现出一些处于古代—现代—后现代的张力中的问题，令我读之而受益良多。

"形而上学本质上是人的视域。"[1] 此言很有新意，表示出一种让形而上学解释学化的倾向，但还须深究此"视域"的含义。在这一点上我与兄似乎有些不同的理解。书中讲："形而上学的特点在于越出特定的存在视域，从整体或具体的形态上对存在加以把握。"[2] 如何在"越出"了"特定的存在视域"之后，还可以说"是人的视域"？《存在之维》的解释是："哲学领域中求其'通'的深沉涵义，在于展示存在的真实形态：不同视域的相互融贯所折射的，是存在本身的统一性、具体性。"[3] 如果这"不同视域的相互融贯"是指人的特定视域的在历史对话境域中的相互融贯，那么它确实就还是人的视域，但却难说是越出了所有的特定的视域。但《存在之维》似乎主要还不是这个意思，"通过澄明存在之维的本源性以及它在真、善、美或认识、价值等诸种哲学问题中的多样体现，形而上学既融合了不同的哲学视域，也作为智慧的追求而指向存在的真实形态"。[4] 看来视域的融合对于《存在之维》主要是指形而上学融合了不同的哲学问题（如真、善、价值、美等哲学的"二级学科话题"）的视域，所以是一种"对……视域的融合"，而不就是"视域本身的融合"。而在我看来，表现在当

---

[1] 杨国荣：《存在之维》，第50、285页。

[2] 同上书，第19页。

[3] 同上书，第18页。

[4] 同上。

代西方哲学中的后形而上学的基本见地是：人的（乃至所有生态的）生存视域本身，比如时间视域、语言视域，而非对视域的整合，乃是意义或存在之源。

《存在之维》中多处讨论了海德格尔，实在是一个令人振奋的现象，表明现象学、生存论化了的解释学已经开始进入中国哲学史研究和比较哲学的主导视野。但其对于海德格尔的理解与我的理解也有些出入，对于这种区别的辨识也正可以说明以上对于视域作用的理解的不同。《存在之维》写道："但在他［海德格尔］自己那里，'此在'在时间中的展开，往往遮蔽了其作为统一的存在形态的品格，这种统一形态既包括此在自身的整合，也表现为此在与其他存在的互融。当海德格尔强调此在的生成性时，其自我整合的一面常常未能获得适当定位，而当他将'共在'视为此在的沉沦时，此在与其他存在的统一，亦多少置于其视野之外。"[1] 我很赞成此引文中的最后一句，即海德格尔没有想到过，一个缘在（Dasein，即"此在"，代表人的生存方式）与其他缘在的"共在"可以是**非**沉沦的或真态的。我最近写了一篇关于孝的时间性分析的文章中，批评了他这个囿于西方人性观的成见，表明亲子关系是一种非沉沦的本源生存形态。此引文的另一个判断，即由于海德格尔"强调此在的生成性"，他没有考虑"此在的自我整合"或"其作为统一的存在形态的品格"，我也基本赞成，如果这种"整合"与"统一"是以《存在之维》的方式

---

[1] 杨国荣：《存在之维》，第63页。

来理解的话。但对于这种"忽视"的看法或思想价值的评价，恰恰关系到如何理解视域的融合。我认为这种忽视正是几乎所有后黑格尔的新哲学思潮的特点，无论是克尔凯郭尔、尼采、狄尔泰、柏格森，还是詹姆士、海德格尔、后期维特根斯坦、梅洛-庞蒂和德里达。这个纯境域或纯视域的思路不会同意：生成性还须要再整合，还须要一种"统一性与过程性的融合"[1]，因为这生成的过程本身就有自身的**纯视域的**统一或"家族相似"，但绝不服从任何非视域的统一。比如时间性（即缘在的本性）对于海德格尔就包含自己的"出神态的"（ekstatisch）的统一："我们称这样一个统一的现象——已经存在着的和当前化着的将来——为**时间性**。"[2] 在这个时间视域中，传统形而上学预设的"一"与"多"、"普遍"与"特殊"、"本体"与"现象"的二元分叉，都失效了。缘在也不像《存在之维》讲的那样只是"在时间中展开"，而是在时间中构成自身，因而也就不再须要"自我整合"。

我想，这里的区别，即整合式的统一与视域本身的统一的区别，并不只是名词用法上的，它确实代表的《存在之维》的"理论视域"[3]与我所认同的后黑格尔哲学讲的广义的"生存视域"的方法论区别。下面举一个例子说明这种方法论区别的解释后果。

《存在之维》写道："在哲学思维滥觞之时，对存在统一性的探求便已发端，而这种探求往往又以追问存在的终极本原为形

---

[1] 杨国荣：《存在之维》，第63页。

[2] M. Heidegger: *Sein und Zeit*, Achtzehnte Auflage, Tuebingen: Max Niemeyer, 2001, p.326.

[3] 杨国荣：《存在之维》，第63页。

式。中国哲学史上的'五行'说,便可以视为对存在本原的较早追寻。《尚书·洪范》曾提出'五行'的概念:……这里所涉及的是五种物质元素,……西周末年,'五行'说又有了进一步的发展;作为基本的物质元素,'五行'往往被理解为万物之源(参见《国语·郑语》)。"[1]这里将中国古代的五行解释为"**基本的物质元素**",并将其与古希腊早期的米利都学派比较:"这些[米利都学派讲的]元素与中国哲学中的五行无疑有相通之处。"[2]而且,还将中国古人讲的"气"与古希腊的"原子"相比:"原子论与中国哲学的气论虽然有所不同(前者趋向于对世界的机械理解,后者则蕴涵着某种有机的、辩证的观念),但作为构成万物的基本单位,则又彼此趋近。"[3]

这些解释明显地是从亚里士多德的形而上学观而来。按照它,"水、火、原子、气等元素尽管有本原程度上的不同(原子、气相对于水、火等似乎更为基本),但都属构成事物的质料,以质料为始基,意味着将物质元素视为宇宙之砖。"[4]

这里有两层问题:第一,亚里士多德按自己的形而上学观(比如"四因说")将这些古希腊早期学说解释为"物质质料说"或"物质元素说",是否合适?第二,将这种从概念上物质质料化了的说法套用在中国古代的五行与气上面,是否合适?我对它

---

[1] 杨国荣:《存在之维》,第38页。
[2] 同上书,第39页。
[3] 同上书,第39页。
[4] 同上书,第40页。

们的回答都是否定的。但这里只讨论第二个问题。

"五行"是用来解释现象的发生与维持的一个动态机制，根于"和实生物，同则不继"这样的思路，内含相生相克的结构关系。又与"阴阳"说内在配合，浸透在"四时"之中。所以在《黄帝内经》中，它与阴阳四时说融为一体，成为解释万物和人的生成衰亡的枢机。它解释的人的生命现象，不只是或主要不是西方哲学与科学意义上的物质对象。比如它说的五藏（肝心脾肺肾），主要不是解剖意义上的物质对象或西医讲的内脏器官，而是五种功能性的区别性特征，同样也可以意味着五志（怒喜思忧恐）这样的心灵现象，总起来形成一个"生气通天""五藏生成"（《黄帝内经》第三、十篇题）的解释结构，成为中医或其他不少中国古代学术（比如开创宋明儒学的《太极图说》）的基本理论。把它定义为物质质料，就显得过于硬性地整合统一了，因为那样会遮蔽甚至破坏它的精妙的生成与维持的结构，变得还须要形式因来规范，动力因来推动，目的因来赋予意义的纯被动的东西了。但它本身就是一个完整的可以生成与维持意义的结构，在几千年的文明史中扮演了重要的角色。近代以来对于中医的苛责，一个原因就是向五行要求物质上的实证根据。因此，如果我们的思想真正进入了"后形而上学"的境界，就不应该仍然将五行规定为基本的物质元素，而应该超出传统形而上学的"物质/精神"二元框架，以更符合中国古代学术史的实际情况的方式来解释之，或起码要允许多元化的解释。最近我看了刘笑敢教授（香港中文大学）的一篇论文，《"反向格义"与中国哲学研究的困境——以老子之道的诠释为例》，其中论述以往以传统西方哲学的"唯心/唯物"来解释老子学说的不可行，颇有见地，我这里附上此文，供兄参考。当然，我并不都同意其中的所有观点。

以上是我读兄大作的一些随感，受制于自己的哲学偏见，肯定有不当之处，还望斧正。

顺颂教安！

祥龙拜上

丙戌年元月十九（西元2006年2月16日）写于畅春园望山斋

18　吴国盛教授《什么是科学》读后感

首先略说一下对《什么是科学》一书[1]的总体印象,然后就"中国古代在什么意义上有或没有科学?"这个国人可能最关心的问题,谈谈与作者不同的观点。

此书讨论的是一个牵一发动全身的问题,因为如何理解科学这位现代无冕之王,深刻影响到我们对中西文明、中国现代史、中国当代学术和中国未来道路的看法。读者细读哪怕其中一部分就可知道,此书提出的一系列相关问题尖锐入里,挑破俗套,而回答和分析的思路既新颖又丰富,精彩迭出。比如基督教特别是中世纪唯名论如何为西方现代科学开辟道路,数学为何及如何用于现代科学,现代科学为何是求力的科学,现代科学如何造就"无情"之社会和人心,希腊科学与现代科学的不同,等等,都

---

[1] 吴国盛:《什么是科学》,广东人民出版社2016年版。

是闪烁着思想火花的亮点。全书给我许多启发，这完全不是客气话。

我想与吴国盛教授商榷的是上述那个问题。他回答的要点是：这里任何论断都依赖我们对科学的看法；如果以希腊的理性科学和近现代的数理实验科学——西方主流科学——为科学的标志，则中国古代没有科学；如果将科学概念加以扩大以至于包括了博物学或自然志，则中国古代有这种意义上的科学。以前对此问题的讨论，无论是新文化运动思潮中的否定答案和李约瑟的肯定答案，因没有厘清所谈科学的含义而未中肯綮。

我完全同意作者的是：以往人们的讨论大多依据的是一元化的、未经审察的科学概念，而人们可以且只能"根据具体的情况来辨别科学和非科学"[1]。但我的疑问是：将中国古代的有关知识和技艺看作是博物学，是否仍在变相地使用一元化的科学标准？称博物学相对于"主流科学"的"塔尖"[2]，是"小树"[3]，是"像技术一样遍布所有文明地区"[4]的非稀罕物，已经是按照西方主流科学的标准来讨论问题了。在这个科学观或科学谱系图[5]中，正宗的、最高级的当然是西方主流科学，而博物学是二流或三流的科学，算是被统战对象吧。于是说中国算术"有术无学"，中医经典是

---

[1] 吴国盛：《什么是科学》，第8页。
[2] 同上书，第282页。
[3] 同上书，第281页。
[4] 同上书，第282页。
[5] 同上书，第267页。

"分类学谱系"[1],它们从结构上就必定低于西方相应的主流科学,尽管分派给了它们为现代科技造成的人类创伤来止疼的任务。

这种科学观好像又回到前库恩时代了。为什么中国古代不可以是另一种范式中的科学呢?亚里士多德的物理学也是科学,因为它是持有不同于牛顿物理学的科学研究范式,那么这种异质范式的思路为何不能跨文化呢?中医有自己阴阳五行和经络穴位的知识理论,不止于分类学和技术,并产生过重大的历史效应,为什么它只配是博物学呢?

有人会问:你们为什么非要争科学甚至自成一家的科学这个西方来的名号呢?一个回答是:因为这是一个科学体制横行天下的时代,中医要被说成是"不科学",不管你再怎么强调它也是知识,也是对的,也曾经发挥过历史作用,它在今天都势必要被边缘化,甚至灭亡。既然国盛教授承认没有普遍适用的科学概念,要根据具体情况来分辨什么是科学,那么当代的"具体情况"就决定了中医和其它中国学术(如中国哲学)非争这个名号不成,而且它们也的确有理由来争。如果"着眼于采集、命名、分类工作"[2]的博物学算科学,中医为什么不算?如果算,那么它具有自己的运作范式,为什么不是西方医学的他者,而只能是其采药役工?

历史上,当佛教和基督教等传入中国时,它们往往要在格

---

1 吴国盛:《什么是科学》,第301页。
2 同上书,第282页。

义或依傍中国学术的名号中徐图呈现自己的范式,这是任何面对文化异己者的明智者都要采取的策略。在当今西方科技、西方学术名号和全球化体制独霸天下的格局中,判定中国学术"不是科学""不是哲学""不是……"的做法,不管是出于贬低还是抬高(有的西方人说"你们的道学比西方的哲学高明多了,干吗非叫'哲学'?"),都是不顾中国自家学术死活兴衰的招数。如上所示,我们的确有道理有需求要做当代的名号格义,即**"得其名号以别其范式"**。这也是学术递变的一种方式,亚里士多德有"物理学",牛顿、爱因斯坦也搞物理学,但它们的范式已经不同了。国盛教授很犀利地指出了现代数理实验科学是求力的科学,给人类带来了"世界意义的消失"[1]和不少危机,如果中国学术或道术毕竟能参与改变这个局面的话,它们不可能不具有自己的"科学"范式而仅仅是博物学。它们就是要又是正经科学又不是西方的主流科学。《什么是科学》说清了后一个道理,但没说清或含糊掉了前一个道理。

此外,说只有古希腊有自由的科学,中国人不知自由为何物,也不合适。尽管作者使用"自由"有他特别的意思,比如"为知识而求知""出于个体意志签订的契约所允许者"等,但考虑到"自由"在今天享有的霸权价值和它在中国乃至世界的政治经济现实中的地位,这么说既不明智,也不准确和公平。你怎么不强调西方文明没有仁义可言呢?自由相对于奴役而言,有各

---

[1] 吴国盛:《什么是科学》,第188页。

种意义上的奴役（比如印度哲人将无明看作最大的奴役），也就有各种意义上的自由。《庄子·齐物论》表现的逍遥怎么不是自由之境呢？孔子的"从心所欲不逾矩"更是活在实际人生中的自由。难道希腊人和西方近现代的个体主义者们可以垄断对"什么是自由"的解释权吗？可以说中国人有不同于西方人的自由观和追求自由的实践，但不能说中国人不知自由，不热爱自由。看来有"权变"的"正名"依然是个当代学术和现实中的头等问题。

19　点评宝树《读科幻是一件危险的事》

宝树这篇短文新颖且刺激。为了追究科幻阅读的魅力何在，它先反驳了几种流行的看法，然后提出，此魅力在于进入一种脱开现成而探求隐微的心灵激情。所以读科幻是"危险"的，没有什么超常的知识收获和真情体验，反倒可能沉溺于恐惧、自大和虚无感中。这一正一反的说法，我颇有同情处，但还是觉得意犹未尽。

人们读"魔幻""科幻""玄幻"，以及传统的古典主义、现实主义、浪漫主义之类的文艺作品，各有所得。而探求"科幻"的魅力，就要深究"科"的蕴意。此文在这个字上的功夫似未做足。

"科"意指科学技术，特别是当今和未来的高科技。科幻的魅力直接与之相关。高科技让人类吃惊，已经是这样，将来还会这样，因为它是拷问自然所得到的口供，而这种口供所吐露者

"六亲不认",有时会暴露骇人听闻的东西,既可以有用到让人欣喜欲狂,又可以可怕到让人如临地狱(想想原子能口供的获得吧)。这种残忍的出人意料和冰火一体,正是科幻的独特魅力的一个重要来源。它用似乎合理的异常创造"酷毕"的崭新时髦,不被生活世界消化,反而一再地袭击、虐待这个世界,由此获得快感。

正因为如此,科幻作品在它一百多年的历史中,尽管调制出各种色调和风格,但从总体上看,那些真正取得了重大成功的作品,却是以灰色甚至黑色为底色的,也就是对人类未来取一个悲观的态度,或者是让读者有这种灰色的基本感受。未来学往往乐观得天真,其想象力却常跟不上高科技的创新力。我少年时读的那些"科学家畅想21世纪",现在回头看几乎是笑话。但科幻却不然,为了真的幻将起来,不得不将科技创新的"酷"性舞动到极致,从而身不由己地显露出一个由高科技主宰的未来的异常性、脆弱性和朝死性。宝树短文举出的那些代表性作品中的绝大部分,如《时间机器》《美丽新世界》《2001:太空漫游》《弗兰肯斯坦》和《三体》,乃至他自己写的科幻作品,皆将未来绘成灰黑色。这绝非偶然,而是"到工业革命后才自觉地发明出自己的艺术"的科幻,由于与高科技绑定,必在其亦真亦幻中展示这种科技的"残""酷"本性。如他所言:"任何一种看上去很美的新技术都可能带来灾难,世界末日随时可能以意想不到的方式降临。……你会渐渐发现,想象的下面是一些冰冷坚硬的逻辑。"为什么大多数出色的科幻作家都会感受到这种逻辑?而科幻读者们也只有达到这种冰冷坚硬处才让自己的阅读尽了性？因为这是科幻的宿命，乐观主义本就不属于上乘科幻。科幻之美，其最高境界只能是凄美。以特别模糊的方式，它预示出高科技引领人类未来的灰暗本性。

这就说明，让人类得以长久生存的青绿生活形态，与自在自为的高科技本来就不相容。高科技正在按自己的逻辑行事，将"柔弱"的人生一点点地硬塞进一个"坚强"的未来，那里人将被升级为后人类。肤浅的未来学者们多半会将这升级看作科技版的"羽化登仙"，而科幻作家中的佼佼者，则会遥感到这"美丽新世界"的寒气，乃至那无边的浓重黑暗。就此而言，所谓"科幻"者，即唤起人们对科技本性的敏锐感受者也。这感受也可以是一种脱实入微的激情，如果它成功到能激发起人们的原本情绪，并被鼓动得去奋力改变这种高科技垄断的现状的话。因此，阅读科幻确实可以是一桩极其危险的事情，因为它所揭示者与它所依傍者会相互冲突，导致更加不确定的个人命运和思想未来。更危险者，则是对它自身的颠覆，也就是让人最终怀疑这种科幻之凄美或酷美是否是真的美，是不是还有另一种更美的美，也就是那也能不断激发出灵魂激情的优美或至善至美？

20　从辩证法到生存解释学
——柯小刚书序

面对柯小刚博士的这本书稿[1]，我感到了许多东西。这不仅是因为我曾参与过它的前身，也就是柯小刚博士论文的评阅与答辩，还因为它以某种方式触及到我个人经历西方哲学的道路，以及我当下所处的情境。

三十年前，我由贺麟先生引入西方哲学的深邃殿堂，起初是斯宾诺莎，后来是康德、费希特和黑格尔。众所周知，四九年之后，贺先生在中国以治黑格尔哲学著名，但他却是有一整套自己的唯心与唯理论的深刻思想的，是他那个时代最能体会西方唯理论神髓者（见其《近代唯心论简释》）。他还发现了中国古人的直觉思想方法（见其《宋儒的思想方法》），开创出一种新的研究

---

[1] 此书稿出版后的信息如下：《海德格尔与黑格尔时间思想比较研究》，同济大学出版社2004年版。

可能，影响到当代新儒家。然而，我后来开始怀疑西方传统哲学的主流方法，也就是贺先生所说的作为西方"大经大法"的唯理论方法的普适性和透彻性；这既源自我对中国古代哲理思想的喜爱，也是由思想和人生本身的摸索所导致的（其中当代西方的分析哲学也起过作用）。所以，我后来赴美国留学时，关注的重点已经是现象学、维特根斯坦，对黑格尔则是批评多于欣赏了。十二年前，我回国入北京大学外国哲学研究所，评阅的第一篇博士论文就是关于黑格尔与海德格尔关系的。如果我没有记错，它努力寻找的是两者之间的相似点，而我则很不以为然，觉得它没有说出海德格尔的新颖之处，于是在评议书上提出了不少批评和建议。但一想到国内这么多年的"黑格尔情结"，就觉得这类研究倾向也还是可以理解的。

确实，四九年之后，由于"祖师爷"的关系（马克思是导师，黑格尔则是这位导师在哲学思想上的老师），黑格尔在中国的西方哲学研究中是第一显学，而且"辩证法"通行于一切哲学门类，包括对中国古代哲理思想的研究。它是最高的两个赞许之一（另一个是"唯物主义"）。当然，中国古代思想家有幸得到的最高赞扬也还只限于"辩证法的萌芽"或其"朴素表现"而已。"文革"之后，现代西方哲学成了热点。先是科学哲学、存在主义，到九十年代则是现象学、海德格尔、解释学、解构主义。尤其是海德格尔，由于其思路与中国思想的某种特别的因缘，以及他对西方哲学史的强烈关注，越来越得到中国知识界与哲学界的重视。于是，他与黑格尔的关系，理所当然地成为一个相当重要的问题,涉及我们对于传统西方哲学与当代西方哲学的关系,或"现代"与"后现代"哲学关系的理解,也是任何想了解辩证法(含马克思主义哲学)的当代命运与未来趋向的人们所关心的。这两者——黑格尔与海德格尔——之间好像有不少相似之处,比如都重视历史性、反对知性的独断、批判传统形而上学等,所以让不少研究者视它们属于一个大类型的思想。而这恰恰是很成问题的。

柯小刚的书以时间性这个最能显示两者的深刻区别的问题入手,来厘清这两大思想的关系,正是学术界亟须的一种研究。"时间"乃"变易"的一种化身,是最原本的一个哲学问题。它是中国古代哲思的宠儿,以至这"时"以"天时""与时偕行""时中""时势""与时消息""与时俱化"的种种方式踊跃于先秦的各派思想中;它又是西方传统哲学的梦魇,因为这哲学既无法理解"赫拉克利特之流"式的比较真实的时间思索,又害怕被巴门尼德的绝对无时间的存在论与相应的芝诺悖论完全固定化为"一个唯一的存在",或永远也追不上乌龟的阿基里斯。因此,每当敏感者意识到它或涉及它,无不感到思想上的焦虑与"茫然",生出一种遇到克星般的恐惧。奥古斯丁在《忏悔录》中发问:"时间究竟是什么?"他的最真实感受是:"没有人问我,我倒清楚,有人问我,我想说明,便茫然不解了。"(11卷14节)而要让"存在本身"能够进入可变的现象界,又不得不涉及时间这个幽灵。于是就有一些勉强给出的说明或定义,如柏拉图、亚里士多德和奥古斯丁本人给出的,时间被说成是"在前与后的视野中被数的数""思想的伸展"等等。但它们都让人感到还未触到时间问题的神经,总有循环定义之嫌。时间是观念思维按不住的跳蚤,不断骚扰着那些庄严的"自身"。

黑格尔哲学号称有进入现象或辩证地把握变化发展的能力,所以他对时间和运动的理解,确有超出前人之处。但它又确实属于传统的存在论的一种辩证化,其中起推动作用的"否定"还受制于存在的自身同一的概念框架。正如柯小刚所言:"黑格尔关于时间的规定,具有全局指导性的一点是在《精神现象学》的结尾部分说的:'时间是概念本身。'时间具有概念的自我否定本性,但是它还没有达到概念的自我认识,所以它只是绝对精神之否定能力的外在表现。"这正是问题的关键处。贺麟与马克思都认为《精神现象学》是黑格尔哲学的秘密所在,而这个短语——"精神"-"现象学"——本身就显示着黑格尔哲学的思想位置。当代现象学从胡塞尔起就发现"时间"(现象学时间、内意识时间)是最原本的现象,是一切意义的发生子宫;正是在这里,现象学分析充分地展示了它超出传统方法的魅力,以及那种能将对人生现象本身的分析升华为纯思想揭示的能力。黑格尔也有"现象学",这使他的思想不同于传统的形而上学;但它既不是纯意识构成式的(胡塞尔),"人格"或"价值"构成式的(舍勒),也不是实际生活经验本身的境域显示的(海德格尔),更不是"身体场"式的(梅洛-庞蒂)或"他者"式的(列维纳斯),而是"精神的",也就是黑格尔所谓的"绝对精神"的。柯小刚对此有相当深入的分析。所以他的工作的一大长处就是能通过具体的时间观剖析,相当准确地发现和论证黑格尔与海德格尔的思想位置，绝不望文生义，擅下结论。

而这本书最突出的一个特点，在我看来就是对于黑格尔与海德格尔的原著的现象学-解释学式的掌握、消化与带有思想技艺感的对比再现。读者自己会发现，柯小刚掌握的材料是原本的、丰富的，有些是国内学界都还未涉及的（比如海德格尔的某些著作）[1]，而他与这些材料的关系既不是"点状"的，也不是"线状"的，而是"圆圈"式的或"境域"式的。换言之，他是在其中摸爬滚打出来，以自己的亲切体会融贯之，再以有当场显示力的方式"让其遭遇"和"出现"的。所以他的表达是讲究的，并非完全的平铺直叙，也就是讲究词语或词语网本身的思想表现力。这是他个人的阐释风格，做得好就有相当强的思想引发力，让人直感到海德格尔与黑格尔思想血脉、躯体与韵味；比如书中"纠缠"的一些"细节"，像"点与域之别""圆圈与圆环""小词虚词与大词实词之辨"等等，都确有思想和方法上的揭示意趣，并非自我陶醉的语言游戏。但如果这种阐释做得不成熟，则让人觉得晦涩、绕弯，丢失主线。小刚为此曾在预答辩时遇到麻烦，但他及时地做了修改与调整，为读者在"导言"中画出了全文的"地图"，并在不少章节的重要处给出了路标式的说明，大大增强了可读性，因而在最后的答辩中获得一致好评。即便这样，我还是建议读者在阅读此书时，要尽量体会话语与思想的密切关系，以同情的方式来感受作者的风格，这样就可能获得比较丰厚的回

---

[1] 在这方面的一个缺憾是没有充分涉猎黑格尔与海德格尔讨论康德的材料。比如海德格尔的《康德与形而上学问题》及黑格尔对康德的批判，都与此书问题有内在关系。

报。我初读此稿时就感到，它里面蕴藏着绝不平庸的东西，但不一定很适合一般的阅读习惯；只有作者与读者双方调整得当，此书才能如鱼得水，不仅能带来对于海德格尔思想的切身接触，而且会开启和深化我们对于黑格尔的理解。这就是真正的思想对话的优势，批评绝不等于拒绝，而是更深的理解甚至尊重。

其实这也是我现在对于黑格尔的态度。从外表上看，我似乎背离了贺麟先师的一些思想原则，但是，如果恩师给予我的只是一些可以坚守的原则，那就太贬低他老人家的思想活力了。在中西哲学的关系上，他既主张舍己从人，死以求生，原原本本地求得西方的大经大法；又认为"真正的理解就是超越"，主张要"儒化西学"。他在四九年前对黑格尔的理解中，已经融入了直觉法，并关注到胡塞尔乃至海德格尔的现象学。我们今天通过海德格尔来重新读解黑格尔，正是贺先生的思想精神的体现。黑格尔哲学的一种伟大就是：只有在对它的解构中，你才能感受到当代思想的活力。

海德格尔最尊崇的诗人是荷尔德林，而荷尔德林是黑格尔的大学同学，两人一同为法国革命欢欣，种下"自由之树"，一同到图宾根大学附近的山上散步。但后来两人的命运有很大不同，黑格尔成了当时如日中天的正统哲学家，而荷尔德林则在精神分裂的黑暗中度过生命最后的三十六年。但两人有一点是共通的，这就是他们都以自己独特的方式深刻地影响了这个世界。我在此序的开头提到我的当前处境，这就是我眼下正在图宾根大学讲学；而我的住所恰好就在黑格尔与荷尔德林等人当年常来散步的山上。我到此地才一周多,虽然每天要在"荷尔德林大街"换车,在黑格尔雕像前经过,但还未及访问荷尔德林晚年生活的"荷尔德林塔"(Hölderlinturm),只从耐卡河桥上看见了它在春花与河水中的远影。不过,我却已经在这两位图宾根大学生当年散步的森林之路上走过了一个傍晚,在它极其清新的深邃之中听到远处传来的晚祷钟声,眺望辉煌夕阳下的层层群山和无尽林海。我的心又在复活,找回它当年为之燃烧、却又让脊背发冷的东西。这一刻,我不能不对德意志民族充满了崇敬,她能在一座大学城的旁边保留如此巨大和原本的山林,让高耸的云杉与橡树诉说着久远的历史,回忆着先哲的伟大,护卫着迷蒙的未来。走在这些纯朴与深远的林中小路上,我才真正理解了,为什么这块土地上能产生伟大的巴赫、贝多芬、艾克哈特、路德、歌德、荷尔德林、黑格尔、叔本华、尼采、胡塞尔和海德格尔。自然与思想都需要保留,需要等待,需要过去、现在与未来的交织,需要高高林梢上的悲风,需要深深山谷中隐藏着的流泉;……可是,当我从这林中路上拾起一个长长的美丽杉果时,我的祖国,你却在哪里?你精神上的万里江山在哪里?你的先人在哪里?你的山林、你的过去与未来的互漾、你的民族的崇高与深沉又在哪里?年轻士子们,是不是到了该想想这些事情的时候了?因为,"时间是时机化的"(Die Zeit ist zeitlich)。

甲申二月廿二(西元2004年4月11日)写于
德国图宾根城千草山门道(Heubergertorweg)9号

21 相逢于风雨如晦处
——悼萌萌

1998年底，我第一次到海南，也是第一次见鲁萌。大家都称她"萌萌"，我也就这么叫她了。《诗经》中有很多这样的重叠词。那是现象学的一次年会，安排在铜锣湾。我还从来没有直接面对这么蓝的海，在如此空旷的沙滩上"迎送绚烂的潮汐"，在12月份见到这么多鲜花与彩蝶，以致有如歌的感受现于心境之中，模糊地回想起很久以前的什么。

萌萌是会议的组办者，到处可见她的身影，包括在会议的专业讨论之中。我觉得这位常听人说起的女子，待人坦诚，看问题有直觉，而且气质生动，只要她在场，就好像可能发生什么事情。后来读到肖帆（萌萌的先生）的回忆，印证了这个感觉。

会后回到海南大学，受志扬和萌萌之邀，给学生们谈了海德格尔。然后人们一起到校外的一家餐馆。饭前聊了许久，慢慢讲到以前的各自经历。说起"文革"，她与志扬都有过不平常的遭遇，于是我也就随口提到，当年我也曾因办小报而被当"反动"批判和牛棚关押。萌萌一下子来了精神，追问办的什么报，其中什么观点有幸成了反动言论？我大致讲了一下，还没有说完，萌萌就在饭桌对面激动起来，大叫道："原来是一家人！"我接着讲，她边听边点头，对于各种事件、甚至我们小报观点的委曲之处，似乎都了如指掌，呼应点评得恰到好处。我很多年中既没有场合也没有心情来讲"文革"经历，这时却有了某种异样的感觉：真是奇异，在三十年后的海南岛，倒有了对谈的知音。这是萌萌善于社交和沟通的表现吗？后来的接触告诉我，并非如此，她于"文革"确有刻骨铭心、决定她终生的经历，而她那天的激动、那种充满领悟力的呼应确确实实就出自它。

在她的家里，我们又有过谈话，了解到她的一些身世。比如她的父亲因为与胡风的关联，受到长期迫害。这肯定是一个影响她成长和思想形成的重要因素，因为胡风在五十年代就成了阶下囚，萌萌很小就笼罩在这个阴影里，这就大不同于到"文革"才被暂时打倒的走资派子女的遭遇了。至于她讲到的湖北"文革"中的派别冲突，她与后来的夫君到鄂西北山区插队，又再遭长期迫害，"文革"后又如何有了戏剧性的变化，等等，我也都能够"感同身受"。确实，我们大家年青时走了一条很相似的道路，它那么曲折，山重水复，不是过来人怎知其玄机所在？我对她讲了这样一个感受：现在讲"文革"的大多是雾里看花，搞不好的甚至线索错乱。我只看到过极少的明白文章，其中最有印象的是在美国留学时读到的杨小凯的回忆，那是真正的过来人才写得出的。她完全赞同，又举了一些眼前的例子，来说明"回首文革"确是一件很不容易的事。

后来，与萌萌又在其他会议上见过几次，却都无缘深谈了。但她很认我这个新识的旧友，寄来她的书，来信来电话，或邀稿或推荐我的文章给杂志，还一直劝我们在海南买房，这样朋友们可以时常见面。为此，她与内子在电话中相识，也聊得十分投机。于萌萌的热情、善良与乐于助人，我们都感受颇深。知道她患病，很想利用去中大讲学的机会去医院问候一下，却被告之，她目前情况已不适于见人了。后来听说她回海大调养，再后来就从家琪转来的噩耗中得知，她已经走了，在朋友们的送行中离去了。

我心中沉痛。她带走了那段共同经历的一部分，那沉埋近四十年而仍然在"待成追忆"的经历。她写下了她的经历吗？以前有过一些朋友，甚至上我课的台湾学生，力劝我写下"文革"的经历。外面搞"文革"史的，也为了那份小报来找我。去年在浙江安吉开会，家琪又对我讲：明年是"文革"四十周年，应该写些东西。我都没有答应。对我来讲，"文革"是"风雨如晦"而又"鸡鸣不已"[1]的命运。它改变了我的一生，甚至这个国家的道路——在许许多多的意义上。所以，它太深重，太不容我去轻描淡写。如果要回忆它，只有在未来的长久独处之后，在确有所领会，有不愧于那场经历的心灵感受之后。

---

1 《诗经·风雨》。

前些天家琪转来了肖帆"文革"回忆录中的一节，即他如何与萌萌去鄂西北山区改造社会，继而卷入武汉1969年6月的"反复旧运动"，并以"曹思欣"的笔名写出震动湖北的大字报和总结"文革"的地下文章，并因此而被打成反革命，受到长期关押，举家遭难的事情。读它的时候，我才又一次深切感到，我与他们（肖帆、萌萌、志扬等）曾经多么相近！

我读到："我不能再袖手旁观。于是萌萌和我连夜拟就了一份观点提纲，带上《法兰西内战》和《国家与革命》等几本马列著作，只身赶回武汉。"我的天，这也正是我们当年读得最多的书中的两本！读它们去理解文化革命？那他们下面的思路我已经大略知道了。果不其然，以下触目惊心的文字似乎也是我的某种回忆。"文革"应该是走在巴黎公社的道路上，它的意义并不是推翻一个旧政权，而是要打碎整个国家机器，使无产阶级及其代表的全体人民获得完全意义上的解放，摆脱任何异化机构和意识形态的控制。"巴黎公社已经不是原来意义上的国家了。"（马克思）于是，肖帆和萌萌写了大字报，署名是"曹思欣"，"即'新思潮'三个字的倒置谐音。"可要知道，我当年出事的文章题目就是："论新思潮"，于1967年6月刊印。但它太"新"了，新得让似乎应该尊奉它的势力也恐惧它，必打成"反动""反革命"而后安。我看到此处，加了一个批语："正是同病相怜处。书生意气！想要担当天下，反弄得十年凄惶。"

再读："9月27日，中央发出《对武汉问题的指示》即'9·27指示'，反复旧运动被定为反革命事件，'北、决、扬'被定为由一小撮叛徒、特务、反革命分子假借名义、暗中操纵的地下组织和反动刊物,'必须坚决取缔、查封;对其主要编写人员应审查分别严肃处理。'……《百舸争流》和'曹思欣'都被点了名,划入'北决扬'一类。"现在人们读到这些话,还能明白其中许多话语的含义吗?要加多少注解、包括人生的注解才能产生"视域的融合"呢?

"这张大字报改变了我和萌萌的一生;陷我们的父母兄弟于灾难;并使我们的知青伙伴和亲戚朋友长久地生活在苦难之中。……但是,在1969年那个炎热的夏夜,两个19岁的狂热青年预见不到这些。许多年来,这张大字报像达摩克利斯剑悬在头上,始终紧随。"我这里已经不愿做更多的具体比较,只是想说:我们的经历是"同构的",是那个汹涌澎湃的时代潮流与这些少不更事的"狂热青年"对撞而造成的同构现象。

我们那时的想法,让我们为之受苦受难的文字,是对的吗?说实话,我今天已经不能对它做出肯定的回答了。近四十年的人生经历让我有了新的(或旧到了家的)理想,那就是朝向我们自己民族本源的追求。但是,我们错了吗?决不!它要挑战的邪恶,依然是邪恶;它的纯真,依然清白无伪;为它流下的血和泪,也依然滚烫。对于历史,对于我们生命的时间湍流,对或错的二值逻辑并不都适用。

萌萌,当我们祭奠你时,也是在祭奠我们共有过的青春,那以思想相交、以苦难相印的青春。确实,它已经成了一盏锈迹斑斑的旧灯,就像《一千零一夜》中的一个故事所讲。但是,我不会拿它来换新灯,因为,当我们偶尔擦拭它时,会有神魔出现,吼叫着要施展一番。新的灯,却只会照明,而不会造幻了。萌萌,当我将来的某一时刻,再次摩挲这灯的时候,你也会来临吗?

丙戌(西元2006年)闰七月祥龙哀记于畅春园望山斋

22 唯识宗的记忆观与时间观
——读耿宁先生文章有感

耿宁（Iso Kern）先生的文章《从现象学角度看唯识三世（现在、过去、未来）》[1]篇幅不长，却很有启发性。它通过玄奘、窥基、熊十力等人的著作来阐述唯识宗的时间观，并从胡塞尔现象学时间观的角度来批评或补充前者。实际上，它以这种方式还提出了更多的问题，比如他在文末说自己的研究只限于唯识宗所阐发的"一般人对时间的意识"的看法，还未涉及它如何看待人"开悟之后对时间……新的理解"[2]；又说到"唯识宗关于潜在意识（即功能、阿赖耶识）的理论"可以让现象学学到不少东西。这是很有见地的。本文就想接着耿宁的研究，尝试着再向前行，并对于"时间"、特别是"原时间"这个几乎是最关键的现象学和

---

[1] 耿宁：《心的现象——耿宁心性现象学研究文集》，倪梁康编，倪梁康、张庆熊、王庆节等译，商务印书馆2012年版，第155—166页。
[2] 同上书，第166页。

哲学的问题做些思考。

一

耿宁认为，唯识宗主张"回忆过去和预想未来是第六识（即意识或末那识）[1]的作用。……属于第六识中的独散意识或独散末那识"[2]，而且是属于"独影境"（与感知对象所属的"性境"相对）中的"无质独影境"[3]，也就是没有真实依据（"质"）的意识自造自别，即所谓"意识活动所［自身］变现的亲所缘缘，没有［像感知外物时那样有所依仗的］疏所缘缘"[4]。换言之，建立于回忆和预想之上的时间意识是意识自己构造出的"影象相"[5]。按照熊十力的解释，它甚至是心的"妄作"[6]。虽然耿宁通过审查窥基的话纠正了熊的阐述，肯定唯识宗讲的回忆和预想起码有一些"带质之境"的意思，有相应的过去生活的"因"和未来生活的"果"，所以起码是"有主体方面的基础（因缘）"的[7]。

但是，唯识宗毕竟是完全基于现在来认识时间的，所以无法

---

[1] 按唯识宗的八识说，第六识（意识，mano-vijñāna）和第七识（末那识，manas-vijñāna）在梵文中都以"末那"（manas，意，思量）为根。但在汉译或汉语佛教文本中，为区别计，第六识被称为"意识"，第七识才被称作"末那识"。

[2] 耿宁：《心的现象》，第155—156页。

[3] 同上书，第158页。

[4] 同上书，第159页。

[5] 同上书，第158页。

[6] 同上书，第159页。

[7] 同上书，第161页。

真正解释时间的可能性。具体说来，运用唯识宗的三分说[1]，即每个意识都有作为意识活动的**见分**、意识对象的**相分**和它们所依据并再次成就的**自证分**[2]，我们可以这样来看待回忆："回忆，作为一种意识活动，属于见分；所回忆到的过去的事情，即回忆的对象，属于相分；我们回忆的时候知道或意识到我们回忆过去，这属于自证分。"[3]而按唯识宗，这三分"都是同时的"[4]，也就是都属于**现在识**的。预想也可以如此看待。但问题在于："如果回忆和预想仅仅有现在的相分（上面［窥基的］《枢要》中的说法不改变这个立场），就不可了解，它们如何意识到过去和未来。"[5]这个判断不错，即便考虑到唯识宗的"熏成种子"说，即现在的现象由过去生活的积淀或熏习而缘发出来，也无法解除这个困难，因为我们看待这种子熏成和变现的立场完全在现在，被回忆的内容可以属于过去，但我们无法直接体会到这内容的过去时态。所以，回忆和预想属于无质独影境，它总是被拘限在意识自造的亲所缘缘之中，达不到有自身依据的他者，也就是真实意义上的过去和未来。"［过］去［未］来世非现［在］非常［住］，应似空华非实有性"[6]。

---

1 玄奘、窥基追随唯识论师护法，主张四分说，即每一识都有见分、相分、自证分和证自证分。耿宁这里不考虑第四分，认为只须前三分就够了。
2 《成唯识论校释》，第二卷，玄奘译、韩廷杰校释，中华书局1998年版，第134页。
3 耿宁：《心的现象》，第156页。
4 同上书，第157页。
5 同上书，第158页。
6 《成唯识论校释》，第二卷，第134页。

耿宁要从现象学角度来补充唯识论的这个不足,提出:"我们回忆过去的时候,不仅仅知觉到一个过去的对象(一个过去的世界),而且也知觉到一种过去的意识活动。"[1]所以在观察时间现象时,就不能止于现行意识化的唯识三分说。他在玄奘(或玄奘的译述)论证自证分之所以必要的文字中找到根据。他没有引原文,但应该是这一段:"相、见所依自体名事,即自证分。此若无者,应不自忆心、心所法,如不曾更境,必不能忆故。"[2]用白话文表达就是:"相分和见分所共依的自体叫做事,也就是自证分。假若没有这个自证分,那么意识就不应该能够回忆起过去对自己呈现的心法和心所法,就像人如果不曾经经历过一个事物,就必定不能回忆起它来一样。[所以当时除了心和心所法构造的见分和相应的相分之外,必定还有对此见分的见证]"对这一小段话,不同的注家有不同的解读,这里的白话解读近乎耿宁的和演培[3]的。耿宁认为它表明:"我们不但回忆到过去的境(物质世界、色法、相分),而且我们也回忆过去的心和心所有法(意识和属于意识的心理特征)。既然我们不能回忆一个当时不知道的东西,那么我们在当时就应该有对当时的意识活动的自知(自证)。"[4]由此就表明玄奘不认为回忆过去是虚妄的,尽管他在具体讨论回忆意识时还是局限于三分说或四分说。

---

[1] 耿宁:《心的现象》,第163页。
[2] 《成唯识论校释》,第二卷,第134页。
[3] 演培:《成唯识论讲记(一)》,天华出版公司1989年版,第613页。
[4] 耿宁:《心的现象》,第163—164页。

这个论点是成立的。如果在论证自证分的存在时，要诉诸回忆过去这样的意识活动，那就说明回忆过去的真实性不亚于现行的三分或四分，不然它绝不足以支持后者。这也涉及耿宁对唯识论的补充之所在，即从现象学角度指出，回忆不只是对过去经历到的对象或相分的再现，以至于它只是一种变样的现在或现行，而是必同时再现过去那个经历的见分。"我不但回忆到那两辆撞坏的汽车和那两个互相对骂的司机，而且我还回忆起我看见过那两辆车子和那两个司机，以及我听见了他们的对骂声。"[1]这无疑也是对的，我们的回忆应该包含对过去经验的见分的再现。但这种补充还没有完全解决问题，也就是真正回答回忆过去如何可能这个问题。

二

回忆中除了有我过去经验到的相分，还（因为有自证分而）包含了我过去经历到的见分，就说明回忆的真实性了吗？似乎不能。因为这见分还是可以被当作现行意识的活动来看待。比如，虽然我在回忆撞坏的汽车和对骂的声音时，同时回忆起我看见过它们、听见过它们，但这"看见过"和"听见过"——过去经验的见分和自证分——可以只活在现在的意识三分里，让我相信这是过去的经验，但却只是亲所缘缘。它不是没有过去的因缘或种

---

[1] 耿宁：《心的现象》，第163页。

子熏成过程，但这因缘却只现行于我当下的意识活动和对这活动的自证里，缺少时间本身的"质"感，所以是可以忆错而无自纠错依据的，无论是对过去经验的哪一分。相比于转识成智后的"十真如"和"如是法身"[1]的实性无妄，这种对回忆的过去性的认证——而非对过去三分意识的再现——可以说是妄作或"空华"（空之花）。

小乘的说一切有部主张"三世实有"。它主张：虽然法用，也就是特定的现象只有现在，但因为"法体恒有"以及法用须依法体而成，所以从现在有过去的现行法用出发，依理而推，就必有过去世的法体。对未来世也可以这么推出。它有脱离佛教缘起说带有的现象学精神的倾向，所以遭到不少佛教部派、尤其是大乘佛教的批驳，力求不离人生的直接体验而获得对时间乃至整个世界的理解。唯识宗从唯识的立场摒弃三世实有及其变种，要求只在同时变现的意识诸分中来观看，于是似乎只能承认现行和现识的真实性，只能将时间三相或三世看作无实性的独影境。由此看来，说一切有部以法体恒有推出三世实有，驱逐了被我们当场感受到的时间真实性；而唯识宗乃至胡塞尔的现象学则以唯识现行说，踏平了时间真实性中必有的他者性，或原初意义上的疏所缘缘性，因而也错失了原时间的意义。为了赢得真实些的时间性，海德格尔将观察时间的立足点，从现在移到了将来；而列维纳斯和德里达认为那也只是现行存在的一种扩延，并未突破在场

---

[1] 《成唯识论校释》，第十卷，第680、711页。

性的笼罩,于是要求时间和真实生存中有一种不被驯化的他者性或趋别性(延异性)。但在"不同于存在"的"无限的他者"中,似乎只有时间的破碎,三相的断裂,而没有真切的时间可能。

连以"内时间意识"和"时间性"起家的现象学都还捕捉不到时间,这似乎有些令人绝望。时间呵,你到底在哪里?难道奥古斯丁的慨叹——当无人问我时,我能体会到时间;一旦有人问我,我要去回答时间到底是什么时,它就溜走了——是不可破的魔咒吗?

三

耿宁先生的这一个看法是对的,即唯识宗除三分说外,还可能有对时间的其它看法。他提及两个可能,即开悟后的时间体验和阿赖耶识的理论中,可能有更丰富的时间思想。

虽然转识成智后的意识,按《摄大乘论》是"常住为相"[1],无生无灭,但同时又讲"所作不过时",即佛陀教化的"所作","决'不'会错'过'适当的'时'机"[2]。而且,以不输于中观派的见地,声称"烦恼成觉分,生死为涅槃,具大方便故,诸佛不思议"[3]。如果打通了"觉分""涅槃"之体与"烦恼""生死"之用,尤其是具备"大方便"这样的时机化意识,那么诸佛的开悟

---

[1] 印顺:《摄大乘论讲记》,中华书局2011年版,第319、335页。
[2] 同上书,第335页。
[3] 同上书,第342页。

意识中就应该也有比较真实的对过去未来的意识，不然就谈不上行大方便。比如，佛行方便的无数方式之一就是让自己在现世的变化身或肉身死亡，以助佛法。《摄大乘论》讲到这么做的六个原因，大多与生死造就的时间性相关，比如佛如果久住世间，众生就不生恭敬尊重之心，不生恋慕而懈怠，于是佛就入涅槃，促使求法者们在痛失法父的时间状态中，生出仰渴心，精进修行[1]。它表明一个不再现存的、过去了的佛祖，对于佛教有着根本的开示意义。

《成唯识论》卷十讲到的四种涅槃中，第四种是"无住处涅槃"，只有大乘心目中的佛陀才能有，在大悲（对众生的慈悲之情）中"不住生死、涅槃，利乐有情穷未来际，用而常寂"[2]。在这个意义上，大乘就是不住涅槃或不执着于无时间涅槃的菩萨乘，而菩萨乘就是含有慈悲时间性和方便时间性的佛学与实践，所以上面引文中毕竟提及"常寂"中的"未来际"。于是《成唯识论》将得到第四种的解脱智慧——成所作智——的心识境界说成："能遍三世诸法，不违正理。《佛地经》说成所作智起作［身、口、意］三业诸变化事，决择［所点化的］有情心行差别，领受［过］去［未］来现在等义。"[3] 如果这过去、未来和现在的时间可以被压扁为现在，那么这段话似乎就没有什么意义了。

唯识宗对时间的最敏锐感受，应该隐藏在它关于阿赖耶识的

---

[1] 印顺:《摄大乘论讲记》，第360—361页。
[2] 《成唯识论校释》，第十卷，第687页。
[3] 《成唯识论校释》，第十卷，第690—691页。

学说中。龙树的《中论》对一切非真切缘起的时间观做了犀利批判，表明执着于任何可把捉的东西，无论是精微物质还是精微观念，都不能说明缘起，并以"双泯"——既非甲亦非非甲——的方式指示出领会缘起底蕴的方向。开篇的"八不偈"就是双泯的鲜明体现，后边的每一次论辩都或明或暗地舞动这把双刃剑。但是，那"不生亦不灭，不常亦不断，不一亦不异，不来亦不出"的，到底是个什么状态或应该如何领会之呢？唯识宗提出阿赖耶识来回应，并力求满足中观的彻底性要求。

阿赖耶识作为原本识与其他七识的最大区别，就是一种根本性的"能藏"，也就是能将其他所有识的原因、结果和自相，都不分善恶、不加掩饰地一股脑儿地摄藏起来，让它们在自己的"恒转瀑流"般的本识中造成种子，任其存在、受熏、变现、生灭，并由于无明而将它们乃至本识执藏为有自性的东西。所以印顺讲："阿赖耶［ālaya］是印度话，玄奘法师义译作藏；本论［即《摄大乘论》］从摄藏、执藏二义来解释。"[1]《摄大乘论》云："由摄藏诸法，一切种子识，故名阿赖耶，……于此摄藏为果性故；……于彼摄藏为因性故；……或诸有情摄藏此识为自我故，是故说名阿赖耶识。"[2]《成唯识论》则将"摄藏"改写为"能藏、所藏"："此识具有能藏、所藏、执藏义。"[3] 而所谓"藏"，具有胎藏、蕴藏、持藏而随时可触发变现为新的形态之义。它处于一切

---

[1] 《摄大乘论讲记》，第26页。
[2] 同上书，第25页。
[3] 《成唯识论校释》，第二卷，第101页。

可设想的二元之间，将它们交合成的可能与现实都作为纯可能性保存、孕育起来以待实现或再实现。没有它，就没有根本性的连续，也就是在一多、生死、有无、来去的断裂中还能保持住的连续，一种根本的相互他者性中的连续，甚至是在刹那生灭中保持的纯功能连续，所以它被说成是"甚深细"，它孕持的"一切种子如瀑流"[1]。

这就是"不常亦不断，不一亦不异"。阿识本身（本识）没有贯穿自身的可言实体，尽管它可以被前七识分别执持为某种自体；而且，它从根本上就"可熏"，也就是被前七识熏染转变，并将此熏染保持，所以它"不常"。另一方面，它又能在最可变可熏、最无我无记、最虚假无明中摄藏住那使意义——不管是让生命堕落的意义还是让意识得拯救的意义——出现的深细连续，所以它又"不断"。它因此也就不是一个可把握的东西，而是其中含有不透明的他者，可以变得面目全非；但也不是**异**于一的多元存在，它混涵到了无法捕捉的程度。

但它是"不生亦不灭"吗？应该也是的。说阿识的杂染性时，它被论师们说成是种子识，而种子是有生有灭甚至是刹那生灭的，而且被某些论师断定为是与本识不一不异甚至没有根本区别的[2]。可说到阿识的清净性时，它又被视为可以被转化而成为智慧，而这智慧达到的清净法界是不生不灭的[3]。所以，仅说阿识不

---

[1] 《摄大乘论讲记》，第28页。

[2] 同上书，第26页。

[3] 《成唯识论校释》，第十卷，第708页。

生不灭还不够，还须同时说它有生有灭来对成方可。

它是"不来亦不去"的吗？就以上所涉及的四分识皆同时现行说而言，或就《成唯识论》的阿识三相——因相、果相和自相——皆现识[1]而言，它应该是不来不去的。但是，如上所争论的，当此阿识被转为净智后，反倒会"领受去来现等义"[2]，"无住为住"[3]。在这一点上，唯识宗尽管强调现识现行，但由于它的阿赖耶识的思想底色，它与般若、中观等典型的大乘佛学分享了"无住涅槃"的菩萨行特点。

印顺在解释《摄大乘论》的"非染非离染，由欲得出离"之句时写道："菩萨留随眠［烦恼］不断，才能久在生死中利生成佛，不然就陷于小乘的涅槃了。小乘不能由欲而得出离，因他不能通达法法无自性、染欲的本性清净，所以觉得有急需断除染污的必要。大乘圣者，了知法法自性本净，平等法界中，无染无欲可离，才能留惑润生，修利他行，得大菩提。"[4] 但这"法法无自性、染欲的本性清净"，**对于唯识宗来说**，其根何在呢？当然只能在它的根本学说阿赖耶识里。如上所呈现的，阿赖耶识是"藏"——隐藏、持藏、孕藏——到了极点的无自性之识，能在极度的无定、无执中保持住"无覆无记"（无覆盖、无善恶分别）的意义，它里边岂不就已经隐藏着了本性平等清净的智源吗？所

---

1 《摄大乘论讲记》，第50页。
2 《成唯识论校释》，第十卷，第691页。
3 《摄大乘论讲记》，第338页。
4 同上书，第340页。

以它赞颂的菩萨和佛的"一切时遍知,……所作不过时"[1],其时性既不是无他者性的一切时贯通,也不是三世实有之异质时,而是由阿赖耶识的至藏性、能藏性脱执现身的**蕴藏时间性**。所以唯识宗也的确以自己的富于争议——包括它内部的大量争议——的方式,表达出了与小乘不同的、大致满足双否定要求的缘起观,其中就隐含有某种超出了现在中心论的时间观。

四

《成唯识论》明确讲到了回忆对阿赖耶识的依赖。比如这一段:

> 实我若无,云何得有忆识、诵习、恩怨等事?所执实我既常无变,后应如前,是事非有。前应如后,是事非无,以后与前体无别故。若谓我用前后变易非我体者,理亦不然,用不离体,应常有故,体不离用,应非常故。然诸有情,各有本识[阿赖耶识],一类相续,任持种子与一切法更互为因,熏习力故得有如是忆识等事,故所设难于汝有失,非于我宗。[2]

校释者韩廷杰提供此段大意为:

---

[1]《摄大乘论讲记》,第335页。
[2]《成唯识论校释》,第一卷,第18页。

> 外人问难说：真实的"我"如果是没有的话，怎么能记忆过去的事情？……论主批驳说：人们所说的真实我体既然是常住而无变易，以后的我应当像以前的我一样，实际上，这种事情是没有的。以前的我应当像以后的我，这样的事情并不是没有，因为以后的我体与以前的我体没有区别。如果说我的作用前后有变化，并不是我体前后有变化，从道理上亦讲不通，因为作用不能离开本体，应当常有，本体离不开作用，应当是非永恒的。但是各个有情众生各有一个阿赖耶识，持续不断，能使种子和一切事物互为原因（一卷详释）。由于熏习的缘故而有如此记忆、认识、诵持、温习、恩爱、怨恨等事。所以，像这样的诘难，失败的是你们，而不是我们唯识宗。[1]

反对唯识宗的人认为，基于此宗"万法唯识"的前提，要说明记忆及基于它的各种意识行为的可能性，就必须承认一个不变"实我"的存在，不然的话，真实记忆的前后连续功能就没有一个载体，于是沦为可以造假的虚构。但这样一来，佛教的"无我"说就被破掉了。唯识论师回答道：如果像你们主张的承认一个实我，那就会认为后来的我与以前的我是一样的，这不成立，不然还谈什么记忆？前我与后我之间必有所区别，才有后我对前我经历之事的记忆。但这也不是说后我与前我之间无连续，那样真实

---

[1] 《成唯识论校释》，第一卷，第19页。

的记忆也不可能,所以"前应如后,是事非无"。可是该如何理解前后之我之间既区别又连续的关系呢?通过我体与我用的关系似乎可以解释之。我体在前后我之间不变,保证了他们之间的连续;我用则变,造成了他们之间的区别。但这只是用体用关系代替了前我后我的关系,仍然面临"用不离体,应常有故,体不离用,应非常故"的两难,或"常有"(连续)与"非常"(不连续)的对立。

此两难只能通过"本识"或阿赖耶识来破解,因为此识"一类相续,任持种子与一切法更互为因"。如上节所示,阿识有极度隐藏和能藏性,能在种子刹那生灭中保持深细的连续,但这连续又不是实我意义上的我体,而是与我用贯通的瀑流,具有根本的可熏可变性。于是它就能让任何一类存在者持续下去,让种子与一切法相或事物相互影响。在这种超出了我与他、体与用之二元分叉的"熏习力"中,"故得有如是忆识等事",记忆乃至时间的可能就得到了说明。可见回忆和时间对于唯识宗不能只察究到第六识和自证分,其根必追溯到阿识才能说明白。

五

阿赖耶识与现象学的时间观是什么关系?它似乎比较接近胡塞尔的内时间意识流。对于胡塞尔,内时间意识行为必然会构造起一条绝对的唯一时间流。"每个过去的现在都以滞留的方式在自身中隐含着所有先前的阶段。……因此,每个时间显现都根据现象学的还原而消融在这样一条河流中。"¹ 也就是说，对任何时间对象的感知或原印象都会引出对它的滞留，而这滞留是如此地原发和非对象化，以致继起的意识行为会将这滞留再滞留下去，由此而形成一条内时间流。"第一个原感觉在绝对的过渡中流动着地转变为它的滞留，这个滞留又转变为对此滞留的滞留，如此等等。"² 而关于滞留的描述也适应于前摄，即原印象必带有的向前的预持。由于这向后向前的原发保持和预持，及对它们的再保持和更前预持，就成就了"一条唯一的意识流，在其中构造起声音的内在时间统一，并同期构造起这意识流本身的统一"³。

这内时间流有着保持过去所经历者的持藏能力，因为它是连续的，"包含着一个在前-同期中统一的各个滞留的连续性"⁴。它使得我们对过去经历之事的再回忆得以可能。"对这个旋律的全部回忆就在于一个连续性，它是由这样一些[由滞留和前摄造成的]时间晕的连续统所构成，或者说，由我们所描述的这种立义连续统所构成。"⁵ 同理，这时间流又不是实体同一，而总含有区别和变机，因为除了滞留与前摄的差异和交叠，没有任何实体之我的支撑。"这河流的本质就在于：在它之中不可能有任何持恒存在。"⁶ 就此而言，它类似于唯识宗讲的阿识。

---

1 胡塞尔：《内时间意识现象学》，倪梁康译，商务印书馆2009年版，第147—148页。
2 同上书，第115页。
3 同上书，第114页。
4 同上书，第115页。
5 同上书，第68页。
6 同上书，第151页。

就是阿识及其变现、持存的种子所具有的"刹那灭"[1]之义，与现象学时间的发生结构也可进行于双方有益的对话。所谓刹那灭，指种子生出后的"无间"（无间隔）刹那中，就马上坏灭。以此义来破除任何形式的常住不变说，因为如有常住，那么种子就不能从根本处受杂染诸法（各种假象）或净意智缘（如"闻熏习""无分别智"）[2]的熏习，就不成其为阿识和种子，也说明不了人无明混世或转识成智的终极可能。但这样一来，阿识的连续性或"转"中之"恒"何在呢？唯识宗通过刹那间因灭果生来解释。

> 此［阿赖耶］识性无始时来，刹那刹那果生因灭，果生故非断，因灭故非常，非断非常是缘起理，故说此识恒转如流。[3]

这里说的是：阿识及其被熏种子在刹那间生灭，指它作为原因湮灭了，但同时以"一类相续""自类相生"[4]的方式生出了结果。这样就在承认根本可变性的同时肯定了"瀑流"般的连续性。于是讲"果生故非断，因灭故非常，非断非常是缘起理，故说此识恒转如流。"（大意是：因为刹那间有果生出，所以此阿识不承认截然的断裂；又因为刹那间作为原因的种识湮灭了，所以也不承认

---

1 《摄大乘论世亲释集注》第二卷，无著造论，世亲释论，玄奘译论，智敏集注，上海古籍出版社2004年版，第11页。
2 《摄大乘论讲记》，第284页。
3 《成唯识论校释》，第三卷，第171页。
4 同上书，第二卷，第124页。

有常住。只有以这样的既非断裂又非常住的方式，才可以明了缘起的道理。所以，唯识宗认此阿识在根本转变中保持了连续，就如同瀑流一样。)

但这里没有解释刹那灭与刹那生之间是如何保持了"一类相续"或内在连续性的。或者说，只是反复断言阿识有"恒"的一面，种子有"引自果""恒随转""一类相续"的特点，却没有说明能够产生这种"恒"的机制，或从刹那灭到刹那生的接引机制。

胡塞尔的内时间现象学似乎可以提供一种有利于理解此恒随转的机制，这就是知觉时间对象必涉入的"时晕"结构。如上所及，这时间晕说的是：任何知觉都必有对当下印象的原发滞留和前摄，形成一个晕圈，而依其本性，此晕必交融于继起之晕和先行之晕，从而成就一条无断裂的时流。胡塞尔写道：

> 如果我们观看意识流的某个相位（……），那么它会包含着一个在前-同期中统一的各个滞留的连续性；这些滞留是关于这河流的各个连续先行的相位的总体**瞬间**连续性的滞留（……是先行的原感觉的滞留的滞留，如此等等）。如果我们让这河流继续流动，那么我们就具有在流逝中的河流连续统，它使这个刚刚被描述的连续性以滞留的方式发生变化，而在这里，由各个**瞬间**-同期存在的相位组成的每个新的连续性都是与在先行相位中的同时总体连续性相关的滞留。所以也就是说，有一个纵意向性（Längsintentionalität）

贯穿在此河流中。[1]

这段引文及它所依据的时晕构流说都表明，胡塞尔认为每个意识的"瞬间"通过它**必然具有的**滞留（及前摄）而与先行的和继起的瞬间相连续。既然是那么自发的滞留，就不可能有孤立的滞留，而不同时或同期有对滞留的滞留。换言之，胡塞尔讲的"瞬间"和唯识宗讲的"刹那"，都不可能是一个完全不含滞留的孤点。完全无线无面的孤点是初等数学的抽象，而现象学所论证的是：即便在最纯粹的本质直观中，一个可以无穷小的瞬间也不会只有孤点而无滞留与前摄。我们首先生活在、思想于内时间中，用唯识术语讲就是活于阿赖耶识的瀑流中，而不是可以数学计点化的抽象时间序列里。

如此看来，阿识的刹那灭、刹那生的"刹那"，不可能是孤点，其中必有哪怕极微极细的晕结构。它微细到不可辨别打量，无任何现成质地，但还是有晕，因而有与其他晕的交汇。也就是说，此晕中的"现行"（当下实现）与其他的现行（已行、将行）并不完全隔膜，也不相同，所以介于有无或现在过去之间的记忆和时间才可能。实际上，胡塞尔讲的滞留就是、应该是非现成或非对象的，即它不是对一个现成印象的保持，而是在意识时间（而非物理时间）上与之同时的缘发生。没有这种不同于同一的原同时，"恒"及"恒随转"是不可能的。由于有此时流，有其

---

[1] 胡塞尔：《内时间意识现象学》，第115页。黑体为引者所加。

中的滞留保持，所以其刹那生灭（无限的变化可能）不碍连续持藏（一类相续、恒时相续）。

而阿识的摄藏力就应该来自其刹那生灭中的保持和预持。这种保持是如此地非对象，完全地"无覆无记"[1]，不计较一切属性，包括善恶，所以成为原能藏、原能持。而内时间意识也是由于滞留和前摄造就的时晕流，具有最原本的发生性和保持性，使得感性材料和意向行为依凭的权能性可能。在这个意义上，内时间意识是一切意识、意义及生活世界的源头。

当然，胡塞尔讲的内时间意识与唯识宗讲的阿赖耶识也有重要的区别，比如前者强调此时间河流是"绝对的主体性"[2]，而唯识秉持佛教原则，主张"无我"，当然也不会认为阿识的本性是主体性，反倒视之为是七识的妄持所致[3]。即便考虑到胡塞尔对"先验主体性"的超主客二元的和源自内时间意识流的看法，及他后期加深的交互主体性思想，[4]他的立场与无我时间观还是有相当差距。此外，胡塞尔的时间知觉以原印象为起点，也不符合阿识的纯瀑流的特征。等等。

---

1 《成唯识论校释》，第三卷，第164页。
2 胡塞尔：《内时间意识现象学》，第109页。
3 《成唯识论校释》，第一卷，第16页。
4 参见倪梁康《胡塞尔现象学概念通释》（修订版）"先验主体性"条目，三联书店2007年版，第452页。

第四部分
中华之大美

23　朝向生存之美的中华[1]

几乎每个民族和文明都追求良好的长久生存，但唯有中华民族曾全力实践过并不断追忆着一种美的生存，由此，她在不经意间赢得了异乎寻常的长久存在。这个民族所追求的真理，首先不是规范思想和生活的原则，而是生发和维持人的生存意义源头的动态结构；它们让这个文明世界得以成立，得以充满气象万千的美感。

一、《尧典》在原时中展示的生存美

"孔子谓颜渊曰：'《尧典》可以观美。'"[2]《尚书·尧典》是中华第一典，记载中华最早的两位圣王即尧舜的事迹，相当于中华

---

[1] 此文曾刊于2012年12月20日的《南方周末》。
[2] 《尚书大传》。

文化的《创世纪》。孔子从中首先看到的不是征服蛮族的功业、改造世界的伟力，甚至也不是选贤让能的德行，而是一种美，让天地人神尽情尽性地相互呼应的宏大壮美，这正显示了这个文明奠基时的最重要特征。

美是什么？简言之，是让人活得最自得的状态。它给予人的，首先还不是满足。满足后边跟着厌倦与抑郁，美却总是清新的，让你体验到你本没有期待的东西。它最自由，在边缘处起舞，带着醉意，但又最有内在的收敛，向上升华。从人感知意义的角度看，美是不知多少意义的同时涌流，让人顷刻间感受到意浪或意境，而不是一个又一个意义的获得。

《尧典》[1]是人的生存时间的颂歌。这种时间不同于往而不返的物理时间，乃三时相——过去、将来、当下——交织而成，所以是让意义可以澎湃涌流的元结构。

"［尧］乃命羲和，钦若昊天，历象日月星辰，敬授人时。"这"人时"，从敬观浩瀚壮丽的"日月星辰"诸天象得到，然后渗入人间时令，旁通于动物植物、山川河海；生生不已，周流不息，正是人间正（政）治的美好源头和本象。这样的正治或政治，有好生之德，在人际中首先体现为世代交织的家族与家时。亲子之亲亲，就来源于亲人之间的生存内时间的涌流，既有父母到子女的慈爱之流，也有子女到父母的孝爱之流，而后者尤为重

---

[1] 《尧典》是《尚书》中的第一篇。今文《尚书》包含古文《尚书》中的《尧典》和《舜典》。以下引述《尧典》时，依今文文本，不再提供出处。

要，因为它逆物理时间之流而反本报源，最能激发人的道德意识和时机化智慧，成就人生的美好。

所以尧的成就首先就是"亲九族"，而最关键的表现则是通过辨认舜之孝行的含义而选拔舜。舜也的确在摄政和即位后，干出了一番呼应天地神人、繁荣草木鸟兽、亲近柔远、时播百谷、迁恶扬善、正礼典乐，让"八音克谐""神人以和"的"致中和"事业，将《尧典》之美推向又一个高潮。"子谓《韶》[舜乐]：'尽美矣，又尽善也。'"[1]此为大真大善之大美，被当时一位老农的《击壤歌》悠长地歌唱了出来。

二、语言、思维方式和道家儒家的时化智慧

中华民族为什么会走上这么一条追寻生存之大美的道路？这与她的语言塑造出的思想方式有莫大干系。西方的语言"形式突出"，通过语词的各种形式特征来形成语言结构，于是造成了专注于形式稳定性的思想倾向，最终体现在去追求不变的、抽象的形式——如实体神、数学定理、观念化哲学、科学规律、法律体系、艺术典范。而华夏族的语言没有这种形式语法，是完全语境化的，其构意全靠字句间的关系，尤其是对立互补的关系，以至于形成了意义的动态团粒结构，使得没有标点的文章也可读，由此而鼓励了一种"阴阳生发"式的思维方式。

---

1 《论语·八佾》。

所谓阴阳思维,就是主张这世界的根本处不是任何实体或形式化真理,而只有对立互构并因此而不断生发的元关系。阴与阳没有任何各别的自身,就像过去与将来、高与低、左与右这些对子中没有各项的独立自身——比如"左"自身、"右"自身——一样,而只在与对方的对立互补中显身,因此必与对方相遇;而此种相反者的相遇,必如水火相遇般不断生发出新的阴阳、气象和存在者,首先就表现为生生不已的生存化时间。"天地[即阳阴]盈虚,与时消息。"[1]

这种思维方式在《易》中得到精巧的表达。如惠栋所言:"《易》道深矣!一言以蔽之曰:时中。"[2]其中充溢着时潮意浪及其内在的时机智慧、中和智慧和领会生存美的可能。所以儒家与道家都尊《周易》。道家讲"与时俱化"[3],儒家讲"君子而时中"[4]。而正是这两家构成了华夏古哲理的主体,后来时中化的中国佛学如禅宗也加入。

这种达乎非对象化的生存时间之渊源的哲理本身就是美的。读老庄孔孟,首先得到的不是一个个的真命题,或者来自绝对超越者的诫令、道德命令,而是扑面涌来的真意流、真意境、真气象,让我们在被感动中得大领悟、大净化。老庄有冲虚乘时、天籁吹万、化朽为奇之美,孔孟则有亲亲仁民、至诚时中、金声玉

---

[1] 《易·丰·彖》。
[2] 《易汉学》。
[3] 《庄子·山木》。
[4] 《中庸》。

振、恻隐浩然之至善至美；所以两千多年来，其书不仅是哲理道德之金矿，亦为文章诗书之源头。

三、让人生变美的中华技艺

这华夏传统流淌四千多年，浸润到古代中国人生活的方方面面。比如中国人不将我们的身体看作是对象化的躯体，而是阴阳交生的时间境域。《黄帝内经》曰："圣人春夏养阳，秋冬养阴，以从其根。"正因如此，最真实的治病是去治那还处于非对象状态的病："是故圣人不治已病治未病，不治已乱治未乱。"于是我们的祖先在西方医生们只看到解剖、生化、病原体的地方，看出了人身上的经络，感受到了脉动的繁多信息，而这经脉正是身体的内时间结构。所以西医的思路与实践无美可言，而中医是被深刻美感引导着的生存艺术。

中国的武术也是美的。《太极拳论》曰："太极者，无极而生，阴阳之母也。……阴阳相济，方为懂劲。"这种武术，追求的是在对象化的力量和速度之先的"懂劲""用意不用力""舍己从人""四两拨千斤"的境界，让一切崇尚强力者无法理解。

中国的传统节日，与西方乃至印度的以宗教神灵化、事件化、伟人化的节日为主的系统不同，乃是纯时间化的，并常带有家庭团聚的含义。比如春节、立春、元宵节、清明节、夏至节、中秋节、重阳节、冬至节，等等，都是阴阳消长的时间节奏和亲人相聚之时。而正是天地人神的时中相遇造就了这非对象化节日的气象,何等地祥和舒展!就连孔子诞辰、历朝建国日也从来没有成为过节日。中国节是真正纲缊涵浑的时节、佳(家)节。

只有汉字的书法,成了大艺术,"书画同源",而不只是西方书法达到的美术字水准,因为汉字与西文字母及其组成的单词大不同。它源自笔划阴阳——横对竖、撇对捺、点对提等。"阴阳既生,形势出矣"[1]。汉字的笔划本身就在构造意丛、意流,并在柔软毛笔与吸墨宣纸的际会中大展其时机化的笔墨本性。所以张怀瓘言曰:"及乎意与灵通,笔与冥运,神将化合,变出无方。"[2]不在中华世界里,哪里会知道还有这么一番美妙。

中国的建筑、园林、诗词、音乐、雕刻、铸造、瓷器、戏剧、文学,甚至水利工程和菜肴餐具,无不体现了阴阳时中之美的追求。简单如筷子,也是阴阳对生化的,而不是刀叉切割型的。一句话,美是这个伟大民族寻找自身历史生存的路标。

四、中华文明的柔韧与未来

西方那种形式突出的文明,创造出了以高科技领头的现代性力量,正在征服整个世界。但这只说明这个文明赢得了释放巨大力量的真理,即所谓"硬道理"。中华的天道和仁道,在前两个世纪中被它逼到了绝境,于是斯文扫地、变硬变强。可是,中国

---

[1] 蔡邕:《九势》。
[2] 《书断序》。

道里面毕竟有真理！它柔和之极、微妙之极，时间越长才越显出它阴阳交生的时中真性，是长夜牵引出的黎明，是久旱期盼中的第一场甘霖。

在人类逐渐感到高科技和现代性的致命威胁的二十一世纪，这个还在使用有四千年历史的汉字的民族，被赋予了某种神秘的期望，期待她实现一场涉及人类未来的文艺复兴，因为有见地的人们，无论中外，还是忘不了她的独特，忘不了她那素朴的绚烂和悠然的神奇，忘不了她就在一张生命之纸上折叠出万千美好作品的阴阳技法。

我的古老中华，你这总在时间正中盛开的天人之花！

24　人间终极处
——对西藏的现象学感受[1]

自从我自学地理生态而粗浅地知晓了青藏高原后，她就是我几十年里的梦幻所在。从雪山、冰川开始，有了高寒草原的宛转水流，有了跌宕几千里的大江大河。当春花和晚霞映红"那遥远的地方"时，一种无限度的混蒙让受创者的心也溢满了憧憬。

这次应单总编的邀请，终于在"国家地理"现实而又激扬的观察空间里，在现象学［在现象中直观到本质的哲学］的视域中体验到西藏，使我从精神上又回到了人生中的原发生状态，进入由天地神人的交织而喷涌出的思想梦境。

西藏的终极高度将人"还原"了。我们曾当作生存意义替身的一切东西，都被放下了，起码是暂时的。它们配不上西藏，那

---

[1] 2014年夏天，应《中国国家地理》杂志单总编之邀，我平生第一次游访了西藏的部分地区，之后写下这篇小文。

些自以为是的目标在她的崇高面前丧失了纯现象的合法性。一个高原反应就把它们丢在脑后了。我们头重脚轻，经历着气喘吁吁、头痛、失眠，以这些方式为我们的过去而忏悔，并向一个新的世界打开身心。高反既是生理的，又是心理的。山南地区旅游局巴朱书记讲了一件事：一位司机忘了带氧气瓶。当领导需要吸氧时，只能用打气筒打入空气来充数，但领导在吸"氧"后，还是"感觉好多了"。在那没有吸氧的时代，高反或许会令人们返高，也就是返回到人本来就应该有的生命高度，吸到身心之氧。

我们将各种雾霾留在下面，睁开又感新奇的双眼，看到那些在成见中看不到的万象。而且，这"高"不是纯物理的，它与我们乘飞机达到的高度不同。当我们夜间到达南迦巴瓦峰前的一个小山村时，天下着雨，早晨起床后还是沉云漫天。抱着一线希望，我们走到陡岸边。雅鲁藏布江在深切的河谷下奔流，但据说是南峰所在的江流朝向处、拐弯处，却只有云雾接受我的祈祷。可就在我们低回踯躅时，天上起了变化。有人呼叫道："看哪，南峰露头了！"抬头望，奇迹出现，云团翻卷出了一角空档，而那锥形的峰顶居然就在云开缝隙处露出。它高得超出想象，仿佛是神灵在天上俯视苍生的圣容。云雾继续拉开它们的幕布，于是矗立的巨大山体慢慢现身，此时我才直观到这山峰是何等地崇高！从雅江到峰顶，有五千多米的落差，而我们就在惊愕和幸福中直接体验着这携云裹雾、衬蓝顶白的中国第一美峰。后来在农家旅店的墙上，我看到过无蔽障的南峰全景图片，但还是觉得那个早晨让人在绝望里眺望、忽然间出现、遮遮掩掩中露面的南峰，是最真实和雄奇的，因为它是我们在起伏不定的时机中，当场活生生统握出来的"天上人间"，从中甚至隐约看到了黄河长江如何奔流入海，中华文明如何蜿蜒曲折，热带睡莲与高山雪莲如何就在这里共吐芬芳。要知道，这一座山里居然有七八个垂直自然带！进入这幅从天垂挂的生命长卷，人哪能不去"道法自然"？

西藏的终极性还在于她最充沛的对交，也就是相反互补所激发出的无与伦比的相交相成。她是阳光与冰雪之交，海拔五六千米以上的雪峰总在使人振奋，无论是从青稞麦田遥望到的，在碧蓝的那日庸错湖水里倒映的，透过曲卓木乡千年沙棘林的花朵进入镜头的，还是就在措美县城里抬头遭遇的。这极顶的洁白是摄影的灵魂，精神的祝酒，嶙峋山体中生命的源头。有了它，再荒凉处也有苔藓、山花（高山高原上奇异美丽的花！）、溪流、山鸡、黄羊。西藏的天纯蓝无邪，吮足了璀璨的阳光，而阳光与雪域冰川的相交处，似乎荒凉，却是气韵盎然的不竭源头。所以我们看到这里的永恒冰雪，并不觉得寒冷死寂，而是听到了"冰与火之歌"。在西藏，生命都是从头开始的，而内地的形态则多是半截的。因此，西藏让人感受到无生命与生命之交，极朴实与极精致之交，有道理和无道理之交，乃至过去、现在与未来的"转世"之交。

佛教密宗出自印度，但它只在西藏才成了大气候。这里不能容忍不精妙，但也不能容忍不妙到奇异的精妙。龙树的中观、瑜伽的唯识，已经是非对象化的智性绝顶，但还必须在密仪、真言、观想中放出大日金刚的至乐光明，才算有真佛性。那或许就是日光激活冰峰的神秘境界？我们造访山南，循着当年莲花生来藏的路线，周转于雪山草原。想象他如何在冰川旁凝思，在油灯下传道，在山洞里藏法，使那在印度和中国内地一闪而过的密宗，在此处降伏苯教，渡过艰难，成为多少个世纪中的主流。我不到西藏，不看到无数玛尼堆、转山男女、磕长头进香者和贫穷快乐的老人，哪里能体会得到这山川中的信仰和信仰中的山川之至味？

今天西藏成为了内地人的另一种朝圣地。川藏公路上，米拉山口前，一群群的骑行者，面目黧黑，历尽艰辛，却是两眼放光，每个人都能讲出一番人生变化的经历。他们为什么要骑上几千米的海拔、数千公里的险路进藏？难道只是为了自我磨练，从一个内地的帅哥变成拉萨街头的乞丐？不尽然也。我现在知道了，西藏具有吸引当今年轻人的某种神奇，就像我们年轻时被泰山、黄山、桂林吸引。今天的生存氛围，加上《中国国家地理》，让这世界的最高处、空气最薄净处，阴阳最相交处，成了时代精神的神龛。年青人渴望的神性，不一定要落实到寻常的宗教崇拜对象，倒可能表现为不安的、反常的追求，比如对于高山高原这种似乎不利于人类日常生活的绝顶处的向往。

现象学认为意义的发生机制是内在的生存时间之流，世俗的和神圣的关怀都是它的不同显现。这与《周易》的基本思路相呼应。单主编2003年的一篇名文《看山要看极高山》讲到：中国东部的山是河流塑造的，而西部的山是被冰川雕刻出来的。中国古人，包括二十世纪的中国人，大多寄情于东部山水，也就是时间之流造就的峻美空间，或山水启示出的意义源头。但现在的人们开始要看极高山了，要体验那绿树与雪顶共存一体的境界，因为那似乎无生命的冰雪恰是绿色生命之源，就如同似乎无意识的内时间是所有意识之源一样。东部山岭经历的生命时间要靠四季来递次表达，而西部高山的时间则可以刹那呈现！神圣和开悟就在其中。永恒的冰雪中冷藏着更久远纯洁的时间，一根在冰川上打出的冰芯里蕴含着成百个世纪。难道说，在这样一个生存氛围变暖变浊的时代，人们的神圣感需要这样的时间体验来迸发？无论如何，这次西藏之行让我深感，中华民族的精神需要西移了，从流水的横向时间精神转变为冰雪绿树的纵向时间精神。天道如江海，神性如冰魂。并不是不要流水，不要儒家、道家和禅宗，而是要让它们先经历现代的高反，化身为绝顶处的粒雪盆和冰瀑布，然后在冰洞冰舌处被阳光唤出。这个伟大民族需要从世界最高的高原起头，这个时代也不能堕落成什么"小时代"，而是需要一个相比于过去更加坚挺高拔但又不失《易》义的中国精神范式，川藏路上的骑行者们就是它的报信人。

这次在两处——措美和勒布——看到了仓央嘉措的故居。一个坍塌了，一个燃着纪念的酥油灯。这位达赖喇嘛的诗似乎是情诗，但好像也能像《诗经》中的情诗一样读成寻道诗。民国时人曾缄先生用古体译了《六世达赖情歌六十六首》，其中第一首是：

心头影事幻重重，化作佳人绝代容。

> 恰似东山山上月，轻轻走出最高峰。[1]

如此时代，我们的确是"心头影事幻重重"。但它既不能被美女和权力驱散，也不能在超越阴阳的永恒里解脱，而必须化作佳人的绝代容颜，让"好德"就直接兴发于"好色"之中，就在美丽的幻化里当下脱执成真，不然永无尽性立命的一天。她的美丽必与自然交融，如东山初生之月，"月出于东山之上，徘徊于斗牛之间"[2]。并且，这月还不止出于东山，更要出自"最高峰"。在一位达赖的视野里，东山的最高峰也应该是天下的最高峰。这绝代佳人从它轻轻走出的那一刻，岂不正是被苦求的爱的神秘体验降临之时？

让我们走向西藏，走向时代的终极处，走向仓央嘉措歌唱过的山水，走向雪峰会被阳光点燃，而人可以活得神圣的地方！

---

[1] 《康导月刊》1939年1卷8期。
[2] 苏轼：《前赤壁赋》。

25 美与技艺[1]

一、什么是美？

先讨论一下什么是美？在这里，对美的理论定义可能没有多少帮助，需要的是通过反思我们的经验来感受到美的特性。让我们想一想：有谁从来没有感受到美？难道自有人以来就有对美的感受吗？人能感受到美，而动物是否也能感受到美呢？从低级动物到高级动物、从草履虫到猴子是不是都能和人一样感受到美呢？一只狗在出神，那时它是不是正感受到了美呢？

人在什么时候或情境中最容易感受到美呢？小时候给我印象最深的美，是和外祖母住在一起时看一只老母鸡孵一窝小鸡。

---

[1] 这是2001年11月在清华大学美术学院所做讲座的记录稿（整理：胡艳玮；初校：连冕），由讲者校订。

"三年灾害"时,楼房里的人们也种院中的地、养鸡。外祖母年轻时在湖北农村受苦,白日操劳、夜里纺线供外公读书考功名,所以她那时又重操旧业,养了鸡。一年春天,一只黑母鸡要孵蛋,姥妈(湖北人对外祖母的称呼)给它准备了用稻草绳编的窝,里边还铺了软草。每天中午我下学回家,都正赶上母鸡跳出窝来拉屎吃食,然后急急忙忙赶回去孵它的宝贝。小鸡出壳时,姥妈夜里也守着,帮有些啄不开壳的小鸡出来。我夜里醒来,看见白发慈善的姥妈在昏暗的灯光下为弱小的生命剥壳,于是问她又出来几只了,然后带着那新鲜生命的气息和梦想又沉沉睡去。当小鸡孵出来后,老母鸡带领小鸡在草地上走来走去,一有风吹草动,一群小家伙就钻到母亲的翅膀底下去了,这对于一个城里的孩子,真是觉得美极了。后来姥妈去世,"文革"带来了灾难,就什么都不一样了。隔了很久,才体会到:宁静、俭朴、自然的生活和生机盎然的生命中,美容易出现,只是人们不一定意识得到。

"文革"时大串联(不需要买车票,可以全国跑),又徒步"长征",沿杭州湾走,看钱塘江潮,那种激动,对一个天真的少年,也是一种美。在那个年代,生活在夹缝里的孩子突然间可以不用上课,"自由"了,去闹革命,开一个新天地,也觉得是一种美,尽管厌恶其中"阶级斗争"的现实部分。还有少年时听一首歌叫《走上高高的兴安岭》,第一次听时,觉得那么美,可听多了就没有那么好的感受了。用一架破旧的老式录音机第一次偷听("文革"时禁演的)"梁祝小提琴协奏曲",百感交集得让人都"痴呆"了。到美国留学,在博物馆独自面对真的古希腊雕像时,被震撼,那是与中国不同的美。

所以美真是奇妙、多样和边缘化,没有人能抓住她,或用什么办法留住她。我们可以捉到科学真理,但却捉不到美。情况似乎是,人在少不更事之时,在不经意时,她常来光顾(事后才回想到)。而一旦劳心劳力,欲望纷争时,它就隐去了。多少年后,峰回路转,"伤心桥下春波绿,曾照惊鸿画影来",她又复现出来。就此看来,美又很专情,但总是很清高,"可远观而不可亵玩焉"。

另外,我觉得美可以被集体感受。一个群体、一个民族可以共同感受到美。感受到美时,就处于如梦如醉的状态,做出平日做不出来的大事。例如尼采讲的酒神,当他与日神或阿波罗神在一群人那里达成了一种和解时,或用我们中国人的话说,有了一种"风云际会"时,就会产生一种伟大的美感,那群人在历史上就会感到一个异乎寻常的时刻来临,这种感受不只是政治的。比如:在古希腊的伯里克利时代之前,出现了荷马史诗和悲剧,当希腊战胜波斯时,人们就直接感受到那种东西(美)来了。那真是最辉煌的时候,创造出了伟大的雕塑、建筑、诗歌和悲剧。她过去后,就没了,人无法模造她,让她重来,要过近两千年才有了"文艺复兴"。法国大革命之前有卢梭的《爱弥尔》,让守时的康德看了睡不着觉,后来罗素讲"法国大革命有一半是让卢梭煽动起来的"(大意)。中国古代君王,相信民歌——就是《诗经》中的"风"——有魔力,他想知道自己国家治理的好不好,就让采诗官去收集民歌，配上音乐，让帝王来听，以便了解治理国家的成败。虽然可以批评得尖锐，但放在"诗"里听，比较委婉，又动听，且山歌野调，不知作者的名，于是就真的是"言者无罪，闻者足戒"了。《诗经》就是这样编撰起来的，里边有风、雅、颂。汉人说"风"意味着"风行天下"，的确可以这么解释。美的东西会像风一样，不胫而走。民歌是没法造假的，它自由而纯真，这点连社会调查也不能比。按中国史书，每当要改朝换代前，都有童谣、山歌的预示。

二、美的特点

现在让我们直接讨论美的特点。我觉得有这么几个：

首先，如刚刚提到的，美是纯真的，自由的。她最烦不自在，最不拘形迹，一有不新鲜、不纯真的东西，就不见了。柏拉图通过希腊神话谈美时说："爱神是最美的，因为爱神是最娇嫩的，她只在最柔软的地方落足。"哪儿是最软的？软褥子？水？都不是。最软处是人心，只有在那儿才可以让她逗留。因此，美最怕硬的东西和头脑算计。按照舍勒，一位现象学家，爱要靠害羞来呵护她的纯真。你们想想，无羞涩的爱能美吗？但现代文化正逐渐使羞感消失。

没有自由就没有美。比如：艺术为……服务。这样一来就没有真正的美可言了。美对于任何硬性规定、假道学、新闻炒作有排斥感，一闻到它们的俗味儿，美就跑了。赫拉克利特讲："自然（万物的活的本性、美的本性）喜欢躲藏起来。"从一个东方人的观点来看，柏拉图讲的美有时候是很糟糕的，他用爱神比喻讲得非常好，但认为最美的根源是纯理性的东西，就岔道了。这是西方唯理论的根。他认为治国安邦的智慧比艺术家的任何东西都美，最美的是美的理念。所有的东西都是因为分享了美的理念才美，在我看来是失败的。这条路子后来移到了黑格尔，认为美是理念的感性化。一讲到这里，涉及理念、概念，就没有美的纯真地位了。美和这种意义上的真是不一样的。比如样板戏，刚开始时还有些创新的味道，后来就不行了。现在的电影也一样，好莱坞的电影是引进时经过筛选的，那些大片有些地方是美的，但就整体而言我认为它是不美的，因为它摆脱不了原有的模式。因此，美是不受拘限的，作品的美也不能受套路的限制。为什么现在的相声不好笑了，就因为摆脱不开僵死的套路。笑本身很接近美，什么时候能笑出来？诙谐的本质就因为摆脱了现成的状态。还有金庸小说，我很喜欢，认为很成功，为什么吸引人？就因为人物可以摆脱开拘束，形成当时情境中的东西，比如郭靖、杨过、令狐冲，他们的性格都有出奇制胜的东西，不管是以傻、怪，还是狂的状态出现。还有中国最出色的书《红楼梦》，它为什么出色？它画龙点睛的地方就是贾宝玉，能摆脱框架，比如宝黛第一次相见时，先有不少人（贾母、王夫人、凤姐、贾政等）的话，各有各的情理，但宝玉见黛玉头一句话就与众不同："这个妹妹我好像在哪里见过！"摆开一切皮毛，触动人生的大因缘。宝玉摔玉时的话、劝黛玉的话、喊人的话、发呆的话，各各不同。但都如禅语般突兀出味和耐琢磨。看《红楼梦》要同时看脂砚斋等人的批注才更可以看出味道。脂说"宝玉发话每每令人不解，做事件件令人可笑，但囫囵不解之中实可解，可解之中又说不出理路。合目思之，却如见一真宝玉。"所以认为《红楼梦》是至奇至妙之文。西方的《鲁滨逊漂流记》很有趣，最有趣的是在孤岛上赤地新立，从挖洞构穴到寻食造器，都有一种清新的美，使人感悟到很多东西，让我们感受到，一个所谓文明中的人生活在多少前提和框架里，丢掉了多少生命的真实体验。当然，我对此书贬低当地人及其殖民情结，是完全反对的。

美的第二个特点，居中性和时机化。

居中，就是要摆脱拘束，要摆脱就往往向反方向走，于是又落入一个新的拘束。所以真正要摆脱束缚，对于一个已经进入到某个框架里来的人来说，是很难做到的，而对孩子来说却很容易。孩子天然就可以感受到美，就可以快活，但大了以后就越来越少。要达到原有的美的状态，就要达到原来的居中状态，既不是A，也不就是非A。西方的概念化哲学经过两千多年的发展，到尼采、叔本华时，有了改变。古希腊的神话里说：爱神是丰富之神和贫乏之神所生，她兼具两者的特点，当你离她远时，她丰富得不得了，可当你把握到她时，又贫乏得一无所有。换句话说，爱的得不到，而得到却又不爱了。美也一样，处于活泼的居中状态，在丰与贫、智与愚之间。如果让对与错、真与假、勇敢与怯懦巧妙地搅和起来，就可能出现美。比如悲喜剧、相声等，就从对错的交错和落差中感受到美。陀思陀耶夫斯基的《穷人》

中的书记员是个懦弱善良的人,又穷得很,衣服上掉下了扣子,当着长官的面也顾不了许多,穷追死捡。可怜、可哀、可敬(想到他对那孤女之爱),连长官也被感动,让人从勇敢和怯懦之交错中感受到了真情发动之美。

时机化。要摆脱现有状态,达到乘气而游,就要靠时机。但人们又很难摆脱现成,达到美的状态。中国古代的观点,认为世界每一天都是新的,今天就是昨天和明天交织的一个活脱脱的现在,就像创作工艺品,要实现一个精彩的当下,就得在一定时刻生成新的东西,这要靠时机,比如:有句话"运来铁也生光,运去黄金失色"。美的来去,要靠时机,来的时刻是不能预先计划好的。我们可以事先计划和决定许多事情,比如举起我的右臂,教训一下儿子,会见个朋友,写一篇文章,发射一枚火箭,等等,但我能计划"今天下午两点,我去看看真正的美"吗?我觉得不可能。我们只能追求,等待与美遭遇,就像宗教里神的来临。早期基督教徒一直在关心基督什么时候再来,于是问保罗,保罗说了一句很有名的话,大意是:"你们要保持警醒,因为基督总是像夜贼一样,在你们最想不到的时刻与地方来临。"只有这样才能摆脱人们原有的算计之心的期待。真正神的来临是出其不意的,使得你的真心显示出来,稍不留意,就会错失这机会。任何一种大的宗教都有一种方式让你摆脱开现实的外在规定,让你真心真意地信奉。就像现象学和存在主义讨论的信仰中,一定要有荒谬或无公度性,如果没有,都是理性实现,算计好的,那就不是真的信仰。这个思路移到美的身上,也是一样,如果是全安排好的，就不是真的美。所以美是需要时机来实现的。

第三，美是动人的。

美是世上最深切动人者。真假、善恶、生死的动人是一点、一线、一片，而美的动人则是内外相通的潮涌、风云际会的暴风骤雨，是让人成为真正意义上的人的改天换地。到此方知人不白活。正因她最动人，所以是最人性的，"太人性的"（尼采语），是意义的源头，一切因为她才有了意义，所以最富于神奇创造力。人生的改变，民族的兴衰，往往与她相关，因为从她那里来的东西是人无法抵抗的。

大多数人生是由利害考虑决定的，不少人生由外在的机缘决定，科学的人生由求真的谋划决定，宗教的人生由信仰的意愿决定，而丰满的人生则由动人之美鼓动。人生往往是算计的，有种种顾虑，真正美的人生却是由纯势态来推动的。美一旦来到，就会像钱塘潮一样，不可控制，会将你打动得无以复加。如果没有，那就不是美。王国维讲干大事的人有三个步骤："昨夜西风凋碧树，独上高楼，望尽天涯路"。"独上"强调了一人，没有依靠，一种充分的自由；这样才有第二个阶段，"衣带渐宽终不悔，为伊消得人憔悴"，一种纯真和献身；最后才是第三个阶段"众里寻她千百度，蓦然回首，那人却在灯火阑珊处"，在一个相遇的时机中成就了美。所以追求美本身就是一个近乎矛盾的令人绝望的过程，不绝了观念之望，"心若死灰"，就无缘相见。但也不能不追求，那样就成不了艺术家。要把硬化的东西消融掉，"李太白纯以气象胜"（王国维语），这就是艺术和技艺要干的事情。

尼采就控制不了这种力量,最后疯掉了。

美让人痴迷。美的动人就在于人不能主宰美,而是被美主宰。人群被美主宰也很危险。比如:法国的大革命。还有"文革",能说当初没有美在里面吗?五六十年代的让人痴迷的有些电影、文学作品,现在有的人说看来幼稚、教条得可笑,但里边有那时的纯真。里面的原始气氛和对新时代的憧憬,那种对无穷无尽的创造力和人间幸福的信念,对于深陷商品经济的人来讲,也确有动人之处。但后来被引到了"发疯"的状态,导致了"文革"。如果用到好的或真正合乎时机的地方,我觉得它是最伟大的力量。

第四个特点,美是可以变通的。

问一个问题,如果你感受到了美,她会是恶的、虚假的吗?问题留待大家思考。上面讲到,美本身是纯真的,但她不同于科学之真,需要势态的托浮,时机的实现,也就是幻化的机缘。此外,至美者能不善吗?不管怎么说,美与一般意义上的善毕竟还是大不同。

美没有自己的领地,像科学与道德,而是以自由、机变来动人,只要有这几个条件它就出现。事情走到绝境而忽有奇变奇遇时,或有美的精灵的舞蹈。广告、股票做到妙处,也可以有美。

总之,美在各种意义上都是不拘形迹的。

三、技艺与美的诞生

技艺是怎样促成美的?技艺是人为,怎能不损伤美?又怎样能留住美？因此，不但要有技，还要有艺。做一个艺术家令人羡慕，能在雕塑、绘画、工艺品中驰骋一生，进到蓬勃的艺术世界里去，呈现出美的情境。

技艺有外用的技艺与纯粹的技艺之分。但实用与美并不矛盾，只要不完全被外在的考虑决定，有自由纯粹的东西在里面。比如广告，吸引别人买东西，如不打动人，如何吸引？那么，什么能打动人？在我看来，美可以。外在的技艺与纯粹的技艺这两者之中，与美最有关系的是纯粹的技艺。

任何有实用目的的东西，在某种层次上可以纯粹化。比如：《庄子·达生篇》里讲的梓庆造鐻（"鐻"是挂钟的架子），造好后令人震惊，觉得好像有鬼神附在它上面。楚王便问他，你怎能造得这样惟妙惟肖？他说：在接到您的任务时，我不敢马上去做，而是斋戒守气至七日，最后忘掉了我的四肢形体，达到精神与自然相通，以至于对自己要干的事情有了精巧专一的直觉。这时才去山里找树，所看到的已是要做的东西而不是树的外形，然后再砍下来去做，如果没有达到这种境况就不做，继续斋戒，所以才会出现如此效果。可见，技艺主要不是对外在表象的模仿，而是要将表象消融于自身的生命体验之中，使内外打通，得自由、自在和巧意。这与中国道家的思想有相合，比如老子说："为学日益，为道日损，损之又损，以至于无为，无为而无不为。"求知识越学就越有长进，但负担也越来越多，美感越来越少；求道，越求知道的就越少，损之又损，最后损到完全无人为的地步，任天然而行之，这时，技艺本身的东西就焕发出来了。

这技艺拨弄两极，使阴阳交和，主客体达到动态的合一。这种引发作用在现在叫做催化剂，本身并不直接构成什么东西，但要加入它，整个情况就不一样了。技艺构造出某种情境或势态，在这个情境中，让人莫名地遭遇什么，因为它把人为的痕迹巧妙地隐藏起来了，就如同中国古代的园林，于是其中有了自然，不都是计划；这样新鲜的东西就出来了，可称之为"初次情境"，比如"初听""初雪""初恋""初见"等等。

技艺就是要构造出能让新鲜的体验出现和持续的势态，洗旧翻新，引发出你内心中原本的存在，可比为尼采所说的酒神现象，以前被压抑、不知道的潜在的东西，一下子喷薄而出，形成一种气象，在其中构成更真的实际。技艺就是要创造一种境界，让几个时机同时出现，汇集起来相互震荡，这时美就来了。传统的现实主义、浪漫主义都不能充分说明白这种现象。比如，有个英国老太太看《汉姆莱特》比剑那幕戏时，着急地对饰演汉姆莱特的演员大喊："那把剑是上过毒的！"你能说她体验到了美吗？又有人说，我们是在看戏，演的东西纯是虚构，这种完全旁观的态度中也不会有美。又比如，有人走夜路，看见一棵古树，把它想象成魔鬼，吓得要命，这种投入情境的体验里边也没有多少美。因此，真正的美，不仅是主客打通，而且要有适当的距离，既不近到陷入其中，又不远到漠然观之，以便让那情境舒展幻化为"七色花"，或自由美好的动人之境。而技艺就是要营造这种让"遭遇"得以发生的幻美机缘。王国维认为美从根上是一种境界。而且与气有关，李白的诗为什么好？"太白纯以气象胜"是纯意境的，把表象的外在性消融掉了，又不象概念思想完全离开表象。"西风残照，汉家陵阙"，这表象就"气化"为了动人的意象。杜甫的诗也有气象，但更多地关心世事和民间疾苦。因此，不在于你说什么，而在于你是否可以引出气象。技艺也一样，看你是否可以达到精微之处，引发出气象。在这个境界里，不会走到干硬的极端，而总是一种原本发动的状态，在遒劲的"风"与"气"的势态中翱翔。杜甫老年有一句话叫"语不惊人死不休"，这"惊人"就意味着艺的巧妙达到了纯任天势的境界。希望同学们有"艺不惊人死不休"的抱负。

[讲座回答]

同学提问1：如果明天我去颐和园就可以遭遇到美，美不就是可以计划的了？

答：你去颐和园只是可能遭遇到美，但却不一定能实现。美永远需要当场或合乎时机地实现出来。如果全部细节都是由你计划好的，美反而出不来了。

提问2：美要受时代的限制。古代的美女在今天的人看来就不一定美。

答：美受时代的限制，我很同意。美是和当下实现出来的东西息息相关的，从来没有任何美是超时代的。古代的美女在今天美不美，要由今天的人来活生生地感受。时势造美，但不能把时代解释为硬性的规定，主张时代决定论。比如按它的看法，我们的时代是一个全球化的时代，艺术就必须是符合全球化的潮流，必须向西方科技的美来靠拢。我不认为时代的美是可以由谁规定下来的，因为我今天讲的一个观点就是美不服从规定。如果离开这一点，就确实无美可言了。我很反对把时代讲成历史发展的规律。我可以预知美，但不可以预知什么样的美。

提问3：您说美要摆脱套路，但工艺就要讲求格式化，如果没有套路，制作的东西就没有什么可以依靠的了，我们有一位壁画老师说：壁画就是程式，知道这个程式就能发挥这个程式。

答：我同意。学技艺就一定要有程式。老师一定要教你东西，就像哲学，它最终是要引发你的自由思维，但开始你要学哲学史、数学、《易》学等很多东西。所谓摆脱硬性规定，是指最后出彩的那个阶段。你是不是把技艺忘掉了，把技艺变成潜在的自动上来的东西？"唯学日益"，但最后你会觉得只学是不会创造出伟大动人的作品的，这样你就"还原掉"（现象学术语）了技艺，去掉了它的外在性和硬性的规定，而不是抛掉了技艺套路本身，将它还原为、柔化为你生命中的一部分，所以是技艺中的更高境界。正如《庄子·养生主》中"庖丁解牛"的故事所讲的，那位庖丁宰牛十九年，刀依然如新的一样，宰牛的时候刀发出的声音如音乐和舞蹈，魏王看了十分惊讶，问他，他说：先看见的是牛，然后视而不见，最后能游刃有余，我追求的不只是技艺而是道，我的神总能走在我的听和看之前，"观知止而神欲行"。这就是美感在带动着一般意义上的技艺走。

提问4：那应该技道并进？

答：对。技越精，技就越不是一种程式，技就成了你生命中的一部分。

提问5：你讲美的天然性，小孩吃奶是一种天然的美，而我觉得那是一种欲望，而美更因该是一种德，在西方有人认为美就是德，德就是一个哲学的问题。

答：很好。孩子为什么快乐，喝奶完了，高兴，满足了生理需求。孩子在这个行为中感到了美吗？我很难下判断。但他/她不只这个，当我用车带我的儿子走（那时他很小），他会唱歌。而且，如果一个孩子没有某种凭空而行的（美感）能力，那为什么会学会语言，而猴子却学不会？所以我觉得孩子感受的东西并不仅仅是满足生理需求。老子说，婴孩是道的一种象征。婴孩为什么有道？因为它是一种蓬勃的可能性，到了一定的阶段，就可能出现某种能力。孩子在各种意义上都是新鲜的。至于美与德的关系，我们前面涉及了，这里就不讲了。

提问6：尼采有一句话说"美是驯服了他的对立面的"。是否意味着人在感受到美时，处于迷醉状态，而忘记了他的对立面？

答：有趣。这近乎于赫拉克里特的话，他认为美就要靠变化，事物的对立面越对立就越是美。还讲到自然总喜欢躲藏起来，美是不可以约见的。驯服了对立面，克服了传统的二元化思维方式，回到了原有的两极交织互补，就像和声奏出了美妙的音乐。这与迷醉有关。但只是迷醉不能产生美，迷醉只是产生美的条件。比如古代诗人爱喝酒，追求一种迷醉的状态来写诗，但从来都是酒鬼很多，诗人却不常有。

提问7：您说的美是一种克服了二元论的天人合一的境界，

更像中国古代的道家思想,您这样讲是否与西方哲学相矛盾?

答: 已经没有什么矛盾了,但是还是很不同,从黑格尔以后就叫现代西方哲学,后来出现了叔本华、尼采,后来出视了现象学、存在主义、解释学、解构主义、结构主义,还有分析哲学,另外还有实用主义、直觉主义等等。我觉得他们的看法落实到美上和我所说的并不矛盾。我的好多看法是从那里来的,且很受胡塞尔和海德格尔现象学启发。你刚才讲得很好,说我讲的与西方哲学不一样,其实这也许是个人看法不同,也可能是我自己的偏见。排除流派的影响,我们可以直接思索:美到底是不是应该这样理解?柏拉图说最美的是理念,是治理城邦的技术和智慧。他说的治国技术也许可以产生美,但是不是最能产生美?那里所产生的美是不是可以达到像我们听一曲音乐所感到的美的程度?听音乐感受的是感性的美,抑或是理性美,还是两者都有?这都是可以争论的。

26　美在边缘自游

一

人们应该承认，美是不现成的，也就是不可对象化的。只要你将美定义为某种对象、某种性质，不管是感官对象[1]还是观念对象、理念对象及其性质[2]，美就被吓跑了。但美或美感又是极

1　比如十八世纪的英国人博克认为："美的性质，因为只是些通过感官来接受的性质，有下列几种：第一，比较小［比如英语后缀带'ling'的］；其次，光滑；第三，各部分见出变化；但是第四，这些部分不露棱角，彼此像熔成一片［如曲线］；第五，身材娇弱，不是突出孔武有力的样子；第六，颜色鲜明，但不强烈刺眼；第七，如果有刺眼的颜色，也要配上其它颜色，使它在变化中得到冲淡。"（《西方美学家论美和美感》，北京大学哲学系美学教研室编，商务印书馆1982年版，第122页。）

2　比如柏拉图主张：美感来自美的理念或美本身。（柏拉图：《文艺对话集》，朱光潜译，人民文学出版社1980年版，第272—273页。）又比如，意大利诗人塔索认为："美是自然的一种作品，因为美在于四肢五官具有一定的比例。"（《西方美学家论美和美感》，第73页）瑞士哲学家布劳主张"距离产生美"；德国美学家立普斯则认为"美来自移情"（同上书，第276—277、274—275页）。

其真实的，人能够体验到她，不然全世界那么多人跑到荒野去旅游，进入艺术作品去出神，就费解了。而且，你体验到了还是没有体验到美，有真切的区别，"如人饮水，冷暖自知"。这两个意思，即美不可对象化和美可被真切体验，被柏拉图形象地表达。他在《宴饮篇》里说爱神和美神阿佛洛狄忒（Aphrodite）是最娇嫩的，所以受不了任何硬的东西，只能出入于世上最柔软东西即心灵中的最柔软部分。[1] 所谓"最娇嫩""最柔软"，就是禁不住任何对象和规则的确定。但是如何从哲理上来理解它们呢？以往的哲人们曾用"感性""移情""自由"，甚至"生活""中和"等等来追逐这最娇嫩者，虽然各有启发人之处，但总不尽如人意。这一篇短文企图通过以下的观点，来再向前走一步。当然，它只是一种看法，就像《宴饮篇》中七八位发言者各自所发表的看法那样，主要是为了助兴，而非为了争论。

这个观点就是：美只存在于人类体验的边缘处，同时，她还需要在这边缘处自游起来，才会有美感呈现。换句话说，美神为什么最娇嫩？因为她只在我们意识体验的边缘处自游自在。所以必须先说明什么是这里所谓的"边缘"和"自游"。

---

[1] 柏拉图：《文艺对话集》，第247页。此话出自宴会宾客阿伽通之口。他先引用荷马的诗句："她的脚实在娇嫩，因为她不在地上走，/她的行径是人们的头脑。"然后说道："所以在荷马看来，娇嫩有一个明显的标志，就是她走软的，不走硬的。……[她]所奠居的地方是人和神的心灵，并且不是任何心灵，毫无抉择，而是遇到心硬的就远走，心软的就住下来。"

二

先说"边"或"邊"。《说文解字》训"邊"为"行垂崖也,从辵"。其中"垂"乃"边垂(陲)"或"边疆"之意,而"崖"(厓)为"山边""高边",即形成边界之山。"辵"(chuò)为行走。故高树藩认为此字指"国境远尽处之山厓为边,乃国人行此当止处,故从辵。"[1] 但按金文,"邊"字"从辵从自从方",所以高氏亦主张"已处近旁而行即可至者为'边',边即'近旁'之意"。[2] 笼统言之,"边"有"遥远的边陲"和"己之近旁"(旁边)这两个主要意思,可延伸至更抽象的"边际"和"方位"等义。于是,"边"指熟悉的和陌生的、可行的和不可行的交界,处于我们意识生活的边陲;但同时,也正因为如此,它处于我们的近旁,但不是静态的、现成的旁边或手边,而是动态的发生着的临近和际遇。总之,"边"意味着边陲中的旁边,或旁边里的边陲。

"缘"字的大意是"衣服的边缘""束丝",衍生出"攀援""凭借""因由""有限"和"因缘"等意。[3] 它的意思与"边"颇有些重合处,但动词义更丰富,特别是大乘佛教经论的翻译和中国化,给予了它深邃的哲理含义。

结合这个两个字,"边缘"对于我们而言的基本词义就是"缘生着的边际"或"边际处的缘生"。它意味着对所有现成的、

---

[1] 《中文形音义综合大字典》,高树藩编纂,中华书局1989年版,第1017页。

[2] 同上。

[3] 关于"缘"的比较详细的讨论,可见拙文《"Dasein"的含义与译名》的第二部分,载于《从现象学到孔夫子(增订版)》(商务印书馆2011年版),第89页以下。

习以为常东西的超出和离去,但又不是离开此地此国而到另一地方和另一国度去,比如到柏拉图讲的超越现象世界的理念世界中去,或到宗教天堂中去,那样也不一定就能产生美感,如果你习惯了那里的光辉和圣洁的话,而就是"行垂崖也",即在边际里行走,随攀缘而出现,因缘而发起。

人们一直珍视家室、家乡,也一直有出游的爱好。"渡远荆门外,来从楚国游。"[1]此出游是为了离开已经熟悉之地,朝向陌生的"边陲"而行,经历"山随平野尽,江入大荒流"的生命场景变换,在自身意识中激荡出"垂崖",进入边缘,于是才可能有"月下飞天镜,云生结海楼"的胜景出现。但如果将这出游看作达到一个新的目的地或一个新边疆的旅程,那么"天镜""海楼"的美感境界就会消隐,漫游越久,越会失去新鲜感,而开始思念"故乡",导致家乡与异域在人生感受中的颠倒变换,"返乡"倒成了新边缘,所以有"仍怜故乡水,万里送行舟"的新意境。这里"陲边"与"旁边"互缘互夺,对撑开有美感的真边缘。

美感能否出现的一个关键就是此边缘的真实性或随机性。任何安排出来的边缘,比如当代旅游安排下的边疆行,或当作目标去追求的边缘,都难于促发美。所以它不仅是个空间、更是个时间的边缘。从古到今都有一些人,其人生行为超出了享乐主义、功利主义甚至信仰主义的解释范围,显得那么怪诞甚至自虐,比如今天的内地人特别是青年人,宁愿受相当的磨难,从内地比如

---

[1] 李白:《渡荆门送别》。

四川骑车去西藏，出发时是一帅哥美女，到拉萨时几乎变为一乞丐，却乐此不疲，因为其中可能有美感的出现。这个骑行过程的艰苦、新鲜和神奇，可以压倒和磨掉原定的目标和念头，让过程本身的边缘性或时机性得以呈现。人生的漫游，有悲有乐，许多人讲是悲多于乐，但其中真正的无目无的之目的，却是不受任何确定目的管辖的边缘美感的冥求，像野花在山中一片片萌现，像繁星在入夜时一拨拨来临。

亚里士多德说中产人士是最幸运的，由中产阶级主导的国家最讲法律，所以中道是德行的本质；但他没有揭示出里边更根本的道理，即只有在这交汇的中间，才有边缘出现的最多机会。过强的人总可以较容易地实现他们的目的，所以他们总在追求实现更高目标的快感；过弱的人总难实现其目的，所以只能靠抹杀目的和竞争规则的正当性来得到补偿快感。而处于中间的人，以及处中的意识和品质，既不强到可以忽视过程本身的不确定性和随机性，又不弱到让目标和过程丧失意义，所以在追求一个似乎确定的目标的同时，可能遭际到一些不测的事情，有苦涩的失败，但也有欢喜的获得。如果这追求极其热烈和深挚，那么这投入之"中"就更加居中或悬中，他/她获得的就可能是边缘的馈赠。以去西藏为例，乘飞机去西藏是强者飞行，不敢去者是弱者不行，而步行或骑行去者为行者中行。"中"的妙处只在于它的内在颠簸性或交汇性，也就是获得边缘美感和德行领悟的更加可能性。当然，这中也不现成，恃中者必失其中；而过强者如果谦卑行善，过弱者求道自强，也可得其中。

三

以上的讨论已经涉及了"游",不管是"出游""漫游"还是"中游"。"游"是边的实现机缘。哲学是对边缘问题的思索。"世界有没有一个起头?""如果每个生命都以死亡结束,那么生还有什么内在的意义?""如果我们认识到的只是物的形式或现象,而不是物本身,那么这认识在根底处岂非是虚幻的或可能误导我们的?"对这些问题的思考和解答,如果足够深入,可能产生边缘感,但不一定是美感。柏拉图对话中的苏格拉底,有时能在我们思想里引发强烈的边缘感,但其中只有很少一部分有美感。那么从"边"到"美"还需要什么呢?

游或自游,西方人含糊地称之为"自由"。边可能只是边界,在实在和虚无之间、真和假之间、无限和有限之间,等等;人在那里会感到惊异、困惑、奥妙,甚至是列维纳斯讲的"他者",但没有或少有美感,也就是没有那种直接感受到的意义泉涌或因意义过度而导致的飘浮。它使我们体验到说不出来的许许多多,觉得当下所体验者已是终极,不可争辩的至真至美,为之出神。这从边界到意涌的过渡就要靠游。

简化字的"游"含正体字的"游"和"遊"。"游"本义为"旌旗之流"[1],也就是旌旗旁边或下边的飘带或装饰。"旌旗之正幅曰旝,连缀旝之两旁者曰游。"[2] 这个意义上的"游"的俗字为

---

[1] 《说文解字》,第七卷。
[2] 《中文形音义综合大字典》,第858页。

"旒"[1]。旌旗的游带常飘荡，所以"游"有"[随风]飘荡"之义，衍为"浮行水上"。[2] 简言之，此"游"有这样一些意思：飘荡，水流，快乐，浮行水上，出入，交往，友朋，遨游，流传，游说，闲旷（的），出游，虚浮，等等。

"遊"字的本义乃"遨遊"，即随意徐步缓行，也有"旌旗之旒"随风飘动之意。[3] 大意是：遨游，游玩，运转（"遊刃"），流动，等。

合"游"与"遊"，与本文意思相关者，首先是"飘荡流动"中的"遨游"。对遨游的最佳解释就是《庄子》的"逍遥游［遊］"，但还是先追究一下"遨"的意思。"遨"字的"辶"或"辵"大致意指"出行"，但此字的音和义都与"敖"很相关。《说文》："敖，游也。从出从放。"高树藩因而写道："放即放浪，外出放浪为敖，其本义作'出遊'解（见《说文》段注），乃出外敖遊之意。"[4] "放"除了指"放浪"之外，还有"放逐"之意（《说文》"放"字）。所以"敖"的意思包括：出游，遊乐 ["微我无酒，以敖以游"[5]]，敖（翱）翔；煎熬，傲慢。[6] 而真正的"遨"，既不是过强的"傲"，也不是过弱的"熬"，而是让人遭遇边际的放浪敖遊。总之，"遨游"乃**使人欢乐的随意出游敖翔**。

---

1 段玉裁：《说文解字注》。
2 《中文形音义综合大字典》，第858页。
3 同上书，第999页。
4 同上书，第626页。
5 《诗经·邶风·柏舟》。
6 《中文形音义综合大字典》，第628页。

"随意"预设了"飘荡"和"浮行水上",但这飘浮不是无奈地被湍流主宰,而是于任其**自**行中得到**自**己的本性,所以才能说它是随意的和让人欢乐的。因此,我们说这游是"自游"。

"自"本义为"鼻",衍生出"起源"["知风之自,知微之显"[1]]、"躬亲""自己""由"等义。[2]所谓"自游",就是以源发的、亲身的和得己(得到己生意义)的方式遨游。

"边缘"之所以成为引发美感的边际缘发生,不仅由于人在边界"行垂崖",而是由于人在摆脱了一切现成规定而达到边际空白时,还有风生水起,还可"追虚捕微"[3],还能乘势敖翔以自游。所以道家的"无",佛家的"空",虽是进入真边缘的指标,但像玄学如王弼那样讲无,佛教小乘那样讲空,也就只是干巴巴的无与空,虽简捷,也对人有启发,但终究因无所遨游而无美感,也无开悟力,远不如老庄著作和华严禅宗的哲理韵味。柏拉图于《国家篇》中阐发的正宗理式论,虽然在他的构架中达到了边缘,但也非要到《斐德罗》篇的"迷狂说",才有了一些遨游的味道。亚里士多德的个体-形式实体说,精微有据,但毫无思想的酒味,要到其伦理学和政治学的中道说、诗学的转折说,才有了少许遨游之意。西方的美论,有些没有达到边缘,如"美在感性""美在移情"等;有些开显了边缘,像"美在上帝""美在距离"等,但绝大部分无游可言。只有到海德格尔,其"美是艺

---

1 《中庸》。
2 《中文形音义综合大字典》,第25页。
3 《张怀瓘书论》,潘运告编著,湖南美术出版社1997年版,第60页。

构'间隙'（Riß）处的真理闪现"说[1]，有边缘，也有了遨游，虽然还不够充沛。

《庄子》内含极丰沛的美论。"齐物"即边缘化。万物万事的高下区分、是是非非被虚无化，让人的意识出离现成习惯，进入离开老家而又找不到新家的边陲境域；庄子梦为蝴蝶，蝴蝶亦梦为庄子，虽知其"有分"或毕竟有区别，却从理智上找不到此分的所在。郭象解《庄子》却止于此"分"的相对化或边缘化，认为蜩鸠（蝉与小鸟）之飞与大鹏之飞的区分，"小大虽殊，逍遥一也"（郭注"蜩与学鸠"）。他以为只要明了"理有至分，物有定极，各足称事，其济一也"（郭注"且夫水之积"）的道理，就算自然逍遥了，完全不明白《庄子》"自游"那一面的极端重要。大鹏之大主要不在于其个头之大、飞行高度距离之大，而首先在于其能在边缘处遨游之大。它由鲲转"化"而来，脱旧躯而入飞身，出离现成而放浪遨翔。"怒而飞，其翼若垂天之云。是鸟也，海运则将徙于南冥。"这讲的就是遨游，即"使人欢乐的随意出游敖翔"，因它是飞翔于"生物以息相吹"的"野马"游气之中，就凭此非对象化的和边缘化的风息，而忘我（"至人无己"）地"抟扶摇而上者九万里，去以六月息者也"。蝉虫小鸟也能飞，但不是遨游之飞，[2]而是不失其自我的觅食或避敌之飞："我决起而飞，

---

[1] 可参见拙文"为什么中国书法能成为艺术？"第2节，载《从现象学到孔夫子》，第二十九章。
[2] 蝉鸟之飞，如果没有那些自夸损人的念头和言论，未必一定没有遨游的可能。关键是要倒空自我、乘势而为。

枪榆枋，时则不至而控于地而已矣。"（"我忽然奋起而飞，集于榆树檀木，有时飞不到树上，也不过就是投落在地上而已。"）这里还是以"我"来开头，而"榆枋"和"地"，象征对象化的现实，因而此种飞行远没有达到边缘，也就谈不上遨游，"之二虫又何知！"它们代表的是那些"知效一官，行比一乡"的矜夸自得者，不知遨翔于天高地厚处的自游，却还在自吹它们的"翱翔于蓬蒿之间"的营营度日"亦飞之至也"，真是见笑于大方之家的以蠡测海了。庄子不止开篇就要"逍遥游"，就是在接下来的"齐物论"的开头处，也还要让南郭子綦在"心如死灰"的丧我状态中，畅谈"大块噫气，其名为风"，用这地籁人籁天籁之自游来带动整个齐物之论。因此，《庄子》不止是道理讲得透彻，边缘切得锐利，更能在此边缘处逍遥遨游，开显出繁多的美境，甚至是"腐朽化为神奇"的奇特美境和哲理新天地。不然此书何以成为华夏哲理之瑰宝，美感开显之经典？而其宗旨，亦道亦儒。[1]

这么看来，"自游"不等同于西方人讲的"自由"，因为后者往往是以自我，尤其是个体自我、统觉自我乃至先验自我为中心的，而自游之自则是自然之自和人生意义所由来之自，势必出离自我的牢笼而遨游于天地阴阳的时机大化之中不可。由此亦可见得，本篇阐发的几个关键词——边、缘、中、游、自——的意义，在深层处是交织着的。

---

[1] 锺泰于其《庄子发微》（上海古籍出版社2002年版）主张："庄子之为儒而非道，断断然矣。"（序，第2页）此书全在论证这个断语，颇有启人之处。

27　感受燕园
——过去、现在与未来

一

1978年春天进入北大读书时，燕园于我近乎仙境。这话并无夸张，因为人生的跌宕起伏造就了这个感受。"文革"中犯的"政治错误"、八年的艰苦劳作、家庭出身的劣势，都让我起初不敢冀望这"文革"后的第一次正式招生。但最终还是考了，而且居然被第一志愿北大哲学系录取了（其中的曲折这里不及细说），我就不知如何理性地接受这个事实了。对照其他一些朋友报考失利的事例，我相信，北大之外，没有地方会接受我。半年之久，我都有些迷迷糊糊，坐在教室里会忽然觉得这情景不真实，一再向外眺望；夜梦里多少次又回到从前的艰难岁月之中。另一些岁数大的同学似乎也在迷糊，我两次在教室自习时，听到几个外系的同学互述自己的报考经历，说着说着就是一通傻笑。

从那个春天开始,我就完全沉浸于燕园的湖光山色之中。那时的燕园,比现在要自然多了,湖边的青石参差不齐,不少地方野草自由生长,而我就纳闷怎么这里的野草也如此优雅好看。我喜欢独自一人漫步,寻一个天机盎然处读书发愣。在俄文楼、第一教学楼上课时,课间常被四周的景物陶醉,相比我呆过多年的铸工清沙车间,这里美好得都奢侈了。各个"楼"都比现在颓旧,但更有味道。一个大雾迷漫的晚上,我经过一个果园(现在已经改为"静园"草地),似乎听到隐约的歌声,就慢慢寻声走去。歌声与灯光来自雾气飘渺中的俄文楼,里边的青年师生们在自由动情地欢唱。那是我听过的最美的俄罗斯歌曲,总也难忘。那样一个时刻,人需要歌唱,人也能记住歌声。

这就是我心中的北大,一个天籁鸣奏的燕园,在人最需要的时候给予你超出想象的美好,"不图为乐之至于斯也",于是将你的一生都改变。这样的北大,"含辞未吐,气若幽兰",既有严谨,亦有不可测,既有青春的涌动,也有古老太学和国子监传统的龙脉,超出了算计和什么世界高校排名表,成为学子心中的圣堂。我在北大上学时既听过非常精彩的授课和讲座,也听过味同嚼蜡的东西;既遇见过出色善良的老师,也受过教务行政的吆喝;但这些与北大在我心中的地位几乎无关。北大的博大深邃和莫名其妙超出了它们,她是不可磨灭的、云气托持中的"大学之道"。"博雅塔""未名湖",其斯之谓欤?燕园之谶语天命欤?

二

1992年,我留学回来,入北大任教。好一座燕园!路灯还是那么暗,蟾蜍还在荷塘里闷鸣,燕子还是在成队结群地追叫欢闹。儿子不敢上北大附小的厕所,每天放学拼命跑回家冲向卫生间,但附小的院落和古松是何等地气派!每次去开家长会都要驻足观赏。孩子很快爱上了燕园,写北大的作文几乎都得高分。他还找到了自己喜欢的燕园角落,而数年后我得知他这块私秘的领地时,惊奇地发现我们父子俩儿原来英雄所见略同。加上这十几年的朝夕相处,我才慢慢又品出些燕园的妙处。其他不能详述了,只说此园的人杰、地灵。

与现在这旅游化了的燕园不同,那时的燕园还算清静,尤其是假期,静谧得让草里生出了萤火虫。来往的人不多,却可能很有意思。有一次我在考古博物馆旁边打太极拳,收式时偶然瞥见一位岁数不小的女老师走过,提着一只小铁桶,另一手拿着个刷子笔之类的东西,神情似乎有些异常。我未及多想什么,因为这样的老师每天不知要见多少。推车慢慢往西,将要拐弯,忽感地上有东西,定睛一看,是蘸水写的一些很有功力的行楷,再仔细端详,读出陆游的《钗头凤》来,那"错!错!错!""莫!莫!莫!"笔意葱茏、结构灵动,似乎活了起来。一推想,定是刚才那位花白头发的女先生所为。真是有趣,她写得这么好,可为何只在这地上用清水写?眼见着这满篇的精彩随风消隐,倏忽不见,她又图个什么?咄!燕园人哪里都图个什么?就是要有、也会有这等平空写清水词，作那五分钟就隐去的书法之人，不如此安可成就此燕园胜景？想透这一层，才长啸一声，出了一口闷气，经过那株几百年老桑树时不觉会心一笑，顿成莫逆。此乃北大人杰之隐微气象。

燕园之地灵多矣！说到古木，谁知有多少？哪株最古，哪株最高，哪株最伟岸，哪株最芬芳？我与它们早已结下情谊，散步时多有叙谈，晨昏常致问候。燕园草木品类丰富，四季荣华各异，日夜气韵不同，你可知如何去交接鉴赏？树木自不必说，就是草本，一茬茬的替换如同一幕幕戏剧登场出采，又一次次谢幕换装，其中有多少可惊可叹、可观可咏之处。你可知哪里的迎春花最先开放？何时何处的二月兰最绚烂、紫丁香最袭人、红芙蓉最纯净而香远益清？燕园的鸟又何止燕子和喜鹊，过路的和常住的，多得很呢。杜鹃的夜啼深远忧愁，柳莺的宛转圆润如珠，麻雀的冬日聚会则欢喜热烈，只可惜这些年水少池干，不少水禽难得一见，连蛙声也珍贵起来了。其他的动物也不少，但除了被宠的野猫，大多要避开人们的视线，只有孩子们和心思静的人才能知觉它们。我看到过松鼠、金花鼠、刺猬。昆虫更是兴旺，秋天深夜，沿一教后边的路回家，满耳虫鸣，似乎整个沟坡中、空气里全是被拨动的琴弦，人为之痴。冬天的燕园一样生动，下了雪更像是佳人披白裘，怎么看都是景。尤其是风后的傍晚，天空深蓝如海，嵌着几颗璀璨如钻的明星；从勾心斗角的古式楼角之间仰望，一钩新月上挂搭着来临节期的喜悦，仿佛那大清大明的意思又转回来了，华表上的龙也要腾空、办公楼后的两只麒麟也要呈祥似的。对我来讲,最能体验燕园好处是行太极而忘掉一己之时,那时心思空濛,鸟啄木的声音像是在敲真理之门,甚至雪花的飘舞、草木的生长,都可感可闻,与我无别,而这园子就又是如梦如幻、如诗如赞了。

三

在我心目中,北大不应只是众大学中的一所,燕园也不应只是众园中之一园。海德格尔认为荷尔德林不只是众诗人中的一位,哪怕是一流的,而是诗人之诗人,或诗人本身。北大-燕园也应该是大学本身、园林本身,而不只是一所一流大学。这不是在主张她代表大学和园林的理念,而是认为她是被民族和时代的生存格局所构成的大学园林之道(所谓"太学"是也),其生命和地位在于"明明德",在"新[亲]民",在"止于至善"。既要"新",又要"止",似乎对立,实则是对开、对生,让真正异质的东西并存互激,发生出"一阴一阳"的"道"性,以达到"君子无所不用其极"的"极高明而道中庸"的终极境界。

北大有宽博容纳的传统,但那极深刻的异质性好像还有待成就。北大重视自己的"五四"新文化传统,正庆祝区区110周年校庆,新则新矣,却未认识或承认自己的悠久传统,一个极"旧"的维度,于是拱手推掉了这个特别能够激发中华"文艺复兴"和进一步造就北大独特性的契机,也就是"新命"与"旧邦"的对开与对生。北大原名"京师大学堂",是清朝按现代观念建立或改建的第一所国立综合性大学,也是当时中国的最高教育行政机关。按这个意思,北大实实在在地承继了中华久远的国立"辟雍""太学"和"国子监"的正脉,它的大学校龄——既是建制上的,又是精神上的——应该久远得多。事实上,她不是、也不应该是一个文化完全断裂的产物,而是我们的悠久文明为了自救而"日日新"的成就。这个地位与源头使她大不同于其他的许多大学,比如清华、复旦、中山等。

如果能将这样的见地实现于此大学的精神性命之中,北大将更是北大。燕园中有现代人的塑像,或西班牙作家塞万提斯像,却没有我北大承接的正脉源头孔夫子、孟夫子、朱夫子、阳明子的塑像,实在说不过去。当然,也可以塑柏拉图、释迦牟尼等人的像,如果确有这样的精神需要的话。关键是要深远博大,不要总让三四流的角色独霸了局面。北大和燕园的"博雅"必须体现在深邃的异质容纳上,尤其是自家命脉的接续与出新上,只靠"研究他们"来表现容纳,是远远不够的,真的多元是春秋百家争鸣式的多元,"未名"而"皆可名(鸣)"的多元,那才叫回肠荡气、异彩纷呈。只有"民主""科学",那也太单质了,非要有"精英""非科学主义"的凑对不成大意趣。

燕园的物象风貌也应该保持和深化异质而又生成的结构,要更像中国古园林空间构造,而不可学什么平整划一。未名湖边上的石头被平整化了,却失了意境。搞西式草坪,费了不知多少水,将春兰秋菊的燕园野地挤得所剩无几,还让后边的多少池塘断水干涸,伤了燕园的风水。秋冬非要耙尽山坡林间的落叶,露出黄土，好像这才清洁。何不用这些人力去栽树，沿北大围墙栽上两排三排圆柏、雪松，把那喧嚣的车流、废气和"硅谷"隔在外边，还燕园一个更绿色清新的独特空间。那些小山坡还可再高些，未名湖和池塘们还可再深些，正好"对生"一下，挖湖补坡，这样空间和水体的异质性会更强，也免得湖中长草发浑、山坡被越野自行车践踏。至于那些破坏异质性的汽车，早就该从校园中基本禁绝，让北大人能安心散步、低头沉思。

这样的燕园北大，才是精神和身体的避难所，当下与未来生成希望的意义子宫，让人愿意向她做终极求助，将一生托付给她。她总可信赖，总可期待，因为她不可被穷尽，无论从景致到结构和精神，她都有世外桃源、忽隐忽现的多重维度，而绝不让人一眼见底。她曾经接纳过我这个落魄之人，提供了至关重要的重新起头、重获天趣的机会；她更应该接纳那相当落魄了的民族传统文化的真精神，使之复原，并得新生。我相信，这复活了的"旧邦"的"报答"是无穷尽的，是我们现在还无法完全想象的。那时的燕园，或许要比《哈利·波特》中的霍格沃茨魔法学校更神奇，更出人意表，更妙不可言。她有着绿色的围墙、蓝色的湖水、蜿蜒的丘壑、异质的格局，更有自己的灵魂、超凡的高雅与神圣，能让进来者神魂颠倒，出去者终生萦绕，成为中华民族的精神之花，因为她更真切地容纳了让意义起源的机制，也就是一个隐秘多重、相摩相荡的发生结构，因而也就更加深透地进入了"阴阳不测之为神"之妙境中。

第五部分
中西比较视域中的哲学与儒家

28 "中国哲学"的利弊

关于"中国哲学"的合法性，我近几年来发表过几篇文章，比如《中国哲学研究方法的多元化》[1]《"哲学"的后果与分寸——杜瑞乐〈儒家经验与哲学话语〉一文读后感》[2]等。而对这个问题的思考，则更长久得多。将中国古代的学术核心称为"哲学"（philosophy），有弊有利，目前则利大于弊。以下简述理由。

叫"哲学"的最大弊端是在认定西方传统主流哲学（大约自巴门尼德至黑格尔学派）为哲学的唯一范式的前提下，用它的方法来硬性打造出一个中国哲学。这也就是迄今为止绝大多数写"中国哲学史"的方法。中西两大传统哲理的基本走向极其不同，用任何一边为标准去重铸另一边肯定是个吃力不讨好的事情，既

---

[1] 《中国人民大学学报》2003年第2期。
[2] 《中国学术》2003年3期。法国学者杜瑞乐的回应刊在《中国学术》2003年4期。

失去了自己的特点，把自家思想大卸八块到"混沌死"，而对方的真谛也没有学到。所以，对那种要将中国古代学术概念化、范畴化的努力，我几乎是从接触到它们的第一天起就怀疑其正当性。就此而言，提出"中国哲学的合法性"问题，促使人们反思这里面的无公度性和严重困难，确是必要的。

然而，笼统地说"中国自古没有哲学"，像日本的大学、大多数西方的大学那样取消或不承认"中国哲学"的资格，弊端更大。首先，"哲学"的含义本身在今天已经有所改变，当代西方哲学深化了、扩展了它。二十世纪两位最有影响力的西方哲学家——海德格尔与维特根斯坦——都说到哲学的终结，但迄今为止哲学不但未终结，他们的著作倒是被当作最重要一些的哲学作品在哲学系讲授。如果说，尼采、海德格尔、伽达默尔、萨特、梅洛-庞蒂、列维纳斯、福科、德里达、詹姆士、杜威、罗姆巴赫（H. Rombach）、维特根斯坦、罗蒂被主要看作哲学家，那么"哲学"就绝不再限于古希腊、中世纪和"从笛卡尔到黑格尔"了。这些新型哲学家的基本思维方式已发生了大家耳熟能详的重大变化，它们往往被说成是从"……主义"到"反……主义"，比如从实体主义到反实体主义；而这些变化确实大大拉近了西方哲学与中国古代哲理的思想距离，其中几位还对中国古代哲理产生了浓厚兴趣，比如海德格尔、雅斯贝尔斯、罗姆巴赫。在这种情况下，如果我们确能吸收这些西方哲学的当代进展，深化我们所理解的"哲学"的含义，则叫孔孟、老庄、华严、禅宗为哲学又何妨？通过海德格尔的视野来打量老子，绝不会像以往通过黑格尔来解释老子那样窒息《道德经》的思想生命。何况，如果我们同时具有了当代思想、特别是后现代思潮推动的多元化意识，则以前那种框架化、一体化的弊病当可被有效减少而无由泛滥成灾。一句话，"哲学"在今天已经被广义化了，我们从哪一条说也不应该再坚持狭义的哲学观。前人的局限只是一个世纪的遗产，绝不足以阻挡我们为广义的哲学正名。

从现实的形势考虑，我们今天身处西方化的学术体制之中，与国际接轨（或称为"与教育部接轨"亦可）的大学中只有哲学系，没有孔学系、道学系、佛学系，也没有道术系。这样，不加区别地判定中国自古无哲学，只能陷中国的各种哲学研究——包括反西方中心论的研究——于困境。何况，如前所说，这判定在今天的"哲学"视野中，也并不是真判断。说中国无西方传统意义上的狭义哲学可，但说中国自古无任何哲学则不可。

从历史上看，当中西在学术层面上交遇时，西方人、比如明朝末年来华的传教士利玛窦就发现，要用西方语言形容孔子及儒家思想，要向西方人最直观明了地介绍以儒家为中心的中国古代学术的核心部分，"哲学家"和"哲学"是最佳的一个选择[1]。利玛窦身居中国多年，精通汉语及其许多文献，他不会不知孔子与柏拉图的重大区别，但仍选择"哲学家"来定位孔子，自有其考虑与道理。我们确实不必只追随那些满脑子狭义哲学观的西方学

---

[1] 利玛窦、金尼阁：《利玛窦中国札记》，何高济、王遵仲、李申译，何兆武校，中华书局1997（1983）年版，第34—35、100—101页。

者（比如梯利之流）来否认中国有哲学，因为不仅哲学的含义不只一种，现实中的历史选择也不只一种。

新文化运动的一个深刻学术影响就是使中国学人对当代西方学术的革新失去敏感，即便知道了有相对论、量子力学、非欧几何、现象学、维特根斯坦、柏格森、詹姆士、杜威等，也只是当作一种研究对象来介绍一番、翻译一阵罢了，极少能领会其思想方法的革命意义，并将其应用到对中国学术的研究中来。而对传统西方意义上的"主义"们，则能以"科学"的态度来接纳之、追随之。可以说，中国的学术思想的方法主流还停留在十九世纪或更早的西方。认识到这一点，就不难理解为什么对于"中国有没有哲学？"的回答，总是或"过"或"不及"了；也就是，或者认定中国古代的学术就是狭义的哲学，当然啦，还只是"朴素"的"闪现"或"萌芽"；或者认为中国古代全无哲学，不管是什么哲学。这样一个让两边越拉越紧的死扣应该被慢慢解开了，不然的话，就不会有中国（广义）哲学的当代活力。

乙酉端午写于北大外哲所

29 孔子仁说为何"缺少普遍性诉求"?
——与倪梁康教授商榷

读到梁康的随笔《孔子论"仁"及其"相对主义"》,唤起了回忆,又被激发出新的讨论兴致,所以想来凑趣写随感。所谓"回忆",是指我十年前写的一篇文章《仁与艺》[1],关注的也是这个问题,也曾引用过不少梁康此文中的《论语》引文,来显示那些被汉学家所慨叹的孔子仁说的"矛盾与神秘",实源自它的"非观念化维度"。那里讲的"观念化",与梁康这里讲的"普遍性诉求"很相近。

我对梁康随笔的第一个印象,就是它能切中理解孔子的一个要害,即先辨别出孔子不是哪一类思想家。很久以来,人们

---

[1] 此文最早以《仁与艺》为题,刊于《论证》第3辑(广西师范大学出版社2003年版,第290—311页);后又以《〈论语〉中的仁与艺》为题,收入拙著《思想避难——全球化中的中国古代哲理》(北京大学出版社2007年版,第149—171页)。[《思想避难——全球化中的中国古代哲理》,现收入《张祥龙文集》第11卷。——编者]

去谈论孔子时，不管是褒是贬，大多习惯于从自己的学术、政治立场和一些随波逐流的感受出发，去说孔子是谁，不管是"伟大的教育家"，还是"奴隶主阶级的思想家"，等等，很少从哲理上辨析他的学说不同于一般的独特之处。此随笔则关注"什么不是'仁'"，特别是题目中的"相对主义"，很鲜明地点出孔子仁说的一个哲理特点，即"普遍性诉求的缺失"，也就是"不注重普遍有效性，不追求永恒的真理"；如果这里讲的"普遍有效性"指的是柏拉图领头的西方唯理论追求的那种理式化的"永恒真理"，或者是基督教那样的普世化独一神教所自信拥有的"永恒真理"，那么我就完全同意，孔学正是人类重大学说中极罕见的主动拒绝这种"普遍有效性"诉求的特立独行者。无论是将孔子与其他文明的"轴心"塑造者相比，还是与华夏的其他思想者，甚至是儒家中后起的一些思想者相比，孔子都是很各色的。其实，只要认真地或以"朝向事情本身"的思想态度去读《论语》和《中庸》等，就应该有这种"各色孔子"的感受，只是许多人总带着过硬的理解框架，比如宋明理学的框架、西方哲学或神学的框架，来读解，甚至根本就不求甚解，那么就会习惯性地忽视这些在原本阅读中很触目"缺失"。

对于此随笔中的两个肯定性的判断，我却想来商榷一下。首先是孟子的思想地位。他是"普遍性诉求最明确"的中国古代思想家吗？外与墨子、王弼、郭象等相比，内与宋明理学家相比，孟子都是对于这普遍性诉求很有警惕和保留的。比如他讲："执中无权，犹执一也。所恶执一者，为其贼道也，举一而废百也。"[1]。儒家讲中道，但如果将"中"当作了可"执"或可作为普遍性原则来把握的东西，不顾及"权"——时机化或"机遇性的表达"——的话，那么就是"执一"，也就是以一个普遍原则来打遍天下，而这正是让孟子深"恶"的"贼道"之举。所以孟子虽似"好辩"，讲"心之所同然"，与孔子不直言"性与天道"[2]的风格已有区别，但孔子的"四毋"[3]和"学-道-立-权"[4]的思想方式，孟子也并未尽失之。即便在讲"持志""养吾浩然之气"时，仍然强调"必有事焉，而勿正，心勿忘，勿助长也……天下之不助苗长者寡矣"[5]。所以将孟子与孔子在这种根本哲理思路上相对立，不妥当。相比于认定"万物一理""万理归于一理"的程子，和"先有个天理，却有气"的朱子，孟子应该更近乎孔子，而梁康引述的阳明说，无论就其学说内容或其思想方式而言，也还是离孟子更近。

此随笔中的"相对主义"，是特意加了括弧，从理论意向上"并非贬义"，而是在亚氏"实践智慧"的意义上用，这些都不错；但它似乎也并不只是一个"事实认定"，毫不涉及价值认定。比如这所谓事实认定中，就认定了孔学的"哲学性"弱。即便二十世纪有些前沿哲学家像维特根斯坦、海德格尔一时兴起讲"哲

---

1 《孟子·尽心上》。
2 《论语·公冶长》。
3 《论语·子罕》。
4 《论语·子罕》。
5 《孟子·公孙丑上》。

学的终结",但他们还是在哲学系教书,在大多数时间中也自认为哲学家。尤其是,现在"哲学"享有西方全球化带来的话语霸权,在学术、教育体制和一般知识分子乃至老百姓心目中,主要带有肯定性的价值,几与"爱智慧之学"相当,这些事实恐怕梁康吾兄也不是不知道吧?说孔子学说没有多少哲学性,那么大学的哲学系就可以少关心它,讲中国哲学的也应该更多地关心其他更有哲学性的思想家,也就是题中之义了。这绝非只是个事实认定,而是很有些价值认定乃至体制化的认定后果的。我最近到台湾开会,得知那边的一所大学的哲学研究所,为了进不进一位研究中国哲学的学者争论了几个月而未果。反对者的最强理由就是"中国哲学"并不算真哲学。如果孔子在中国哲学中再被排到最少哲学性的末位,那么研究孔子者就要像在大多数西方大学中那样,只能争取进东亚研究系或历史系了。这好像不是完全中性的吧?黑格尔对于孔子的贬低,就是先从认定他的学说毫无思辨哲学意味的事实开始的。何况,今天在全世界,哲学已经开始在广义上使用了。你能说维特根斯坦比卡尔纳普更少哲学性吗?或司各特比阿奎那哲学性弱吗?或休谟比莱布尼兹的哲学贡献少吗?"普遍性诉求"并不是哲学性强的唯一乃至最重要的指标,正如"思辨哲学""观念化或概念化哲学"不等同于"哲学"一样。

孔子缺少普遍性诉求,就等于遵循了"个体的"实践法则吗?也不尽然。孔子与亚里士多德的个体实体观的那一面、唯名论者、经验主义者们还是很不同,因为他对于普遍性诉求的警惕和拒绝,深化和自觉到了对于这种普遍主义所依据的根本思想方式的拒绝，所以连同个体主义或特殊主义也一并拒绝。将原本的人类存在和世界存在割裂为普遍与特殊，正是孔子乃至孟子所反对的。就此而言，"执一"之"一"，既可以是普遍化之一理，也可以是个别化的"这一个"。梁康说得对，孔子讲的"仁"之含义要依语境和情境而生发出和辨认出，但下一步的关键点在于，按发生现象学的境域（Horizont）意识观乃至存在观，从此原发境域生出者既可是普遍者，也可以是个别者，还可以是既非普遍亦非个别者，或"总可能者""权能性"的荷载者、"能存在"者。因此，孔子之仁依语境而得成其意，其中亦可有"一以贯之"[1]的超个别的深彻理解；即便没有"定义"或"定解"，也可以有在语境中被构成和再构成的原义和通解。情况正是如此，不然孟子如何跟得上孔子，尊孔尊了两千多年的儒家如何有自己的身份和传统？

《四书》中对仁的表述，尽管没有一口说尽的定义，但并非无独特的源头和实现途径可言。"君子笃于亲，则民兴于仁"[2]，说明"亲""亲亲（亲爱自己的亲人）"与"仁"之间有内在关系。孔子还说："仁者人也，亲亲为大"[3]，表明成仁的最"大"源头是亲亲。有子也讲："孝悌也者，其为仁之本与！"[4]而孟子也就接着讲，

---

[1] 《论语·里仁》。
[2] 《论语·泰伯》。
[3] 《礼记·中庸》第二十章。
[4] 《论语·学而》。

"亲亲,仁也"[1];"亲亲而仁民,仁民而爱物"[2]。因此,在全世界的大宗教和重要学说中,只有在儒家的传统里出现了《孝经》,而且"百善孝为先"成了标识这个传统的一个口号。从亲亲到成仁,则要靠学习儒家的六艺,"兴于诗,立于礼,成于乐"[3],先做君子,再好之乐之而入更广阔的至诚境界,自然地"己欲立而立人,己欲达而达人"[4]。这样就成就了仁者,他或她"爱人"[5]就爱得充满了语境的敏感性。

以亲亲为源头,以六艺为津梁,这种成仁体仁的学说势必采取"机遇性表达"的"纷繁多变"的显现方式,因为这源头和实现方式都既非普遍主义亦非特殊主义,而要求着时化之"机遇"。亲亲不是普遍性诉求,因为父母亲永远是在生存情境中直接切身地构成着的,因此儒家讲的"爱你的父母"与教会讲的"爱神,你唯一的主"就有"范畴上的"不同。另外,孝悌之亲亲也不是特殊性诉求,因为它们有溢出亲爱的现实(aktuell)个体对象而旁通他人的天然趋向,"其为人也孝悌,而好犯上者,鲜矣"[6]。这里"上"指"凡在己上者"(何晏注),无论是就年龄、身份,还是学识、道德而言。六艺——诗、书、易、礼、乐、春秋——皆

---

1 《孟子·告子下》《孟子·尽心上》。
2 《孟子·尽心上》。
3 《论语·泰伯》。
4 《论语·雍也》。
5 《论语·颜渊》。
6 《论语·学而》。

时机化艺术,教人如何"君子而时中"[1],于诗境、史境、象境、礼乐之境、微言之境中得至真至诚之意,"戒慎乎其所不睹,恐惧乎其所不闻,莫见乎隐,莫显乎微"[2]。因此《论语》中孔子仁说的本质的机遇性或随机发生性,是其源头和实现方式所导致的,在执一者们——无论执的是普遍还是个体——看来就怪异不可通解,而在儒境化的中道者看来则极合乎其情理。孟子赞孔子为"圣之时者也"[3],良有以也!

---

[1]《礼记·中庸》第二章。
[2] 同上书,第一章。
[3]《孟子·万章上》。

30 二十一世纪的儒学[1]

同仁们、同学们、朋友们:

我要讲的是"二十一世纪的儒学",但其中的主要问题却来自前一个世纪。儒学在二十世纪遭遇了"数千年未有之大变局",也可以说是"大灾难"。几乎是学绝道丧,气息奄奄,靠极少数知识分子和乡野草民勉强维持,而整个国家和民族的主流毫不犹豫地走上了西方现代化[2]的道路。就在这样一个人类文化史中的

---

1 此文是作者在北大高等人文研究院挂牌仪式(西元2010年9月28日)上的主题发言稿的全文。
2 亨廷顿在他的《文明的冲突与世界秩序的重建》一书第3章主张,现代化与西方化之间没有根本联系。之所以得出这个结论,是因为他只就一些具体的特点来区分"西方"和"现代",没有从历史的、哲理的(或文化基本特征的)深度来理解现代化的实质,于是断定现代化会激出民族主义和"文明间的冲突",看不到这冲突——如果有的话——已经是在西方现代化格局之中的冲突了。

(转下页注)

奇观——一个伟大传统的主体的自行崩溃——之后，我们站在二十一世纪的起头处，能否期待另一个人类文化史的奇观，也就是这个现在极其式微的学说和文化的复活乃至复兴呢？问题是沉重的，未来是迷离的，而回答它对于我们这些开始思念传统的人们来说，是一桩不得不发奋而为的事情。

儒家或儒学为什么会在上一个世纪急剧衰败？它为什么在应对西方全球化的现代化压力时，与欧亚板块上的其他大宗教和悠久文化传统相比，相差得那么远？是的，基督教—现代国家—工业革命的西方，向全世界平推的殖民狂潮势不可挡，摧残了不知多少非西方的文化，但印度教、佛教、伊斯兰教、神道教等等，却守住了自己的根基和制高点，而儒家或儒教却在很大程度上被淹没。[1] 这其中有两个重要理由。第一，儒家在她的最根本处，也

（接上页注）

　　海德格尔则在《现代科学、形而上学和数学》《技术的追问》等文章中论证，现代化和现代科技的根子就在古希腊的数学、存在论(形而上学)、基督教的神学和西方学术的逻辑学之中，其时间意识表现就是只关注那已经筹划定了的"现在时"，只有"对强力的意愿"，而对"已经存在"和"将来"的根本开放性缺少感受，所以将一切存在者当作座架中可摆置的对象。

[1] 这里讲的"在很大程度上被淹没"指的是：儒家的团体不复存在，儒家在社会主流生活和主流体制中缺少实质性影响。具体论见拙著《儒家现象学研究——全球化中的中国古代哲学》第一章。那里提出判断一个文化是否存在或是否健康存在的四个指标：看这个文化（1）是否还有严格意义上的传人，也就是以团体的方式、用自己的生命实践自觉传承此文化道统的人们；（2）它赖以生存的最基本社会结构是否还在；（3）它的基本价值取向是否还能影响人们在生活中做出的重大选择；(4)它的独特语言是否还活在人们表达关键思想和深刻情感的话语和艺术形式之中。经过一番考察，发现这四个指标所涉及的现象，当代儒家或者完全丧失，或者只能抱残守缺，表明儒家已经处于严重的生存危机之中。近些年来，儒家有复活迹象，令人欣喜，但其历史的真实性和持久性还有待考察和考验。

还是一个不离人间生活的学说和实践传统,尽管她也有"极高明"的哲理和"杀身以成仁"的信仰;因此,当这人间生活的结构由于西方的侵略和摧残而发生巨变时,儒家就特别地不适应。传统政治体制和教育及选拔体制的消亡(比如科举制和君主制的消失),之所以对儒家和儒学产生那么大的影响,是因为它们标志着或预示着中国人的实际生活结构的突变。

第二,由于各种历史不利因素的凑合,儒家知识分子越来越不能看出,在这么一个西洋东洋武力逼迫的情境下,天与人、理与势、心与身、道德与强力**如何能够"合一"**,于是让儒家的学说与实践陷入了二元分裂的境地。由此我们就看到,尽管当时的所谓"顽固派"坚持了圣圣相传的仁义道德之大义,却囿于宋明理学的理气之辩,对于国家民族的现实命运给不出透彻切当的说明和建议;而洋务派、变法派以实力(也包括科技实力、国家体制及民族素质之实力)来强国保种,合乎时代需要,确实是当时必行之举,但因缺少真切的思想转化能力,逐渐陷入崇尚强力的西方现代化道路,并在严复的《天演论》和《原强》中达到了那个时代最到位的思想和话语的自觉。严复甚至在翻译赫胥黎《进化与伦理学》的段落中,也自出机杼,擅自改变原文,加入"强者后亡,弱者先绝""强皆昌,……弱乃灭亡"[1]一类鼓吹弱肉强食的所谓进化论或天演论的话,并在他本人的"案语"中,一再反

---

[1]《天演论》,赫胥黎著,严复译[作],科学出版社1971年版,"导言一",第1页;"导言六",第23页。

驳赫胥黎书中"伦理学"的那一边,而用斯宾塞的推崇"力"原则和民族优劣论的社会进化论来顶替。[1]

《天演论》是中国近代乃至现代史中最成功也是最致命的一本书,从此,**弱肉强食化**的"物竞天择"说、"适者[**宜者**]生存"说就风行天下,成为知识分子主流的共识,令他们甚至在两次世界大战的力量化危机面前也没有醒觉,直到今天,它的影响还在深层发挥作用。但问题在于,一旦只以广义的"实力""强力"来服人,那么儒家就非但毫无优势,而且无存在之必要了,全盘西化的各类激进派就觉得不但可以抛弃儒学,而且要通过新文化运动或文化革命来将儒家和中华古文化彻底污名化,视之为中华民族积贫积弱的总根源。千古兴亡的中国历史中,多少次国亡学不亡,这次却是国亡学即亡,国立而此学不再立了。

当今的中国正在强大起来,全世界都在感到中国的崛起。然而,儒家能靠这崛起带来的某种民族主义或对"软实力"的需求而复活吗?能靠"和"字和"孔子学院"走遍天下,获得它的复兴所需要的创新能力吗?不行的,因为那没有解决造成儒家困境的最大问题,任何虚捧和利用都不足以让这么深远巨大的文化-宗教-哲理传统从尘埃中复立,达到真实的复兴。儒学必须在她**与实际生活**的关系上有作为,而这首先就意味着她要改变、调整

---

[1] 这些案语反映了严复《原强》中这一段话的基本观点:"民民物物,各争有以自存。其始也,种与种争,及其成群成国,则群与群争,国与国争。而弱者当为强肉,愚者当为智役焉。迨夫有以自存而克遗种也,必强忍魁桀,矫捷巧慧,与一时之天时地利泊一切事势之最相宜者也。"(此文原载1895年3月4—9日天津《直报》。)

近代以来僵化了的思想方式，使她能够在对实际生活的理解、解释、批评、参与乃至重塑中扬长补短，获得在西元二十一世纪的新鲜生命力。

但这是一个什么样的实际生活呢？简单说来，这是一个按西方模式进行现代化乃至后现代化的实际生活，一个强力追求开始威胁到我们这种人类的基本生存方式的实际生活，一个已经不再或将要不再自然，也不再有中国传统核心价值的实际生活。在其中，甚至家庭、家族乃至天地父母，都不再是我们自然而然的生命出发点和归宿了。中国的生存结构，包括她的精神世界和学术界，已经在很大程度上被广义地西方化了。通过高科技，以及这高科技的"形而上学的存在-神-逻辑学机制"（海德格尔），人类正在热切地寻求非人化或超人化，当然还有超道德化、超乡土化，等等。儒学如何在面对这样一个实际生活时调整自己呢？

首先，儒学必须在极为真实的或牵一发而动全身的意义上，而不只是在"天人合一"的催眠口号中，突破二元分裂的思想方式，找到那在义/力（利）、人/我、礼/法、知/行、理/气、德/势、体/用分裂**之前**，甚至是一/多、彼/此、言/可言（或意义/对象）、神（天）/人、心/物、主/客分裂**之前**的思想源头和感通方式，也就是在"喜怒哀乐之未发，谓之中"意义上的**至诚入时的中道**。其实这正是孔子创立儒家的要诀生机之所在，不然的话，他老人家怎能在那个已经开始崇尚强力["世衰道微，邪说暴行有作。"[1]]的时代只凭借一般意义上的"克己复礼"来吸引青年才

---

[1] 《孟子·滕文公下》。

俊和知识界的关注,并在几百年中赢得儒家的辉煌呢?"天不生仲尼,万古长如夜",这照亮中华民族历史的光明,就源自孔子的"时""中"智慧。

然而,在这样一个观念化、对象化、物理时空化或数字化思维横行的时代,要重获这智慧却绝非容易,因为她不是或不只是一些可以直接从文献中找到的原则,可以拿来就用。她的"时中"性,也适用于她自身的呈现方式。为了这儒学原生命在今天或未来的再现,有两件事情似乎是必行的:

第一件是,儒学必须重得自己的思想生命源头,绝不能不加考问地就全盘接受西方的方法论系统、话语系统和价值系统。二十世纪儒家"学绝道丧"的一个突出标志,就是西方的解释系统,特别是以现代性为标志的近代解释系统成了我们的思想范式和学术范式,几乎完全主宰了我们对于自家传统和中国命运的看法。为了改变这一状况,就要进行**学术上和思想上的中国文艺复兴**,我们的古学,特别是儒学,在关注儒学的人们那里,即便不是立身之本,起码应该有一个与西学平等的地位,这样才会有一个中国学术的意识真身,有思想上做出选择的能力,可以在西方那边辨识敌友,进行真实的范式际的(inter-paradigmatic)对话,就像当年儒家道家与印度传来的诸学说的对话那样,在其中或许能激发出有重大意义的新思想、新儒学。如果在根本处已经被同一化,就只能做些二三流的工作了。

第二件事是,儒学应该从当代西方乃至其他文明的思想中,汲取前二元化或后二元化的精妙哲理和实践。当代人对于古老文献的感受力已经大大降低,而儒学隔膜于孔子的时中智慧,其时已久,所以只靠儒家内部的反省,或不足以"彰往察来,微显阐幽"[1],也不足以以中肯的方式和话语来参与当代和未来的理性对话、文明对话。西方自黑格尔之后,特别是二十世纪以来,批判传统西方思维方式、寻求超二元化的新哲理乃至新科学的努力,汹涌澎湃,其中颇有些可供儒学借鉴者,正如汉末之后,新来的佛学、特别是其中的般若中观学和如来藏心学可供中国佛学和儒学借鉴一样。就是严复《天演论》中标榜的进化论,深究之下,也会露出与严复的弱肉强食说很不一样的思想特点。严复及其跟进者们错就错在忽视了进化论中的"时间之幕"这个重要因素,也就是说,在面对未来的不测变化时,现在的人无法断言可对象化的特性——比如军力和高科技的"强大"——是未来的最适应者,就像恐龙时代的虚拟人无法断言恐龙的强大总能造就最适于生存者一样。按照原本儒家比如《易传》的看法,阴阳生发造成的未来不测性,会使得非对象化的神妙德行或时中智慧成为生存优势之所在。

其次,儒学必须反省乃至批判现代化生活中的非自然和非人-仁的倾向(un-natural and un-human tendency),而这可能正是儒学的短处变成的长处,即不离实际生活地而不是从某个本质上更高级的维度中来省思这生活,以便更**人-仁**道地重塑它,而不是完全超越人-仁地数字化、高科技化、奥林匹克精神化、精神智能

---

[1] 《周易·系辞下》。

化、太空化、星际化、上帝化。这既是儒学时中智慧的表现，又是这智慧重现的契机。

这也就意味着，儒学在她"与时偕行"、为家庭-民族-人类的生存而进行必要的当代化（contemporization）的同时，必须反对将生活加以神学化和教会化，包括科技版的神学化和教会化，同时要保护人生本身的自然神秘和魅力，反对西方现代性追求的完全"去魅"。所以，人是不应该被克隆的，而且更关键地，那些使得广义克隆可能的因素，比如破坏家庭-家族乃至孝、悌、忠、信的因素，贬低传统绿色科技的因素，鼓吹人定胜天、天（自然）可以被随意再创造的哲理，等等，应该被敏锐地辨析、批判并受到克制，在这一点上，君子必须"不器"[1]，与单纯追求力量的科技至上主义原则划清界限，并因此而与其他的不少宗教和哲学传统区别开来。"孝弟也者，其为仁之本与"[2]，对于家庭、亲子关系和广义的孝意识（包含对天地父母或大自然的孝敬）在人类生存中的根本地位的认识，对于高科技现代生活扭曲人性、毒化自然的揭示，对于学术"认知科学化"倾向的反省，对于个人主义/社会主义二元框架所遗漏者，乃至一个更人-仁性化的未来生活形态的寻找，以及这种寻找可能采取的多元化策略，等等，这些正是儒学进入实际生活的一些思想触角和发力点，也是她的"高等人文研究"的创新所亟须的。

---

1 《论语·为政》。
2 《论语·学而》。

再次，儒学的六艺或六经——诗书易礼乐春秋（礼乐射御书数）——的哲理蕴意和可能的当代形态，应该得到揭示和实践。特别是其中的礼学，既是思，又是行；既是艺术——兴于诗，成于乐，又是伦理——发乎情，几于时，彰于德；既是修身——正心克己诚意，又是治国——齐家、仁政而平天下；既充满欢乐——其生也荣，又承受悲苦——其死也哀；其回溯过去也悠久，其预知将来也深沉；总之，这礼是儒家通天彻地，凭之而进入充满诗、思、仁、义的现实生活的通道，其中既有心性儒学，又含社会及政治儒学。由它主导的生活形态和思想形态，既非个人主义、无神论、科学主义，亦非国家主义、实体人格化的有神论、信仰主义；既不放任物欲，又不剥夺自由；既非普遍主义，亦非特殊主义；而是那"先天而天弗违，后天而奉天时"的中道智慧与和谐——天人相与之道。我们不敢设想它会在这礼崩乐坏的时代实现，但是，我们这些似乎站在了新一轮起头处的人，身不由己地要努力攀登，通过家庭重建、农村重建、传统礼仪和美德重建、儿童读经、国学和书院再临、儒家团体的复出、儒家特区的设立，希望儒学重新赢得一部分人心，在哪怕很小的范围里重现儒家的实际生活，探索应对全球多重危机的儒家之道。

西方的科学与民主，是新文化运动抨击儒家和传统中国文化的双拳，它们是儒家的短处吗？在某种意义上是的，但这个"意义"必须弄清楚。传统中国的确没有西方的近现代科学，但有自己的灿烂科学与技术发明。问题是：中国的古代科技尽管丰富、巧妙、顺乎天然和泽福人生（如开凿都江堰、烧瓷织丝、造纸印刷），但不如西方近现代的科学技术强大，所以就武力以及组织武力的知识、技术和国家形态而论，只能甘拜下风。儒家是源于生活、教人如何生存、如何过好的生活的学说，面对如此致人于死命的高科技化的武力侵略，当然不能束手待毙，因此不得已而学洋务，甚至掌握适当的高科技，以求在此强力逼迫面前起码得以生存，不至于像印第安人、澳洲原住民那样被基本屠灭。**在这种时局情势下**，这是儒家必补之课。而且，当代科学的某些方面，比如人类学、物理学、生态学、心理学的新发展，也有助于儒学对于人性、自然和心性的认识。但这绝不意味着儒家要相信西方科技是普适的绝对真理或公理。相反，它是可置敌人乃至置人于死地的硬道理，从长远看，其中蕴含的危险远大于机会，痛苦远多于幸福。二十一世纪已经到来，高科技曾经并总在给我们许诺，但又总须要许下更多的未来之诺，以安抚人类的幸福期待。这种让人理性失明的把戏，不应该总蒙蔽住我们这些孔孟老庄的子孙。如何与狼共舞而又不被狼吃掉，如何掌握硬道理并让它变柔软，以便从属于生命-生活原则，正是考验儒学的时中智慧之处。

至于民主，儒家自古就以民为天，"天视自我民视，天听自我民听"[1]；因而主张民贵君轻、民为邦本。但是这并不是西方近代建立在个人主义契约论之上的、有特别法律构架的民主，它讲的"民"首先不是个人，而是家庭与族群；所以这民的生命首先不

---

1 《尚书·泰誓中》。

由现在时主导,而是过去与将来交织的历时长久生存。它实现民主的方式首先是家庭-家族相对于国家权力的优先与独立,"为父绝君,不为君绝父"[1]。其次是国家权力在先秦的分封、多元和历时多样化。"通三统"中的"大一统",它在当代的余绪就是"一国两制"中潜藏的"一国多制"。再次则是汉代之后的察举制、谏议制、科举制等。甚至源于家庭结构的君主的孝意识和天人感应意识,也都是"民本"的实现途径。总之是以道统来改造和提升政统、治统。但是,儒家民本或民主传统中缺少当代西方民主中的三权分立、普选制、保障合理的言论自由和妇女权益的立法等,因而缺少在权力最高层的、可形式化的实现途径,因而让不少人不分良莠地将中国古代政治(特别是秦汉之后的政治)都斥责为"专制"乃至"极权"。尽管这种指责是不对的,但对于西方民主制中的那些行之有效的形式结构,当代儒学的确应该顺应时势地甄别反省(包括甄别自身在历史中的蜕变)、择善而从并依自身特点加以发展转化。比如,可以设想,儒家吸收转化三权分立的国家结构,赞成以非个人主义的方式实行选举制,但要以家庭-家族长久生存所须的德行而非成人个体的当下利益为权力的基础。当然,这些都需要深入研究并在实践中成形。但这类吸收和转化之所以可能,是因为儒家政治是从天地阴阳对交而生成的人-仁道正制,其中绝无硬性不变的君主至上、歧视女性、压制非议的原则;相反,它取法《易经》的"三易"(以"简易"

---

[1] 《郭店楚简·六德》。

的阴阳易象,从"变易"中得时势化的"不易"),尊崇尧舜圣王之道,循天地之大法,从人性之自然,施礼乐之教化,以至于无为而治[1]。一切以大化流行中赢得的自然与人世的最大丰富与和谐——天下太平——为本。所以,儒家政治思想与实践总是可变的,但绝不会以某种违背天道人-仁性的原则,比如个人主义或无家化的集体主义[2],为定法,邯郸学步,以至于让自身完全异化于非自然的体制化状态,变得无法再循天而变、与时偕行。

今天9月28日,正值至圣先师孔子诞辰,北大高等人文研究院选此日挂牌成立,意味深长。百年北大留给世人最深印象是"新文化运动的摇篮",然而不要忘记,北大源自戊戌变法,也就是中华民族及其儒学文化在西方(含东洋)重压下求生存的努力,她最初的十几年具有更加丰满的中西合璧、相互对话的形态,比如那时儒学经学科是北大八大科(或学院)之首。这一出身乃至它的儒家太学和国子监的前身,往往被人遗忘,不管是出于无知还是刻意。然而,新的未来中或许有老记忆的涌现,或者,老的记忆可能会促发新的未来。如果民族的特别是知识分子的失忆症或偏忆症可以被缓解,以上所讲的"二十一世纪的儒学",或许与二十一世纪的北大将有特殊因缘,也未可知啊!孔子像能不能立于北大西门内两华表之后、两麒麟之前,也就要看这因缘是否凑合了。

---

1 《论语·卫灵公》。
2 西方近代民主制的基础个人主义,或西方式集权主义的基础集体主义,就是某种经济体制、宗教体制的产物,并非人性之本然。

我在发言开头提出的问题是：站在二十一世纪的起头处，我们能否期待另一个人类文化史的奇观，也就是这个极其式微的、似乎是"过去了的"学说和文化的复兴呢？从前面的讨论中可以看出，现在对于这个问题没有所谓"客观的"回答，因为，从事实上看，它似乎不可能，因为我们面对的是一个完全以实力说话的全球化过程；而从情理上看，它又不会不可能，因为我们毕竟还是人，还没有变成后人类或超人，而儒学的全部关注就是如何让这种人生中的人-仁义实现出来。实际上，我们应答这个问题的方式本身，可能就正在参与构成着对这个问题的惚恍之中的答案。就此而言，我们可以说：二十一世纪的儒学应该有所作为，而且可能会有所作为。天之将丧斯文，还是天之将兴斯文，可能就在此一举了。

谢谢诸位！

庚寅中秋完稿于北大畅春园
庚寅大雪时节再修订

31 儒家通三统的新形式和
北美阿米什人的社团生活
——不同于现代性的另类生活追求

儒家或儒教如何在现代性主导的当代和未来取得有活力的自身实际生活形态,是一个对于儒家而言最富挑战性的问题。儒家通三统的实践和思想给予我们以启发,儒家特区的设想可以看作是此通三统的一种当代体现,而阿米什人的现实生活形态则可以提示、检验和支持这种设想。

一

"通三统"是中国古代、特别是先秦政治与文化的理想,也是这种理想所塑造的相关现实。就其政治含义而言,"三统"是指当前实施统治的主导政权和另外两个曾经依次存在过的前政权,比如周武王登基后的周朝和殷朝、夏朝形成一个三统,现在中华人民共和国和中华民国、清朝代表的儒家化政权也形成一个三统。从文化上讲，三统指这三个政权代表的三种文化和生活形态。"通"则是指让这三统以主导和边缘的方式共存并相互尊重，从而一起构成富于天时感、仁道感和历史正义感的政治生态或天道。所谓"主导和边缘的方式"，在历史上的体现就是主导政权分封给前朝王室后裔以方百里的小公国[1]，"使服其服，行其礼乐，称客而朝"（董仲舒《春秋繁露·三代改制质文》）；就中国目前已有的情况来看，就是中央政府和特区共存的方式。现有香港、澳门特区，将来也可以有台湾特区和儒家特区。

这个学说的要旨之一是：已经不流行的或基本属于过去的文化形态、政治形态和生活形态，不但仍然被给予某种存在的机会，而且其价值得到尊重。此外，按照三统更加细密的历法表现、即三统各以一月、十二月和十一月为自己的正月而循环不已，以及中国古代的天道循环观（除三统之外，还有文质的和五行的循环观），这三统从形式上是循环的。也就是说，最久远的形态会在未来再现。这种过去与将来的和平的、互补的、动态的交织构成一个带有深远历史视野的现在。

此学说的另一个要旨是认为一个政权的天道合法性取决于通三统的真实造就。如果新政权或当下存在的政权不去分封"二王之后"，或这些前朝的后人不愿意接受这分封，那么这新政权就还未证明它膺了天命，从而得到绝大多数士子和民众的认可。所

---

[1] 班固：《白虎通·三正》。

以中国历史上的新政权（除了暴秦）首领几乎莫不想实现通三统，"兴灭国，继绝世，举逸民，天下之民归心焉"。[1] 即便秦朝后分封已名存实亡，这个追求也一直未断绝。比如中国最后一个尊奉儒家的政权即清朝的皇帝，还是要通过祭明陵、封明朝和元朝的后裔一个相应官职来体现自己的通三统[2]。最后，通三统表明中国古人的这样一个非普遍主义的见地，即没有哪一种现实的政体、政权或文化是最好的，美好者只能在异质者的互补和时机化共构中实现。

总之，这是人类群体或民族的生存时间化的政治和文化表现，超出了单个文化及政治团体的封闭视野，具有深邃的他者意识和历史智慧，在人类政治文化中独领风骚。邓小平先生和中国政府在处理香港和澳门回归后身份时运用的"一国两制"，似乎也有这个传统的哪怕是隐蔽的影响。因此，通三统在中国的历史进程中好像还没有完全死去，而它再次被明显地激活就可能有利于儒家团体生活的复现。

二

与世界上其他大宗教相比，儒家的特点是完全扎根于人类生活本身，首先是家庭和亲子关系，就通过它们来实现"上下与

---

[1] 《论语·尧曰》。
[2] 《春秋繁露义证·三代改制质文》，苏舆案语。

天地同流"的神圣境界,而不去追求在实体的意义上超出人间生活,进入一个本质上更高级的个体永恒存在。"仁者,人也,亲亲为大。"[1]要实现"仁"这个儒家的最重要德行,不能靠超越人类的局限,而是要靠深化亲子关系来充分实现人之所以为人的潜能。所以,相比其他宗教和意识形态,儒家的优势主要在于能够"以家为本"地构造出美好的、稳定的、长久存在的人生形态。因为这个缘故,历史上的儒家文明既没有传教的和进行宗教战争的兴趣,也没有在中国版图之外扩张领土以建立更大帝国的冲动(蒙古文化不属于儒家文明)。这个特点连赴华传教的利玛窦也注意到了。[2]

---

[1]《礼记·中庸》。

[2] 利玛窦写道:"他们[中国人]与欧洲人不同……[并且]非常值得注意的是,在这样一个几乎具有无数人口和无限幅员的国家,而各种物产又极为丰富,虽然他们有装备精良的陆军与海军,很容易征服邻近的国家,但他们的皇上和人民却从未想过要发动侵略战争。他们很满足于自己已有的东西,没有征服的野心。在这方面,他们和欧洲人很不相同,欧洲人常常不满意自己的政府,并贪求别人所享有的东西。西方国家似乎被最高统治权的念头消耗得筋疲力尽,但他们连老祖宗传给他们的东西都保持不住,而中国人却已经保持了达数千年之久。这一论断似乎与我们的一些作者就这个帝国的最初创立所作的论断有某些关系,他们断言中国人不仅征服了邻国,而且把势力扩张到印度。我仔细研究了中国长达四千多年的历史,我不得不承认我从未见到有这类征服的记载,也没有听说过他们扩张国界。……标志着与西方一大差别而值得注意的另一重大事实是,他们全国都是由知识阶层,即一般叫做哲学家[儒士]的人来治理的。……因此,结果是凡希望成为有教养的人都不赞成战争,他们宁愿做最低等的哲学家,也不愿做最高的武官。……更加令外国人惊异的是,在事关对皇上和国家忠诚时,这些哲学家一听到召唤,其品格崇高与不顾危险和视死如归,甚至要超过那些负有保卫祖国专职的人。"(利玛窦、金尼阁:《利玛窦中国札记》,第58—60页)

今天人类处于家庭正在衰败的全球化环境中。儒家值此不利的局面，要想有一个活的身体，就不能仅仅限于心性意识、文化教育和思想传播，也不能止于向其他宗教看齐，建立自己的宗教组织，甚至要在此反儒家的时代潮流中成为名义上的国教，而是必须有自己的以家为根的生活基地，通过它形成在新时期里的自身生存经验，并将以上所述的儒家长处显示给主流社会及其他文明中的人们，等待未来于己有利的历史局面的出现。这种生存策略正是通三统所启示和允许的。儒家的政权和文化作为一个已经过去的生存形态，在通三统的历史视野中，并没有失去所有的团体生存权，它仍然应该以边缘的"公侯国"的方式存在，在那里保持自己的文化特色和生命活性。如上所言，这"公侯国"在今天的表现形式就是"特区"，因此儒家文化特区就可以被视为现时代通三统中的第三统。

儒家最欣赏的政统更迭方式也与此相关。《史记·孔子世家》记孔子曰："盖周文武起丰镐而王。"意思是周族的文王武王在丰和镐这样的小地方干起，因为做得好，显示了孝悌忠信的生活形态魅力，以至于天下大多数的人和诸侯国都认同和归心，造就了王气，实现了历史的新三统。这话还隐含有这样的意思，即广义的儒家（周文武及周公都是孔子心目中的儒家圣贤）让自己兴旺的最佳方式既不是意识形态的宣传，也不是武力的征服，而是活的、好的生活形态的直接展示，由此而得人心，建立王道政治的基础。因此，三统中的第三统如果想要将形式上的未来实现为真实的未来，那么就必须像周文武那样，不仅是作为一个维系着过去的"旧邦"苟延残喘,而是以它为实现更美善生活、也就是所谓"新命"[1]的生存基地、复兴基地。

这么看来,儒家文化特区就是那担负着新命的旧邦,它的设计和建立既是为了儒家社团生活在当代的复活,也是为了人类未来有更多样的、甚至是更美好和更安全的选择。

那么,该如何建立这个儒家文化特区呢?我曾经做过一些设想[2],这里仅简述几个要点。

第一,家庭和亲子关系是建立这个特区的基础与核心。这里讲的"家庭"不限于现代社会中的"核心家庭"或两代、甚至一代人组成的小家庭,而是包含这种小家庭的更健全的、为人类所天然具有的大家庭或家族。它由三代或更多代家庭成员组成,有自己的家族传统(比如族规、家训、族谱)、祖先认同(比如宗祠、祖庙、祭拜仪礼)和他者意识(承认其他家族的生存权,尽量与其合作而非对抗)。因此,这个特区既不是按照自由主义的契约论,也不是按照国家主义的集权论建立的,而是依据被儒家礼乐教化——含以下所述的一系列设计——所提升的家庭主义原则来自治的。这个家庭主义里没有对妇女或任何家庭成员及其天然倾向的歧视和压制,只承认家庭角色的不同,而且要依时势来变化和调整。

---

[1] 《诗经·大雅·文王》:"周虽旧邦,其命维新。"
[2] 张祥龙:《成立儒家文化特区或保护区的理由与方式》《栖居中的家何在?——非高科技的建筑现象学探讨》,载拙著《复见天地心:儒家再临的蕴意与道路》,东方出版社2014年版,第129—162页。

第二，此特区只使用那些对家庭、人性和自然友善的清洁技术和知识。这也就意味着上，它将摒弃一切威胁人类生态和自然生态长久生存的技术，而只采用传统的（如中医中药、传统农耕）和绿色的技术。原则上不使用化学燃料为动力的机械，不使用以污染方式或破坏生态的方式（如核能、大型水坝）获得的电能，不用污染环境的农药化肥和人造材料，在日常生活中不使用电子通讯设备，等等。同时大力发展传统技术、绿色技术或适度技术的研发创新，以满足一个和谐多彩的生活之所需。

第三，政治结构是以家为根的阴阳平衡的儒家百姓共荣制。所谓"阴阳平衡"，是指在当下与过去未来、实利与道义、家庭与社团、个人与家庭、百姓大众与儒者群体之间既区别又互补所造就的平衡。"百姓"是指区民，但是是家庭化和家族化了的区民或人民。所以，特区的权力机构分为两方，可称为百姓院和儒者院。前者由百姓选举——其中家庭投票较个人投票占优——产生，后者由成熟儒者组成，其资格来自科举考试、多年实践生成的人望及儒者院的批准（此院成立之前无这一项要求）所形成。重要事项两院之一皆可提出，但须对方多数批准，涉及特区基本法修改的提案须三分之二同意。特区最核心的指导原则如以上两条，不可动摇，只能依形势而调整具体的实施方法。区长由百姓院依多数原则提名，由儒者院批准，如驳回则百姓院再提另一人名，但儒者院必须在对方的三次提名中选择一个。区政府的主要人员由区长提名，百姓院批准。

第四，经济要有益于家庭生态和自然生态，所以以农为本，兼顾其他，畜牧、工商等兼行。既非平均主义，亦非两极分化；既非私有化——如土地不私有、不可买卖、重大情况发生时特区可以依法实行有补偿的财产再分配——亦非公有化，而是鼓励以家庭为单位进行。托底而不抑上，上升则必反哺，让每一家、每一人、每种生活方式都各得其所，活得有奔头，又有每个人的尊严和基本保障。

第五，教育要在恢复传统儒家艺化德性教育的基础上，加以改进。"艺"首先是儒家六艺，诗、书、易、礼、乐、春秋，其次是四书，还要兼收其他适当者，如农艺、武艺、工艺等等。"德性"以孝悌为本，艺化以达到时中含权的仁义忠信等。"改进"则是指吸收西方和其他各民族于我有益的知识、技术、艺术和德性，特别是那种干净的、仿生的、可地方化、自然化的新知识、技术和组织方式。建立关于重要技术、包括危险科技后果预防的研究所，让学生们既了解全局，又术有专攻。特区应该是充满年轻人的探索热情和层层发现的新生区域，绝不是抱残守缺的保留地。

恢复科举制，考试重德性和经世致用的学问，乃至那些于特区生存相关的技术和知识，从中产生儒者、特区未来官员、技术能手和适度科学专家的潜在人选。

第六，信仰以儒家或儒教为底色，通过以上陈述的多维生存结构来维护之。但由于儒教的家庭源头性而非教义源头性，由这种教化主宰的特区就具有生活结构带来的自信和宽容，不惧怕与他者或其他宗教的共存，所以并不禁止其他信仰。

三

以上原则构造出的是一个儒家社团生活吗?当然。因为它们以家庭和孝悌为根,阴阳为机,仁信为体,六艺为翼;天人呼应,时中权衡,以义为主而又义利兼顾,修身、齐家、治国(区)、平天下,所以当然是儒家而非任何其他的信仰和主义。那么,它是个有新意、有活力的复古呢,还只是一个古代生活形态的呆板复制?从以上的设想中可以看出,如果它们得到实现,应该是个有新命的旧邦,有时代内在活力和创新力的保守和后退。在今天赶新的时髦赶滥了的情势下,能够后退几步恰是更有选择力和自由精神的表现。

那么,这种社团生活在当今这种高科技盛行、求新求异、个体主义化的时代氛围中能够持续存在吗?这是儒家特区或保护区的设想提出以来面临的最大质疑。对此,除了以它的基石是家庭化这条人类最古老又可常新的原则来回答之外,还可以通过审视北美阿米什人的生活社团的经验来回应。

阿米什人(the Amish)是形成于十七世纪欧洲的一个新教再洗礼派。由于受到迫害,在十八世纪和十九世纪数次从欧洲移民于北美。现在阿米什人的社区只存在于美国和加拿大,以美国为主。[1]它给人的最突出印象就是不追求乃至尽可能地抵制高科技和

---

1 参见 *The Amish*, by Donald B. Draybill, Daren M. Johnson-Weiner and Steven M. Nolt, Baltimore: The Johns Hopkins University, 2013。

还可参见 *Amish Society*, fourth edition, by John A. Hostetler, Baltimore and London: The Johns Hopkins University Press, 1993。

个体主义文化。也就是说，基本上不使用高科技，不得已时，也只在对其进行良性改变后才使用；生活的最高价值不是个人的实现，而是教会、家庭和社团的健全和谐。比如，阿米什人现在还是使用马车来出行，不能拥有自家汽车。基本不用电，在工作场所需少量用电时，也不连接电网，而是自己发电。崇尚农业，配合以手工业，但近半个世纪以来，受到环境压迫，也从事一些其他非高科技的职业，如奶业。自己教育孩子，以信仰、德行和生活技能为主干，上学最多只到初中毕业。信仰纯粹朴实，不建立脱离生活的神学化教会，而是由全体社区民众选举神职人员；没有正式教堂，宗教活动如礼拜在各家轮流举行。家庭和家族是整个社团生活的基础和中心，珍爱但不娇惯孩子，赡养年老父母和祖父母，照顾残疾者和一切需要帮助者。

由此看来，阿米什人的基本生活方向与现代美国和加拿大的主流社会极为不同，而与以上阐述的儒家文化特区的形态有重要的相似之处。将这样一个在极不利环境中存在了几个世纪的社团生活与设想中的儒家特区做些比较，或许能让我们的设想更有历史现实感，对于面临的困难和机会有更清醒的意识，也会对建立这样的特区具有更坚定的信念和可行的办法。先概述一下两方相似之处。

第一，阿人社团和儒家特区都面对与自己的生存追求非常不同甚至对立的时代环境，两者都迫切感到需要与主流社会区别开来，且不仅是思想意识上区别，还需要在生活方式乃至生活区域上区别开，不然自己的理想无法在现实中实现。为此，阿人就要由二十或几十个家庭共同购买相连的土地，形成一个农业社区，并在这里边来力求自治自立，尽量减少外部的干涉。比如一个生活在宾州的叫莱维（Levi）的阿人，于1954年一月份之前的四个月中，被逮捕和监禁了五次，原因只是他拒绝送自己十四岁的儿子去继续上主流社会中的中学。类似的事情发生在了一百多名阿人身上。他们坚持说，教育孩子是他们社团自己的事情，而这社团认为孩子们学完第八年级就足够了，再去上主流社会的高中就会破坏他们社团的传统和生机。

实际上，由于宗教迫害等种种原因，与主流社会隔离（Absonderung）是阿人全部历史的特征，自从二十世纪以来，这种隔离就带上了抵制高科技的特点（因为以前大家的技术都彼此彼此）。为此，阿人就极力为"不被现代化的权利"而奋斗，也就痛感必须在生活的各方面坚守"规范"（Orderung），即经过历史考验的神圣秩序和相关规定。他们很清楚，这场不被现代化的斗争直接决定他们社团的命运。"在两代人里，那些追随进步的教会［或社团］就放弃了他们阿人的突出特征，而融入到相邻的门诺派形态中去了。"[1]

在古代中国特别是中华先秦的历史上，通三统的传统就允许乃至鼓励这种异质生存区域的存在。而今天全球化、高科技化潮流的盛行让敏感的儒者特别意识到，没有这种异质性或隔离性，儒家在当下和未来就绝不会赢得真实的生活世界。在这方面，阿

---

1 *The Amish*, p. 43.

人的"隔离"经验是极其宝贵的,因为虽然现在的中国与美国、加拿大有许多不同,但在追求现代性、高科技和"强力"的意愿上,是高度一致的。而一个有智慧的领导人,无论中国的还是美国的,都应该许可和鼓励这样的文化特区或生活形态多样性的出现,因为这恰恰表明此社会比较健康的一面,或者说还能与天命联接的通道。

第二,两方都尽最大努力将宗教信仰与家庭伦理紧密地结合起来。对于他们,爱神(或敬天)与爱家不可分离。阿人不采纳其他教会里常听到的一些口号,比如"保障你的拯救""[信仰使你得到]永恒的保证"等等,好像神恩是可以脱开正在进行的人世生活而以超越的方式来赢得的;他们在宗教方面的态度,是要在伦理实践的"活生生希望"中实现自己的拯救。所以,"对于他们,将伦理与拯救分离,或谈到一方面而不同时谈到另一方面,是毫无意义的。"[1] 在此,"伦理"首先意味着家庭的伦理和道德。因此,阿人不信任高高在上的体制化教会,而要自己挑选牧师,并且就在他们自己的家宅中轮流举行最神圣的宗教仪式。他们都生活在由几十个家庭组成的一个个社团(Gmay 或 Gemeinde)里,而这些家庭在很大程度上是有亲属关系的。它们"为人生的所有阶段提供关爱、支持和智慧"[2]。因此,"家庭[而不是个人和机构]是阿人社会中的首要社会单位。……家庭就是微型的教

---

[1] *The Amish*, p. 72.

[2] Ibid., p. 203.

会。""无论怎样强调大家庭在阿人社会中的重要性都是不过分的。"[1] 这种家庭朝向的基督教信仰使得阿人社团区别于其他的基督教团体，而更靠近儒家特区中的儒家社团。

因此，我们发现那标志着儒家文化的孝道在一定程度上也在阿人社团中受到鼓励和被实践着。"阿人圈子中时常听到〔《旧约·出埃及记》所记上帝向摩西传的〕第五诫的话语'当孝敬父母'。"当父母年老时，他们就搬到他们的一个已婚孩子的住处附近，由此而得到后代们的照顾。所以，他们极少需要求助于养老院等设施。

第三，双方都是生存情境化和感通化的社团。《阿米什人》将它表述为一种"高度情境化的文化"（E. 霍尔），"在其中人们相互深层关联着……〔并被〕整合着，因为其成员们都娴于按照共善系统的合作方式来思考问题。忠诚是具体的，人们一起工作来应对他们面对的问题。"这种有机化的社团生活正是吸引青年一代留下来的因素之一。为了充分实现这种情境化的生活，社团的成员们就不能频繁移动，而是要安土重迁，以保证人际交流的直接性、经常性和境域性。这也是阿人社团反对拥有汽车而一直使用马车出行的原因之一。结果就是，越是保守的阿人社团——阿人的众多社团也有从特别保守到比较宽松的区别谱系，即那些特别能坚守传统技术和生活方式的社团，则留住的青年人越多。与不少研究者对阿人社团命运的悲观预言相反，阿人人口从1900

1　*The Amish*, p. 203.

年的六千人增加到了2012年的二十七万五千人。

第四，两边都坚持使用适度技术。这也就是说，要维持和光大自己的生活和信仰，必须抵制现代高科技的压倒性浪潮对人类生活方式的绑架，必须有选择地使用那些适应于自己生存要求的技术，即所谓"适度技术"。对于这两方来说，技术和知识从来就不是完全中性的，只会听从使用者意愿的；相反，被使用的技术会反过来塑造乃至——在盲目追求它的效率时——控制使用者的生活形态。正如一位阿人领导者所说："刚过去的这些时光中，道德的败坏是与现代技术造就的生活方式改变联手共生的。"所以阿人一直认识到机械化或高科技化会破坏家庭和乡土化的社团，为远距离的生产方式和文化影响开辟可能。你可以开着你的高科技装备的收割机去帮助你的邻居收庄稼，但如果大家都使用这种机器，则相互帮助这个生活形式本身就会大大减少。你可以用手机给父母打电话请安，但使用手机已经使你与父母的交流限于遥远的声音（及图像），丧失了面对面交流和共同生活的情境和情感。其结果就是将社团和大家庭缩减为小家庭，又将小家庭还原为个人。于是我们就都被商业大公司、媒体和党派所控制，我们的生活乃至团体认同就要被他们的新技术和意识形态所操纵。

某些进步的阿人社团试图通过更宽容地接受新技术而适应这个急剧变化中的世界，但"多样性有它的限度"，一旦这种接受丧失了从老规范来的指导和由此形成的与新技术"谈判"的能力，则有灾难性的后果。"虽然毕池（Beachy）地区的阿人社团成员继续穿着朴素,甚至还在一代人左右的时间中保持着宾州荷兰语方言,但他们对汽车和其它新技术、新学说的拥抱还是导致他们离开了老规范社团。"其原因就像阿人社团的领导人们所讲的,是由于自己拥有汽车使人易于离开家庭和地方教会,到城市里找机会,由此带来道德衰败。在他们看来,维护阿人信仰及社团的道德是完全生活形态化的,也就是与家庭化和地方化的密切稳定的生活形态密不可分的。当阿人拒绝电话、电视、电网时,也是首先从这种有机社团的生存——它的道德、信仰和家庭对这生存绝对必须——角度来考虑的。

第五,两方都认为,要维护自己珍视的生活形态,农业是最适当的经济方式。"多少代人的生活经验让阿人们生成了一种坚定的信念,即小型的家庭农庄是不离信仰地养育子女的最佳方式。"[1]但是,自从上世纪五十年代以来,由于新技术的挤压,尤其是农业商业化带来的务农成本的提高(阿人的农庄毕竟没有与外部的农业绝缘),阿人农庄遇到了相当大的困难,导致务农的阿人家庭减少。一些家庭已经采用了高技术的设备比如真空挤奶器和储藏牛奶的冷却罐[2]。幸运的是,到了本世纪,除了还留存的一些用传统方式经营的农庄外,还出现了一些新的非高科技的农业实践,比如奶酪制造、农产品拍卖、有机农业、依次分块牧养牲畜、温室培育等等,由此而使阿人社团的农业又有复兴之势。由

---

[1] *The Amish*, pp. 275-276.
[2] Ibid., pp. 277-282.

此可见，那种能够维持自己信仰的农业的繁荣，与使用什么技术是内在相关的。儒家特区必须以传统的和绿色的技术来发展自己的农业。

四

站在儒家特区的立场上，我们对阿人社团这些"举世非之，力行而不惑"[1]的德性智慧和巨大勇气，及其开创历史的独特成就，表示由衷的钦佩。以上诸点，要加以深入思考，全面吸收，以发扬光大。但是，似乎还是有些教训可以汲取，以便将来实践儒家特区时有所准备，也可算是对阿人朋友们的一种仅供参考的建议。

首先，尽管阿人具有辨识出现代技术的道德后果的敏感，并采取了了不起的步骤去抵制改造，**但他们应对技术问题的总方略似乎还是过于被动**。他们没有组织起长期的努力，去创造能够满足自己生存需要的适度技术网络。比如，他们曾经将商业化的个人电脑加以改造，使它可以不用电网的电力而用电池驱动，让它保持计算和文件处理能力而丧失上网和玩游戏的功能。这是很不错的一种适应。但是，如果你将来在市场上买不到可用来改造的合适电脑，比如那时的电脑已经超出当年的286电脑许多，变得太贵太复杂，那么这种适应策略就不可用了。更好的策略或许是去

---

[1] 韩愈：《伯夷颂》。

创造自己的计算和文字处理机，也就是一种被改进了的算盘和打字机，让它从根基处就适应自己社团的需要。阿人抵制和改造现代技术的努力一直是艰难的，现在又出现了新的威胁，比如有的阿人社区中的一些成员开始接受手机和太阳能电力，它们隐藏着对社团的危害。因此，《阿米什人》的作者说到阿人在未来是否能驯服现代技术时，用的是"吃不准"这个词。

其次，阿人或许应该建立**自己的**高层次教育和研究机制，以便得到上面一条所建议的自身创造和维持的能力。在历史上，儒家曾经具有有效的教育和考试网络，但这些教育和科举考试里没有或很少有涉及农业和手工业技艺的内容。儒家特区必须对它们加以改进，所学所测正是所需所用，当然这"用"不限于眼前的和对象化的用。"为是不用而寓诸庸，庸也者，用也，用也者，通也，通也者，得也，适得而几已。"[1]（正因为不求那蝇头小利的用处，才能将自己的努力置于［中］庸里边。所谓庸，就是生活境域化和时机化的活用，这种用就会导致各种生存活动的相互融通；而达到此融通，才算是让自己的努力获得了根本的意义，也就是所得正适合生命本身的需要，不多不少，于是就进入到人生的几微妙处而近乎道了。）

再次，为了保证以上两条的实现，并为了维持自己独特生活方式的长治久安，应该在阿人或儒家特区与主流社会之间形成更清楚的界线，也就是更有效地实现隔离原则。这也就意味着阿

---

[1]《庄子·齐物论》。

人社团应该建立自己的特区，让自己的生活结构不受干扰地通行于其中。我们知道，阿人一直只靠集体购买社团土地而赢得一个自己的生活空间，所以其社区的边缘是向主流社会完全开放的，以至于他们往往是以个体家庭而非整个社团的形式与外界打交道。这种完全不设防的状态在往日交通不便、人口不多的情况下还可维持，但这半个世纪的高科技的发展改变了局面，导致阿人的经济活动在这几十年中越来越受到主流社会的影响，引出了越来越严重的问题。比如，政府在上世纪五十和六十年代规定将奶品分为甲类和乙类，就迫使一些要将奶品卖给主流社会的阿人家庭采用机械化挤奶器和冷却储藏大罐。到了2002年，一些阿人就抱怨社团的老规范妨碍了他们的农业经营，甚至迫使他们放弃农业。为什么以前这些老规范没有妨碍，而现在就妨碍了？因为外部经济环境的改变提升了转基因种子、肥料、设备和兽医等的价格，使得家庭经营的农业成本上升，逼得你不用高科技就维持不下去。

因此，为了避免主流社会的高速发展带来的愈来愈大的蛇吸力，必须将自家社团的与主流社会的经济活动整体隔离开来，而这就要求建立自己管理的独立社区，即特区。以前阿人与主流之间的隔离，主要是宗教信仰的、技术的和自然经济上的，现在似乎必须实施行政和整体经济上的隔离，不然难于保持自家特色。阿人反对官僚机构的倾向是很正确的，但不能让这种倾向阻碍建立自己的非官僚化的必要机构，比如整个阿人团体的领导机构（阿人一直以自己的小社区为生存单位，没有统合各地的全部社区的机构）和一个或几个大的联合特区。相比于被外边的主流社会攻破的灾难，向自家大社团让度一些自己小社团的独立性，并建立自家的高层研究和学习机构，以赢得生存机会，是值得的。

结　语

通三统的学说揭示出，一个文明国家的政治形态可以是、甚至应该是多样耦合或和而不同的。没有单个的最佳，只有在主次异质多重的共荣共和中的最好。在当今不利的大环境中，儒家更应以时机化方式来创造性地发扬通三统的精髓，为自己赢得必须的生存基地，也为中国赢得新时代通三统的天道正（政）治。因此，建立儒家特区是新形势下儒家本性的新开展。为此，充分吸收阿米什人社团的宝贵经验正是儒家成就自己的机缘。阿人为了维护自己的家庭化道德生活和信仰而抵制现代高科技的成就尤其值得汲取，但也正是在这方面，尚有可改进的余地。

乙未年仲夏初稿完成于山大兴隆山校区

32　极光如何闪现？
——读《长青哲学》有感

人生百年，转眼一世，最重要的问题是什么？有人说吃饭的问题或维持生命的问题最大，有人说灵魂归宿或选对信仰最重要；但还有比这些更要害的问题，即这种人生、这个世界究竟有没有一个收敛的意义极，或者说是一个意义的终极源头的问题。如果没有这个收敛极，那么人生、动物和植物的生命，甚至岩石、地球和宇宙，就只是偶然的暂时的存在，"光阴者，百代之过客，而浮生若梦"。[1] 早死晚死、好活歹活，就只是前后相随和上下无常的过眼烟云，最后一切都拉平拉散。但是，如果有这么一个极，那么这一切就都不是散漫碰巧和势必泯灭无痕的了，而是有着根本的意义负荷，或者说是总有踪迹可言的。那样的话，我们的虚无感、抑郁感和恐惧感，就可能被一种全新的意义大潮

---

[1] 李白：《春夜宴桃李园序》。

荡涤，而生命和万物，就都是在实现这意蕴的道路上，它们的生存就成为一本精彩小说中的章节和文字，而我们经受的一切痛苦、成败，甚至死亡，就都有某种讲头可言了。

但更关键的是，这种"讲头"不能被讲得条分缕析、言之凿凿，也就是说，这个意义极不能被定格为某种固定的形式，不是那种意义上的"最高极"。它既不是柏拉图设立的"理念"或"原型"，也不是西方宗教讲的最终目的地，比如最后审判一类的末世论。说它是意义极，就意味着它总有意义的全新涌流，绝不会出现"坐在上帝的右手"或"进入共产主义"后的不知所措、无所事事。所以，有了此意极，吃饭就不是终极问题了，它或者已经被解决，或者不解决也有交待了；灵魂归宿或信仰什么也不是问题了，因为灵魂和信仰的根源已在其中。

这本《长青哲学》[1]就代表了要去揭示这么一个意义发生极的卓越努力。它引用了相当丰富的资料，加以诠释、疏通和延伸，形成对这个要害问题的多层次、多角度但又具有收敛方向的回答和展示。我虽然也对与此问题密切相关的"神秘体验论"（一般写作"神秘主义"）有兴趣，并自多年前就做过一点研究，还翻译过此书中数次提及的"吕斯布鲁克"的主要著作，但这次读到王子宁、张卜天的中译本，还是受到不少启发，也被引发出一些感想，以下就尝试着说出它们。卜天的译文，一直是准确、流畅和富于蕴含的，即简洁中隐藏着他的开阔视野和丰富学识。眼下

---

[1] 阿尔道斯·赫胥黎：《长青哲学》，王子宁、张卜天译，商务印书馆2018年版。

我看到的这个译本,保持了他的可贵风格,在表述的生动方面或许还更上了一个台阶。

一

我非常欣赏此书的这样一些特点或成就:

首先,它明晓、出色地回答了那个要害问题,凭借众多有灵性者们的精彩话语和相关阐释,表明这个世界是有意义来源和归宿的,不管你称它作什么。不仅有这个源头,它还被表明是完全收敛的,常常被说成是原本的"一"。

其次,更重要的是,这"一"既不可能被人类的概念化思维所把握,也不可能被命题化语言加以肯定性地直接表述。它既不是承载属性的实体,也不是被谓语述及的主词,而是不可被在任何意义上观念化、定义化和对象化的源头。"梵是'让语词却步'的一。"(〔印〕商羯罗)"神是根本无法把握的。"(圣十字约翰)"故恒无,欲以观其妙。"[1] 这种见地与不少宗教和意识形态的主流表达是不同的,具有根底处的解构力。

再次,虽然不可凭借命题来道出,但这意义极却可以通过各种非概念、非对象化的方式来得到显示,包括语言的隐喻显示。"唯生命诸气息为真实,梵则其真实也。"[2] "神的真理的奥秘单纯、

---

[1] 《老子》第一章。
[2] 《大森林奥义书》。

绝对而永恒，隐藏于密显寂静的绚烂黑暗之中。"（亚略巴古的狄奥尼修斯）"腐朽复化为神奇。"（庄子）而且，这种显示要有机缘，当人处于濒死的危机情境中，例如一架"生还无望"的B—17战斗机的机组成员的处境[1]，那么朝向这意义极的心灵开启就可能发生。

又再次，通向此意极的意识状态必是"去我"后的**单纯**，比如老子所谓"素朴"，而要达到这种原真的单纯，最可行的方式是"爱与谦卑"[2]。而且，此书还说及灵修的各种方式，如祈祷、静默、念诵圣名等；又对灵修中可能产生的某些弊病做出诊断，提出对治之策。如果人们在素朴上强加入名相、机心、功利、情绪，并执着之，则有拜偶像和强迫症一类的弊病。其小者由修行者自己面对，其大者如宗教战争、无良商业和科技崇拜，则要由众生来承担。

再再次，此书作者突破了西方中心论，尽量展示他所得知的所有长青哲学或神秘体验传统，虽然还是以中、西、印三大统绪为主，但已经形成了跨文化、跨宗教、跨语境的交叉比对视野。在它之中，我们对老庄、印度教、佛教和西方宗教的理解，都生出新鲜感。比如对老庄书中反复描述的得道者的素朴心灵状态和处世风格，像"愚""闷""虚""神凝""支离""朝彻""处顺""浑沌""逍遥"等，在这新视野中，特别是与西方神秘体验

---

[1] 参见赫胥黎《长青哲学》第三章。
[2] 参见赫胥黎《长青哲学》第五章及以下。

者"单纯"境界的对比中,就得到了富于开启力的再领会。作者甚至看到了"西方的公共道德水平一直低于东方"[1],因为前者将神性加以名相化导致的宗教暴力明显地大大多于东方。作者似乎给了大乘佛教以最高评价,因为它能最彻底地"无我",并在菩萨的慈悲之爱和去相悟禅中避开各种修行陷阱,达到意源。最后,此书包含不少对当代读者而言可加以直观感受的触点,因为它的"哲学"与宗教、道德、历史、政治、经济、社会组织、科学技术、语言文学等挂钩,形成一个以终极的爱意之源为根基的全方位的评价网络,批评各种"无爱"的表现,很有助于人们从长青哲理的深度来理解人类的过去、现状与未来。

二

像所有这类著作一样,此书也要面对两个根本性的挑战,即"凭借特殊文化的话语构架来表达那超文化的'一'"和"去说出那不可直说者"的挑战。我并不认为它们是不可应对的,以至于必形成"言说长青哲学的悖论"。关键是找到合适的言说方式。离不开特殊的话语和思维范式,那就要有范式**间**的腾挪智慧和技巧,为"他者"话语留下可能空间;不可"直说"或命题化地刻画,那就"曲说""隐说"。此书作者在这两方面都做出了努力,上面已经涉及,但似乎还未臻化境,有时还是过直过硬,在一些

---

[1] 参见赫胥黎《长青哲学》第三章。

观点上好像还可商榷。当然，我这里也只能从我的视角乃至偏见出发来做些反应，以图激起思想和感悟的浪花。

第一，此书的主导观点中有一种"反时论"，即认为终极之"一"或"神圣实在"是超时间、无时间甚至反时间的。"道从永恒进入时间只有一个目的，那就是以人形帮助人类走出时间进入永恒。"[1] "神并非时间中的事物，时间性的语词甚至连事物都无法准确表达，就更不足以表达属于完全不同层次的东西的内在本性和我们对它的合一体验了。"[2] 与之连带的，是对"历史"和"语言"的贬低，尽管作者也一再诉诸它们。作者的看法似乎是：时间、历史和语言等，在最好的情况下也只是我们进入永恒神性或开悟的跳板，用过后就须抛弃。而且，如果有的人神姿天纵，那就最好跳过这些台阶而直入原一。

我觉得这种表达有问题。它没有说清"时间"的具体含义，似乎是指那只有"多"而无内在之"一"的日常时间、物理时间，但有的地方又不尽然。关键是，作者看不到还有另类的时间，即那种与意义的发生和保持内在相关的"内时间意识流""原（缘）时间"。西方当代现象学一个重大成就，就是发现了这种更深层、更根本的构意时间，而东方特别是古代中国对于"时"有着相应的甚至是更深活的看法。所以此书也毕竟引用了这样的话："时间与永恒不二，轮回与涅槃一如，大乘佛教特别是

---

[1] 赫胥黎：《长青哲学》，第71页。
[2] 同上书，第172页。

禅宗文献对此有着绝佳记述。"[1]但它只限于展开这种"反反时论"在中日山水画上的表现，没有意识到它已经形成对全书论述主构架的挑战。看来，作者还是深受柏拉图建立的唯理论和基督教神学的话语、思维习惯的束缚，在这一关键点上没能松动开来。

第二，此书讲"神之奥秘的星盘是爱"（鲁米；第五章），只有在爱神和爱他人中，才能去除对自我及其功利、理智的执着；这是西方神秘体验的精髓，值得东方人吸收。但是，此书又比较硬性地区分"世俗之爱"和"神圣之爱"，认为前者在爱神时也只是情感化、感性化的，其价值从质上就不如后者，属于一种"较低秩序的爱"。[2]而神圣之爱归根到底要去情感化，被认作是一种"意愿"和"觉知"。"圣爱的第二个明显标志是，与较低形式的爱不同，它并非一种情感。它起初是一种意愿行为，最终则以纯粹的灵性觉知和对其对象本质的合一爱-知（unitive love-knowledge）而臻于圆满。"[3]这样就将爱的神秘体验的灵魂——原爱——空壳化了，但这种体验的要害却恰恰是爱不能再区别为等级，而只可追究它的纯粹与否，因为爱本身已经是终极，不会接受某个更高标准的判别和区分。"爱本身万无一失，绝没有错，一切错误都是对爱的期求。"（威廉·劳）"真理离开了爱就不是神，而是神的形象和偶像。"（帕斯卡）所以，将爱加以意愿化或觉知化，就等于放弃了爱的神秘体验论的独有优势，不自觉地赋

---

[1] 赫胥黎:《长青哲学》，第84页。

[2] 参见上书第三章。

[3] 赫胥黎:《长青哲学》，第112页。

予它某种硬性形式,使它与西方宗教的主流等同了。

爱当然是一种情感,没有情感的、意愿化的和觉知化了的爱就不成其为真爱了。"爱本身"也还是情感,而用意愿驱动、用觉知引领的对神之爱,其中无火焰,无酒味,不再是那"在理智止步之处,爱情还要前行"的自动自发之爱,"燃烧的爱",也就没有了神秘体验所需要的深层开启力。[1] 慈悲如无悲悯之情,也就只是理知,不可谓真慈悲。但原爱可以是脱开对象执着的。你所爱的对象不爱你,抛弃了你,你仍然可以爱她。只要爱得真挚、单纯,哪怕只是像索罗、庄子那样爱自然,这爱中也可以有神秘体验,也可以达到神圣实在。

孔子讲"仁"即"爱人"[2],不过这爱要从爱子女、爱父母和夫妇之爱起头,不然你不知什么是真爱。程朱理学非要将"仁"脱情感化为"爱之理",就已经违背了孔孟道统。难道亲情之爱、爱情之爱只是"世俗之爱"吗?非也。它完全可以是非对象化的,如大舜对劣待自己的父母之爱,如孝子孝女对已故先人的敬爱,也可以在"艺"中扩大、提升,达到对邻人、乡里、国家和天下之爱,甚至是朝向天地、神灵和终极意源之爱。只要"至诚",世俗之爱、亲子之爱就可以升华为神圣之爱和终极之爱。《长青哲学》在这一点上是徘徊不定的,有时是分裂的。

第三,此书对于"二"或它代表的"多",有一种强烈的排

---

[1] 参见吕斯布鲁克:《精神的婚恋》。
[2] 《论语·颜渊》。

斥,实际上这正是造成它以上这些倾向的哲理原因。"在万物中只看一,引你入迷途的是二。"(迦比尔)"在印欧语系中,表示'二'这个意思的词根含有'坏'的言外之意。"[1] 这种"唯一不二"的思维方式从毕达哥拉斯开始,经过巴门尼德、芝诺,到柏拉图已蔚成大观,而在犹太-基督教这样的唯一神崇拜的宗教中,它当然也是根深蒂固的。问题在于,如果没有"二"或"多",讲"一"又有什么意义?所以,东方人比如道家也强调一,"天得一以清,……万物得一以生,"[2] 但这"一"或"太极"不碍阴阳之二,不碍"贵以贱为本,高以下为基"(同上)。也就是说,"一"代表的终极实在、意义源头本身就需要"二"代表的现象之多。"一阴一阳之谓道。……阴阳不测之谓神。"[3] "神"之一就是从阴阳之"二"来的。

关键是西方主流理解的"二"是杂多之二、并列之二或多余之二,不是中国古人理解的对立互补之二、产生意义的差异之二(可联系到德里达讲的"趋别"或"延异"来理解)或"负阴抱阳"之二;所以他们看不到这种有内纠缠之二中可以有一,而且是比孤立之一更原本的一,而原一或意极本身也离不开这种二,或最简易的发生机制。假若他们看到了这一点,那么时间、历史、语言、感情、艺术、自然等等,就都可以是那原本意极的生成和维持的结构,"一即一切,一切即一"才得到了真切的体现。

---

1 赫胥黎:《长青哲学》,第19页。
2 《老子》第三十九章。
3 《周易·系辞上》。

尽管有这些问题，毕竟瑕不掩瑜，这本书乃至它展现的这个终极追求，对于任何不甘心马虎凑合一生的人和团体，都是很有意义乃至是至关重要的。在我看来，儒家特别应该关注神秘体验所显露的意义源头，因为儒家的学说植根于亲亲之爱，而孔子就已经明白地表露出，这种爱可以在"六艺"中达到"仁者爱人"的超越德识，进入音乐诗歌那"尽美尽善"的、让人"三月不知肉味"的出神灵境。没有终极意义之源这颗万有王冠上最璀璨的钻石，儒家所有的伦理道德和政治安排就还"失神"；何况，在东方的所有大学派和大宗教中，儒家或儒教几乎是唯一建立在"爱"之上的。而且，这从亲爱发端的至诚之爱是那么自发充沛，让它在艺境里上升到至真至善至美，是完全可能的。一旦有了这种自觉和努力，则儒家的未来当会更加光明，不只是凭运气、凭时势得到的一时光泽，而是出自那让人忘却其他一切的单纯感动，在最深心灵中闪现出来的意义极光。

33 有无之辩和对老子道的偏斜
——从郭店楚简《老子》甲本"天下之物生于有/无"章谈起

对于《老子》[1]之道的理解,历来有两种基本的方式,可称作"水平(域)的"(horizontal)和"垂直的"(vertical)。就"有/无"的话语方式而言,水平的理解方式强调"有无相生"[2],有与无在一个水平视域之中;而垂直的方式则强调"有生于无"[3],无比有更高级,或更根本,有从无派生而来。这两种理解都可以在《老子》通行

---

1 关于《老子》的年代,本文作者赞同张岱年先生在得知郭店《老子》本之后的新看法,即《老子》基本上来自春秋时的老聃,并被后人增益、改动。张先生讲道:"冯友兰先生认为老子其人在孟子与庄子之间,我认为不可能。孟子和庄子是同时的人,中间不能加进一个老子。当然,我把老子定在墨子与孟子之间,也是不对的。我现在认为,老子就是春秋末年的老聃,与孔子同时,孔子向他问过礼。……《老子》这本书基本上是老聃所作,不过,我也认为这书中有后人增益的内容。"(引自王博《张岱年先生谈荆门郭店竹简〈老子〉》,《道家文化研究》第17辑,陈鼓应主编,生活·读书·新知三联书店1999年版,第23页。)
2 《老子》(通行本)第二章。
3 同上书,第四十章。

本中找到根据。"有无相生"的依据更多，不仅第一、二、十一等直接谈到有无关系的章节，而且那些讲"玄""中""虚""惚恍""为无为""冲""和""混""朴""反""大A非a""知A守非A""无a（A）之A"等章节，也属于这条思路。"有生于无"的依据要少得多，第二十五、四十、四十二章似乎含有这种依据，但细读这几章，也有"相生"的意思，如二十五章，虽然将"道"说成是"先天地生""独立不改"，似乎是超出一切"有"并生成万有的"无"，但同时讲到它的"混成""周行""逝、远、反"和"自然"，所以与"相生"的说法也相通。第四十章讲"反者，道之动"、第四十二章讲"负阴抱阳，冲气以为和"，也有水平域状的思路。只有将其中的某个句子孤立出来，像第四十章的"天下万物生于有，有生于无"和第四十二章的"道生一，一生二，二生三，三生万物"，才有明确的垂直的、线性生成的意思，也就是从一个更高级的源头依次生成了万有，而万有并不反过来生成那个源头。所有这些依据中，第四十章的那句"天下万物生于有，有生于无"，是对于这条思路的最明确表达。[1]

自从战国中后期以来，对于老子道论的垂直式的理解占了上风，并由此造就或影响了黄老学、法家、杂家、魏晋玄学、宋明理学等学派乃至现代中国哲学界的道论，成为中国两千多年哲学思想史中不可忽视的一种流行思想方式，尽管一直也存在着不同的声音，比如《庄子》的道论，就基本上是"有无相生"型的。

---

[1] 第四十二章"道生一"的"一"，不一定非说成"无"，完全可以理解作有无相生因而有无还没有可观区别的状态。

二十世纪末郭店楚简《老子》本的发现，让我们可以从文本角度重新审视这桩两千年的思想公案。本文就将以研究郭店《老子》甲本的相关章节为起点，说明为什么水平域式的解释更有道理，并深究"有无"和"相生"的含义。其次，将主要以黄老学和韩非子的道论为例，探讨战国以来的垂直式解释的思想原因。

一、是"有生于无"，还是"生于有，生于无"？

郭店本是迄今发现的最早的《老子》本。它的出现反驳了以往的一些流行看法，比如认为《老子》晚于《庄子》的看法。[1] 即便我们不认定它是通行诸本和汉代帛书本的唯一文本来源，[2] 但就

---

[1] 这也是西方汉学界中曾经或还在流行的看法。王博在《美国达慕思大学郭店〈老子〉国际学术讨论会纪要》一文中记述道："在一次酒吧聊天中，来自北欧的何慕邪先生就曾提出这样的问题，为什么钱穆早已经证明了《老子》晚于《庄子》，你们还要相信《老子》在《庄子》之前呢？一开始，我还以为这只是个别的想法，后来则知道它乃是汉学家们的普遍意见。可以看出，产生于本世纪上半叶并发生重大影响的《古史辨》仍然构成西方汉学界的一个基础，……"（陈鼓应主编：《道德文化研究》第17辑，生活·读书·新知三联书店，1999年8月，第12页。）

[2] 参见罗浩（H. D. Roth）《郭店〈老子〉对文中一些方法论问题》（《道德文化研究》第17辑，第200—204页）。这位美国汉学家罗先生的方法论提示是有益的，即郭店本与通行诸本的关系可能不止一种（当年的疑古思潮几乎看不到这一层），除父子关系之外，还可能有祖孙，甚至伯侄、舅甥、爷爷与侄孙等关系。但他的具体解释建立在"老子并非历史人物，《老子》文本以及老聃为其作者的传说直到公元前三世纪才出现"的先定基础之上，就很成问题。比如，他不考虑郭店本与通行诸本在内容上的近血缘关系，而将它置于与《管子·内业》相同的亲属位置上；而且，以各种逻辑的组合可能来代替文本流传的历史可能，力图将西元前三世纪之前的《老子》解构为一些相互分离的"独立单元韵文"，就都不是依据众多事实而平心得出的结论，而是从事先设定的理论框架来做的论证了。

现在所及的文本形势而言,它处于其他诸文本的"上游",占有一个更原本的地位,却是无可否认的。

通行本的第四十章,在郭店《老子》甲本中也出现了。但它的最后一句与通行本乃至帛书本相比,有一个关键性的不同。王弼本《老子》第四十章的末句是:

天下萬物生於有,有生於無。[1]

而郭店楚简《老子》甲本第37号简上,该句经过整理后的文字为:

天下之物生於有,生於無。(《郭店楚墓竹简·老子甲》2002,42)[2]

这句话里,第二个"有"字没有出现,整个意思就有了重大改变。有无关系从垂直的"……有生于无",也就是无生有,有生

---

[1] 王弼:《王弼集校释》,楼宇烈校释,中华书局1980年版,第110页。另外,傅奕本中该句为:"天下之物生于有,有生于无。"(廖名春:《郭店楚简老子校释》,清华大学出版社,第355页。)帛书乙本:"天下之物生于有有囗于无。"(高明:《帛书老子校注》,中华书局1996年版,第454页。)

[2] 此句的释文,如果更忠实于简文字面的话,就是:"天下之勿(物)生於又(有),生於亡。"(《郭店楚墓竹简》,荆门市博物馆编译,文物出版社1998年版,第113页。)或:"天下之勿(物)生於又(有)生於亡。"(《郭店楚墓竹简·老子甲》,《简帛书法选》编辑组编,文物出版社2002年版,第37页。)或:"天下之勿生於又,生於亡。"(廖名春:《郭店楚简老子校释》,第355页。)

万物，变为了水平的"……生于有，生于无"，也就是万物生于有和无，或者，有无共同生成万物。

这个转变的力度之大，让不少学者不能适应，所以要以各种方式来寻回那个似乎是丢失了的"有"。荆门市博物馆的学者们在注释中认为："简文此句〔'生于亡'或'生于无'〕句首脱'有'字，即上句句末'又'〔或'有'〕字脱重文号，可据帛书本补。"李零对于该句的释写是："天下之物生于有，〔有〕生于无。"显然认为那个"有"字被忘了写上。而刘钊居然就在正式释文中直接写成："天下之勿（物）生于又（有），又（有）生于亡（无）。"[1] 另外，像廖名春、魏启鹏、李若晖等[2]，皆相信这里或者脱漏了一个重文符号，或者应该将"有"字重读。总之，尽管郭店本是迄今可及的最早《老子》本，而且原文干干净净地既没有重文符号，也没有让人可以去重读的文本依据，人们就是不甘心"有"后边没有两千年来都在那儿的另一个"有"字，于是非要掉过头来，按照晚后的本子来改变先前的本子！当然，也有一些学者直接接受了郭店本的非错性，像陈鼓应、赵建伟、丁原植。[3]

那么，为什么可以没有第二个"有"字呢？如前所述，《老子》所表述的水平域式的有无关系实际上占了主导地位，第一

---

1 刘钊：《郭店楚简校释》，福建人民出版社2005年版，第4页。
2 参见廖名春《郭店楚简老子校释》，第357页；陈鼓应主编《道德文化研究》第17辑，第235页。
3 参见陈鼓应主编《道德文化研究》第17辑，第75、278页；廖名春《郭店楚简老子校释》，第357页。

章:"'无',名天地之始;'有',名万物之母。……此两者,同出而异名,同谓之玄。玄之又玄,众妙之门。"[1]这里有与无是相对而玄同且玄之又玄的关系,绝没有无的优先地位。"玄"首先讲的就是有无关系,即差异中的和同关系。书中"玄牝""玄德""玄通""玄览",皆此意。第二章:"有无相生,难易相成,长短相较,高下相倾,音声相和,前后相随。"全是水平域式的结构。第四十二章:"万物负阴而抱阳,冲气以为和。"[2]第五十八章:"祸兮,福之所倚,福兮,祸之所伏。孰知其极?其无正也。……是以圣人方而不割,廉而不刿,直而不肆,光而不耀。"[3]等等,皆是如此。所以,那个"有生于无"的"有"字,本来就与全书的内在思路不合,令人不安,[4]现在郭店本中没有了它,恰恰是去掉了通行本中一个最不协调之处,使全书顺畅起来[5],应该正合乎老子原意。就此而言,此"有"的缺失并不是一个意外,而是早就被期盼着的了。那么,为什么后人要加上这个"有"呢?应该是时代思潮的改变所致。为了从思想趋势上说明它,就须先弄清"无""有无相生"及"有生于无"的具体含义。

---

1 陈鼓应:《老子注释及评介》,中华书局1984年版,第53页。
2 《王弼集校释》,第117页。
3 陈鼓应:《老子注释及评介》,第298页。
4 参见张祥龙《海德格尔思想与中国天道》(修订新版;1986年北京三联书店初版),人民大学出版社2010年版,第224页。
5 郭店《老子》甲本中也有通行本的第二十五章。但这"先天地生"的"有状(物)",既然是"混成"的,就可以是有无、阴阳的相生混成,完全不必要将它硬解释为"无"。

二、"无"及"有无相生"的含义

《老子》中,"无(無)"有多种含义,简单说来有两类,即**否定**和**潜伏**。否定依不同语境而相当于"不""没有""非""勿"。这样的无相当多,比如"能无离乎?……能无知乎?"[1]、"常使民无知无欲"[2]、"复归于无物,是谓无状之状,无物之象"[3]、"大象无形"[4]、"为无为,事无事,味无味"[5]、"无狎其所居,无厌其所生"[6]等等。它的首要功能就是否定掉任何可对象化的东西,即主客分裂后的任何一方(独立的主体也是意识的对象)。潜伏之无指经过否定之无的损泯之后,所余下者。这就有些像海德格尔在《形而上学是什么?》中所说的:"'无'[Nichts]是对存在者[可对象化者]的一切加以充分否定。……然后'无'本身就会在此否定中呈现出来。"[7]这也就是说,经过否定之无化(Nichtung),尽管再无什么可把捉的东西,但并不就是一片干无(nihil),导致虚无主义(Nihilismus, nihilism);情况倒是,这种否定越是彻底,"真干净",就越是有一片"白茫茫大地"或一种潜伏的境域出现。"故常'无',欲以观其妙。"[8]

这里的一个要害是,这潜伏之无的的确确是潜隐低伏的,没

---

1 《老子》第十章。
2 同上书,第三章。
3 同上书,第十四章。
4 同上书,第四十一章。
5 同上书,第六十三章。
6 同上书,第七十二章。
7 海德格尔:《海德格尔选集》,孙周兴选编,上海三联书店1996年版,第141页。
8 《老子》第一章。陈鼓应:《老子注释及评介》,第53页。

有任何可把捉、可断定的实体性自身,不然就会被否定之无的利刃削去,所以它绝不会成为一个比"有"更高级的"无自身"(Nichts an sich, Nothing in itself),有一个独立的存在身份,可以被概念把握、名词指称。换言之,"无"并不是一个像"上帝""理念""实体""存在者"那样的名词,通过它的概念内涵——比如"无与伦比者""存在的绝对模式""依自身而存在"等——来指向其外延。它既无这种内涵,也无这种外延,但又不仅仅是一个否定,而有自己的非概念、非实体和非独立的身份。就此而言,它处于单纯的否定与单纯的大有(Sein, Being)之间。那么,如何贴切地理解无的这种微妙中义呢?

《老子》采用的一个表达无的方式就是让它与有相对,并就在此相对之中显示出那潜伏的发生性来。第一章是这样("'无'……始;'有'……母。……妙;……徼。……同出而异名,……玄"),第二章是这样["有无相生,……(a/非a相…)……(A而弗a)"],第十一章也是这样:

……当其无,有a之用。
……故有之以为利,无之以为用。[1]

此"其"即某种有(毂、器、室,a),只有正当其无,才会有用。所以这"用"是有无相对而生成的状态,也就是道的表现。"反

---

[1] 《王弼集校释》,第27页。

者,道之动;弱者,道之用。"¹这作为"道之动"的"反",首先就指有/无、阴/阳的相对相反。只在这对反之中,才会出现非对象化的弱、虚、冲及用,于是有"反"的另一义,即"返",也就是返回到物之初态。这么理解的用就不只是某个存在者发挥的"作用"(function, action),那种作用总已经以哪怕隐蔽的方式预设了某个作用者,正是老子要用"无"去否定的"为"。无却没有丝毫实体乃至存在者状态可言,毫无自身的内涵,所以也不会发挥什么作用,只能在与有的相对中即刻生成那非有非无而又即有即无的"利/用"。离开了有,无就是干无;离开了无,有就是让人失道之小有。可一旦无对上了有,就与之互补而生出利/用的当下意义和存在,即其玄义或玄在。所以海德格尔在翻译和解释此章时,将其中的四个"用"都翻译成"存在"(Sein)²,因为

---

1 《老子》第四十章。
2 海德格尔在《诗人的独特性》一文(写于1943年)中全文引译了《老子》第十一章,并联系自己前后期的"存在"学说做了意思盎然的阐释。他对这一章的德文翻译(Heidegger, Gesamtausgabe《Zu Hoelderlin; Griechenlandreisen》), Band 75, Frankfurt am Main: Vittorio Klostermann p.43),如果再翻回中文就是:

> 三十根辐条相遇于车毂〔三十辐共一毂〕,
> 但正是它们之间的空处(das Leere zwischen ihnen),
> 提供了(gewaehrt,允许了)这辆车的存在〔当其无,有车之用〕。
> 器皿出自(ent-stehen)陶土〔埏埴以为器〕,
> 但正是它们中间的空处,
> 提供了这器皿的存在〔当其无,有器之用〕。
> 墙与门窗合成了屋室〔凿户牖以为室〕,
> 但正是它们之间的空处,
> 提供了这屋室的存在〔当其无,有室之用〕。
> **存在者给出了可用性(Brauchbarkeit)**〔故有之以为利〕,
> **非存在者(das Nicht-Seiende)则提供了存在**〔无之以为用〕。

对于他来讲，存在不同于存在者（Seiende），是有无混成或对成的[1]，也正是"物"（Ding）之初态[2]。

这就是"有无相生"的哲理含义：有与无各自毫无意义和存在可言，而只在相互遭遇或对反时，才生出了各自的含义，并且更重要地，生出了"利／用"这样的道之义。换言之，有无相生之"生"有两个意思，其一是生成有无玄通或"负无而抱有"（取第四十二章"负阴而抱阳"之语势）之"用"或"庸"义；[3] 其二是生成了有无"本身"的合体含义，即它们相对的差别义。由此可见，"有生于无"如果孤立地看，让无获得了某种独立的乃至更高级的身分，确实不符合《老子》的思想方式，应该是后人改窜而成。

《老子》采用的另一个表达无（实际上是无与有的混成对生态）的非概念化方式是诉诸"无形"之"大象"[4]，比如"弱""朴""谷""牝""静""冲""水""气""婴孩""张弓"等。第十五章写道："古之善为道者，微妙玄通［正是无与有的混成态］，［他／她对于对象化或二分化思维］深不可识。夫唯不可识，故［通过大象］强为之容：……涣兮其若凌释；敦兮其若朴，旷兮其若谷，混兮其若浊，……。"[5] 这里释凌（消融之冰）、朴（未

---

1 《海德格尔选集》，第150—153页。
2 同上书，第1169、1172—1174、1179—1183页。
3 《庄子·齐物论》："唯达者知通为一。为是不用而寓诸庸。庸也者用也，用也者通也，通也者得也，适得而几已。"
4 《老子》第四十一章。
5 陈鼓应：《老子注释及评介》第117页。

雕琢的素材)、谷、浊,都是象,"圣人立象以尽意"[1]。但细究之下,可见这些象之所以是大象,而不是一般的形象,都是取其处于有无之间的状态,"惚兮恍兮,其中有象"[2]。消融之冰,其形似有还无;山谷、浊水、素材、婴孩、气等等,也都在某个意思上处于有无之间,所以能用来显示而非指称道境。说到底,成就这些大象的也是"有无相生"的机制,代表了不同于概念化思维的另一种思维方式和表达方式。有的学者称之为"象思维"。[3]

三、"无"的本体优越性是如何造成的?

如前所述,通行本《老子》中既有"有无相生"、也有"有生于无"的说法,而且以前者为主,那么为何在后世,反倒是后者占了上风呢?其原因要到先秦的道论变化进程中来寻找。而且,那个在《老子》后世本子中多出来的"有"字,也很可能就是这个变化的一个结果。

《庄子》中还是"有无相生"论占主导。比如《齐物论》:"有有也者,有无也者,有未始有无也者,有未始有夫未始有无也者。俄而有无矣,而未知有无之果孰有孰无也。"[4]这里有无是水

---

1 《周易·系辞上》。
2 《老子》第二十一章。
3 王树人:《回归原创之思——"象思维"视野下的中国智慧》,江苏人民出版社2005年版。又见拙文"概念化思维与象思维",《杭州师范大学学报》2008年第5期,第3—8页。
4 陈鼓应:《庄子今译今注》,中华书局1983年版,第71页。

平域的关系,分立开来,都无道可言,只有它们的相通互补才构成道:"凡物无成无毁,复通为一。"[1]这里"成"与"有"近义,"毁"与"无"近义。"是以圣人和之以是非而休乎天钧,是之谓两行。"[2]"是非"可视为"有无"的另一种表达,只有"和之",两方同时行,达到天然的互补平均态,就像制陶的转轮,才是道。《齐物论》及《庄子》的主体部分充满了这种平均两行、互泯互成的"道枢"思路。《秋水》篇讲"因其所有而有之,则万物莫不有;因其所无而无之,则万物莫不无。知东西之相反,而不可以相无,而功分定矣。"[3]单独从有或无来看万物,看不到真象,只看到有或无的投影("莫不有""莫不无");只有像"东方/西方"那样既相反又互补,有与无才能得其原意。《知北游》"光曜问乎无有……予能有无矣,而未能无无也。"[4]也是类似的思路,要人既不执着有,亦不可执着无。就是《天地》中"泰初有无无有无名"[5]一句,到底是在推崇泰初的"无",还是"无无",全依读它时是停顿在第一个"无"后边,还是第二个"无"后边。王先谦本就停在第二个无后边[6]。而我们已经看到(比如上引《知北游》文),《庄子》确实是推崇"无无"的。

"有生于无"的思想,可能是从战国中期的黄老学开始的。

---

[1] 陈鼓应:《庄子今译今注》,第62页。

[2] 同上。

[3] 王先谦:《庄子集解》,中华书局1954年版,第93页。

[4] 王先谦:《庄子集解》,中华书局1954年版,第93页。

[5] 陈鼓应:《庄子今译今注》,第309页。

[6] 王先谦:《庄子集解》,第67页。

司马迁《史记·老子韩非列传》记道："申子［申不害，郑国人，用于韩昭侯］之学，本于黄老，而主刑［形］名。""韩非者，……喜刑名法术之学，而其归本于黄老。"可见黄老学有一种倾向，即将老子之道学用于"刑［形，有形之事物］名法术"或统治术之学。老庄皆主张道乃有名与无名的相对相生态（常名），一旦道或常名偏执于有名，就会蜕变为"刑名法术"，所以"法令滋彰，盗贼多有"[1]。兴盛于稷下学宫的黄老学，为了向当权者提供虚无因应而又有所把持的统治术，非要将道与刑名法术直接打通不可，于是一方面抬高有名之形与法，另一方面，为了平衡，只好将道说成是无。

陈鼓应先生认为"帛书《黄帝四经》应是黄老学派的最早著作"[2]，此说源自唐兰先生的研究[3]。尽管这四篇佚书是否一定是《汉书·艺文志》记载的《黄帝四经》，还可争论，但按高正先生的看法，此"'黄老帛书'，是战国黄老学派的代表作，这基本已成定论"[4]。此外，学界早已公认《管子》四篇为稷下黄老学的著作。所以，下面讨论战国黄老学就以它们为依据。

《黄帝四经》第一篇第一章，一开头就写道：

---

1 《老子》第二十一章。
2 陈鼓应：《黄帝四经今译今注——马王堆汉墓出土帛书》，商务印书馆2007年版，第37页。
3 参见陈鼓应主编《道家文化研究》第3辑第249页（上海古籍出版社1993年版）和《黄帝四经今译今注》第33页。
4 陈鼓应主编：《道德文化研究》第3辑，第283页。

> 道生法。法者，引得失以绳，而明曲直者也。[1]

《管子·心术上》也有类似看法[2]。但是，法是分立的强迫性规则，直接出自理和礼："是非有分，以法断之；虚静谨听，以法为符。审察名理冬（终）始，是胃（谓）廏（究）理。"[3]"礼者谓有理也。理也者，明分以论义之意也。故礼出乎义，义出乎理，理因乎宜者也。法者所以同出，不得不然也。故杀戮禁诛以一之也。"[4]这样，道虽然"生法"，但作为万物和万理的最后根据和统一者，就绝不能同于法和理，于是道就被看作是"虚无形"[5]、"虚无无形"[6]，因此才能是"万物之所从生"[7]。

这样一来，一头是虚无无形的道，另一头是循理明分的法，可这两者——"道无"之"一"与"法有"之"多"——如何结合呢？黄老派主要采取两个方式来重新联接这已被割裂了的无与有，其一是"形名术"，其二是"心术"。

所谓"形名"，指用名（名称、法令和角色名目，尤其是官职或社会角色之名目名分）来规范形（某一类事物，尤其是某一种角色的职责内容及其实现状况），循名而责实，就可以将法

1　陈鼓应：《黄帝四经今译今注》，第2页。
2　《管子》，房玄龄注，上海古籍出版社1989年版，第127页下。
3　陈鼓应：《黄帝四经今译今注》，第187—188页。
4　《管子》，第127页下。
5　陈鼓应：《黄帝四经今译今注》，第5页。
6　《管子》，第126页上。
7　陈鼓应：《黄帝四经今译今注》，第399页。

有之杂多做第一层的收拢，以成纲纪，《黄帝四经·十大经·成法》记道:"黄帝问力黑:唯余一人，兼有天下，滑（猾）民将生，……请问天下有成法可以正民者？力黑曰:然。昔天地既成，正若有名，合若有刑（形），……循名复一，民无乱纪。"[1] 它的意思是:能够有效统治臣民的"成法"（现成的法则），就是"正名"与"合形"的形名术，也就是让天下万物、万民、众臣都有恰当的名称、角色、法规，并且让这些名称得其形实的方法，简言之曰"循名复一之法"。循此名就能责彼实，因而可以复归于简一，臣民就不会乱法悖理了。《管子·心术上》也说:"名者，圣人之所以纪万物也"[2]。但是，这名实之纲纪，虽然已有条理结构，但还不是无形无名之道一。要使这些形名为"余一人"所用，而不为他人（比如有野心的大臣）所用，此人就必须让众形名与自己的宁静无为共存。《黄帝四经·十大经·名刑》主张:"刑（形）恒自定，是我俞（愈）静。事恒自施，是我无为。……万物群至，我无不能应。"[3] 而且，最好是使这些形名官职像人的五官九窍归一于头脑神智那样归一于君主。要做到这一点，就必须让此君主之心能够在虚静中同时容纳众多形名，"心之在体，君之位也；九窍之有职，官之分也。心处其道，九窍循理"[4]。让心

---

[1] 陈鼓应:《黄帝四经今注今译》，第286页。
[2] 《管子》，第128页上。
[3] 陈鼓应:《黄帝四经今注今译》，第336页。
[4] 《管子》，第125页下。

能"处其道"的办法就是"心术","心术者,无为而制窍者也"[1],黄老学从去嗜欲、守静虚、养精气、因应无为等角度对它多有阐发。于是,战国中期以降,"心"的问题就突出了,《孟子》也极受影响。

总之,在老庄那里通过有无相生、反补归源而达到的道境,在黄老这里是通过形名法理与道体之间的心术来寻求,而这心术的要义就是去掉物欲,以达到无形无名。"人者立于强,务于善,未于能,动于故者也。圣人无之。无之则与物异矣,异则虚,虚则万物之始也"[2]。但在人人都动心机、都要立于强的形势中,如何"无之"呢?在这个最要害处,黄老学和后来跟进的法家可谓费尽了心机,给君主时王们提供了不少建议,比如不向臣子们显露自己的好恶,让臣子们去拼命有为,以名定其位,以位责其实,自己却无为而统化,绝不滞于具体的名与位,等等。用韩非的话来讲就是:

> 是以明君守始[道,万物之始]以知万物之源,治纪[理、名]以知善败之端。故[心]虚静以待令,令名自命也,令事自定也。虚则知实之情,静则知动者正。……君无见其所欲,……观臣下之所因,……故曰:寂乎其无位而处,漻乎莫得其所。明君无为于上,群臣竦惧乎下。……有功则

---

1 《管子》,第125页下。
2 同上书,第128页。

君有其贤，有过则臣任其罪，故君不穷于名。[1]

从中几乎处处可以看出黄老学的思路。其实，法家可以被视为黄老学的"刻削"化、"惨礉少恩"化，[2]"争于气力"化[3]。它们都要赋予君王以天道的地位，但又不走道家和儒家的"无为而治"的道路，[4]而要富国强兵，以强力席卷天下，以法术掌控臣民。相比于道家的"为无为"，黄老和法家想要走的是一条"无为为"的道路，也就是以无为为手段，达到最大的为。

然而，对于黄老和法家，最大的困难来自：要去大有作为的君主达不到真正的无为，"法有"连接不上"道无"，因为他虽然可以靠"法、术、势"来从体制和行为上表现出无为，[5]但因其心术不正，整日在算计旁人别国，包括枕边膝下者[6]，求自己一人的

---

1 王先慎：《韩非子集解》，中华书局1998年版，第26—27页。
2 《史记·秦始皇本纪》："[秦始皇]刚毅戾深，事皆决于法，刻削毋仁恩和义。"《史记·老子韩非列传》："韩子引绳墨，切事情，明是非，其极惨礉少恩。皆原于道德之意，而老子深远矣。"
3 《韩非子·五蠹》："上古竞于道德，中世逐于智谋，当今争于气力。"（王先谦：《庄子集解》，第445页。）
4 《老子》第三十七章："道常无为而无不为。侯王若能守之，万物将自化。……不欲以静，天下将自正。"《论语·卫灵公》："子曰：'无为而治者其舜也夫！夫何为哉？恭己正南面而已矣。'"
5 《史记·秦始皇本纪》："卢生说始皇曰：'臣等求芝奇药仙者常弗遇，类物有害之者。……今上治天下，未能恬淡。愿上所居宫毋令人知，然后不死之药可得也。'于是始皇曰：'吾慕真人，自谓"真人"，不称"朕"。'乃令咸阳之旁二百里内宫观二百七十复道甬道相连，……行所幸，有言其处者，罪死。……自是后莫知行之所在。"（司马迁1982，257）
6 《韩非子·备内》。

长生极权，要做到"虚其欲，神将入舍"，"心静气理，道乃可止"[1]，无异于缘木求鱼，不亦难乎！达不到真无为，那么不但道家的"为无为"无从谈起，就是"无为为"也只是摆设。于是，黄老与法家就更需要设定无的更高级的本体地位，起码从理论上确保这"道生法""守始""应因"不只是一场谁都可能赢的阴谋大赛，而是能够接上老子智慧的道-德-政-治，君主在其中，因为占据了这"无"的高位而稳操胜算。《黄帝四经·道原》开篇处言曰："恒无之初，洞[此字是一个'同'下边一个'走之']同大（太）虚。虚同为一，恒一而止。"[2]这就倾向于将道仅视为"恒无之初"了。《管子·心术上》则声称："虚无无形谓之道。"能得此虚无无形之位者就是"心"，就是"有道之君"："是故有道之君，其处也若无知，其应物也若偶之，静因之道也。心之在体，君之位也，九窍之有职，官之分也。"[3]因此，"无"的含义——君主统治的合法性、有效性——无论如何不能只从与"有"（臣民万物）相对互补的关系中生出，而必须有自己的更高实体性、独立性。在这样的思想情势下，《老子》第四十章就一定要多出那个"有"，以便让"无"成为它的主道。文本的伪造来自思想的伪造，而思想的伪造源自对权力的贪恋。

韩非因此感到有必要来"解老"，以便通过这个框架来完成

---

1 《管子》，第126页上、第151页。
2 陈鼓应：《黄帝四经今译今注》，第399页。
3 《管子》，第126页。

他的"化性起伪"。¹ 这时,《老子》第四十章恐怕还是郭店楚简的样子,所以《韩非子·解老》及《喻老》皆未及于兹,而是通过解释其他一些章节中的话语来发挥自己思想。他在《解老》中写道:

> 道者,万物之所然也,万理之所稽也。理者,成物之文也;道者,万物之所以成也。故曰:"道,理之者也。"²

据说这一段是在解释《老子》第十四章的"是谓道纪"的"道纪",因为"'纪''理'义同",³把"道纪"读成"道,纪",再加些虚词便是。不过,这种解释与《老子》第十四章"能知古始,是谓道纪"的古今交织的"惚恍"思路大不同。它引入了在《老子》中毫无地位而在黄老学中初露锋芒的"理",通过它来理解道。说道是"万理之所稽 [合,同]",意思是:道是让万理相合者,因此也就是"理之者也",即众理所趋向者。理是成就某一类事物的文理,所以是相互不同且相互分离的:

> 物有理不可以相薄 [迫,靠近,搏击],故理之为物之制,万物各异理。万物各异理,而道尽稽万物之理,故不得

---

1 该句原文是:"能化性,能起伪,伪起而生礼义。"不要忘了,荀子是韩非与李斯的老师(《史记·老子韩非列传》)。
2 王先慎:《韩非子集解》,第146—147页。
3 同上书,第147页。

不化；不得不化，故无常操。[1]

万物之理是各各分立的（"不可以相薄，……各异理"），而道则完全收合这些理，所以不能滞于某一种理，"不得不化"，于是就"无常操"，没有固定的品质，这样才能成为道。这里的"不"和"无"，是上面讲过的道之否定义的表现，但由于这否定的目标是"尽稽[合，同]万物之理"的大道理，而不是理与物相对互补之境，所以这否定并没有开显出潜伏而又生生不已的道域，而是引导到一个更高级的无。它就是通行本《老子》第四十章的"有生于无"之"无"的先导。道必须是无，才能统辖万物万理；正如君主必须"无"化，才能最有效地统辖群臣万民。

这可能就是黄老与法家按自家需要来解释并继而改造《老子》的思想途径。后来王弼读到的《老子》第四十章已经是"两'有'字本"了："天下万物生于有，有生于无。"[2]在此文本和黄老、韩非的或明或暗的引导下，他写道："有之所始，以无为本。将欲全有，必反于无也。"[3]又在《老子指略》中声称："老子之书，其几乎可一言而蔽之。噫！崇本息末而已矣。"[4]从此以后，整个中国哲理史就在颇大程度上被这种"以无为本"的思路控制了。

至于以上所述及的韩非的解老，是不是像冯友兰先生所认为

---

[1] 标点及其位置稍有变化。
[2] 《王弼集校释》，第110页。
[3] 同上。
[4] 同上书，第198页。

的，是在用道的普遍性、一般性来收服理的特殊性？或者说，道在黄老、韩非和王弼那里是不是一个"最一般的规律""事物的总规律"[1]，我还不敢完全断定，因为韩非讲的道，其"无常操"也还是通过"化"或否定之"无"而非硬梆梆的概念抽象来得到的，还不同于一个直接肯定的和可概念化的"总规律"。对于冯先生的另一个断定，即老子讲的"道或无"，就是"万物的共相"[2]，我当然不敢苟同，正如此文一直在辨析和论证的。

无论如何，自黄老学、韩非和王弼以来，"心""理""无"等一批术语获得了越来越重要的思想地位，深刻影响了中国佛学、宋明理学乃至当代中国哲学，以无为本也似乎成了老子乃至道家学说的典型特征。这是思想的历史事实，自有它的道-理。但是，当我们今天有幸面对在这一切之前的《老子》文本时，却是站到了一个可以反省它们的来源和思想后果的位置上了。"能知古始，是谓道纪。"[3]

---

[1] 冯友兰：《中国哲学史新编》，人民出版社1998年版，第771页。
[2] 同上书，第331页。
[3] 《老子》第四十二章。

34 《哲学论稿（从本有而来）》中的两译名
——与孙周兴教授商榷

周兴兄翻译的海德格尔大作《哲学论稿（从本有而来）》于今年出版，大有益于海氏思想研究，可喜可贺。海氏著作以难译闻名，而译此书之难恐更甚于其他，因为如作者所言，该书要根据"那种更为原始的基本立场来思想"，所以"必须远离于任何对于一部具有传统风格的'著作'的错误诉求"。[1] 我曾如此形容此书："它是海德格尔为自己耕耘的一块秘密土地，或自炼神功的笔录。"[2] 其中与他人对话、解释他人著作的文字很少，主要是在自抒其思、自说其话，其中不少是独家行话，乃至在写此书时

---

[1] 马丁·海德格尔：《哲学论稿（从本有而来）》，孙周兴译，商务印书馆2012年版，第2页。

[2] 引自拙文《海德格尔后期著作中"Ereignis"的含义》。它发表于《世界哲学》2008年第3期（第48—54页），后收入敝文集《德国哲学、德国文化与中国哲理》，上海外语教育出版社2012年版，第146—147页。[《德国哲学、德国文化与中国哲理》，现收入《张祥龙文集》第14卷。——编者]

新创的行话,充满了语言游戏精神。但周兴的译文尽量去做到忠实原作和表达直白,更有益的是加了不少译者注,辨析德文语词的游戏如何难于转入中文之处,并参照英文翻译,使读者多了两条理解的渠道。希望将来修订此译本时,进一步充实和增多此类译注。

对于这样一本书的翻译,提出一些商榷的意见简直就是自然而然的。从如此思深、意曲、语拗的德文转移到中文,其间可再解释空间之大,并不亚于翻译文学名著。以下仅提出两个语词的翻译问题,来向周兴与各位请教。

一

第一个是"Ereignis",本书的主导词,《哲学论稿》译作"本有"。相关一族词的翻译中也大都有"本",比如"Eignung"译为"本己化","Zueignung"译作"归本";只有"ereignen"和"eignen"译为"居有"[1]。

我赞同译者提出的"字面义"与"日常义""解释义"结合,且"字面义优先"的原则[2]。所以下面就分三方面来讲。"Ereignis"在德文中的日常义是"发生的事情",特别是不太寻常的事情或事件;它的动词"ereignen"就意味着"发生"。海德格尔选用它

---

1 海德格尔:《哲学论稿》,第556页。
2 同上书,第554—555页。

时，应该考虑过并很看重这个"动态生发"的日常义，这从下面的讨论中自可看出。此义应该是翻译这个词的一个具有导向意义的自然出发点，不应该在解剖它的各部分再组合起来时丧失之。

海德格尔在延用这个日常义的同时，还延续并加大其一贯的"形式显示"的或语境缘起的风格，对这个词做了字面游戏化的处理，即将它看作由两部分——前面的"er-"和后面的"eig-"——的共谋而生成的一个词，所以翻译它时必须有让两部分"接缝"的考虑。译者这么记述他翻译此词的考虑：

> 也许我们就只能采取字面义与解释义结合的折中策略了。我们这种策略的结果就是：把Ereignis译为"本有"。在这个译名中，"本"是对词根eignis的翻译，应该说是十分适宜的；前缀er-的意义，我们大概只好放弃了。[1]

让我们先考虑后边的"eignis"的翻译。它主要取自"eigen"或"eignen"的意思，即"自己的、特有的、独自的、切合自身的"或"为……所特有"。可见它最突出的含义是"自身""独特"。这样，将"eignis"翻译为"本"就不是"十分适宜的"，因为"本"与"自身""独特"的意思差得较远。当然，译者的这里"本"意可能是"本己"，那样与"eig-"就相近了，但在关于这个主导词和相关的一族词的大多数翻译中，就是一个"本"，

---

[1] 海德格尔：《哲学论稿》，第555页。

译为"本己"的是少数。而且,就是译作"本己"也还有问题,因为这里"eig-"的"独特"的"自己"对于海德格尔是否有一个"本",或在什么意义上有一个"本",还须考虑。起码要能要字面上表示出来,这"本己"之"本"是个动态的、发生着的。所以译者"放弃"对前缀"er-"的翻译就十分可惜,因为它是个促动词,有"使受到""使产生""发动"等意,本来是可以折中一下"本"的呆板的。

总之,在海德格尔那里,"Ereignis"的字面义是"er-"和"eig-"的结合,大致意味着"使之获得自身""使之生发出独特的自身"。再结合这个词的日常义"发生""发生的不寻常事情",那么这个词比较完整的第一层含义就是:"使某某得到自己身份的发生过程"。此书的英文译者用自造的"enowning"——使之自己具有,使之得到(自身)——来译"Ereignis",是比较合适的,具有"使动"(en-)和"自身特有""拥有自身"(own)的结合义,还巧妙地利用了"own"在英文中"自己的"和"拥有"的双义;而且它的动名词化(-ing),也隐含有"这是一个发生过程"的意思。这比传统的英译如"appropriation"(拨付、占用)、"event"(事件)或"befitting"(适宜),有较大的改进。[1]

关于"本有"中的"有",译者这么解释:

> 至于"有",我们的主要考虑是海德格尔在《哲学论稿》

---

[1] M. Heidegger: *Contributions to Philosophy (From Enowning)*, trans. P. Emad & K. Maly, Bloomington, Indiana: Indiana University Press, 1999, pp.xx-xxi.

中对于作为Ereignis的"存在"（Sein）或"存有"（Seyn）的思考和言说。补充一句，"本有"这个译名的最大缺失自然还是它过于名词化、静态化了——不过，话又说回来：海德格尔的Ereignis本身不也是一个德文名词么？[1]

这就开始涉及这个词的解释义了。译者说得很对，"Ereignis"对于海德格尔是"存在"和"存有"的原发义；但这并不构成用"有"来译"Ereignis"的充分理由，除非它与这个主导词的字面义有关。幸运的是，这个词如上所言的确有"拥有"之意，所以将"有"放入译名亦不算孟浪。可是，由于放弃了使动的前缀，又用了不合适的"本"，这"有"就是"本有"——本来就有、本己所有，这就离海德格尔的原意有不可忽视的差距了。译者似乎意识到了问题，于是说这译名的"最大缺失自然还是它过于名词化、静态化了"，可是马上又给了一个辩护，"海德格尔的Ereignis本身不也是一个德文名词么？"但它只为"名词化"做了辩护，没有为"静态化"做出辩护（名词如"Ereignis""Seyn""Entschlossenheit""Dasein"等等在海德格尔那里绝不静态化），而要害的问题恰恰是这个静态化；它既不符合"Ereignis"的字面义，也不符合它的日常义和解释义。

我在以上注释145（本章的第二个注释）所提及的文章中，曾探讨了这个词的解释义或哲理含义。第一是"对生义"，即那

---

[1] 海德格尔：《哲学论稿》，第555页。

个"使某某得到自己身份的发生过程或原事件"的意思，是由某个对生结构发生出来的。也就是说，在海德格尔著作中，凡是讨论这个词的意义，几乎都涉及一个对子，比如时间与存在、人与存在、世界与大地、开启与遮蔽、开抛与被抛、一个开端与另一个开端、建基与离基（去基）、时间与空间，等等。它的基本意思是：对子两边离开了对方或双方相交中的身分发生，是没有什么自身的。因此，是对子相遇而发生的过程及其缘生义赋予了每一方以独特的自身。在《哲学论稿》中，这一对生义得到了突出显示，许多词就是为了显示它而被一再阐发的。比如与"接缝"（Fuge, Fügung）相关的一组词，就是要明确表示出，此"自身的缘发生"以及讨论它的这本书，没有什么传统形而上学追求的体系可言，但有自己的内在结构，一种由对子两方的接缝（《哲学论稿》中文本译为"关节"）所构成或支配（Verfügung）的"接缝组织"（Gefüge，《哲学论稿》亦译作"关节"）。此外，像"翻转""之间""回响""震荡""反冲""跳跃""传送""时间-游戏-空间""道路"等等，都是对生的或潜对生的。所以海德格尔将此书中间的六个部分称作"关节［即接缝组织］的六个接缝"[1]，很有深意。这是非观念化的、在接缝边缘处跳跃游戏的思想方式和表达方式，是他早年形式指引方法的新表现。

第二是"非实体义"，从第一层意思自然会延伸及此。没有任何现成存在性或可把捉的对象可以经受得住这"Ereignis"的

---

[1] 海德格尔:《哲学论稿》，第89页。

双否定剪刀和对生火焰。海德格尔在此书中,对于此主导词的彻底反形而上学和一切观念化方法的特点,倾注了大量充满思想激情的阐发,用了那么多对传统实体说"不"的新词或日常语词的新义化来割旧图新。所以我曾写道:"不以思想的身体直接感受到它们的滚烫和冰冷,不因此而触知'自身的缘发生'〔这是我对'Ereignis'的翻译〕中总在出现的'原初转向'或'〔双向〕反转'(Wider-kehre)(S.407),以及这个词所具有的'最能发问状态'(das Frag-würdigste)(S.11),也就是它那总也抹不净的字谜待猜性,就绝不可能理解'Ereignis'"。[1]

其他的几个意义是:真性与神性、"转向"义、不可直译性、与老庄之"道"的关联等。这里就不细表了。总之,这个主导词的解释义或哲理义也与"本有"在字面上传达出的静态实体含义,比如本来就有、本己所有、本体所有等等,很不一样,有可能是无法相容的,就像我多年前就感觉用"此在"来翻译"Dasein"太呆板,防碍了我们理解海德格尔思想的生存境域发生性一样。而且,"居有"(ereignen)的翻译虽然比"本有"稍好,但还是太"静态"了。请看这一段话的翻译:"通过存有之启-思的道路并且作为这种道路而成其所是的这个地方,乃是那个为上帝而居-有此-在的'之间',在这种本-有过程中人与上帝才变成相互'可认识的',归属于存有之急需的守护。"[2]其中"居-有此-

---

1 张祥龙:《中德哲学浅释》,第174页。
2 海德格尔:《哲学论稿》,第95页。

在的'之间'",从哲理乃至字面义上似乎是不通的。"此-在"即非"彼-在",有何"之间"可言?而"居-有此-在"就更无"之间"可言了。如果翻译为"缘发生出缘-在自身的'之间'"(das Zwischen, das er-eignet das Da-sein),就文从理顺得多,也更合乎海德格尔这里讲的为"道路"所"急需"的那种"时间-游戏-空间"的思想义。此书一再用"之间"[1]"时间-游戏-空间"[2]"颤动"[3]"移离-迷移"[4]"遮蔽之敞开状态"[5]"转向中的澄明着和遮蔽着的转折点"[6]来直接或间接地解释"Dasein"之"Da",让我们对于"Da"的"此"化越来越不安。"本有乃是关乎上帝之掠过与人类历史的'之间'。……与掠过的关联乃是为上帝所需要的开裂之开启(参看本书'跳跃'部分……)。"[7]看了这段引文后边的文字,难道不会为打头的"本有"的静态性感到担心吗?

二

第二个要讨教的是与"rücken"有关的一组词,它们让译者"深感头疼",且"至今还没有让自己满意的想法"[8]。但实际上,在

---

[1] 海德格尔:《哲学论稿》,第35页。
[2] 同上书,第24页。
[3] 同上书,第25页。
[4] 同上书,第77页。
[5] 同上书,第411页。
[6] 同上书,第32页。
[7] 同上书,第30页。
[8] 同上书,第562页。

本文作者看来，译者对这一组词比对于"Ereignis"那一组的处理要强不少，尽管还可百尺竿头再进一步。以下主要讨论的是对于这组词的理解问题，具体的翻译建议还在其次。

先引一段译文：

>"时间"应当可以被经验为存有之真理的"绽出的"（ekstatische）游戏空间。进入被澄明者的移-离［Ent-rückung］应当把澄明本身建基为敞开域，在其中存有自行聚集入其本质现身之中。[1]

以上引文中的"移-离"在原译文中是"绽-出"，与上面"ekstatische"的译文"绽出的"几乎不可分，不妥。但译者在注释中标出此词的德文，并说它"或可译为'移-离'"，所以这里就循其意而径直改过来。但是，这种翻译上的混同或游移，说明了一个与"rücken"这一组词的翻译和理解很相关的事实，即这组词与海德格尔在《存在与时间》[2]和《论稿》中表示时间本性的词"ekstatisch"是有内在相关性的。

这个"ekstatisch"或"Ekstase"一身兼具两个意思。一个是无自性，与现成自身错开，只是一种纯趋势而有待完成；从表达的角度看，它或它们是可以介词化的，比如可用"zu..." "auf..."

---

[1] 海德格尔：《哲学论稿》，第253页。
[2] Heidegger: *Sein und Zeit*, Tübingen: Neomarius Verlag, 1986, p. 331.

"bei ..."等来表示。另一个意思是：它们在"外于自身"的趋向中一定会交错成动人的原发结构，比如时间性、存有、自身的缘发生、道路化、家园（Heimat）。海德格尔将它形容为"原发的在自身中和为了自身的'外于自身'"[1]所以这个词在日常德文中的意思是"狂喜""心醉神迷""销魂""极度兴奋"，所谓顶极体验也。我一直将它译作"出神态（的）"或"出（神）态的"，就是想同时表达这两重含意。《存在与时间》中译本和《哲学论稿》都将它译作"绽出"，抓住了它的一个方面，却失落了另一面。但海德格尔思想中的确有这"神秘"（Geheimnis）的另一面，要在最彻底的"站出去"和"非实体"之际，"交错进入"（ein-rücken）一个真理、美感和神性发生的境域。这个倾向既表现于他早年对神秘主义（如艾克哈特和早期基督教经验）的关注，又显露于《存在与时间》中对时间本性的断词，并在后期充分发挥在"诗与思"的结合里。这是他与另一些生命主义者、现象学家和存在主义者们（比如萨特）很不同之处。他的存在论既是反观念形而上学的，但又不是相对主义和虚无主义的，因为他理解的时间性和语言被认为会进入乃至构成一个极度动人的境界，为人群赢得历史性的命运和家园。虚无主义是不能只靠命题论断式的存在肯定来克服的。

《哲学论稿》中的"rücken"一组词似乎就是为了"拓朴式地"解释这个"出神态"而设的。"rücken"的日常义为"挪

---

[1] 海德格尔：《哲学论稿》，第329页。

(动)位(置)""(出发)到……",或就是"移动""挪动"。总之是个趋向词、使动词,或"外于自身"的词;但它字面形态的一部分"rück-"在复合词中的含义,却是"回到""向后退回";"Rücken"则意味着"背部",也就是反面。所以我们可以想象这个词加上其变体,虽然主要意味着"挪动",但也有"在正反震颤中挪回一个本源"之含义。我们观察到,海德格尔使用的这一组词中最重要的两个——"Entrückung"("entrücken")和"Berückung"("berücken")——都有"使出神""使醉心""入迷"之意。当然"entrücken"也有"使脱离""使离开"的意思,所以《哲学论稿》中文版将它译为"移离",抓住了它的一个侧显(周兴兄似乎偏爱祛了魅的术语)。但"berücken"只有"使醉心""迷住""诱惑"之意,所以被译成了"迷移"。我想说的是:这两个词都有"出神"或"入迷"之意。如果可能,都应该在译名中表现出这一层意思。此外,就是"Verrückung"或"verrücken",虽然日常义是"挪开""推移"(因此在《哲学论稿》中译本里被翻成"移置"),但它的被动式"verrückt"却意味着"疯狂的""精神错乱的""荒诞的",同样与"出神"有关,只不过是以反转的方式相关罢了。

自从海德格尔二十年代初形成自己的思想和表达方式之后,《哲学论稿》中的这个"rücken"所要表达的东西——在偏离正经、挪开现成之时反转入真际——就是海德格尔思想和语言的标志。他在《哲学论稿》中想用这种形式指引的方式更切近地表达出它的"寸儿劲"来,集中宣述他通过"Da-""Zu-""a-"

（如a-lētheia）"er-""ent-""mit-""ver-""ex-"等等影射的东西。它们都表示在根本处有错动、反常、出格，可也正是通过这些偏离、反转和隐藏，打开了一片原发的意义时-空-间或开口域，为"最后之神"的来临和掠过做准备。

至于对于这组词的具体翻译，要同时表现"挪移（含反向挪移）"和"入神"，我也"深感头疼"。现尝试着用"错"——"错动""错移"或"错位"——来译"rücken"，在表示"挪移"的同时还含有"反"与"交"的边缘意。"错"的意思有"改变以使之适合"（比如"这两个会不能同时开，得错一下"）、"挪移"（"你往右边错一下！"）、"参差交杂"（"交错""错落"）、"相对磨擦"（"上下牙错得很响"）、"置于"（"举而错之天下之民谓之事业"[1]）、"投加"（"举直错诸枉"[2]）、"不正确"（"错字""没错"）等。其中有的古义如今由"措"表示，所以"错"与"措"在某些处境中可视为相互异体字。

这样，就可以将"Entrückung"（"entrücken"）根据上下文译为"错位销魂""错位入神"或"错神"。将"Berückung"（"berücken"）译为"错位入迷"或"错迷"。而将"verrücken"译为"错开""错狂"。"einrücken"译作"错位放入""错入"。

这些都是些很不成熟的想法，在翻译实践上可能不值一哂。其主要作用也只是要唤起对于以上言及的涉及"rücken"一组词

---

[1] 《周易·系辞》。
[2] 《论语·为政》。

的解释义的注意,乃至对于海德格尔独特的思想和表达方式的关注。

最后试着修改一下第242节——"rücken"一族词的时-空狂舞处——中的一句话。《哲学论稿》原译文是:

> 移离被移置入这个瞬间时机中,而且,这个瞬间时机本身仅仅作为移离之聚集而本质性地现身。[1]

修改为:

> 这些错位销魂被错入了这个瞬时临机中,而且,这个瞬时临机本身仅仅作为错位销魂之聚集而健在。

壬辰深秋草毕

---

[1] 海德格尔:《哲学论稿》,第410页。德文原文是:"In diesen [Augenblick] sind die Entrückungen eingerückt, und er selbst west nur als die Sammlung der Entrückungen."

光启随笔书目

（按出版时间排序）

《学术的重和轻》　　　　　　　　李剑鸣 著

《社会的恶与善》　　　　　　　　彭小瑜 著

《一只革命的手》　　　　　　　　孙周兴 著

《徜徉在史学与文学之间》　　　　张广智 著

《藤影荷声好读书》　　　　　　　彭　刚 著

《生命是一种充满强度的运动》　　汪民安 著

《凌波微语》　　　　　　　　　　陈建华 著

《希腊与罗马——过去与现在》　　晏绍祥 著

《面目可憎——赵世瑜学术评论选》赵世瑜 著

《中国的近代：大国的历史转身》　罗志田 著

《随缘求索录》　　　　　　　　　张绪山 著

《诗性之笔与理性之文》　　　　　詹　丹 著

《文学的异与同》　　　　　　　　张　治 著

《难问西东集》　　　　　　　　　徐国琦 著

《西神的黄昏》　　　　　　　　　江晓原 著

《思随心动》　　　　　　　　　　严耀中 著

《浮生·建筑》　　　　　　　　　阮　昕 著

《观念的视界》　　　　　　　　　　　李宏图 著

《有思想的历史》　　　　　　　　　　王立新 著

《沙发考古随笔》　　　　　　　　　　陈　淳 著

《抵达晚清》　　　　　　　　　　　　夏晓虹 著

《文思与品鉴：外国文学笔札》　　　　虞建华 著

《立雪散记》　　　　　　　　　　　　虞云国 著

《留下集》　　　　　　　　　　　　　韩水法 著

《踏墟寻城》　　　　　　　　　　　　许　宏 著

《从东南到西南——人文区位学随笔》　王铭铭 著

《考古寻路》　　　　　　　　　　　　霍　巍 著

《玄思窗外风景》　　　　　　　　　　丁　帆 著

《法海拾贝》　　　　　　　　　　　　季卫东 著

《走出天下秩序：近代中国变革的思想视角》　萧功秦 著

《游走在边际》　　　　　　　　　　　孙　歌 著

《古代世界的迷踪》　　　　　　　　　黄　洋 著

《稽古与随时》　　　　　　　　　　　瞿林东 著

《历史的延续与变迁》　　　　　　　　向　荣 著

《将军不敢骑白马》　　　　　　　　　卜　键 著

《依稀前尘事》　　　　　　　　　　　陈思和 著

《秋津岛闲话》　　　　　　　　　　　李长声 著

《大师的传统》　　　　　　　　　　　王　路 著

《书山行旅》　　　　　　　　　　　　罗卫东 著

《本行内外——李伯重学术随笔》　　李伯重 著
《学而衡之》　　孙　江 著
《五个世纪的维度》　　俞金尧 著
《多重面孔的克尔凯郭尔》　　王　齐 著
《信笔涂鸦》　　郭小凌 著
《摸索仁道》　　张祥龙 著
《文明的歧路：十九世纪的知识分化
　　及其政治、文化场域》　　梁　展 著
《追寻希望》　　邓小南 著